有爱的青春陪伴者

未来今日有雪

溪阿柠 / 著

上海故事会文化传媒有限公司
上海文化出版社

图书在版编目（CIP）数据

禾木今日有雪 / 溪阿柠著. -- 上海：上海文化出版社, 2025. 4. -- ISBN 978-7-5535-3177-9

Ⅰ. I247.5

中国国家版本馆 CIP 数据核字第 2025VJ2260 号

责任编辑　蔡美凤
特约编辑　加　肥
装帧设计　颜小曼　椰　椰
封面绘制　陶　然
印务监制　周仲智
责任校对　言　一

禾木今日有雪
溪阿柠　著

出　　版	上海文化出版社
出　　品	上海故事会文化传媒有限公司
	（201101 上海市闵行区号景路 159 弄 A 座 3 楼 www.storychina.cn）
发　　行	长沙大鱼文化传媒有限公司发行中心
印　　刷	天津睿和印艺科技有限公司
开　　本	880×1230　1/32　印张 10
版　　次	2025 年 4 月第 1 版　印次 2025 年 4 月第 1 次印刷
书　　号	ISBN 978-7-5535-3177-9/I.1228
定　　价	45.80 元

版权所有　翻印必究

　上海故事会文化传媒有限公司　出品（01216）www.storychina.cn

本书如有印装问题，请与印刷厂联系调换。联系电话：022-29432903

目录
CONTENTS

/ 第一章 /
禾木重逢 · 001

/ 第二章 /
红宝石发簪 · 070

/ 第三章 /
前尘旧事 · 141

/ 第四章 /
一直一直在爱你 · 193

目录
CONTENTS

/ 第五章 /
驻外岁月 · 236

/ 番外一 /
中秋灯会 · 299

/ 番外二 /
陆策的那些年 · 305

/ 新增番外 /
婚后一天 · 310

第一章

/ 禾木重逢

　　暮春三月,中国大半省份气温升高,草木复苏。而新疆阿勒泰地区最北端的禾木村,还在过漫长的冬季。
　　禾木村靠近蒙古国和俄罗斯边境线,在这个与世隔绝、群山环抱的古老村落,以游牧狩猎为生的图瓦人和哈萨克族人世代生活于此。
　　当前月份并非旅游旺季,长途跋涉来到禾木村的游客,多数是滑雪发烧友。禾木雪期绵长,从十月持续到次年五月,一年中两百天以上有积雪。
　　村庄几公里外便是著名的吉克普林滑雪场,雪道丰富,难度最大的高级道,坡角近35度。
　　陆策乘索道,抵达高级道海拔两千多米的出发点,戴着雪镜和头盔,只露出清晰凌厉的下颌线。他五岁学滑雪,对这种程度的陡坡毫无恐惧。
　　身体微前倾,出发,单板在冷峻延绵的雪白山脊上,留下一道蜿蜒轨迹。
　　滑至山脚,陆策回到大厅休息,手机上有好几个许怿的未接来电。
　　许怿是他发小,心血来潮在禾木村投资开了一家民宿,平日交给团队运营,一到冬天,留出几间房自住。
　　陆策回拨电话,很快接通。许怿语气着急,在那头喊救命。
　　倒不是救许怿自己的命,而是有个订他民宿的客人,在进禾木的山路上出了车祸。
　　客人驾驶的越野车在暗冰路段打滑甩尾,撞到对向车辆,幸好车速慢,只撞坏车灯灯罩,人无大碍。
　　陆策喝了一口水:"人没事就行,喊我去做什么?"
　　许怿用一种"你不懂怜香惜玉"的语气道:"那姑娘一个人来禾木,出了事故害怕,剩下的路不敢再开,得多去个人帮她把车开回来。"
　　陆策并无恻隐之心:"去打救援电话,我又不是她的司机。"

"我说哥哥啊,这地方叫救援不知道要等几个钟头呢,你就当日行一善啦!"

许怿生怕他又拒绝,以迅雷不及掩耳之势,"啪"地挂断电话。

几步外,抱着雪板的年轻女孩在闺密推搡的鼓励下,等陆策打完电话,走上前:"嗨,我关注你很久了,滑得很厉害,能请你喝杯咖啡吗?"

语气和她的栗色长发一样开朗热情。

陆策收起手机:"抱歉,我还有事。"

说完便走。

闺密凑到女孩身边,一起望着陆策离开的背影,"啧"了一声:"依依,那男的长得是挺帅,但表情也太冷淡了,看来不好搞定哦。"

项依眼底跳动着光,暗含了一丝跃跃欲试:"没事,先去找我表哥,他在等我们。"

山间天气多变,上午艳阳万丈,转瞬起了乌云。风声呜咽,灰苍苍的天幕低垂。

陆策的座驾是一辆超大尺寸、高度近两米的福特猛禽,皮卡线条硬朗,车头镶嵌福特大标。

车子启动,轮胎压过空旷湿滑的冰雪路面,在越发凛冽的寒意中疾驰,像头野兽悍然扎进外部领地。

吉克普林雪场回禾木村只有一条路,当成片错落有致的木屋建筑出现在视线中时,陆策放慢车速。

进村后一拐弯,车停在名叫"鲸也"的木屋民宿前。

猛禽的车门打开,着短靴的长腿稳稳踏在雪地上,陆策的五官与座驾气质极其相配——看起来同样的桀骜难驯。

一人一车,杵在木屋前,路人频频回眸。

许怿听到声音,撩开民宿大厅的保温棉门帘。一把车钥匙同时朝他扔来,他下意识地接住。他勾着钥匙环,说:"我开车啊?"

陆策径直走去副驾驶位:"你不是想英雄救美?"

"也是哈。"许怿挑了下眉,坐到驾驶位系上安全带,"你是不知道那姑娘的声音有多好听,温温软软,听得我心都要化了。"

陆策调低椅背,戴上墨镜:"她是你的客人,别花痴。"

"不是花痴,"许怿更新了导航目的地,"那嗓音,让我联想到语文老师讲的'细柔婉约,绵绵似水',哇,这形容词太贴切了。"

陆策扯了扯嘴角,没说话。

许怿这家伙高中就去大不列颠留学,前两年才回北城,极度缺乏我国语文课的美育熏陶,还"细柔婉约,绵绵似水",八成是自己瞎编的。

"别不信,真的很好听,她……"许怿瞥了眼旁边兴致缺缺的人,"哎,我想起来了,你不喜欢那种温柔类型的。"

陆策不置可否:"我睡会儿,到了喊我。"

出事故的越野车停在路边空地上,双闪灯规律地一明一灭着,醒目的橙红三角警示牌立在后方。

沈清洛被租车行的销售坑了。对方临阵声称调不过来车,先斩后奏地给她换车型,还打包票,说禾木最近气温回升,冰雪消融,道路通畅,什么车都好开。

在车里越坐越冷,她叹了口气,后悔没带厚羽绒服。

民宿许老板的电话打来得及时,说即将到达她的定位点。

沈清洛十指交扣,搓了搓手,倾身从后排行李包翻出一条大尺寸羊绒围巾。她怕冷,用围巾包住了三分之二的脸,只露出一双清凌凌的眼睛。

做好御寒准备,她打开车门,站到车外等人。

陆策被许怿打电话的声音吵醒,他眯着眼,听许怿的音量莫名提高:"应该就是前面那辆车。"

陆策顺势望去,第一眼没落在姑娘纤细漂亮的背影上,而是去看撞坏的车辆。

这一看,就皱起了眉。

陆策平生最烦办事不靠谱的马虎精。在冰雪道路开车,四驱和雪地胎是标配,而那客人,不知哪儿来的傻子,竟然开了一辆二驱车进雪山。

等那傻子转过身,陆策看清她的脸,原本放松的身体仿佛被按下开关,倏地坐直。

"果然是个大美女。"许怿惊呼,顺便拉下驾驶位顶部的化妆镜,仔细拨弄刘海,"我要给她留个好印象。"

猛禽闪了下大灯,缓缓地靠近沈清洛的车后,刚停稳,副驾驶门率先有了动静。

沈清洛扯下围巾,露出精致小巧的下巴,预备和接她的人打招呼。

与此同时,酝酿已久的大雪从天而降,又急又密,像舞台匆匆落下的帷幕。

逐渐模糊的视野里,陆策走下副驾驶,英俊冷感的五官深刻而鲜明。

沈清洛呼吸一窒,抬肘挥手的动作僵住。

这世间不缺重逢和偶遇,地球是圆的,一直向前走,千千万万个过客,遇到旧情人不稀奇。

成年人的修行之一是学会粉饰太平，沈清洛缓缓放下手臂，贴在微凉的大衣外侧，鼓起勇气，叫出他的名字。

"……陆策。"

久别情必疏，分开五年，想必当初的爱恨早已释然。

许怪没察觉气氛微妙，脑袋拨浪鼓似的在两人间来回晃，问："你们认识啊？"

陆策轻描淡写地道："以前的同学。"

许怪直呼有缘，边感叹边绕车检查，问："沈小姐，对方的车辆怎么样，拍照报案了吗？"

"交警来处理过，保险也登记报案了。"沈清洛一五一十地回答，"撞坏了对方的后雾灯，应该是我全责。"

许怪拾起三角牌放回车后备厢："出警速度很快啊。"

"因为我撞到了交警的车。"沈清洛长睫扑闪，露出一丝尴尬，"我等会儿先去禾木交警队，签事故认定书。"

许怪开民宿开了两年，听说过上百起交通事故，尤其是南方来的游客，一紧张就猛力踩刹车，冰雪路面容易打滑，见怪不怪。

返程回民宿，陆策帮忙开沈清洛那辆越野车，他专心看前方，似乎没有和她搭话的意思，沈清洛也只好保持安静。

进禾木的盘山公路蜿蜒曲折，驶过一个发夹弯，右边就是悬崖深渊。

沈清洛凝视窗外，远远地，落在杉树林的雪花，像毛笔凌空洒溅出的白颜料。

"怎么一个人来禾木？"陆策突然开口。

沈清洛的心猛地一跳，收回目光，侧过脸："杂志社下期主题是禾木，需要我现场采风，其他同事在忙别的项目，过几天来新疆会合。"

她研究生毕业后，在明市的《人文地理月刊》当主编助理。

至于陆策，沈清洛不用问也知道，肯定是来滑雪的。

交往的那几年，每逢寒假，陆策就哄她陪着，去长白山的滑雪度假区小住半月。

沈清洛是苏州人，别说滑雪，下雪都没见过几回。

第一次试水，怕摔疼，全身上下绑满护具才愿意上"魔毯"。后来经陆策反复调教，硬是能上低难度的高级道，时而还被旁人夸技术好。

"交警队到了。"

回忆戛然而止。

禾木交警中队是一栋带庭院的二层小楼。院子门口，沈清洛拿了证件下车，朝陆策说谢谢。

走出几步，她又折回驾驶位敲了敲窗。

玻璃降下，她道："可能要很久，你先回去吧。"

陆策的目光掠过沾在她发梢上的雪点："知道了。"

交警队一楼右侧的房间里有人正在开会，事故处理认定在对面的办公间。警官对着两位当事人念认定书："14时12分许，沈清洛驾驶新A7GF*小型普通客车，在新疆布尔津县禾木道路X852线32公里加200米处……"

沈清洛有些走神。

"……根据《道路交通事故处理程序规定》第四十六条第一款第一项之规定，当事人沈清洛承担此次事故全部责任。"

这起事故基本没争议，沈清洛在调解结果处签完名，向被撞到车的年轻警员再次道歉。

豁达正直的哈萨克族小伙一挥手："开开心心来玩，平平安安回家，务必注意驾驶安全。"

前后处理了近一个小时，雪依然下不停。

沈清洛重新戴好围巾，立在小楼屋檐下，抬头看看昏沉的天，又低头，沿门厅纹理外露的木质台阶，逐级下行。

禾木村不大，但她头一回来不认路，想拿出手机导航，一摸口袋，只有身份证和行驶证。

屋漏偏逢连夜雨，人衰起来，倒霉事一件接一件，沈清洛站在院子门口迷茫。

"嘀——"

路对面的停车场，有人按喇叭。

沈清洛循声抬头。

越野车的雨刮器一板一眼地来回摇摆，她和本应离去的陆策，隔着纷纷扬扬的漫天大雪对望。

驾驶位车窗大敞，缥缈的雪花飞入车厢，陆策左手漫不经意地搁在窗沿上，指节修长骨干，夹着一支燃烧的烟，簌簌扑落的烟灰和缭绕白雾混入风雪里，他又按了声喇叭催促。

越野车停到"鲸也"民宿专用停车场，沈清洛取出行李箱，合上后备厢的门，转头道："陆策，谢谢。"

"看你的手机落在座位上，顺便而已。"陆策递还她车钥匙。

沈清洛先去办理入住手续，一进民宿大厅，差点以为走错地方。厅内装修风格像是开在公路沿途的美式乡村酒吧，只辟出入口一方小角落，当作民宿前台。

值班阿姨姓郑，本地人，见到沈清洛，眼睛一亮："好俊俏的姑娘！"

沈清洛笑笑，眉眼唇角微弯起，递上身份证件。举手投足间，皆是不急不缓的轻柔模样。

郑阿姨跟她说话时，不自觉放低了音量。

沈清洛确认押金单金额，低头签字。

看上去柔柔弱弱的女孩，写的字却遒劲有力、棱角方正，与外表实在不太相符。

"这是你的房间钥匙。我们这边包一日三餐，早餐九点半停止供应。"

沈清洛接钥匙，房间号是 103。

"鲸也"民宿的大厅和客房不相连，隔着一条狭窄的马路。她拖着行李回房间，半路碰到许怿。

"沈小姐，我帮你。"

见沈清洛想拒绝，许怿笑了笑："千万别客气，这儿门牌号不清晰，怕你找不到，带你认认路。"

民宿规模不大，木栅栏围起的院子，前后两排小木屋，总共八间房，沈清洛的房间位于第一排中间户。

"这边的生活条件，比不了城市，有问题随时找我。"许怿送她到房门口，"哦，对了，或者找你老同学陆策，他就住你隔壁。"

"陆策？"沈清洛没控制住，声音稍大了些。按照木头房的隔音效果，屋里的人肯定会听到。

果不其然，下一秒，隔壁的门"咔嗒"一声打开。

陆策换过一身衣服，抬眸扫了眼许怿和沈清洛，在沈清洛脸上多停留了几秒，似乎在质问——喊我干什么？

许怿随口讲场面话："陆策，正说到你呢。沈小姐住你隔壁，有事多照顾着点。"

沈清洛一贯不喜给人添麻烦，条件反射地回复："没事，不用。"

说完有些后悔，这句话仿佛迫不及待地和陆策撇清关系，而她并非此意。

陆策淡淡"嗯"了一声，也不知是回许怿还是回她，态度很是敷衍。

"鲸也"民宿在禾木属于中高档，一间房的价格逼近四位数，客房内部均是一室一厅格局。

屋内暖气温度尚可，沈清洛脱下大衣，坐在书桌前，打开笔记本电脑，查收主编张怀霄罗列的采风任务。

时间在键盘敲击声中不知不觉流逝,处理完最后一封工作邮件,沈清洛望向窗外,雪停了。

已经错过民宿晚餐供应时限,她抓起车钥匙,去拿越野车扶手箱内未拆封的饼干。

乌云散去,月亮挂在雪山头,地面镀了一层松松软软的银光。

沈清洛一到停车场,就发现车辆明显倾斜,试着启动车子,仪表盘上的胎压灯不出意料地提示警报。

她打开手机自带的手电筒,俯身来回探照,在车胎内侧发现一枚深扎的钉子。以磨损程度来看,应该扎了有一段时间。

"鲸也"民宿大厅,准确地说是"鲸也"酒馆,夜晚比白天热闹,其他店家的住客也来小酌。

天花板悬了一盏黑色麻绳铁艺吊灯,灯架上镶嵌了透明灯泡,暖橙色光芒温柔地覆盖着梨木斗柜上的黑胶唱片机。

客人低喃轻语,伴随着音乐缓缓流泻。

沈清洛走进大厅。

她刚才忙工作,头发随意绾个低髻,没用头绳和抓夹,仅以一根发簪固定,这是奶奶教她的盘发技巧。

屋内大多是年轻人,目光有意无意地落在她身上,带着对美丽事物下意识的好奇和善意。

郑阿姨也注意到沈清洛。早知女孩生得漂亮,此刻盘起头发,完整地露出白皙的脖颈和脸部线条,比白天还惊艳。

她的气质尤其柔软,蕴蓄一种毫无攻击性的美,让人联想到某些自然意象,譬如温和的晨风和山雾,又譬如夜里掺了花香的露水与月光。

"沈小姐,有什么需要帮助吗?"

"请问,"沈清洛走近郑阿姨,"禾木有汽修店吗?"

郑阿姨一愣:"啊,你的车坏了?禾木村没有汽修店。"

沈清洛讶异地睁大眼睛:"那村里人的车出故障了怎么办?"

大厅角落,忽然扬起一道熟悉的声音:"沈小姐,修汽车得去布尔津。"

沈清洛望去,三男一女坐在一起玩桥牌,老板许怿一手握牌,另一只手抬起,朝她挥了挥。

桥牌东西南北两两一组,许怿是南家,对面北家则是陆策。

沈清洛有些迟疑:"布尔津离这边几十公里,有近一点的汽修店吗?我车子的轮胎坏了。"

"据我所知,没有。"许怿问,"你后备厢底应该有备用轮胎吧?"

沈清洛刚才检查过，备胎并非雪地胎，不适合在禾木使用。

许怪调出通讯录，拨了禾木一位补胎师傅的电话。补胎师傅嗓门大，沈清洛站边上听得一清二楚，师傅说他去乌鲁木齐办事，两周后才回村。

"禾木村太偏远，不太好叫车辆救援。"许怪思考片刻，"这样，把坏的车胎卸下来，找人开车带去布尔津，修理完再送回来。不过我这两天有事，帮你找别人送修吧。"

沈清洛道谢，许怪摆摆手，说"小事情"，顺便邀请道："沈小姐，你会打桥牌吗？一起玩会儿。"

余光里，陆策始终垂着眼睫，没有理会她的打算。

沈清洛摇头说不会。

"入门不难的，你代我位置，正好和陆策一组，我在旁边教你。"许怪安慰道，"不用担心，陆策是高手。"

虽然高手今天心不在焉，牌都算不明白，许怪默默腹诽。

沈清洛笑一笑，说还要回去忙工作，你们玩得开心。

桌上四个人继续玩牌，许怪琢磨正事，考虑找谁帮忙运送修轮胎。他开玩笑地问陆策："你有空吗？"

陆策指腹摩过牌面："有啊。救援公司收多少钱，我双倍。"

"那还是不指望你了。"

这局计分结束，陆策的实力奇迹般恢复，他们组赢了。

许怪十分高兴，摩拳擦掌地准备大赢一番，结果陆策掉链子，说累了，要回房睡觉。

他拿起外套，边起身边穿，不顾许怪骂骂咧咧的挽留，在唱片机换碟的空白间隙，径直走出大厅。

民宿客房不通燃气，浴室装了沈清洛没用过的储水式电热水器，水箱容量小，勉强可供单人使用。

喷头"哗啦啦"持续放热水，浴室水雾缭绕，沈清洛细致又磨蹭地揉搓泡沫。

涂抹到位后，她站回淋浴喷头下冲刷——

"啊！"

水流毫无征兆地变冰冷，直直淋在皮肤上，寒意顷刻侵遍全身。

沈清洛瞬间冻得脸色苍白，浑身发抖。

门外忽然响起陆策的声音："沈清洛。"

沈清洛关了花洒："什么事？"

屋内的水声戛然而止，陆策顿了顿："刚才听到你的叫声。"

沈清洛皮肤、头发沾满泡沫，狼狈得要命，坐以待毙不是办法，可找陆策帮忙也不合适，她犹豫不决。

门里门外双双陷入沉默。

半晌，陆策先开口："你开门。"

"我没事，现在不太方便开门，你回去吧。"

陆策一猜一个准："没热水了？"

"……嗯。"

"开门。"

沈清洛取了一条浴巾和睡袍，忍着难受黏腻的触感，裹住身体。木门"吱嘎"一声，打开的瞬间，一股寒气扑向她裸露的小腿。

陆策定定地立在门口。

沈清洛有些窘迫地仰头看他，肩膀因为寒冷而细密地轻颤。

陆策闪身进屋，"啪嗒"一声，背手关上门，挡住寒风。

孤男寡女独处一室，陆策微眯眼，看着别扭不安的沈清洛："去我那儿洗吧。"

"不用，我等水加热。"

"至少要等半小时。"

"半小时？"沈清洛拧眉，"也还好……"

"你住我朋友开的民宿，受凉进医院说不过去。"陆策下巴稍抬起，"怎么，还是怕我对你做什么？"

"陆策，别这么说，我没这个意思。"沈清洛无意识地咬了下唇，"我去你那儿洗吧，打扰了。"

她转身拿好换洗衣物和干毛巾，抬眸看了陆策一眼，很快移开，错身抬步去开房门，被陆策的胳膊拦住。

"好好检查一遍，东西确定拿全了？"

沈清洛看着手里捧的一堆玩意儿，衣服、毛巾、干发帽："拿全了。"

陆策几不可见地挑了挑眉，这是他今天最生动的一个表情："行。"

吃过一次亏，第二次不敢洗得磨叽。

陆策卫浴间的日化用品全是自带的，沐浴露是沈清洛不常用的牌子，散发适合男士的香根草混合柠檬的清爽味道，不浓重，隐隐淡淡。

"吹风机在桌上。"

"我回去吹吧。"

陆策坐在小客厅沙发上玩手机，闻言抬起头："随你。"

沈清洛湿着头发离开。

不到一分钟，门重新被敲响，去而复返的沈清洛尴尬地叫他的名字：

"陆策。"

陆策开门，问："有东西落我这儿？"

要不是外面零下二十多摄氏度实在冷，沈清洛万万不会再打搅他。

"不是，我刚才忘带房间钥匙，被锁在门外了。"沈清洛头发快结冰，"我……能先进来吗？"

陆策侧身，让出过道位置。

沈清洛立在梳妆镜前，手举吹风机，轰轰响的电机风声里，客厅的陆策给许怿发了条信息。

许怿拿来一串备用钥匙救驾。

与此同时，沈清洛吹完头发，柔软发丝垂坠在肩背上。她看着陆策："今晚谢谢你。"

陆策不说话。

沈清洛抱起换下的衣物："那没其他事的话，我先回房。"

说完，她便离开，擦身而过时，单薄的丝绸睡衣布料碰到陆策手臂。

猝不及防地，听他道——

"谁说没其他事。

"沈清洛，我没教过你玩桥牌吗？"

沈清洛手指绞动毛巾，在陆策直白的迫视下，实话实说："我以为你不想和我多接触，所以才说不会玩，免得打扰你和朋友聚会的兴致。"

陆策稍稍后退些，语气仍然咄咄逼人："为什么这么以为？"

"因为……因为……"

陆策嘴角勾起，笑意不达眼底，帮她补全了下半句："因为你当初把我甩了？"

沈清洛没想到他那么直接，有点无奈，又有点忐忑："陆策……"

"对我来说都过去了，下次不用特意避开我。"陆策放下胳膊，手搭在门把上转动，声音冷得掉冰碴，"当然，如果你觉得我们更适合当陌生人，我也没意见。"

房门"咔嚓"一声打开，他定定地看了她一眼："回房吧。"

103房间，沈清洛躺在床上，裹紧被子。陆策寥寥几句话，搅得她辗转难眠，一看时间，已经半夜三点，她赶紧强迫自己入睡。

脑子里装太多事，睡不安生，光怪陆离的梦一个接一个，都与陆策有关。

逼真的旧日场景，在梦中一帧一帧重映。

不知看见哪一幕过往，沈清洛沉浸在睡梦中的漂亮脸蛋陡然委屈，软着嗓音呓语，似在生气控诉——

"陆策，你把我的动物军团全摔坏了。"

沈清洛高二结束的那年暑假，苏州酷热闷沉，气象台频繁发布高温预警。她爷爷沈州躺在病床上，蓝白条纹病服包裹的一双腿枯瘦嶙峋。

小老头爱臭美，以前长出新白发就去理发店补色，如今关在病房一个多月，生命到了油尽灯枯的时刻，终于坦然与白发和解。

窗外烈日灼灼，树叶打蔫儿，沈州收回目光："连日干旱，不晓得我的身体能不能撑到落一场雨。"

"爷爷，你别乱讲话。"沈清洛语气严肃。

"阿顺，人都要走的。"沈州的瞳孔呈现病态棕色，说话时偶尔不聚焦，"等我到了那边，先给你奶奶造一栋房子，过些年她来了直接享福。"

"说什么呢。"沈清洛切好苹果递给他，若无其事地走出病房，转身躲在楼梯间大哭。

三天后，爷爷在疾风暴雨的黄昏中彻底离开，闭眼前，看到人生最后一场雨。

沈清洛自小与爷爷奶奶生活，住在苏州古街临水的二层小楼。葬礼后，街坊邻居小心翼翼地上门安慰，奶奶杨珍雅比预想中的平静，给他们泡茶、拿糕点。沈清洛逐渐放下心。

八月初，寻常的一天，沈清洛照例晚起，揉着眼睛下楼："奶奶，我饿了，想吃桂花酒酿和——"

忽然顿住。

许久未见的母亲赵进菲，双手抱胸，站在楼梯边面无表情地看她。

沈清洛的记忆中，鲜有和父母共同生活的记忆。她父亲早年因交通意外去世，母亲改嫁，"父母"二字是个抽象概念。

"妈妈。"她僵硬生疏地喊。

杨珍雅摘掉老花镜，从沙发上起身，问："阿顺，除了桂花酒酿，还想吃什么？"

沈清洛望了母亲一眼，心道有什么好心虚的，她与爷爷奶奶的相处模式向来如此，于是理直气壮地报菜名："还有鸡蛋薄饼，要加葱花。"

"晓得了，你起床先喝杯温水。"

杨珍雅手脚麻利，两道菜品很快端上桌。沈清洛怀着古怪的心情吃完，实在受不了屋内的沉默，她问："妈妈，你来苏州，是有什么事吗？"

赵进菲的单肩挎包，自进屋就没摘下过，一副随时要走的模样。她微抬下巴："清洛，吃完上楼整理行李，跟我去北城。"

011

沈清洛握着勺柄，表情茫然："为什么？我不去，我开学高三了。"

赵进菲眉头稍蹙，看了旁边的杨珍雅一眼。沈清洛也同时看过去，等奶奶发话。

"阿顺，你跟她去吧。"

沈清洛没想到等来这句话，她不可置信地看着自己奶奶，气恼地放下筷子，"噔噔"地跑上楼，将门一甩，把自己关在房间里。

不多时，杨珍雅敲门进屋，不是来哄她，而是拖来一个行李箱帮她打包物品。

沈清洛闹情绪："奶奶，我和她不是很熟，不想去北城。"

"她毕竟是你妈妈呀。"

沈清洛看杨珍雅铁了心的模样，语气更急了："北城离这儿一千多公里路，你可就很难见到我啦。"

"确实是不舍得呀。"奶奶拉了张椅子，坐在她旁边，"可是阿顺，高三很重要，奶奶怕是照顾不了你。"

"我又不需要人照顾。"想到赵进菲抱胸看她的那个眼神，沈清洛说，"以后我可以自己准备早饭。"

奶奶怜爱又无奈地拍了拍她的背。

"阿顺，奶奶的肺这些年大小毛病不断，本来以为先走的是我，却不想是你爷爷。奶奶一个人，没有信心能照顾好一个高考生。我和你妈妈沟通过，她有办法帮你把学籍转到北城，你可以在那儿高考。在北城考试比苏州好呀，阿顺，你听话。"

沈清洛一个未成年，平日撒娇有人惯她，真到了决定某些人生大事的时刻，就忽然失去选择权。

看着奶奶眼角泛起的皱纹，沈清洛张了张嘴，最后还是泄下气来，沉默地打包好自己的行李，跟随赵进菲坐上飞往北城的飞机。

赵进菲和再婚丈夫住在北城一栋小别墅里，继父姓任，做进出口贸易，在商场打交道久了，见谁都笑嘻嘻，不让人觉得拘谨。

他们给沈清洛留了一间带独卫的卧室，重新装修过，完全符合十七岁少女的喜好。

沈清洛打开行李箱，先把珍藏的"动物军团"——爷爷给她做的一组动物陶艺手办——放在书桌上。

这组陶艺手办背后有段故事。

小学那会儿，沈清洛沉迷动画片，迪士尼公主的礼裙光彩绚丽，根本没有女孩能拒绝，于是她在晚餐时宣布，长大也要当公主。

爷爷听完，一拍大腿，说当公主得有侍从啊。他立刻动手给他家的"阿顺公主"捏一排半指高的动物陶艺手办,管它们叫"动物军团",专门保护她。

北城的卧室里,书桌台面上,沈清洛下巴垫在交叠的手背上,与"动物军团"开起小会。

赵进菲敲门进来,手里拎着黑丝绒衣架,上头挂着一条剪裁精良的白色连衣裙:"我和任叔叔给你挑的,试试尺寸。今晚出去吃饭,任叔叔的儿子也过来。"

任叔叔的儿子比她大几个月,离婚后判给了前妻。赵进菲公事公办地提醒她,见到人礼貌些,要叫声哥哥,他也就读于北城二中。

沈清洛"哦"了一声,接过衣服。

换上白礼裙的沈清洛,在餐厅包厢频频看表,这位"哥哥"已经迟到半小时。

任成益和他儿子的关系,大抵不算亲近,连拨好几个电话,都被对面挂掉。任成益脸上挂不住,骂道:"臭小子越来越难管教。"

赵进菲体谅道:"别急,任扬可能有事耽搁了。"

"清洛饿了吗?我让厨房上热菜。"任成益说着,作势要按服务铃。

"叔叔,我不饿,等任扬哥哥来了再上菜吧。"

"行,行。"任成益收回手。

又过了十分钟,任成益坐不住了,起身去门口等他儿子。

赵进菲怕两人吵架,也跟出去。走到门口,她转身对沈清洛说:"吃点冷盘先垫垫肚子。"

沈清洛乖巧地点头。

虽已经在北城住了一周,她与赵进菲的相处模式仍旧很奇怪,客气得不像一对母女。

任成益选的是一家雕梁画栋、古色古香的江浙菜馆,沈清洛转动台面,夹了块糖藕,还没吃到嘴里,包厢门被推开。

沈清洛放下筷子,站起身。

进来的是一个男生,个子目测一米八以上,身形轮廓英俊,左腿缠着石膏,腋下夹着拐杖辅助行走。

难怪任扬迟到那么久,原来是骨折了。沈清洛瞬间就不计较他的迟到,依照母亲的嘱咐,主动喊了声"哥哥"。

她的嗓音温和柔软,一声"哥哥"难掩江南一带的语调,配上水灵灵的杏眼,宛如黎明时刻悠然绽放的睡莲。

陆策本来正低头摆弄着手机,闻言整个人一怔,蓦地抬头,视线不期然撞上一个陌生女孩。呆立两秒后,他猛地回头,瞧了眼包厢的门牌号。

原来是他走错了包厢。

"妈妈和任叔叔去楼下等你了,你们没碰到吗?"沈清洛问。

不知怎的,陆策没回答,也没解释自己走错包厢的行为。他收起手机,站在原地。

沈清洛以为他动作不方便,想上前接过拐杖扶他一把,刚一近身,就见对方垂下眼眸,隐约有丝探究和戏谑。

沈清洛犹犹豫豫,又叫了声:"任扬哥哥?"

陆策终于开口:"你认错哥哥了。"

话音刚落,任成益和赵进菲折回包厢,身后跟着戴眼镜的正版任扬。

陆策回到隔壁包间,好友周泽杭瞧见石膏腿,感叹:"滑雪的尽头果然是骨科。陆策,新西兰好玩吗?"

"还行。"

中国处于北半球,七八月份不下雪。陆策飞去南半球正处于冬季的新西兰皇后镇,滑了个尽兴,也折了一条腿,回国被他爸妈好一通说。

时间一晃,九月初开学。

沈清洛换上北城二中的夏季校服,白色衬衫搭黑色过膝百褶裙,脖颈上系暗红色绸缎领带。她立在全身镜前,轻抚平肘关节压出的褶皱。

赵进菲全套职业正装,说上午有会,没时间送她,让她自己搭地铁或打车去学校。

沈清洛愣了下:"好的。"

任成益笑问:"清洛,第一天去新学校,紧张吗?"

沈清洛:"不紧张。"

其实她心里紧张得要命。转学到完全陌生的城市,没有朋友,使用教材也有差别,沈清洛心里十分没底。

吃完饭,赵进菲和任成益各自开车去公司。

沈清洛坐在玄关换鞋。经过一番短暂的心理斗争,她"噔噔"跑回卧室,一把将"动物军团"捞进包内。

北城二中位于市中心区域,闹中取静,进校门就见一片高耸苍翠的绿。长长的林荫道尽头,坐落着高三教学楼。

上课铃响,第一节是班主任谢瑞珍的语文课。按照惯例,新同学要上台自我介绍。

沈清洛日常语速偏慢,不疾不徐的自我介绍给人一种从容有度的错觉,实际上,她本人已经紧张到手心出汗,只能机械地张嘴,背出早已经准备好的腹稿,台下几十张脸,没有一个记得住。

"好，欢迎沈同学加入我们班！"渐起的鼓掌声中，老师指了中间倒数第二排的位置，"你就坐何颜旁边，她是我们班班长。何颜，照顾下新同学哦。"

"没问题，老师。"

沈清洛第一眼见到何颜就有好感。后来证明，她的眼光果然不错，何颜是典型的"别人家的孩子"，德智体美劳全面发展，在学业繁重的高三，还有精力担任摄影社社长。

沈清洛走到座位旁，何颜友好俏皮地朝她眨了眨眼。同时，后排的同学稍稍向后挪了桌子，给她腾出更大空间，方便进出。

一切比想象中的顺利。

沈清洛回头："同学，谢谢……"

好眼熟的男生。

"……你。"

陆策似笑非笑："认出我了？"

来北城闹的第一个乌龙，想认不出都难。

沈清洛点头，再次自我介绍："你好，我叫沈清洛。"

"陆策。"

沈清洛总觉得现在的他和印象中的样子不同，下意识地看向他手边。

"腿好得差不多了，现在走路不需要拐杖。"陆策握笔指了指讲台，"谢谢关心，上课了。"

沈清洛："……好的。"

两人虽然坐前后桌，除去开学那天打过招呼，并无其他交集。

和谐又疏远的状态，在一节体育课后被打破。

陆策虽然摆脱了拐杖，但伤筋动骨一百天，目前他仍无法进行屈伸负重活动，医院批了病假条，让他名正言顺地缺席体育课。

北城二中的体育课，整个年级一起上，时间固定在周五下午的最后两节。陆策在教室刷题，隔壁班的周泽杭逃了会儿体育课来探望他。

周泽杭随手拉过前排椅子坐下："陆策，听说你们班转来一个大美女，我早上在校门口书报亭碰见她，近距离一看，哇，真的漂亮。"

陆策："还行吧。"

"这种程度，只是'还行'？你要求也太高了。"周泽杭不服气，"你一定没看清那女孩的长相，她坐哪儿呢？你们是不是离得特别远？"

陆策沉默几秒："……你现在就坐在她的位置上。"

"哈？"

周泽杭扫了眼台面，看到桌角整齐排列的动物陶艺手办，"扑哧"一笑："带这些玩意儿来上课，大美女还挺可爱。"

陆策也望向那堆陶艺品，说："你小心别碰到，有序号的，弄乱了人家要生气。"

他之前听沈清洛向何颜介绍，说这组陶艺品叫"动物军团"，每只小动物背后的编号就是它的名字。

九月气温居高不下，学生上完体育课，大军压境般拥向校内超市和便利店，冷柜里的饮料和雪糕被一抢而空。

沈清洛自知快来例假，不吃寒凉食物，于是独自上楼回教室。

刚到楼梯转角，她遇到数学课代表，对方抱着两大箱题册，视线完全被遮挡。

沈清洛生怕他一脚踩空阶梯，主动提出帮忙。课代表连忙抱着箱子往边上一偏，肩膀的书包随动作落到臂弯荡来荡去："不用不用，东西太重。"

教室里，陆策快速扫了眼英语练习册的选择题，漫不经心地转两下笔，然后写下答案。察觉门口有动静，一抬头，便看见数学课代表走进教室，身后还跟着帮他拿书包的沈清洛。

课代表抱着箱子放在讲台边，直起身子一边抹汗一边道："沈清洛，谢谢你，真是太麻烦了。"说完，他接过自己的书包，放到座位上。

"没事。"

沈清洛往自己座位走，低头给杨珍雅发信息。老人家打字慢，不适应逐句对话聊天，沈清洛每次都攒一大段发过去。

她专注地编辑文字，不知不觉步伐放慢。

数学课代表嫌箱子摆讲台边太碍眼，恰好教室后边有块空地，遂重新抬起箱子准备挪位。

沈清洛挡在前面，课代表走在后面也不催，他没注意到顶端的箱子摇摇欲坠。

眼看有砸到沈清洛的趋势，陆策猛地起身，受伤的腿尚未彻底康复，起立的同时，脚踝传来一阵刺痛。

陆策疼得皱眉，一下没站稳，跟跄着撞到沈清洛的课桌。

"噼里啪啦"一阵响，"动物军团"碎了满地。

连珠炮似的陶瓷破裂声，惊得沈清洛瞬间扭头，望着地板上的陶瓷残骸，她不可置信地转向陆策。

"不是，刚才……"陆策想解释，却看到她身后，课代表已经稳住箱子，并没掉落。

陆策失语一瞬，继而道歉："对不起，是我不小心。"

沈清洛握紧手机，呆呆地看着他。几秒钟后，震惊慢慢褪去，她委屈地抿着唇不发一语。

课代表见此情景也不知所措,用口型问陆策:"她怎么啦?现在怎么办?"

陆策也不知道怎么办,甚至觉得沈清洛有些小题大做。他从小不喜欢性格柔柔弱弱的女孩,相处起来实在令人疲惫。

沈清洛在他心里就是典型的这种人。仿佛一对她大声讲话,她就会用水灵灵的眼睛无辜地望向你,不说责备,胜似责备。

且很难哄开心,就像现在。

"沈清洛,我……"

"沈清洛,在吗?"

陆策和门外何颜的声音同时响起。

何颜朝沈清洛招招手:"班主任喊你过去一趟,带上身份证和学生证,要补填转学材料。"

沈清洛低着头,拿了身份证和学生证就走。

太阳西沉,淡金色的斜晖穿过办公室窗户,笼罩沈清洛纤瘦单薄的身影。她立在打印机前,复印好身份证件,夹在材料里,交给老师后离开办公室。

行政楼的走廊安静而空旷,是以沈清洛见到背靠墙壁的陆策时,不由得愣在原地。

陆策的领带松着,似乎等了很久。

他瞥见沈清洛些微发红的眼角,顿了顿,问:"你的那个陶艺手办,哪儿买的?我赔你一套。"

沈清洛已经平复些许情绪,知道陆策并非故意,她别扭地原谅了:"不用了。"

陆策跟在她后面,回到教室。桌上的陶艺碎片消失不见,可能被值日的同学当垃圾处理掉了。

陆策问话的语气不算好,值日同学面面相觑,一时间没人敢承认。

沈清洛微怔,语调越来越低:"本来就是要处理掉的,算了,没事。"

陆策第一回见面就看出,沈清洛性格温柔,而温柔的人,即使表达不满,也很难对始作俑者恶言相向。

沈清洛背着书包出校门,陆策始终离她两三步远。穿过两个路口到地铁站时,陆策喊住她。

"真买不到吗?我赔你钱行不行?"

"买不到,不用赔。"

"想要其他赔偿也可以,你随便提。"

"我说了不用。"地铁口,沈清洛转身,"陆策,能不能别再跟着我?"

陆策心说这种女生真难搞。

"想骂就骂，想让我怎么赔偿就说，你别这副表情。"

沈清洛也有些上火。他弄坏她的东西，她大度地不要赔偿，结果他还穷追不舍，外加阴阳怪气。

"东西摔坏是既定事实，这些根本买不到，你要怎么赔？"沈清洛不擅长和人争执，抿了抿唇，"所以算了，就这样吧。"

"等下，"陆策一跨步拦在她身前，望着她眼角隐隐的泪花，顿时哑然，"你怎么……"

沈清洛有些尴尬，眼神偏向一旁，闪躲着。

"不是，有必要哭吗？几个陶艺模型而已，你真那么喜欢，我找人重做一组完全一样的，行不行？"

她的"动物军团"，被陆策轻飘飘地描述。

"不行。"沈清洛语气一沉，"陆策，我现在不想和你说话。"

晚上联机打游戏，陆策比往常沉默。周泽杭看他心不在焉，问怎么了。

鬼使神差地，陆策问北城哪儿有卖手工制作的动物陶艺手办。

半大不大的男高中生，谁关注这个，纷纷表示不清楚。

只有许怿，在伦敦的公寓里"啧"了声。

"去北城野生动物园啊！园里那家纪念品店挺出名的，估计能找到你喜欢的款，我一直挺想去逛逛。"

周泽杭受不了："许怿，你怎么连这种事情都知道？"

许怿大言不惭道："我身在伦敦，心在北城，与吃喝玩乐相关的事情请随时咨询我。"

陆策上回去野生动物园，要追溯到八岁那年，他不记得看过哪些动物，唯一留存的印象，是路途遥远——从市区出发，单程一个半小时。

周末，北城野生动物园大门口一大清早就聚集了大批游客，等开园时间一到，人群泄洪般乌泱泱地拥入，直奔熊猫馆旁边的周边纪念品店。

这家店铺专卖带有动物元素的产品，小到摆件、冰箱贴，大到毯子、T恤衫，自然也包括各种陶艺手办。

秋老虎余威尚存，九点钟的空气，吸一口，又热又闷。

纪念品店内，导购经理礼貌地问陆策："您好，想要什么款式？我帮您推荐。"

陆策弯腰，拿起角落里手掌大小的陶艺长颈鹿，转头问："这款有更小规格吗？"

"您手里的就是最小号，我们所有款式都已陈列在展示柜。"

陆策本来也没抱希望，碰碰运气找"动物军团"的相似款而已。他把长颈鹿放回展台,准备打道回府。

途经热门限流的熊猫馆,随意一瞥,却被排队人群中的一道纤细的身影吸引。

这个天气,沈清洛不知是怕冷还是怕晒,米色连衣裙外套了件中长款的薄针织衣。

工作人员陆陆续续放行,沈清洛验票过闸机,进了熊猫馆。

大熊猫是北城动物园的台柱子,跟个大爷似的,对饲养员搬来的新鲜竹子挑挑拣拣,端起一根脆嫩的,开始啃。

沈清洛饶有兴致地趴在栏杆上,围观熊猫用餐。

几米外的休息区,陆策一直在观察沈清洛。这个角度,恰好看见沈清洛的侧脸。陆策搞不明白,熊猫吃竹子到底哪里有趣,沈清洛竟然能看整整半小时。

着蓝色无菌服的饲养员,掐着点过来没收多余的竹子,大熊猫不依,抱着饲养员的腿撒泼,却被无情地推开。

熊猫摸摸肚子生闷气,撇下馆内长枪短炮的游客,屁股一抬,进窝睡回笼觉。

人群就此散开。

只有沈清洛没走。她打开园区地图,握笔勾画游览路线,认真得像在写试卷。

大熊猫出其不意杀个回马枪,顶着两个黑眼圈,鬼鬼祟祟地探头,朝沈清洛好奇地走近两步,待她抬头,咕咚翻滚回窝,捉迷藏似的再慢吞吞露出半张脸。

沈清洛犹豫片刻,朝它挥挥手。

熊猫疑惑地一歪头。

这一幕落在陆策的眼里,他嘴角弯了弯,起身离开熊猫馆。

"就是穿米色裙子那个女孩,我们早上搭同一部地铁来的。"

"看到了,蛮漂亮的,想交朋友就去要号码啊,别尿!"

馆门口,两个男生"窸窸窣窣"的对话传到陆策的耳朵里。他若有所思地用指尖敲了敲手机屏幕,旋即取消打车软件上回市区的订单。

北城野生动物园占地面积大,板块区分多,沈清洛决定去看火烈鸟。

熊猫馆外的温度节节高升,沈清洛立在阴凉处,针织衫搭在臂弯,露出宽肩带的吊带连衣裙,研读火烈鸟基地介绍。

一绺头发随她颔首的动作垂落,发丝拂过细致的锁骨,她用指尖将其勾到耳后。

手册上写,火烈鸟的学名是"红鹳"。

沈清洛小时候不知怎么想的,觉得红鹳长得像鸭子,坚持认为它是鸭子的一种。

二年级时,学校组织去动物园春游。结束后,语文老师布置作业,每位同学写一篇春游后记。沈清洛洋洋洒洒地写了一篇《粉红色的鸭子》。

语文老师笑疯了。这篇文章被开家长会的爷爷奶奶看到,至今保存在苏州的家里。

"在笑什么?"

回忆往事,沈清洛没来得及收回笑容,抬头便与跟前的高大男生视线相撞。

微风掠过,园区树叶飒飒轻晃,微鼓起陆策黑色T恤的下摆。他直勾勾盯人时,眼底静沉,无端有股不好惹的压迫感。

沈清洛想到地铁站口的不欢而散,敛起表情:"陆策,你怎么在这儿?"

"摔坏你的'动物军团',觉得抱歉,想来动物园找相似款,可惜没有。"陆策坦言。

沈清洛吃软不吃硬,陆策一示弱,她就很轻很耐心地解释:"'动物军团'是我爷爷做的,外面买不到,你别再找啦。这件事到此为止,我没有生气了。"

陆策默然,她未免太好哄。

"那我请你吃顿饭?"

沈清洛想了想:"好,之后约时间。"

"就今天吧。"陆策效率极高。

"啊,我还没参观完。"

"我也没,一起?"

沈清洛说不上哪里怪异,稀里糊涂地答应。

逛到四点半闭馆,整个行程放松舒适。陆策有礼有分寸,态度称不上热络,但有问必答,不管你说什么,他都应两句。

回到市区,陆策挑了一家江浙菜馆。

沈清洛忍不住:"虽然我是苏州人,但不是一定要吃江浙菜,其实更想试试北城本地菜品。"

陆策微愣,想到头一回的见面地点,笑了:"行,今天请你吃地道的北城菜。"

出租车驶过高楼大厦,拐进一条胡同。沈清洛降下车窗,外头灰砖瓦,平楼房,狭窄的行道人声嘈杂。

城区数十年如一日拥堵,出租车龟速前行,陆策问沈清洛:"太堵了,剩下路没多远,走过去好吗?"

沈清洛点头，穿上外衣。

太阳落山的薄暮黄昏，巷弄幽深挤挨，他们并肩穿梭。喧嚣渐弱，来到一栋改成餐厅的四合院。

四合院是"目"字形的三进院落结构，穿过两道门，来到内院，前方是正房，左侧是西厢房，右侧是东厢房。

陆策订的包间，在左边。这家四合院餐厅，主打套餐叫"公主宴"，特别难订位。

服务员上完菜，退出包间带上房门，给顾客留足隐私空间。

沈清洛的吃相，和她的人一样，斯斯文文。趁气氛好，她告诉陆策"动物军团"的出处。

说完，她有点后悔，两人关系没近到讲往生平的地步。

陆策听完，放下筷子，要笑不笑。

沈清洛纠结了下："你不要憋着，想笑就笑吧。"

陆策不客气地笑出声，沈清洛那点后悔情绪消散无踪。

吃完饭，天色已黑，沈清洛走到包间门口，忽然听到走廊里传来熟悉的声音。

任成益说："清洛既然已经来北城，与任家亲戚见面，也算合情合理，那些亲戚不会乱说话。"

"没这个必要。"赵进菲道。

"进菲，你啊……"

"任扬到了吗？人到齐就开饭吧。"

"到了，我们进去。"

……

沈清洛立在门口，不知他们走没走，要是遇见，那得多尴尬。

她来北城有一段日子，能察觉赵进菲对她的感情很复杂。说喜欢谈不上，说讨厌也不至于，硬要形容，那就是赵进菲在刻意与她保持距离。

可是为什么呢？

胡思乱想之际，就听身后的陆策问："如果不急着回家，要不要跟我去个地方？"

德丰广场位于北城最繁华的CBD，集休闲、娱乐、餐饮、办公于一体。

商场五楼，新开一家室内运动娱乐馆，包含VR游戏、台球、射箭、电玩、桌游多种项目，尚在试运营阶段。

周泽杭按照他哥的吩咐，在店里整理宣传单页，看见陆策身旁的沈清洛，眼睛瞪得溜圆："哎？"

沈清洛觉得这人眼熟："你好，我叫沈清洛。"

"知道知道,我是你隔壁班的周泽杭,和陆策是发小。"

趁沈清洛参观场馆,周泽杭朝陆策挤眉弄眼。陆策低声解释:"碰巧带她过来,别在她面前乱说话。"

周泽杭意味深长地"哦"了一声。

先前在四合院餐厅,陆策也听到门外的对话,一时冲动带沈清洛来场馆。

不经思考的决定,结果往往糟糕。比如现在,陆策很头疼,沈清洛穿的裙子,许多项目玩不了。

"玩过桥牌吗?"陆策问。

"桥牌?没有。"

"规则不难,我可以教你,有兴趣吗?"

沈清洛谨慎地问:"陆策,你喊我一起来,是因为打桥牌缺人吗?"

周泽杭单方面发起助攻:"是啊,三缺一,还有个朋友在里面等。沈同学,你就跟陆策一组,让他教你。"

顶着沈清洛明朗无杂念的目光,陆策只好承认:"嗯,今天特别想玩。"

沈清洛点点头:"好,那你要先教我。"

陆策他们打的是定约桥牌,从小就玩的人认为"规则不难",然而对于新手,"将牌""赢墩""超2""宕1",光是理解桥牌术语就让人晕头转向。

沈清洛大脑运行过载,每每听到牌桌出现新名词,就望向陆策求助,等他解释。

周泽杭默默给许悸发信息:当初陆策教你打桥牌,有耐心吗?

许悸秒回:别提了,差点断绝关系。

打过两局,沈清洛对这项智力型卡牌游戏有了初步了解,逐渐进入状态。还沉浸在上一轮赢分的喜悦里,就听陆策提醒:"时间不早了。"

沈清洛看了眼手机,没有未接来电,估计赵进菲和任成益的家庭聚餐还没结束。

"桥牌很好玩。"离开场馆,下扶梯,沈清洛笑起来眉眼弯弯,像柳叶划过水面撩起的波纹。

"嗯。"陆策微微偏过脸看她,"下次缺人还叫你。"

"好啊。"

禾木一天中两个时刻——日出之前和日落之后——天空颜色最好看。晨昏交替的时间缝隙,雪山上方呈现纯净深邃的克莱因蓝。

沈清洛醒来,迷迷瞪瞪地望着天花板,有种今夕何夕、不知身在何地的茫然。

窗帘未拉实,天光漏入,乍然回神。不是梦中的北城,也不是明市,她正在中国西北部的新疆禾木村。

许是昨天在雪地等救援太久，着了凉，小腹微微抽痛。她打开经期预测软件，怕什么来什么，果然到了例假的日子。

她里三层外三层做好保暖工作，去大厅吃早餐。只有郑阿姨和许怿在，郑阿姨清早给住客煮本地奶茶。

禾木的奶茶都是咸口，制作工序复杂，要熬制茯砖茶，大火转小火勾鲜奶，再加奶皮，也有加酥油的。

见沈清洛看得专注，郑阿姨教她念奶茶的哈萨克语"苏特夏依"。

沈清洛有样学样，郑阿姨听笑了，给她盛一大碗。

许怿打算扩大民宿规模，下午要去规划局审批，他整理文件，同时问："沈小姐今天什么安排？"

"打算去吉克普林雪场采风。"

沈清洛团队负责给禾木做专辑，重点之一是推广禾木的冰雪活动，禾木最大亮点，自然是近年新开业的吉克普林雪场度假区。

她的车还没修好，问许怿附近是否有公共交通到雪场。

"村里巴士站，每隔几十分钟有去雪场的班次，但不一定准时。"许怿接过服务生手里的餐盘，端给她，"我等会儿和陆策正好去滑雪，带你一程吧。"

"方便吗？"

"方便啊，你可以搭老同学的车。"许怿目光转向大厅入口，朝撩门帘进来的陆策扬了扬眉，"行吗，陆策？"

沈清洛也顺势看去，陆策瞥了她一眼："随便。"

经过她的身旁，听到她小声说"谢谢"。

重逢不到二十四小时，她的最高频词就是"谢谢"。

许怿是故意的。他迟钝粗线的大脑，自打知道昨晚陆策让沈清洛去他屋里洗澡，犹如打通任督二脉，敏锐地嗅出两人间不同寻常的气息。

"沈小姐……"

"喊名字吧，朋友都叫我清洛。"

"好，清洛。"许怿边说边观察陆策的表情，"我找到一个愿意帮你送修轮胎的人，不过那位要收双倍救援费。"

刚端起奶茶的陆策动作一滞。

"可以呀。"沈清洛正发愁呢，有愿意跑趟布尔津的人，简直谢天谢地。

"好的，费用转给陆策，他陪你去。"

福特猛禽停在门外，沈清洛坐上副驾驶。微信里，陆策一直躺在联系人列表，只是分手后再没聊过天。

叮！她发起一笔手机转账。

"陆策，我们明天去布尔津找汽修店？"

陆策发动车子，收下转账："都给我打钱了，你是老板，你说了算。"

"那就早上八点大厅集合？"

"可以。"

车子滑向吉克普林雪场，沈清洛小腹突然又一阵抽痛，她把摘下的围巾盖在腿部和小腹。下一秒，陆策打开车载电台，顺便调高车内的温度。

吉克普林雪场度假区尚未修建完成，周边几处区域竖起围挡，挖掘机正在施工。据说两家国际连锁高端酒店，希尔顿和洲际旗下的英迪格，即将入驻山脚。

沈清洛降下车窗拍了几张照片，记录酒店建设进度。

猛禽停在缆车入口边的停车场，工作人员极力推荐云霄峰新出的缆车观光项目。景点观光本就是采风任务之一，沈清洛欣然上了索道。工作人员期待地看向陆策和许怿，他们也没拒绝，跟了上去。

沿着索道上山，视野陡然开阔，远处高耸的西伯利亚泰加林，生命力无边无际。抵达山顶，人烟寥寥，早起的游客应该都去了村里的禾木观景台等日出。

沈清洛拍照片，写笔记，走走停停，驻足在一处石头垒起的玛尼堆前。

她来之前做过功课，禾木当地的图瓦人信奉佛教，玛尼堆的每颗石子，都包含他们的希望和理想，是很有灵气与祈福意义的石堆。

陆策和许怿在转经筒旁，注意不到她。沈清洛拾起一颗石头，垒在玛尼堆上，于无人在意的角落悄悄祈福。

比起平淡的缆车观光项目，还是刺激的滑雪运动更吸引人一筹。山脚下的滑雪大厅熙熙攘攘，来自天南地北自带装备的雪友挤满大厅，只有租赁区空空落落。

许怿问沈清洛是否会滑雪，既然来到禾木，不体验轻盈干爽的粉雪很可惜。

沈清洛小腹疼痛加深，本想拒绝，触及陆策淡淡的眸光，转念改变主意。她不想让陆策误会她在故意躲避。

"会滑雪，但我没带雪具，等我先去租一套。"

北城冬天每年下雪，郊外有雪场，许怿和陆策毫无意外都是滑雪高手。许怿以为沈清洛是苏州人，滑雪技术应当一般，然而事实完全出乎意料。

"陆策，这位沈小姐技术相当好啊。"许怿赞叹。

"嗯。"

望着雪地上那道熟悉又陌生的身影，陆策的心脏怦怦跳动，超过意外见面的那刻。

沈清洛滑雪的每一个动作，都是陆策亲自教的。

当年两人大学热恋期，寒假住在长白山的度假酒店，白天泡雪场。陆策耐心地从穿雪鞋开始教沈清洛，到推坡换刃大小回转，事无巨细。

零基础的沈清洛很快入门，晚上回酒店后，沈清洛整个人坐在陆策怀里，手臂缠在他脖颈上，问能不能放缓训练计划，白天摔得好疼。

陆策轻揉她腿部和手臂的乌青，听她软绵绵的嗓子诉苦，知道她在撒娇耍赖，但就是吃她那套。

"陆策，发什么呆呢，我们也下去吧。"许怿打断陆策的恍神。

沈清洛先滑到山脚，没脱雪板，微躬着腰，一手捂肚子，另一只手撑在边上围栏。

陆策察觉她状态不对劲，抱雪板到她身边，还没发问，身体先一步反应，迅速架住差点摔倒的沈清洛："怎么回事？"

沈清洛脸色苍白如纸，痛经症状比往常严重。体质原因，她经期第一天经常痛得死去活来，看过中医和西医，都没法调理，只给配止痛药。

陆策解开她单板固定器上的搭扣，皱着眉头扶她去大厅座位休息。

沈清洛接过陆策递来的保温杯，灌口热水，疼痛并没缓解。她掌心捂住小腹："陆策，能不能……能不能送我回'鲸也'……"

陆策单膝蹲下身："还能走路吗？"

沈清洛点头："可以的。"

陆策问匆匆赶来的许怿："她身体不舒服，我先送她回去。民宿附近哪里有药店？"

"药店啊，没有，只能去卫生室。"

车开回村庄，副驾沈清洛疼得冒冷汗，陆策看她一眼，用力踩油门。

郑阿姨立在"鲸也"门口，与村民讨论后山白狼光顾村庄的新闻，看到陆策扶着病恹恹的沈清洛，吓一跳："姑娘怎么啦？早上还好好的！"

"郑阿姨，帮我照顾她一会儿，我去买点东西。"

沈清洛怕郑阿姨紧张，连忙解释："我没事，就是来那个了。"

郑阿姨了然："哎哟，我给你煮红糖水。"

沈清洛拉住她："阿姨，不用麻烦，红糖水对我没用。"

"疼成这样，估计受寒了。"郑阿姨翻出老式的大红色橡胶暖水袋，"等着，我灌热水给你暖暖肚子。"

沈清洛勉强笑一下："谢谢阿姨。"

她接过暖水袋的瞬间，陆策推门回来，带了一盒她以前常吃牌子的止痛药。

止痛药并非立竿见影，半小时后起效。

沈清洛回房间休息，郑阿姨担心地道："路面的雪被踩成冰，滑得很，能自己走吗？我找个小伙背你回去。"

背？这也太大阵仗，沈清洛立刻拒绝。她只是痛经，不是半身不遂。

但架不住郑阿姨热心肠。在郑阿姨眼里，她现在脆弱易碎，吹不得一阵冷风，是个该放进玻璃罩的宝贝。

眼看真要喊人背她，沈清洛无奈地望向陆策求助，湿漉漉的眼睛，盛着不自知的依赖。

陆策与她对视了片刻，不动声色地移开："郑阿姨，您别费心，我抱她回去。"

未待沈清洛及时反应，陆策已经屈身，手臂穿过她的膝弯，干脆利落地把人横抱起。

"陆策！"沈清洛被这一突发状况惊得心跳加速，下意识地环住陆策的脖子，身体不敢动，只有腾空的脚尖微微一颤，"……我能自己走，你放我下来。"

"不是你让我抱的吗？"陆策语气幽幽，甩出一口"惊天大锅"。

沈清洛目光上移，掠过陆策线条清晰的下巴和高挺的鼻梁，对上他微敛沉黑的眼睛。

她试图为自己的清白辩驳，就听甩锅的人恍然大悟般"啊"了一声："难道我误解了你刚才的暗示？"

暗示？

她什么时候暗示了？

"我的意思明明是……"小腹突来一阵拉扯的疼痛，沈清洛猛地蜷起身子，脸埋在陆策胸口，说不出话。

怀里的人僵硬紧绷，陆策手臂收了收，几乎将她全部包住。他加快步伐回 103 房间，将人安顿在沙发上，拿一条毛毯给她盖好。

陆策俯下身，声音比往常温柔："休息会儿，自己脱衣服去床上睡，我帮你把东西拿过来。"握住门把，又回头，"一个人待着可以吗？"

沈清洛点头，看着很乖。

陆策返回大厅，到了门口，郑阿姨和许怿的交谈声不经意地灌入耳朵，他停住脚步。

"他就这样，弯腰，手一勾，轻轻松松地把人抱起来啦。"郑阿姨不光说，还要向许怿比画，"以前以为你朋友挺高冷，原来是面冷心热，特别乐于助人。"

许怿一条胳膊握拳横在腰间，另一条胳膊屈肘，指关节抵住嘴唇，强忍不笑。

陆策闭了闭眼,推门进屋。

郑阿姨绘声绘色的描述停止,回头见是陆策,问:"沈小姐还好吗?"

陆策一本正经地道:"吃的药还没完全起效。"

他在前台找了个迷你尺寸的保温水壶,郑阿姨又塞来新灌好的热水袋,给沈清洛放入被窝暖脚。

许怿围观陆策熟练的动作,眼睛越睁越大,像哥伦布发现新大陆。

"陆策,你对老同学太关心了吧。"许怿凑近,压低嗓音,"老实交代,是不是对人家小姑娘有意思?"

"不要乱猜。"

"我这是合理推测,你跟她明显不对劲。说不说?不说我去问周泽杭。"

陆策整理好沈清洛落下的零碎东西,再捎上热水袋和水壶,临走前告诉许怿:"她是我前女友。"

"什么?!"许怿整个人差点跳起来。

关于陆策前女友,许怿有所耳闻。当年周泽杭群聊提及她,都用"陆策,你家宝贝"或者"陆策,你家仙女"的称呼调侃。

时间一长,许怿也忘了女孩的名字,隐约在某次电话中,听过陆策喊女友的名字,好像叫什么顺。

顺顺?小顺?阿顺?总之和"沈清洛"三个字毫无关联。

许怿听周泽杭讲陆策的恋爱史,说陆策好不容易毕业表白成功,又相隔两地读大学。

许怿对能被陆策喜欢的姑娘相当好奇,在群里嚷嚷着要看照片,陆策就是不发,周泽杭乐呵呵地拱火,说陆策找的是个超级大美女,闲杂人等不准看。

"闲杂人"许怿隔着大西洋怒斥好友不讲义气,陆策哼笑一声,说等他回国,带女友与他正式见面。

"行行行,还正式见面,你都安排好了是吧,要不见父母的时间也敲定吧。"许怿阴阳怪气。

陆策嘴角勾起,不理会他的挑衅:"见父母还早,等大四毕业。"

许怿愣了下:"你认真的?"

"嗯。"

"你……我的天……二十二岁属于'英年早婚'啊。"

"不会那么快结婚,"陆策失笑,"见面而已。"

再后来,许怿就听到陆策分手的消息,据说是女方提的。陆策那一阵很消沉,周边朋友自觉地不再提起他的前女友。时间长了,陆策恢复如常,好像彻底掀过那页。

027

许怪在原地发呆，自言自语："这也不像翻篇的模样啊……"

陆策离开时，带了103房间的钥匙，但谨慎起见，他还是敲了敲门："我可以进来吗？"

无人回应。

陆策眉心微蹙："沈清洛？"

依然无人回应。

他眉心一凛，再也顾不了那么多，下一秒直接用钥匙开了门。

沙发上的毛毯揉成一团，人凭空不见，仿佛在禾木遇见沈清洛是一场幻觉。

卫浴间的门"咔嚓"一声打开。

沈清洛洗过澡，皮肤被热气稍稍熏出一丝血色。

陆策的语气不太好："让你脱衣服睡觉，不是让你脱衣服洗澡。沈清洛，能不能有点数，万一晕在里面怎么办？"

沈清洛掀开被子，钻进去。止痛药很管用，她这会儿已经缓过神，虚弱无辜地看陆策："滑雪出过汗，不洗澡睡不着。"

麻烦精，一点都没变。陆策不客气地把热水袋塞进她的被子。

民宿客房里的四件套，统一纯棉白色，沈清洛床上这套光面墨绿色床单被套，是她自带的。

上学那会儿，陆策就发现沈清洛有些小洁癖。比如从外头回屋，必须换衣服换裤子才坐沙发。在一起之后，撬开冰山全貌，才发现她的禁忌事项远不止于此。

沈清洛不喜欢住酒店，尤其抗拒酒店提供的床品，即使高压蒸汽和化学消毒试剂能消灭大多数病菌，沈清洛还是极度排斥。

大一开学不久的周末，陆策第一次从北城飞去明市看她，两人黏黏糊糊，牵手逛公园看电影。

陆策自认不算好人，晚上当然不会放沈清洛回宿舍，挑了她学校附近最贵的酒店，开一间房。沈清洛从浴室出来，竟然穿了长袖长裤睡衣。

"宝贝，你在防我？"陆策笑着勾她衣角，"我真想做什么，这点布料也不够看啊。"

沈清洛轻轻拍掉他的手："没有防你，我不习惯睡外面的床单。"

陆策起先没在意，以为她害羞。灯一关，只留一盏光芒昏暗的夜灯。陆策正是血气方刚的年纪，喜欢的女孩躺在身旁，哪有定力做君子。况且他从没打算当君子。

沈清洛被他压着吻，肢体全然忘记反应。无论陆策怎么安抚，她都无法放松，最后陆策心疼了，哄她别紧张，说这事不急，以后再做。

他只肯退一步，其他都要。沈清洛能感觉陆策忍得难受，犹豫了会儿，手指碰上睡衣衣扣。

陆策如愿抱住他的宝贝，没有任何阻隔。

只是后半夜，怀里的人睡不安稳，陆策有所察觉，起身开了一盏台灯。沈清洛迷迷糊糊，眯着眼，畏光似的埋在他肩头拱来拱去。

陆策低头亲沈清洛的额头，倾身胳膊撑在她上方，问怎么了。

沈清洛拧眉，无意识地挠胳膊："痒。"

陆策托起她一条手臂观察，纤细滑腻的皮肤布满红色抓痕，吓得立刻清醒，帮她重新穿上长袖衣服。后半夜他睡不着，时刻担心沈清洛抓伤自己。

这种"痒"，心理作用大于生理作用。陆策后来在沈清洛大学附近租了一套房子，一起出去玩时，行李箱中自带床单，这习惯维持了好几年。

止痛药起了效果，沈清洛犯困。她还惦记明天去布尔津修轮胎，提醒陆策定起床闹钟。

陆策立在床边："我一个人去就行，你休息。"

"不用，我们一起去。"沈清洛往被里缩了缩，"我就第一天比较疼，明天会没事。"

陆策知道她这个体质，于是点头："好，明天八点见。"

沈清洛睡了过去。她的睡相很乖，被子拉到口鼻处。陆策怕她闷，探手扯被子，手背不小心碰到她的衣领。

沈清洛瞬间惊醒，眼底的防备来不及隐藏："别碰我。"

陆策指尖仿佛被刺了下，收回手，表情冷得掉冰碴。"抱歉。"待在单身女性的房间确实不合适，陆策归还房间钥匙，"好好休息，我走了。"

沈清洛神思逐渐清明，咬了咬唇，想解释，不知从何说起。

"陆策，等等，我刚才可能在做噩梦。"

陆策不语。

"你能不能……能不能等我睡着再走？"

陆策不避讳地打量她，沈清洛的眼里，没有对他的戒备。

半晌，陆策回到床边："好。"

沈清洛睡了一下午，手脚捂得暖融融，贴合小腹的热水袋已经变凉，从被窝取出，放到床边，极微弱的橡胶味，不算刺鼻。

床头柜上的手机，被陆策设置了静音。她撑起上半身，靠坐床头，调弱界面亮度，拇指上下划拉。

没有未接电话，只有几条微信消息。

工作群，项目组同事发来明天下午飞阿勒泰机场的航班号，特地"圈"

029

她：清洛，大部队马上来新疆和你会合！

沈清洛笑笑，回了个"搓手期待"的表情。

下一条是陆策发来的。他头像右上方挂了"+1"的小红标，点开对话框，跳出言简意赅的一句：醒来告诉我。

沈清洛下床，撩开木屋棉麻质地的白色纱帘。窗外最后一抹余晖已经消失，寂寥的鸽灰色的天空，气压低沉。放晴短短几小时，禾木又在酝酿新一轮降雪。

"鲸也"民宿大厅，准时在夜间变身小酒馆。店里播放的曲目每日轮换，昨天是蓝调爵士，今天是粤语金曲捞。

服务员换了张黑胶唱片，是滚石音乐的合辑，唱针滋滋，恍如时间回溯的片刻卡顿。唱片机里，是梅艳芳婉转流丽的《似是故人来》，她在唱另一个年代的光影、空气和温度。

"人在少年，梦中不觉，醒后要归去……"

吧台内侧，许怿着黑马甲酒保服，花里胡哨地摆弄一个三段式摇酒壶。他煞有介事地踩节奏翻转摇位，冰块和不锈钢"丁零当啷"作响，反复多次后，打开壶盖，垂直倒扣抖动壶身，液体流入酒杯。

"陆先生，我调的这杯酒叫'旧情难忘'，免费请你喝。"

陆策："拿走。"

歌词到了那句"但凡未得到，但凡是过去，总是最登对"，许怿又将酒杯推给坐高台的陆策："兄弟，我研发的新品，给个面子，尝一下呗。"

"不尝。"

"我给酒改个名行吧，不叫'旧情难忘'，叫'重修旧好'，您看是不是很吉利？"

陆策捻了捻手里未点燃的烟："许怿，你很闲吗？"

"依依，这家餐厅超热门，宜轩哥花五百块钱跟人买了排队号，不然要等两小时呢。"网红打卡餐厅，落地窗位置的林如茵，打开点评软件，定位、打卡、拍照一条龙，"店铺装修不错，就是地方太偏，七弯八拐不好找。"

项依心不在焉地"嗯"了声。

项宜轩接完工作电话，回到座位，见表妹一直走神，问："项依，最近两天你魂不守舍，怎么了？"

林如茵咧嘴笑，挽住项依的胳膊："宜轩哥，你有所不知，依依在滑雪场大厅有神秘邂逅。"

"哦？"项宜轩拆开餐具包，"对方年纪多大、什么职业，说来听听。"

项依连忙摆手，还不知道对方的名字呢。

项宜轩耸了耸肩。他只比表妹大三岁，自然不会干预她的私生活，只提醒她，交朋友可以，交男朋友要慎重："门当户对，懂吧？否则你父母不同意的。"

"表哥，我有数。"项依语气笃定。

项依昨天留意过陆策开的车，是一辆价值百万的猛禽，肯定不是租的，因为挂了北城牌照，租车行一般不提供这个牌。

项依身边的朋友都不差钱，不少是玩车圈的，也有人买皮卡。皮卡不适合工作通勤，就是有钱人出游时的大玩具，开猛禽的人，家里通常不止一辆车。

再加上陆策的穿着、气度，项依断定他家世不差。

项宜轩听完表妹的言论，哑然失笑："车才几个钱。"

"哎呀，肯定比不上我表哥，家财万贯，归国栋梁。"项依给他斟饮料，"说起来，你当年出国留学好突然啊，姑妈跟我讲，我还不信。"

项宜轩的笑容明显变淡："临时决定的。"

项依夹了一块大盘鸡："茵茵，尝一下这个鸡块，很好吃。"

"茵茵？你在看什么？"

林如茵侧过脸，缓缓举起筷子，戳向马路斜对面的"鲸也"停车场："你有没有觉得，那辆黑色猛禽很眼熟？"

"兄弟，我刚学会调酒，急需顾客反馈，你尝一下呗。"

陆策扫了眼平静无澜的手机界面，望向许怿："你疯狂推销鸡尾酒的样子特别像个酒托。"

"什么酒托，我免费请你的！"

"免费的更要慎重。"

"老板，我想尝尝可以吗？"项依背手立在吧台前。

待两人望向她，她微微一歪头，拉开陆策隔壁的高脚凳，坐上去。她朝许怿眨了眨眼："我能尝吗？"

跟客人不好贫嘴，许怿摆出官方笑容，手心朝上，做了个请的手势："当然可以，欢迎提意见。不过有言在先，我是半路出家的调酒师，评论时还请嘴上留情。"

项依伸手，胳膊横在陆策面前，精致的粉色碎钻美甲握住玻璃杯身，取走鸡尾酒。

"口感很好。"新鲜果香搭配龙舌兰酒，酸酸甜甜，项依看向陆策，"不尝可惜了，我请你喝一杯怎么样？"

陆策撩起眼皮。

"看来你不记得我。"项依似在娇嗔责怪，又很好地把握距离感，"我提醒下,在滑雪场,我问你要号码,你当时有事离开。"

陆策想起来了。

"现在总不赶时间吧?自我介绍一下,我叫项依,你呢?"

"陆策。"嗓音轻软,带着点虚弱。

说话的不是陆策本人,而是沈清洛。

吧台的三人同时看向大门处。

沈清洛立在那儿,乌黑柔顺微微卷曲的头发随意散着,脖子上裹着一条棕黑配色的羊绒围巾,说不出的慵懒,像个不沾尘埃的仙女。

猛地被多双眼睛注视,沈清洛显然一愣,表情有些茫然。

郑阿姨去禾木桥附近采购,拎了大袋调料品和蔬菜回大厅,看到沈清洛,拉她往边上走几步:"沈小姐,怎么站在风口,别又着凉了。"

壁炉边,郑阿姨五指张开翻来覆去地烘烤,待身体回暖些,长吁一口气,说外面风像刮刀子,又冷又厉。凭她几十年的生活经验,预计有一场暴风雪。

"沈小姐,你们明天要出山去布尔津修轮胎是吧?可得早点,万一下大雪不方便开车。"

陆策从高脚椅下来,走到沈清洛面前,问:"车钥匙带了吗?"

"带了。"

"给我,我卸了轮胎放车里。"

陆策拿了钥匙出门。沈清洛要跟着一起,被陆策打发回去:"你先吃饭,厨房特地给你留了份清淡的。"

沈清洛确实饿了,便去就餐区域入座。

沈清洛坐下来,才发现吧台的女孩一直在看她,目光带着审视,以及隐隐一丝被人打扰的不悦。

沈清洛动作僵了一瞬,难道陆策正和那个女孩聊天吗?

项依与许怿说了两句,起身告别,临走前没再看沈清洛一眼。

沈清洛心情复杂地舀一勺蛋羹,滑入口中,什么滋味也尝不出,口味果然清淡。

她望着窗外,天色已经全黑,停车场的照明灯暗淡,约等于无。

她放下筷子,将餐盘端到回收处,转身问许怿,有没有手电筒。

许怿找出一个,心下有数:"沈小姐,是要去停车场?"

"嗯,陆策在卸轮胎。"

"外边冷,我去吧。"

"不用。"沈清洛温和而又坚定,"我去就好。"

温馨和煦的大厅外,刮风的神秘黑夜像只吞噬一切的怪兽,沈清洛拢好围巾，手电筒灯光在雪地打出一圈光晕，走向停车场。

"原来你叫陆策啊。让我猜猜，'陆'是陆地的陆，'策'是策略的策。"项依声音甜美，"看你表情就知道，我肯定猜对了。"

沈清洛停在原地。

陆策做事时很专注，不喜欢聊天。他掂了掂手中的十字扳手，忽然察觉背后有一道光。

那道光线调转方向，好像要离开。

"沈清洛。"陆策眯起眼睛，"过来。"

沈清洛只好回身，去车边。

陆策打量她握着的手电筒，似笑非笑："来帮我照明？"

"是。"沈清洛犹豫了下，"你需要吗？"

陆策正在卸轮毂上的螺丝，示意道："照这边。"

项依自觉没趣，反正来日方长，不急于一时。她大大方方地告辞走人。

沈清洛沉默地给陆策打手电筒。停车场三面环绕房子，吹不到风，但夜间气温低，她裹紧外套。

陆策瞥了沈清洛一眼："手电筒给我，你先回去。"

"不用，我帮你照。"

陆策脱掉工作手套，站起身，沈清洛看他的角度，瞬间从俯视变成仰视。她一慌张，手电筒的光直直照着他的脸。

陆策眯眼偏头，按住手电筒，光柱下移至地面。

"对不起，对不起。"沈清洛连忙调弱亮度，然而矫枉过正，直接关了手电筒。

漆黑的停车场，只余顶上一盏惨淡昏暗的路灯。

沈清洛尴尬地闭了闭眼，还是不要添麻烦，让陆策自己弄。

陆策却一反常态，因沈清洛手忙脚乱而心情不错。

他摘下沈清洛的围巾，抖开，先包住沈清洛的头顶和耳朵，再围脖子，打个结，一点寒气都渗不进去。

像个小老太太。

"很丑，我不要这么戴围巾。"沈清洛皱眉拒绝。

陆策语气淡淡："要么戴着，要么回大厅。"

沈清洛不假思索："那我回大厅。"

陆策微微俯身，探手覆在沈清洛攥紧的手电筒开关上，眼睛直勾勾地看她。"啪嗒"一声，手电筒的光柱重新出现在黑夜。

两人对视着，看到彼此瞳孔同时跃出暖色光点，像初冬黎明的雪原，陡然闪烁一炳烛火。

陆策说:"不行,我看不清。"

餐厅内,林如茵兴奋地问:"依依,怎么样,是昨天那个男人吗?"

项依点头,目光投向对面停车场。光线太暗,看不清,唯有一道手电筒光柱晃来晃去。

见表妹兴致不高,项宜轩放下茶杯,随她的视线一同看去。停车场内,隐隐约约,是一男一女的轮廓。

项宜轩的目光停留在女人的背影上,半响,低头继续抿茶。他心道,那女人应该在明市,而这里是新疆,中国之大,不可能这么巧。

轮胎卸完,回到民宿大厅,听说禾木村发布大雪预警,预计明天下午有降雪。

沈清洛和陆策决定,明早提前一小时出发去布尔津,避免回程遇上大雪。

许怿伸着脖子,确认陆策转弯去了洗手台,做贼似的朝沈清洛透露,刚才项依问"鲸也"还有没有空房间。

许怿意有所指:"陆策这家伙,行情还是不错的,幼儿园就有小姑娘送他棒棒糖。"

沈清洛不明他的用意,就事论事地点头附和。陆策行情好,她一直知道。

陆策洗手回来,许怿立刻噤声,顺道朝他挤眉弄眼。许怿打心眼里认为陆策旧情难忘,便想说些话,试探沈清洛。

"干什么,你眼睛不舒服?"陆策问。

许怿皮笑肉不笑:"那你也给我去卫生室买药呗。"

"我可以帮你打120。"

许怿:我谢谢你。

直到回房间的路上,沈清洛才慢半拍地品出许怿的言外之意。陆策行情很好,下半句通常接的是,要好好把握。

许怿是这个意思吗?为什么特地和她说?

"你要去哪里?"陆策一把将闷头往前走的沈清洛拉回来,指着103门牌号,"你是这间。"

"啊,走过头了。"沈清洛插钥匙开门。

"走路在想什么事?"

"在想许怿。"

"……什么?"

"在想许怿,是不是已经知道我们的关系。"房间门开,沈清洛没进去,立在入口,微微仰面望陆策。

"我们有什么关系？不是同学吗？"陆策面无表情。

"就是……"

以前的事，属于二人间的雷区，沈清洛不想贸然进犯："算了，也没什么，你早点休息。"

她转身进屋，下一秒，肩部忽然遭到一股推力。

"砰"的一声，房门重重闭合，厚重的木门声响，震颤沈清洛的五脏六腑。

屋内没开灯，沈清洛被陆策抓着肩膀抵在门板，漆黑的空间中，呼吸因惊吓加剧起伏。

"陆策！"

凶人只会喊名字，根本没有威慑力。

陆策渐渐靠近的声音，很沉、很低："我已经告诉许怿，我们以前是情侣。"

沈清洛沉默片刻："哦。"

"怎么，你很介意被人知道？"

"没有，我不介意。"

黑暗中看不清面部表情，但沈清洛感到抓她肩膀的手，不断在收力："陆策，你捏疼我了。"

陆策喉结滚动，摸到墙壁开关，开灯的同时，他松开手。

一室亮堂，驱散方才短暂的失控。

陆策神情恢复如常："明早七点大厅见，找不到我就发信息。"

沈清洛幽幽道："打电话吧，发信息怕你看不到。"

陆策与沈清洛恋爱时，把她宝贝到自己都觉得不可思议的地步，对于心上人情绪变化的敏锐感知，几乎变成一项本能。

回到房间，陆策还在思考沈清洛的语气，直到打开微信对话框，他才彻底弄明白。

原来沈清洛睡醒后给他发过信息，一个蓝色小鲸鱼喷水柱的表情包。但民宿大厅的无线信号时好时坏，消息延迟，他没及时收到。

怪不得一进大厅就喊"陆策"。

沈清洛洗漱完上床，睡前收到陆策的短信。这年头，短信信箱塞满验证码和广告，用短信发聊天内容，还挺复古。

陆策：这家民宿无线网太差，收不到微信，我已向老板投诉。

沈清洛笑了。

沈清洛：陆策，你好无聊。

陆策：睡吧，晚安。

沈清洛：晚安。

手机屏幕由亮变暗,沈清洛将手机贴在胸口三秒,放回床头柜。

今天发生太多事,被陆策抱进屋,又被陆策捏住肩膀,洗过澡的皮肤仍留有他的触感。

陆策有时温柔,有时有种不顾一切的野。

和十八岁时一样。

……

高三国庆节后,世界青少年游泳国际联赛的中国区选拔赛在北城举办。

北城二中作为素质教育标兵,各项科目均衡发展,包括体育,高考生中还有国家二级游泳运动员。

为推广青少年游泳项目,联赛组委会访问北城二中。校方为展现实力,安排本校学生接待和翻译,这位翻译便是陆策。

得知此事,沈清洛惊讶不已,但全班只有她一人震惊,其余的同学习以为常。

陆策得过全国性的语言类奖项,发音准确,吐字好听,加上外表出众,每回都被选去接待外国访者。

"清洛,你新转来,可能不知道,陆策高二就过了自主招生。"何颜报了一所大学的名字,"他只要高考分数到本一线,就可以被大学录取。"

这所学校名气响当当,坊间戏言,说它是培养外交人才的摇篮,指不定你哪个同学就成了外交官。

"好厉害啊!"沈清洛真心实意地夸赞。

夸完觉得不对劲。

陆策时常约她去德丰广场的馆子打桥牌,沈清洛没过新鲜劲,听到缺人,二话不说收拾东西上地铁,和陆策逐渐熟悉起来。

可陆策四舍五入已经考上大学,她却是个苦哈哈的转学高考生,怎能心安理得地跟着玩?

沈清洛陡然生出升学的紧迫感。她平日成绩不错,但这种事情要横向对比。

她的横向主要有两个人,班长何颜,超级大学霸,奔着顶尖院校备考。另一个人,新晋牌友陆策,结果人家高二就拿到了大学准入证。

合着只有她需要挣扎。

沈清洛消极片刻,化压力为动力,连刷两套试卷,放学还没走。

陆策带组委会成员参观校园,结束回教室,人差不多已经走光。而他前座那位,不知打了什么鸡血,正在奋笔疾书。

陆策敲了敲她的桌子:"还不走?"

沈清洛在题海中忘我，闻言头也不抬："等会儿再走。"

这一等就是一个小时。

沈清洛转学前，一直在苏州读书，那时江苏高考还没改革，高考使用号称地狱模式的自命题江苏卷。

被数学鞭打十多年的沈清洛，越战越勇，练就一身解题本事。数学是她转学北城后最擅长的科目，写完一份卷子，跟打完怪一样爽。

沈清洛搁笔伸腰，后座忽地传来一句："写完了？"

陆策充当翻译，特地穿一身西装。他个子高，撑得起衣服，板正的剪裁，衬托得五官越发英挺，帅得十分打眼。

"你还没走吗？"沈清洛诧异。

"嗯，写完作业再回家。"陆策埋头写填空。

沈清洛有点惭愧，拿到自招名额的人还这么努力，她却天天想打桥牌。这样不行。

"今晚有事吗？"陆策问。

"有，回家再写两份卷子。"沈清洛下决定。

陆策沉默一瞬，看她整理书包，问："明天你是不是也来学校？"

明天周六，学校为组委会安排了一场报告厅演讲，陆策照例负责翻译接待，而沈清洛被选去当礼仪。

沈清洛有些生无可恋，倒不是抗拒当礼仪，而是抗拒早起。行政老师通知，礼仪队成员提前两小时到学校化妆。

想到六点半起床，沈清洛长叹一口气，加速收拾书包，拿了交通卡："我先走啦，明天见。"

陆策慢条斯理地合上作业本："我也好了。"

他这么说，叫人不好意思先撤，沈清洛回到座位："我等你一起吧。"

翌日，当第三个闹钟响起，沈清洛终于艰难地掀开被子，在本来美好宁静的双休日清晨，踏上去学校的路。

十月下旬，地铁空调制冷系统已经关闭，但她莫名地觉得车厢寒凉，冷风飕飕，心说肯定是因为起太早。

学校的舞蹈房，临时作为礼仪化妆间。沈清洛穿了白衬衫、红格裙的制服，扎了个清爽马尾。舞蹈老师给她上妆，海绵球扑在光洁的皮肤上，擦过眼角、下颌，不禁感慨："年轻就是好，皮肤不卡粉。同学，好了，可以睁开眼睛了。"

化妆太催眠，沈清洛差点睡着。

她眼皮动了动，缓缓睁开。

"很美。"舞蹈老师稍稍愣住，转而招呼摄影社的同学，"来，快来拍下我的创作。"

摄影社成员一顿快门"咔嚓"记录。

舞蹈老师给沈清洛重新梳了马尾,笑眯眯地拿着她的学生卡说:"沈清洛,名字很好听。"帮她将落下的几缕发丝勾到耳后,又道,"人如其名。"

学生妆清淡,稍微意思下便可,但沈清洛这张脸,激起了舞蹈老师的创作欲,在她的眉眼处又加深几笔,鲜亮得让人挪不开视线。

半屋子人排队等化妆,沈清洛让出位置,打算回教室休息。走到门口,遇见勾着相机进来的何颜,她被拦下,又是"咔嚓咔嚓"一通拍。

"刚刚下楼还遇到陆策,今天收获很大,净拍俊男靓女了。"

沈清洛脸色略微苍白,但她涂了粉,别人没发现异常。

"何颜,我先回教室。"

"门开着,去吧去吧。"

她教室的桌肚里,常备了几片卫生棉。她拿了一片去厕所,果然例假来了,还好身边有止痛药。沈清洛有些无奈,把药揣在兜里,打算等会儿活动开始,撑不住就来一颗。

她在水房接了热水,再回教室,过道多了个高大背影。

"陆策,让一下。"

陆策正在回周泽杭消息,闻言回过头。

沈清洛手捧保温杯,瞳仁纯净清透,像布满晨露的绿野中,一只忽然被声音吸引回眸的小鹿。

寻常的一次对视,他记了好多年。

"陆策?"

陆策回神,往边上靠一步,让出过道。

沈清洛坐回座位,一抬头,陆策已经离开。

下午,北城二中多功能报告厅,对联赛选拔中表现优异的学生和指导老师进行表彰。

教育局来的中年领导叫李建弘,由工作人员指引上台。李建弘托起奖牌绶带,为获奖师生佩戴,联赛主席安德森同时颁发荣誉证书,跟在身后的礼仪团队依次献上花束。

礼仪五男五女,两人一组。献完花,依次从前方舞台阶梯离开,走一个少一个,队末的沈清洛位置不断前移。

轮到她,正好压轴颁奖给破纪录的同学。

出于宣传需要,破纪录同学的照片得多拍几张,摄影师举稳定器,变换角度按快门,那同学笑得脸快僵了。

沈清洛怀抱鲜花，挨着安德森主席身边的翻译陆策，静静等待。

合影结束，教育局领导和联赛主席被簇拥下台，沈清洛看着李建弘的后脑勺，总觉眼熟。

她神思不属，踩空一级阶梯，眼看要踉跄着扑地，被陆策一把拽回："沈清洛，走路专心点。"

前头的李建弘，听到"沈清洛"三个字顿住脚步，回眸，越过攒动的人头。那个男生，他有印象，给安德森当随行翻译，而被他搀扶的女孩，正弯腰揉膝盖。

"李局？李局？"秘书提醒他。

李建弘回神，转头往前走，集中精力听秘书汇报接下来的工作日程。

学校当晚设了招待宴，地点非常朴素，就在学校餐厅的三楼宴会厅，做志愿者的学生也在受邀之列。

陆策翻译任务已经结束，他摘下领带，松开领口扣子，平添几分利落不羁的少年气。他与沈清洛一道去食堂，刚进门，李建弘就看到他俩。

李建弘与身边人小声打了招呼，径直走向沈清洛和陆策。他先夸陆策青年才俊，又转向旁边，问："同学，你叫沈清洛？"

"是的。"沈清洛有些诧异。

陆策打量着李建弘。

李建弘保养得当的脸，笑起来时，褶子才明显："你母亲是不是叫赵进菲？"

"您认识我妈妈？"

李建弘欲言又止："算认识。其实我和你父亲沈柏乌比较熟，以前在明市当过同事。"

沈清洛不熟悉父亲，对沈柏乌的了解，大多来自苏州街坊邻里的只言片语。

据说沈柏乌读书好，尤其擅长写作，自小顶着才子名号，不负众望突出重围，考入明市顶尖学府。

沈柏乌在大学认识就读经管学院的赵进菲，一位来自北城的明艳大美人。才子配佳人，向来顺理成章，两人很快陷入恋爱。

校园里的甜蜜，到毕业也没减淡。赵进菲为了沈柏乌留在明市工作，两人同时拿到毕业证和结婚证，着实震惊一众同学。

婚后，沈柏乌留在明市一所重点中学教毕业班，赵进菲则进了一家外企。

结婚第一年，沈清洛出生。

小孩的诞生，没有成为维系夫妻感情的纽带，反而是婚姻滤镜破灭的开端。

沈柏乌加入工作，失去象牙塔里的才子光环，终日与升学率、教案、职称打交道，心情越发烦闷，觉得这些事情"俗"。

而赵进菲事业心极强，跑客户争订单，三句不离升职加薪，在沈柏乌看来更是俗不可耐。

照顾小孩的保姆换了一个又一个，夫妻俩很挑剔，自己却连换尿布都不会，不断在鸡毛蒜皮的琐事中指责、争吵和冷战。

沈清洛的爷爷奶奶看不下去，带小孩回苏州照顾。苏州距离明市不远，半小时高铁。

起先只打算照顾到三岁，等沈清洛上幼儿园就送回父母身边。谁知这对夫妻越闹越僵，无休止的谩骂怨怼，谁也不管女儿。

闹剧持续到沈清洛十岁那年，沈柏乌车祸意外去世，赵进菲放弃沈清洛抚养权，辞职回北城，只每月按时汇缴生活费。

陆陆续续有人来和李建弘打招呼，他应接不暇，朝沈清洛微一点头，抬步走回人群。

望着李建弘的背影，沈清洛突然想起，她确实在沈柏乌的办公室见过李建弘。那会儿他还不是李局，别人叫他"小李主任"，是个友善慈祥的小领导。

沈清洛察觉陆策的目光落在她身上，没话找话："我饿了。"

陆策："你在向我打报告？"

沈清洛噎了下："我在自言自语。"

领导们还在应酬交谈，一时半刻开不了饭。小声熙攘的餐厅中，陆策忽然压低声音："沈清洛。"

"啊？"沈清洛也莫名压低声音。

"吃糖吗？"

陆策摊开手，掌心躺着一颗旺仔牛奶糖。

旺旺品牌标志性的大红色糖纸上，斜眼笑的旺仔穿着肚兜，圆圆的脸蛋顶着一束盛开的草，十分喜庆。

沈清洛"扑哧"笑出声，从陆策手心取走牛奶糖，撕开包装："你还有这个呢，谢谢呀。"

吃饭时，陆策又被叫去安德森那桌。沈清洛与其他礼仪队成员坐一起，她不喝饮料，倒了一杯温水，每当杯中即将见底，隔壁座男生就给加上。

沈清洛有些不好意思，她看男生喝的是橙汁，等果汁壶转来时，主动道："我也帮你加一点。"

"不用不用不用，我自己来！"男生受宠若惊地立起来。

整张桌子的人愣住，继而爆发强烈爽朗的笑声。

十七八岁的少年，吃顿饭都不掩饰张扬，笑声惹得其他桌的人频频回头，包括陆策。

看到面红耳赤、手足无措的男生，大致猜到发生何事。都是过来人，心照不宣地笑一笑，转头继续夹菜。

"你别紧张。"沈清洛强忍笑意。

男生："我……没紧张。"

她把果汁壶递给他："那你自己倒？"

"行。"

突来的插曲，让场子热起来。沈清洛大多时间安静地听，忽然收到一条赵进菲的信息，她和任成益等会儿经过二中，顺道接她回家。

沈清洛颇为意外，怕赵进菲久等，起身告辞。

旁边的男生看似还想说点什么，还没等他鼓足勇气，沈清洛已提包走人，边走边回信息，经过陆策身旁，带起一阵风。

晚饭结束，天色尚未黑透，沈清洛站在校门口，她妈妈发来新的语音消息："堵车，稍微晚点。"

赵进菲的晚点，不止晚"一点"。

师生陆陆续续离校，初秋的校园逐渐安静，只听见树叶拂动。沈清洛站在风里，打了个喷嚏。

"走那么急，你等的人还没来？"

沈清洛吸了吸鼻子，回头，陆策只穿了衬衫，西装外套搭在臂弯里。

几十米外，李建弘和秘书也正往外走，他看见沈清洛，偏头让秘书去停车场把车开来。

李建弘还没来得及和沈清洛说上话，不远处开来的一辆轿跑，疯狂朝他们打双闪。

沈清洛抬起手背挡住眼睛，陆策也眯眼偏头。

"嘀——嘀——"

北城市区禁鸣喇叭，那辆车不管不顾地疯狂按。校内不能开车进入，眼看轿跑有撞卡的趋势，保安拿起对讲机准备喊人。

轿跑却突然冷静下来，"刺啦"一声，刹停在空地上。

"啪嗒"一下，赵进菲摔上车门，气势汹汹地拽住沈清洛的胳膊："李建弘！你要跟她说什么？！"

自打升迁到北城教育局，李建弘从未被人这样指着鼻子吼。秘书吓一跳，连忙上前："这位女士，您……"

话没讲完，被赵进菲充满杀气地一瞪。

秘书闭嘴了。

041

副驾驶的任成益连忙跟下车,握住妻子的胳膊:"进菲,别冲动,先接清洛回家。"

赵进菲情绪激烈,沈清洛被扯到一旁,吓得不敢动弹,而陆策,不知什么时候已经站在她身后。

李建弘久居上位,被赵进菲这么一闹,多少觉得丢面。他正了正外套:"进菲,多年不见,你的脾气还是这么直。"又转向沈清洛,"同学,今天的志愿活动辛苦了,有空下次聊。"

本来是一句场面话,却莫名地戳中赵进菲的神经。

赵进菲指着李建弘的鼻子让他离远点,又凶狠狠地回瞪沈清洛,不许她和这人聊天。

李建弘一丝不苟抹了发胶的发型,狼狈地掉下几缕,他一甩手,钻进座驾,催促秘书速速开走。

沈清洛印象中的母亲,一贯冷淡优雅。她有些茫然:"妈妈,他没说什么,就是提到和我爸以前是同事。"

赵进菲更加生气:"清洛,以后不许提沈柏乌那个王八蛋!"

沈清洛完全吓傻。遥远的儿时记忆中,去世多年的沈柏乌形象虽然陌生,但仍是年轻、温文尔雅的轮廓,她无法理解母亲突如其来的震怒。

眼下赵进菲出现过呼吸症状,沈清洛来不及细究,伸手扶住她:"妈妈,你别动火,爸爸他已经……"

"闭嘴!"赵进菲听不得沈柏乌的名字,头皮发麻,下意识地推开了沈清洛。

沈清洛踉跄一步,险些跌倒,还好身后站着陆策,他眼疾手快地扶住了她。

赵进菲望见女儿眼底的惊慌失措,终于稍稍冷静些。

"回家,回家,咱们先回家。"任成益头都大了,半拖半抱地把赵进菲往副驾带,"清洛,你也进车,回程我来开。"

沈清洛一动不动。

"清洛?"任成益叹了口气。

陆策瞥了眼垂着眼帘的沈清洛,突兀地说:"叔叔,我送她回家吧。"

任成益转向陆策。他其实也觉得母女先别在一起,等他安抚好赵进菲再说,只是要把沈清洛交付给一个陌生的异性同学……

夜风中,少年下巴微扬,很沉稳地解释:"摄影社拍了今天活动的照片,要去帮忙筛选用于发新闻稿的配图,挺急的。"

"既然学校有事,"任成益顺着台阶下,"清洛,我先送妈妈回家,等会儿来接你们。"

"叔叔,我打车送她,顺路的。"

任成益递给陆策一张名片:"同学,给我留个你的号码,有事随时联系。"

汽车扬长而去。岗亭里,目睹闹剧的保安见到陆策打的手势,犹疑地放下心,回了屋内。

陆策放低声音:"沈清洛。"

无人回应,沈清洛低头不语。

陆策微屈膝,偏头与沈清洛齐平视线。

却见沈清洛紧紧抿着唇,豆大的泪珠不停地从眼中滚落。她哭起来没声音,反而更叫人心疼。陆策一瞬间不知如何开口安慰,只觉心头有种异样的悸动。

今天是第二次了。

陆策遵从内心,摸了摸沈清洛的后脑勺。少女肩膀瑟缩,抽泣声藏不住,隐隐逸出。

一路沉默地送人回家。

抵达小区门口,沈清洛开口说话。哭太久,女孩温软的嗓音里掺了丝沙哑,听起来楚楚可怜:"我到了。谢谢你,回家注意安全。"

陆策问:"我的手机号你知道吗?"

沈清洛不知道。

陆策不多话,从她手里抽走手机,举着屏幕:"指纹,解锁。"

沈清洛一个指令一个行动。

锁屏解开,陆策将自己的手机号存入通讯录。

进入小区,两人默契地同时放缓步伐,在距离别墅十几米的地方停下。别墅一楼灯火通明,落地窗背后,赵进菲用胳膊肘撑着桌子,双手捂脸懊悔,任成益沉默地拍她的肩膀安慰。

陆策收回目光,一字一句地交代:"我看着你进去,有事打我电话。"还顺手塞给沈清洛一包拆开过的旺仔奶糖。

沈清洛和包装上的旺仔大眼瞪大眼,抬头撞见陆策眼底的笑意,他语气轻松:"流那么多眼泪,怕你哭饿了,回家吧。"

……

自打到禾木,沈清洛频繁地想起以前的事,那天晚上,她第一次看到赵进菲的失态,也是第一次见识到陆策的温柔。

距离出发去布尔津,还有半小时,沈清洛洗漱完,放在客厅的手机响起,来电人是赵进菲。

点开接听键,赵进菲的声音一如既往的优雅:"清洛,我在机场,飞机

043

马上起飞,要到明市出差一周。"

沈清洛顿了顿:"我在新疆。"

电话那边的人沉默一瞬:"什么时候回明市?"

沈清洛:"还有一段时间。"

赵进菲欲言又止,最终没说什么,挂断电话。

"咚咚咚!"陆策敲门。

沈清洛揉了揉眼角,调整情绪,打开房门:"陆策,不是说在大厅集合吗?"

"怕你又怪罪我看不到信息。"陆策双手插兜,随意至极。

行政区划上,禾木村也隶属布尔津县。村民进货采购时常提的"去布尔津",实则是去县政府驻扎的布尔津镇,汽修店就位于镇中心。

黑色猛禽沿232省道行驶,车内空调打得暖融融,道路两侧,草甸被积雪覆盖,连成一片令人犯困的纯白。

沈清洛实在撑不住,眼睛渐渐合上:"陆策,到了叫我,我眯一会儿。"

陆策扶着方向盘,看了她一眼:"嗯。"

沈清洛是标准的古典鹅蛋脸,面部线条柔和。她斜靠车窗睡觉,长发拨到一侧肩前,露出清晰流畅的下颌线与稍稍偏尖的下巴,平添一份精致感和妩媚感。

略微颠簸的乘车体验十分助眠,沈清洛呼吸匀长,陷入深度睡眠。

等醒来,车子已经停在汽修店门口。

车没熄火,空调开着,驾驶位空无一人。沈清洛直起身,一条棕色薄毛毯从肩头滑落。

车头前方,陆策正和蓝色工服的维修工交谈。他似有所感,忽然回眸,隔着挡风玻璃,见到醒后仍迷迷瞪瞪的沈清洛。

与工人又讲了两句,陆策转身回到车上,挂挡掉头:"汽修店今天很忙,两小时后再来取轮胎。"

"好。"沈清洛叠了毛毯放后排,"我们现在是去哪儿?"

陆策一脚油门:"逛街。"

沈清洛默默地把吃惊咽回去,总觉得陆策嘴里说出"逛街"二字尤为喜感。

她越想越好笑,没忍住,"扑哧"笑出声。陆策看过来,她连忙假装看窗外的风景。

这座边陲小镇与俄罗斯交界,建筑风格颇具俄式风情。穹形、尖顶,大大小小的房屋,外墙粉刷明亮的糖果色,远看像童话城堡。

陆策停在一栋淡蓝色排屋前。他说的逛街,原来是逛服装店。

店员热情地接待:"欢迎光临,我是导购小琪,请问您二位要看谁穿的衣服?我可以做推荐。"

"她穿。"陆策扫了眼陈列的女装,"要厚外套。"

沈清洛惊讶地道:"我穿?"

"嗯。"导购去挑衣服,陆策冷冷淡淡地道,"进禾木开二驱车,零下十几摄氏度只带薄羽绒服,沈清洛,你是笨蛋吗?"

沈清洛正想辩解,小琪拿来两件加厚长款羽绒服:"店里早上到的新款,姑娘长这么漂亮,穿啥都好看,来试试。"

羽绒服的款式来来去去都差不多,沈清洛试了两件,不觉得有大差异。

导购问她喜欢哪一件,她选了黑色。

小琪从仓库拿了件新的,开完单子,自然而然地把POS机对向陆策。

沈清洛眼皮一跳,赶忙阻止:"我自己付。"

小琪看看陆策,又看看沈清洛:"哎呀,我以为你俩是一对呢,误会了,抱歉抱歉。"

"没事,就刷我的吧。"陆策递给导购一张卡。

"这……"小琪目光犹豫地瞥向沈清洛,没接卡片。

陆策顺手把卡塞给导购,对沈清洛振振有词:"我们是老同学,多收你一倍救援费,心里过意不去,买这件衣服就当扯平。"

虽然语气完全听不出他有"过意不去"的意思。

导购从业经验丰富,这种情况,麻溜地刷了男士的卡。

眼看陆策利落签完账单,沈清洛只好道:"谢谢。那我请你吃饭,挑你想去的店。"

陆策放下签字笔:"嗯,一顿饭,我记着了。"

买衣服速战速决,距取轮胎还有段时间,秉承中国人"来都来了"的原则,陆策和沈清洛决定去额尔齐斯河边逛一圈。

布尔津镇的温度比禾木高,陆策停好车,与沈清洛沿堤岸散步。

国内的大江大河都是"滚滚东流",额尔齐斯河是例外,由于发源地阿尔泰山的地势,它是自东向西流。三月中旬的额河徐徐苏醒,冰排从漕段中央裂开,融化的河水奔腾注入北冰洋。

河边上是中俄老码头风情街,曾经的中苏航运码头遗址。冬季未过,大多商铺没开业,巨大的套娃雕塑竖在步行街中央,冷清而萧条。

沈清洛对套娃有莫名的恐惧。小时候,从哈尔滨旅游回来的邻居给她带纪念品,她兴冲冲地回家打开礼盒,探头一瞧,是组俄罗斯套娃。

套娃用木头做成,外层是女性脸庞的图案,用色大胆鲜艳,蓝色眼睛紫色眼影,睫毛画得尤其长。

年幼的沈清洛莫名害怕套娃的眼神，不敢与它对视。她心情复杂地拧开最外层套娃，结果又是一个一样的。

直到全部打开，沈清洛惊恐万分地数了数，一共七个尺寸不同的套娃并立在桌面。那时的她坚持认为套娃的图案不是画上去的，而是有真人被封印在套娃里，于是她凝重地把套娃藏在储物间，告诫自己，不能对视，否则下一个变成套娃的就是她。

长大后，幼稚的想法终于改变，但她对套娃的恐惧却深深刻在童年的记忆中。

沈清洛拉住陆策的衣袖："我们换条路吧。"

陆策环顾四周，都是巷弄小道。

他很有耐心地问："怎么了？"

沈清洛纠结了下："想去另一边逛逛。"

陆策审视某个人时，神情和肢体语言天然的居高临下。

沈清洛敏锐地察觉陆策不开心，想必是觉得她在敷衍他。而她不是不愿提那段童年插曲，只是以她这个年纪，说这样的理由，难免有些难为情。

陆策等不到她的解释，扯了扯嘴角："行，那就换一条路。"说完抬步走进小巷。

沈清洛落后半步。

陆策的背影高大挺拔，是令人无比安心可靠的存在。可刚才陆策脸上一闪而过的落寞自嘲，让她心下一紧。

"陆策。"

他回头。

沈清洛抿了抿唇："我说了你别笑我。"

"无法保证。"

"陆策！"她无奈极了。

他嘴角勾起："说吧，我尽量忍住。"

听完沈清洛叙述的"童年惊悚记忆"，陆策不仅没笑，反而脸色漠然。沈清洛没头绪，只好干巴巴地看他。

"以前没听你提过这件事。"

陆策说的"以前"，是指谈恋爱时。

"没契机啊，我也是今天看到套娃雕塑才想起来。"

陆策面色稍缓。

拐到步行街末端，唯有一家书店营业。书店两层楼，进门巨大的摆台上，李娟的作品《我的阿勒泰》堆叠在最显眼位置。但凡来新疆北部旅游，攻略总要写上这本书。

一层是畅销书的天下,打扫得纤尘不染。

二层的书籍相对冷门,销量也低,角落堆了许多清仓待处理的打折书,沈清洛拿起一本。

"姑娘,喜欢读诗啊?"书店老板介绍,"您手里的诗集,全店只剩三本,买的话打八折。"

沈清洛合上扉页,盯着书封的名字走神。

《献给自由的鸟》,柏乌作品。

书店老板向沈清洛推销:"这部集子的作者叫柏乌,挺神秘的作家,只出过一本,已经绝版,很少有店能买到。"

陆策听到"柏乌"二字,从另一道书架走来,书店老板正给沈清洛念诗集的献词。

"柏乌诗人,一看就是个多情的。"书店老板单手捧书,极富感情地朗诵——

这座城市
连续下了好多天雨
我想给你写信
提笔却不知从何说起

在屋里来来回回
昨夜的梦
清晨的风
我都想告诉你

模仿你的模样坐在窗前
直到万家灯火亮起
我心爱的鸟儿
请不要、不要在朝暮间离我而去

陆策算了下献词下方的落款时间,那会儿沈清洛应该九岁左右。

"老板,库存一共三本吗?"沈清洛问。

"对。"

"我都要了。"

沈清洛的表情很平静,无喜无悲,好像这位作家不是她父亲,而是某个陌生诗人。

离开书店,沈清洛没有继续逛的兴致,陆策提议就近找家餐厅。沈清洛方回神:"我请你。"

陆策:"下次请顿贵的。"

陆策和沈清洛就餐习惯相同,去陌生地方找餐馆,从不看点评网,随机找有眼缘的店家入座。也不打卡热门网红餐厅,不喜欢为了吃饭排队。

这次延续以前的传统,挑了一家外表干净的小店,老板是本地人,推荐他们点店里的招牌菜,阿勒泰狗鱼。

一鱼两吃的创新做法,一半清蒸,一半爆炒,滋味意外的好,还送了扎格瓦斯。

吃完饭,接到修车行的电话。

偷得浮生半日闲,取走轮胎,两人踏上返程。

越往禾木村走,天色越沉,如天气预警的那样,空中零星飘起雪花。

陆策加快车速,驶过熟悉的山路,视野中逐渐出现小木屋,禾木村快到了。

回民宿会经过一条上坡道,时常有车陷入雪坑,比如前面那辆路虎。

路虎不走,陆策开不过去。他放下手刹,解开安全带,关车门前嘱咐沈清洛:"你在车里等我。"

"你好。"路虎的车主看陆策开的是猛禽,"请问你车上有绞盘吗?能不能帮个忙,帮我把车拉出雪坑?"

"有。"陆策说。

另外两个女孩从路虎车后排出来,见到陆策,俱是一愣。

"好巧,又见面了。"项依扯了扯项宜轩的袖子,"表哥,这是我跟你提过的人,他叫陆策。"

项宜轩听到"陆策"这个名字,微微一滞,不由自主地看向猛禽的副驾驶。

"打了酒店老板的电话,他还要十分钟才到。"项依戴着一副羊毛手套,双手合十做祈祷状,"幸好遇到你,拜托你帮我们把车拉出来吧,感恩感恩!"

"先找出你们车后的拖车钩,应该在保险杠的位置。"陆策说。

"啪嗒"!

身后突兀地传来关车门声。沈清洛换了布尔津买的羽绒服,一身黑色,沉静肃寂地立在雪地里。

羽绒服很长,遮到小腿,纤细的身体包裹其中,冷风吹来,空落的腰间轻轻鼓动。

陆策望着她,无端地生出冷意,似有雪花融化在左胸膛的心脏位置。他转身上前,双手捏住沈清洛羽绒服自带的帽檐,面对面扣上:"下雪了,戴好帽子。"

连衣帽极其宽大,遮掉沈清洛小半张脸,她伸手向后拨了拨,露出额头。

她目光从陆策肩侧穿过,淡淡扫了眼项宜轩,又盯着白色路虎车:"前面发生了什么?"

陆策也往后看,解释道:"他们的车轮卡在雪坑里,让我帮忙用绞盘绳拖出来。"

"表哥,愣着干吗,找拖车钩呀!"项依收回视线,拽着项宜轩的胳膊。

云层低沉浓密,是个坏天气的预兆。

项宜轩摸到装置,项依立刻朝他们挥手:"陆策!拖车钩找到啦,你来看看。"

陆策没过去,帮沈清洛掸去外衣上的几粒雪花:"你先回车里坐,我帮他们……"

"陆策。"沈清洛轻声打断。

"嗯?"

"我现在就想回'鲸也'。"

沈清洛强调"现在",意思很直白,她不想让陆策帮这个忙。

陆策愕然。

沈清洛是公认的性格好、脾气好,高中那会儿,她放学留在教室写家庭作业,经常是最后一个离开。时间久了,关门窗、擦黑板、检查开关这些活都落在她身上。

她本人也不计较,顺手全给办好。

隔壁周泽杭在陆策面前感叹,你们班的大美女原来那么好说话,还以为颜值高的都特有脾气。

陆策再次确认:"现在就走?"

"对,现在。"沈清洛问,"只有这一条路能通行吗?可不可以绕路?"

"可以。"陆策回答。

两拨人离得近,前方三人很明显也听到她的话。林如茵一脸见了鬼的样子,项依则炸了毛,她是大小姐脾气,这种事很难忍下去,语气很冲:"女士,你要回民宿,非急这几分钟吗?"

陆策微微拧眉。

沈清洛声音平静:"很急。"又看向陆策,"现在就回去,好不好?"

"喂,你没必要吧,我们哪儿招你惹你了?"项依莫名其妙。

沈清洛不语,转身坐回副驾驶。

眼看陆策也要跟上车,林如茵喊道:"这位好心帅哥,就拖个车而已,那个是你女朋友吗?也太小气了。"

049

沈清洛听见了，但她不在乎，也没打算反驳。

陆策瞥了林如茵一眼，淡漠的面容带着不悦。

林如茵有点虚："干吗啊，我就实话实说……"

项宜轩从头到尾没说过话。

正在这时，酒店老板的车"唰"一下开上坡，停住，乐呵呵地推开车门："哟，这么多人啊。"

"算了算了，反正老板也到了。"项依心思流转，突然神情一缓，"陆策，不用麻烦你啦，和你朋友先回去吧。"

陆策回到车上，掉头下坡，从村子另一条路绕回民宿。

车厢里一路沉默至极。

驶入停车场，陆策"咔嚓"锁上车门，手还扶着方向盘。他问："没什么要跟我解释的吗？"

"不想看见我讨厌的人。"

"具体讨厌哪个？对面三个人，是那两个女生，还是……那个男的？"

"男的，他叫项宜轩，和我同一所大学。"沈清洛轻描淡写，"我和他关系不好。"

陆策久久地看她："沈清洛，有事情可以告诉我。"

半晌，她点头："知道了。"

下了车，雪势越发大，陆策跟在她身后，冷不丁地问："你那么确定我会听你的话？万一刚才我决定留下帮他们呢。"

说实话，沈清洛就没想过这种可能，潜意识里，她笃定陆策会站在她这边。

"咦，怎么不进来？"许怿开门，见两人门神似的立在那儿，诧异地道，"村里发紧急通知，夜里有暴风雪，还好你们回来得早，通知说下午五点封山。"

"沈小姐，你的手机是不是在响？"

沈清洛进屋接电话，是她同事打来的。

"清洛，告诉你一个不幸的信息。"

"明市飞阿勒泰的航班取消了？"

"对！我们都到机场了，地勤通知不能飞，本来打算改去乌鲁木齐，结果接到消息，禾木封山。"

"没事，采风素材我……"民宿大厅张灯结彩，挂满气球，沈清洛一怔，对面的同事"喂喂喂"了几下，她继续道，"采风素材我来负责。"

挂掉电话，她沉浸在亮瞎眼的室内装扮中无法自拔。

许怿得意扬扬："嘿嘿，我布置得不错吧。"

050

"……"

陆策显然也被震撼到了："许怿,你要干吗?"

"办派对啊。"

郑阿姨从厨房出来。她今天穿了件新衣服,眉角眼梢尽是笑意："是我打算辞职,去女儿那边,许老板说给我办欢送会。"

郑阿姨的女儿原本在布尔津镇上班,工作调动去克拉玛依。

许怿玩票性地开了一家民宿,当快乐的撒手老板,郑阿姨把一切打理得井井有条,是这家店当之无愧的大管家和大功臣。

"今晚的所有酒水我买单。"许怿大气地宣布。

早上有客人离店,后续订房的客人来不了,郑阿姨一合计,空出四间房。

民宿住客虽少,但晚上欢送会依旧热闹,许怿直接在店外挂个"今日酒水免费"的牌子。

禾木村娱乐活动不多,在这大雪天,合适的消遣便是聚在大厅喝酒唱歌、打牌吹牛。

闹闹腾腾的环境里,郑阿姨这样一位年近五十的哈萨克族女人,抱着一把吉他,在麦克风前唱民谣。她的节奏感强,音准准确,气息稳健。

沈清洛沉浸在郑阿姨的歌声里,手握酒瓶,轻轻摇晃,脚尖规律地上下点动。陆策看她慵懒闲适的模样,嘴角悄悄勾起。

"我们郑阿姨,年轻时候可是有名的'阿肯'。"许怿卖关子,"'阿肯'是什么知道不?"

沈清洛略有了解。哈萨克族有句古谚语,"歌和马是哈萨克人的两只翅膀",对于逐水草而居的他们来说,唱歌是一种文化和情感的传播方式。

喜怒哀乐要唱,悲欢离合也要唱,其中擅长即兴创作的优秀歌手,则被称为"阿肯"。

"沈小姐,听说你唱歌非常赞,要不要跟我们郑阿姨来一首?"许怿提议道。

郑阿姨眼前一亮："沈小姐这个嗓音,唱歌一定好听。"

趁沈清洛上台选歌,陆策睨了许怿一眼,深色眸间射出捉摸不透的光,冷冽沉静,冻得许怿一哆嗦。

陆策缓缓地问："你听谁说她唱歌好听的?"

"周泽杭啊。"许怿毫无心理负担地出卖朋友,"我跟他讲,你在禾木遇到前女友,他差点打飞的来新疆看戏,啊不是,来关心你。"

陆策灌一口酒,没说话。

"沈小姐,我看了网上视频,苏州评弹茶馆的老师唱的那首《声声慢》,好听得不得了,"郑阿姨提议,"就选这首怎么样?"

051

"可以呀,听你的。"
"我不会说苏州话,就用普通话唱吧。"
《声声慢》的前调温柔细腻,调子起来,陆策怔忡了一瞬。
"就是这首就是这首!"许怿咽下一口酒,"周泽杭给我看了你们高中艺术节的视频,沈小姐用苏州话唱了这首歌,是吧?据说艳惊全场。"
"啧,视频画面录得太糊,声音还算清晰,"许怿没眼色地继续感叹,"吴侬软语听得人骨头都要酥掉了。"
陆策没空搭理许怿的言论。
他眼波闪了闪,就这么专注地盯着沈清洛,周边的一切变成静态与黑白画面,唯有沈清洛是灵动的。
开唱前,她习惯性地把头发勾在耳后。她深呼吸,然后嘴唇分开,伴着吉他简谱的伴唱旋律,开始唱:
青砖伴瓦漆,白马踏新泥
她唱歌时爱笑,漆黑的眼睛溢出点点的、细碎的流光。
屋檐洒雨滴,炊烟袅袅起,蹉跎辗转宛然的你在哪里
陆策仿佛穿越时间,回到了高三那年,穿礼服的女孩提着裙摆,十分无奈地从墙背后现身,向他解释。
"陆策,我不是有意听到你们对话。"
……

"耻辱、耻辱啊!"大课间,何颜抱肘,死死地盯着课桌上的会演报名表,痛心疾首,"这次艺术节,我们班绝不能垫底!"
"班长,看开点,总有人要倒数第一,舍我其谁。"体委安慰她。
"我看不开。"
何颜,行走的大学霸,门门功课前三名,玩摄影也得奖,唯独在当班长这件事上,遭遇两次滑铁卢。
沈清洛问陆策,发生过什么。
陆策停笔,抬了抬眼皮:"想知道?"
她的眼神清冽,很诚实:"挺想的。"
"嗯。"陆策笔尖指了指杯子,"帮我倒水,我就告诉你。"
这是什么大少爷,喝水还要人伺候。沈清洛内心腹诽着,但出于莫大的好奇,她还是认命地拿走了陆策的水杯。
水房在走廊尽头,约四平方米,只放一台大尺寸的直饮水机。注意到陆策不喝热水,她把杯子放在蓝色按钮的下水口,倒八分满。
她拧好盖子,一转身,差点撞上一个高大身影。

沈清洛原地急刹，肩膀手臂下意识地一瑟缩，整张脸写满了惊慌失措。

陆策眼疾手快，截住即将自由落体的杯子。

"陆策！"

沈清洛说话语速偏慢，从而显得尾字发音略长，即便是气急败坏的语气，也透着股温软柔润。

"你凶起来只会喊我名字吗？"

"我还会骂人。"

"是吗？看不出来啊。"陆策佯装惊讶，唇边分明是逗弄之意，"骂两句我听听。"

"请问，"水房门口，周泽杭眼神复杂地看他兄弟，"陆策，你是受了什么刺激，非要找骂？"

沈清洛被周泽杭讶异的表情逗笑，跟着说："对啊，陆策，你为什么要找骂？"

陆策垂下眼帘，对上沈清洛黠慧的、似笑非笑的眼睛，心中又浮起那股熟悉的躁意。

"行，我不找骂了。"陆策避开沈清洛的眼睛，"走吧，回教室路上跟你说。"

"说什么？"周泽杭边接水，边向离去的二人呼喊，"等等我啊，有什么是我不能听的？！"

北城二中有三大校园节日，分别是文化节、体育节和艺术节。每学年轮一番，今年轮到艺术节。

每个班出一档节目，以年级为单位评分。

最高分的班级，全班放假一天，并奖励游乐园门票。最低分的班级，负责打扫学校公共区域一个月。

"所以我们班已经连续两年打扫公共区域？"

"是这样。"陆策说，"不过打扫卫生事小，班长受到的精神打击比较严重。"

两人聊着，来到教室后门口。何颜踌躇满志，正嘱托体委打探重要情报："你们不是有篮球群吗？问问那些人，都会演出什么节目。"

体委不负所望，当天放学前获得一手新鲜情报：

"二班跳韩国团舞，男女混搭，衣服都买好了。

"五班Cosplay，企图用二次元拉分。

"七班最离谱，说要复刻《泰坦尼克号》的跳船片段，演英文话剧。"

……

节目五花八门，战斗力都挺强。

何颜所在的六班,一下被激起好胜心,众人议论纷纷,该出什么点子打败他们。

有人提议唱小语种歌。

"什么日语、韩语、法语、鸟语,"体委啧啧摇头,学偶像周杰伦的语气,"中文歌才是最厉害的。"

正在整理书包的沈清洛,闻言轻笑出声。

何颜眼睛一瞥,看到沈清洛的侧脸,心头忽然浮出一个绝妙的主意——别的班级折腾潮流,那他们班另辟蹊径,就展现韵味独特的东方美。

次日,沈清洛得知何颜想让她上台唱歌时,怎么也笑不出来了。

并非不擅长五音,相反,她的歌喉从小被夸,小学时还被选去当特长生培养,只是后来循规蹈矩走了文化考试这条路。

沈清洛怕的是节目效果不好,名次垫底。

但何颜充满信心,她抱住沈清洛的胳膊,期盼地望着沈清洛。果不其然,沈清洛很容易心软妥协。

几位会乐器的同学组成一支伴奏队,沈清洛担任主唱。

关于表演曲目,班里略有分歧,分为两派,一派是方言版拥护者,认为用苏州话唱歌别出心裁,另一派认为还是普通话好些,大家都能听懂。

两个版本讨论得不可开交,何颜发起投票,轮到陆策,他选了苏州话。

最后方言版方案的票数占上风。

既然答应了何颜,沈清洛把这事放在心上。她向音乐老师借了艺术楼的钥匙,放学后去练歌房为节目做准备。

不想给何颜增添心理负担,她没把这事告诉别人,只有陆策发现了。

发现的契机,源于一则校园新闻。

据说学校周边出现变态,一个四十岁左右的平头男子,貌似患有露阴癖,专挑落单的女学生下手。

学校保卫科加强巡逻,那人狡诈,一直没被抓到。班主任提醒,近期放学别逗留,尽早回家。

沈清洛课间听同学聊这事,心下有些害怕。那个变态没被抓到前,她不敢再单独去艺术楼。

下课铃响,沈清洛准点搁笔,整理书包。理作业单时,她才发现明天上课要用的练习册遗忘在练歌房。

深秋,天黑得快,练歌房估计被打扫的阿姨整理过,她翻了半天,才从角落的书堆里找到那本册子。

她将薄薄的练习册塞入书包,关灯锁门。

"哒哒、哒哒",明明是自己的脚步声,在楼道里反复回荡,沈清洛却觉诡异，后脖颈好似不断灌入寒风。

下到底楼，转角处，忽然出现一个中年男人，挡在她面前。

男人长相斯文，衣物也干干净净，但……年龄目测四十左右，还是个小平头。

沈清洛心头一紧，攥书包肩带的指关节，用力到发白。

"同学你好，打扰一下，请问洗手间在哪儿？"

沈清洛一愣，略微放松警惕。

"不好意思啊，我是学生家长，来接我外甥的，他被老师叫去办公室，我想上个洗手间。"

沈清洛指了她身后的方向。

"好的好的。"男人从沈清洛身侧经过，并没任何异常。

沈清洛看着他的后脑勺，想着自己神经绷太紧，见谁都是坏人。

那个男人走到洗手间门口，突然猛地转过身，方才温和的家长形象一扫而光，他露出堪称惊悚的兴奋表情，手探下放在裤子拉链上，眼看要往下拉。

沈清洛眼前一黑，一只温热的手覆住她的双眼，是陆策的声音在她耳边轻语："沈清洛，闭上眼睛。"

视线陡然黑暗，听觉变得极其敏锐，她察觉陆策的语气好温柔，像在安抚，也像在哄。

纤长睫毛拂过掌心，鸦羽般的柔软触感，陆策的心头也被轻轻挠过。她怎么那么乖。

那个变态见到有男生出现，手立马从裤链处挪开，瞬间人也恢复了正常，露出一个讨好的笑容："同学，谢谢你指路。"

陆策放下手，冷戾地打量了他一眼，拍了拍沈清洛的背："走吧。"

两人转身，走向大门。沈清洛离他近，感觉得出陆策在压抑某些激烈的情绪。

她稍一推敲，扯扯陆策的袖子，凑近小声说："我没事。我觉得他就是那个变态，等下我们去找保安。"

陆策侧头看向她，面色一沉，脑海浮现那个男人扭曲激动的神情，如果他晚到一步……

"沈清洛，在这儿等我下。"

"怎么了？"

陆策摘掉书包，放到她怀里，转身退回去，把那个男的推进洗手间，关上门。

沈清洛心里一咯噔，来不及阻止，洗手间传来中年男人呼痛、告饶的声音。她急得要命,在门外喊陆策的名字。

附近巡逻的保安赶来,正要砸开洗手间的门,门却自己开了。

陆策把人揍了一顿,校服略微凌乱,手伸到自来水龙头下冲,冲干净后,被校保安叫到一边谈话。

保安想逮露阴癖变态很久了,没料到此人胆大包天,敢潜伏进校园,幸好女同学没出事,不然这事无法收场。

"同学,你胆子也太大了,万一他带凶器怎么办?"保安公事公办,该教育也要教育。

陆策:"我有分寸。"

"有什么分寸?以后遇上坏人,要来找我们。"保安一挥手,"两位同学赶快回家,路上小心啊。"

陆策走到沈清洛跟前,刚伸出手,她立刻双臂圈住书包,后退半步。

"怎么,怕我?"陆策语气冷淡,"我打的是他。"

沈清洛摇头,视线向下:"陆策,你的手受伤了,书包我来拿。"

陆策的小指关节下方擦破皮,洗过后,又渗出新的血印。

校医务室已经关门,沈清洛让陆策坐在长椅上等,她跑去校外的药店买了消毒水和创伤药。

"会有一点疼,你忍忍哦。"沈清洛小心翼翼地捏着棉签,消毒伤口。

陆策盯着她的发顶,喉结滚动:"嗯。"

"你怎么会在艺术楼啊?"沈清洛问。

——因为看到你放学往那个方向走,不太放心。

这个说法太突兀,会吓到她。

陆策脸色不自然地撒谎:"下个月英语演讲赛,我想找个房间练习,碰巧看见你。"

周五晚上,赵进菲和任成益难得在家吃饭。自打李建弘那件事后,母女俩在家相敬如"冰"。

餐桌上只有碗筷碰撞声。沈清洛做了下心理建设,主动破冰,告诉他们,自己将代表班级上台演唱。

"哎呀,那不错啊!"任成益非常给面子。

赵进菲握筷的手一顿,顺着台阶下了:"表演的衣服有吗?"

沈清洛考虑过:"打算穿上次那条白色裙子。"

"不够隆重,不适合舞台。"赵进菲犀利评价完,下决定,"明天带你去趟商场。"

常年磨磨蹭蹭的沈清洛:"……好的。"

说出去别人可能不信,这是沈清洛有记忆以来,第一次与母亲逛街。

市中心高档购物商场，车停在地库，赵进菲和沈清洛一左一右下车。

对面车位，也是母女逛街，女儿一下车就从车头绕到驾驶位，勾住母亲的胳膊，说说笑笑，连体婴似的上电梯。

而沈清洛母女，始终不近不远，相隔两拳距离。

一层的奢牌店，试衣间的门打开，沈清洛低头整理裙摆："妈妈，这条怎么样？"

无人回应，她疑惑地抬头。

饶是见过美女无数的导购，也被她晃了眼，但很快反应过来，朝赵进菲亲热地恭维道："这条刺绣花朵裙是当季秀款，太适合您女儿了，穿上像个仙女，她的颜值可以去当明星啦。"

立体的刺绣花缠在吊带上，延伸至腰际和裙摆，像一场玻璃罩里的梦。

赵进菲挎着腋下包，走到沈清洛的身后，看着试衣镜里的女儿："你喜欢吗？"

见沈清洛点头，赵进菲便向导购打手势："就要这条。"

导购开单，赵进菲的秘书打来电话，赵进菲对沈清洛说"等我一下"，抓着手机出去聊工作。

沈清洛站在镜前，左右打量，几缕头发随转头的动作晃悠，缠住了吊带上的花朵。

没带头绳，她目光移向饰品柜，射灯下的珠宝熠熠夺目，缀满钻石的手链、耳钉、戒指中央，躺着一根别致的红宝石发簪。

导购眼明手快，打开柜子，介绍说这是品牌与中国设计师的合作款。

沈清洛接过发簪，头发利落干净地绾起，露出锁骨和颈部线条。

赵进菲挂了电话匆匆进来，说有急事回趟公司，她忙着刷卡走人，没在意女儿发型的变化。

沈清洛默默地抽出簪子，递还给导购，懂事地提裙子回试衣间，一头长发散落肩背。

导购一清早做了一笔大单，神采奕奕，心说今天业绩一定冲新高。

想什么来什么。下一秒，一个英俊的男生进店买下女孩试过的红宝石发簪。

"陆策，一转眼不见你人了。"

"买点东西。"

表姐抬头，看看店铺的名字："在女装店买东西？你有情况哦。"

陆策挑眉："现在还没有。"

艺术节当天，六班格外亢奋。

高中三年，两次大节日垫底，这是最后的、一雪前耻的机会。

在后台候场的沈清洛被大家情绪感染，陡然紧张起来。

"淡定淡定，别把气氛搞得那么紧绷。"体委给大家一颗定心丸，"最差结果就是倒数第一，咱们算是有经验的过来人了，态度嚣张点。"

何颜绝望地扶额，心说"快闭嘴"。她转头看向沈清洛："同桌，放轻松，你今天的打扮，立在那儿当雕塑都能惊艳全场。"

"还有一会儿才轮到你呢，先把外套披上，千万别着凉。"何颜扫了一圈，"哎？你的外套呢？"

外套放在她的拎袋里，本来有位同学帮忙拿着，结果同学去教室取条幅，袋子落在那儿了。

"陆策在教室，我给他发过信息，他等下带过来。"沈清洛说。

算算时间，陆策差不多该到了。沈清洛待在后台紧张，想出去喘口气，便道："我去门口等他吧。"

礼堂前厅空空荡荡，沈清洛心情放松些，转至墙角，突然听到一道女声含糊地说了些什么。

沈清洛立即转身想回去，还没等她离开，就听到熟悉的男声说："抱歉，我有喜欢的人。"

竟然是陆策的声音。

沈清洛靠在墙角，紧张极了，生怕被发现。

陆策余光早就注意到墙角露出的裙摆，布料上开了一朵立体缝合的刺绣花，很美，是全场最惹眼的存在。

裙摆动了动，往墙角缩回一点，看样子，衣服的主人偷听完想跑。

等面前的女生眼眶红红地离开，陆策嘴角才跃起一丝笑意："沈清洛，出来。"

裙摆僵住不动。

陆策几乎能想象沈清洛纠结的表情。他走向墙边，命令式地重复道："出来。"

沈清洛提着裙摆，慢吞吞地从墙背后走出来，无奈地解释道："陆策，我不是故意听你们讲话的。"

她今天做了精致的妆造，麻编发箍式低髻，衬得皮肤十分白净。刷了睫毛膏的眼睛格外清亮，如夜里雨雾散去，被月光笼罩的一湖水。

陆策微微低下头看她，唇角都快抑制不住上扬的趋势，语气却似在兴师问罪："不管有意无意，反正你听到了。"

沈清洛睁大眼睛，以示无辜："我已经忘了。"

"忘了哪句？"

"忘了你说有喜欢的人。"

"哦——"陆策故意拖长道,"这不是又想起来了?"

沈清洛一阵无语:"要不你重问一遍。"

"不行,给过你机会了。"

幼稚至极的对话,陆策就是故意难为她。

这个年龄有喜欢的人,再正常不过,据沈清洛不靠谱的推测,陆策不依不饶是因为害羞。

"不跟你说了,我要去候场。"

沈清洛转身上楼,没走两级阶梯,一件外套从后披在她肩上,遮住被礼服花朵簇拥、如蝴蝶般振翅的肩胛骨。

沈清洛诧异地回眸,陆策收回手,神色淡淡地道:"不是发信息跟我说冷吗?"

沈清洛发的原话明明是:陆策,你还在教室吗?

陆策:在。

沈清洛:能不能帮我把外套带来?在我桌上的蓝色拎袋里。

陆策:嗯。

沈清洛:快点来哦,礼堂等候室空调坏了,有点冷。

陆策:知道了。

然后她立刻发了"鞠躬谢谢"的表情包。

沈清洛将手伸进袖管,提醒他:"快入座吧,节目要开始了。"

陆策去观众席,和她不是同一个入口。他刚入座,舞台天排灯骤然熄灭,主持人在一阵热烈的掌声中相继亮相登台。

六班抽到的签偏后,轮到他们上场时,全场已经过了最兴奋的点,观众席的掌声也变得稀稀拉拉。

帷幕拉开,中央舞台光由上至下,笼住一袭花朵裙的沈清洛。

场下,先是屏息凝神,而后响起此起彼伏的、压抑音量的惊叹,重新点燃一波小高潮,在挑高空旷的礼堂尤为清晰。

前调起,她握住话筒。

陆策凝视台上唱歌的女孩,她的歌词,他一句没听懂。北城方言就是普通话,苏州话温润软糯,于他而言却是一门加密的外星语言。

但陆策不舍得漏掉她的一个字、一个表情。

唱到尾声,她和伴奏的同学们对视,勾起一抹浅笑,转瞬即逝,消融了曲子里淡淡的哀伤。

表演结束,台下的掌声经久不息。沈清洛返回后台,被何颜激动地一把抱住:"同桌,你超棒!"

艺术节会演打分排名，六班毫无悬念没有垫底，并且出乎所有人意料地拿了第二名。

第一名是三班杀出的黑马，表演魔术，大变活人。

没得第一也不妨碍六班同学狂欢，虽然没拿到学校奖励的乐园门票和一天假期，但他们决定自己给自己奖赏，相约寒假去郊外的冈山徒步。

陆策晚上回到家，周泽杭传来一段视频，是六班的表演节目。

ZZH：看，你们班仙女！

ZZH：快把她微信号推我～

陆策：？

ZZH：帮我同学要的

ZZH：之前志愿活动，他和仙女一起当礼仪，没敢要联系方式，现在后悔了。

陆策：不给。

ZZH：哈！我就试探你一下，果然被我试出来了。老实交代，是不是对仙女有意思？

陆策没再理周泽杭。

他把视频保存到手机相册，重复听了好多遍，才终于艰难地听懂了两句。

寻寻觅觅，冷冷清清，月落乌啼月牙落孤井。（出自歌曲《声声慢》）

……

"寻寻觅觅，冷冷清清，月落乌啼月牙落孤井。"

沈清洛和郑阿姨演唱完毕，民宿大厅里响起赞叹欣赏的掌声，没当初北城二中那群高中生热闹咋呼。

看向桌台，陆策刚离开，捏着一包烟和打火机。

雪暴烈地下。

门廊屋檐挡不住风雪，陆策任冷风对着脑门吹，也无法叫沸腾的血液冷静下来。

他吸了一口烟，尼古丁不管用，解不了瘾。

"陆策，站在这里不冷吗？"沈清洛自觉地戴上羽绒服的帽子，走到他身边。

陆策眯眼，有些邪气："觉得冷你就进去。"

沈清洛没动，盯着他指尖的猩红一点："你以前不抽烟的。"

"以前？人是会变的。"陆策弹了弹烟灰，"你要不要试试？"

沈清洛微皱眉头。陆策探前一步，捏着烟蒂凑近她。

"人总该有一样上瘾留恋的东西吧？还是说……"他语气一转，带着轻浪的调侃，"还是说，仙女就是铁石心肠没有感情的？"

沈清洛抬眸瞪他，嘴唇湿润，立在原地也不躲开。再进一步，烟嘴就能碰到她的唇。

无声对视片刻，陆策先收回手，磕灭烟头，神色恢复如常："不逗你了。进屋吧，我再抽一支。"

皑皑不绝的雪席卷大地，风声呼啸凛冽。

沈清洛执着道："我不进去。"

"随便你。"陆策打开烟盒，抽出一支新的，咬住。

沈清洛的手从后捋了捋羽绒服，欠身坐在檐廊的长条凳上，马灯造型的壁灯光芒温润，将衣服堆叠的褶皱割出阴阳明暗。

村庄外，巍峨群山在风雪中只余影绰轮廓，她专注凝视的模样，像一幅色调沉静、笔触肌理细腻的油画，令人觉得遥远，仿佛只应在美术馆的冷光射灯下欣赏。

然后，画面动了。

因为冷，她吸了吸鼻子，将冻到五指发麻的手插进口袋，这一小小的、接地气的可爱动作，立刻让人产生错觉——

她不遥远，是能拥有的。

下一秒，沈清洛就被勾住左边胳膊拉起，夜色浓稠，陆策的面容冷峻，写满了烦躁，他与她的目光接触一瞬，旋即避开："不抽了，进去。"

屋内，音乐停止，众人聊得热火朝天，话题关于新疆出现的狼。服务员端上几盘果碟，三步一回头，依依不舍。

许悻招呼她坐下："别忙了，一起听。"

是一位四川驴友，分享当初第一次来禾木，被狼群尾随的故事。

那会儿年轻，无知者无畏，买了全套户外装备，就想沿黑湖穿越树林到禾木。没有足够的户外经验，和同伴走错一条岔路，再也回不到起始点。

手机失去信号，山道崎岖，才下过雪的路面湿滑，摸黑赶路，稍有不慎便会跌入山谷。他与同伴一合计，决定坐在原地等天亮。

他们靠在一处小山包，不敢睡着，彼此聊天。大概是人类基因本能对于危险的直觉，聊着聊着，同时噤声，同伴举起手电筒，照向身后方。

"我一辈子忘不了那个场景！"四川驴友心有余悸，"距离我们不到十米，三匹狼，绿油油的眼睛亮得瘆人，像在研究我俩哪个部位好吃，我当时脚一软，差点给它们跪了。"

"后来怎么脱险的？"有人问。

沈清洛和陆策拉过椅子坐下，加入聆听驴友的历险经历。

狼的眼神凶狠，始终维持不近不远的距离，死死地盯着他们握着的手电筒。驴友和同伴本来打算跑，脚尖都抵出去了，突然刹住。

幸好他们接受过必要的野外生存知识培训——被狼群盯上，最忌讳露怯，更不能跑。

他和同伴运用此生最大的定力，与三匹狼对峙，然后慢慢地往边上挪，离开。

两人将手机灯开着，不敢关，边走边故意大声交谈。三匹狼幽幽跟随，没敢强硬攻击。走啊走啊，不知多久，狼群悄然消失在身后。

天色渐亮，遇到好心牧民，这才获救。

有人起了头，天南地北的游客开始侃自己的滑雪见闻，从冬日落基山脉的粉雪，到北海道地震失联，再到阿尔卑斯山区偶遇德国球星诺伊尔。

提到这位传奇足球门将，桌台有人小声吐槽，说巴西世界杯后德国队踢得真垃圾，迷恋传控打法，全场散步，日耳曼战车变拖拉机，话题偏离到欧冠和五大联赛。

而角落戴绒线帽的游客，面前一台笔电导照片，还沉浸在前一则遇狼险闻里，浑身鸡皮疙瘩，惴惴不安。他说："我前两天在喀纳斯拍平流雾，早上四点爬山穿树林蹲机位，想想有点后怕。你们说禾木村这边有狼吗？"

本地人郑阿姨有发言权："当然啦，后山就有，早些年还有村民看到狼群巡山。"

游客的器材包里，装了赤道仪和大光圈镜头。郑阿姨提醒："你是搞摄影的吧？可别独自半夜上观景台拍星空，很危险。"

许怿神秘兮兮地告诉沈清洛："其实陆策也遇到过狼，就去年。"

沈清洛愣了很短一瞬："在哪儿？"

许怿不卖关子："在富蕴县可可托海雪场那边。"

可可托海野雪区域有一处密林，石头多，被积雪厚盖，适合享受刺激的滑雪者挑战。当天雪质条件不错，野道开放，陆策和许怿带滑板进入。

这条野道相对成熟，地形不算复杂，但鉴于野雪区域突发状况多，陆策先滑下去试水，他的速度把控和避障能力更强。

"然后不可思议的事情发生了，"许怿抱怨道，"雪场停电了，你敢信？！"

边上的雪友插嘴："我前两天在可可托海也遇上了停电。"

"哈？又停电啊。"许怿和雪友聊了起来。

沈清洛转头问当事人陆策："接下来呢？"

关心的模样作不得假，陆策目光微动。

可可的雪道很长，陆策滑到密林深处，雪板刮到石头，木芯露出一道伤疤，他停下检查板子。

再抬首，远处大石块后方，一匹灰棕独狼虎视眈眈，似在觅食。

狼是高攻击性的群居动物，同类依赖，彼此合作，但比起群狼，独狼更凶猛可怕。

有种说法，独狼是狼王竞争中的失败者，踪迹不定，没有首领，为了活下去，对待果腹的猎物更为残暴。

陆策悄悄从滑雪背包拿出强光手电筒和刀，但没派上用场，独狼一转身，跑回山里。回过头，正巧是几位开雪地摩托的工作人员在疏散雪友。

"所以没出什么事。"

沈清洛眉头紧皱："这还叫没出什么事？怎么样才算……"

"啪"！

话未说完，民宿大厅的灯光陡然熄灭。

漆黑的屋子里阵阵惊呼，接着吊灯忽闪两下，又亮起来。

"暴风雪，估计电路接触不良。"郑阿姨判断。

陆策发现沈清洛在发抖，手按在她背脊上，问："害怕？"

沈清洛摇摇头，不说话。刚才的话题也没有继续下去。

许怪脑洞大开，说万一他在禾木村遇见狼，一雪板把它干趴下，算不算违法，毕竟狼是国家二级保护动物。

"万一我真进去了，陆策，喊你爸爸来捞我。"许怪未雨绸缪。

"他是律师，负责辩护，不负责劫狱。"

"说起来，陆叔最近在忙什么啊？我爸约他打球好几次，约不出来。"

"李建弘的案子。"陆策把沈清洛面前的酒瓶拿走，换成一杯温水，问她，"李建弘，你记得吗？"

沈清洛当然记得。

那天志愿活动结束，校门口，沈清洛察觉李建弘欲言又止，事后给他办公室打电话。打了两回，李建弘让她过去见面。

李建弘的办公室板正严肃，猪肝红色的书柜和办公桌，颇有九十年代国营五星酒店装修风格。作为业界知名劳模，他的案几上堆满了工作文件。

"清洛，你妈妈有没有讲过你爸爸的事？"李建弘问。

沈清洛说没有，但她想弄清赵进菲失态的原因。

"性格不合，处不好的夫妻很多。"李建弘顾左右而言他，打马虎眼，"你别想太多，以后也别在妈妈面前提沈柏乌这人。高三了，唯一的任务是好好读书。"

"李叔叔，您背后的那本书，是我爸爸的吗？"沈清洛突然问。

李建弘回头，看到那本《献给自由的鸟》。

他伸手抽出诗集，感叹："是啊。我和柏鸟是大学同学，毕业后又到一个单位，你爸爸在文学方面造诣很深。"似乎想到这本书有特别的寄语，李建弘眼神闪烁，不动声色地又将书本放回原处。

沈清洛假装没看出来："嗯，我家里也有一本。"

"领导，外面有人找。"秘书说。

"清洛，你稍等我一下。"

办公室门带上，沈清洛盯着柜子里的书。她面前好像藏了一个巨大秘密，揭开、回避，就在一念之间。

李建弘回来很快，说："清洛啊，我等会儿要去新区办事，顺道送你一程？"

"李叔叔，"沈清洛起身，指着诗集，"我能打开看吗？"

"书都是一样的，叔叔赶时间，我们走吧。"

他不给看，沈清洛不强求，临走前问："李叔叔，我一直想知道，这本诗集，是我爸爸送给妈妈的吗？"

李建弘面露尴尬："这个……"

沈清洛笑了笑："没事，叔叔，我随便问问。"

献给自由的鸟，是别的鸟。沈清洛后悔与赵进菲多日来的冷战。

她不擅长对赵进菲撒娇，不知道如何修补关系，只能等待契机。终于，艺术节前，她在饭桌上状似随意地宣布："妈妈、任叔叔，下周我要代表班级上台唱歌。"

凌晨两点多，"鲸也"103房间，沈清洛翻来覆去睡不着。

夜灯的光芒无法安抚她，沈清洛起床，拿起在布尔津购买的、随意扔在书桌角落的三本诗集。

动作太急，她不小心踢到了椅子，沈清洛强忍着不发出呼痛声。毕竟木屋的隔音效果实在不敢恭维，她怕吵醒其他住客。

推开门，暴雪威力显现，房屋斜顶已经积攒近二十厘米的雪层。

沈清洛抱着诗集，去往民宿大厅。

大厅夜间不断电，值班服务员在休息室的行军床睡觉，前台竖了块牌子：有事请按铃。

吧台对面的壁炉，不是别墅装修使用的装饰壁炉，而是切切实实烧木柴取暖的真实炉子。

"刺啦刺啦"！火柴头跳起一簇光，沈清洛手一扬，光在空中划出弧线，落在壁炉内的柴火堆。

橘黄色火焰越烧越旺，沈清洛借着火光，随意地翻了几页诗集，撕下来，悉数扔进壁炉。铅印字句化为灰烬，书中的"爱情"，书封的"自由"，都成一场空。

屋内气温升了两度，她的脸颊倒映跳动的暖光，面上不辨情绪。

"沈清洛，你到底在做什么，半夜烧书取暖？"

不知何时出现的陆策，俯在她耳际，声音很轻，温热气息将她全身包裹。

沈清洛斜仰头，最先看到陆策的下巴。

火光映衬中，陆策的侧脸线条显得格外锋锐淡漠，她视线上移："陆策，你是被我吵醒的吗？"

"是。"陆策双手握住她的肩膀扶起，"这姿势腿不麻？"

麻的。

沈清洛站起瞬间，血液如无数股电流乱窜，下一秒，被陆策按在椅子上。

陆策抽走沈清洛手中剩余的几页书册，扔进壁炉。"噼啪"……高蹿的火舌吞噬纸张，燃烧殆尽后，迸溅出几粒带火星的炭灰。

沈清洛有即将被审讯的错觉，然而陆策没提诗集，只温柔地问腿好些没。

"好多了。"沈清洛低头，轻揉腿部，加速血液循环。

陆策目光落在她发顶，脑中思绪飞转。

关于沈清洛父亲婚内出轨，他略知一二，当时沈清洛虽反感，但也没厌恶到半夜烧书的地步。

还有下午遇到的项宜轩，他认识沈清洛多年，几乎没见她与人有过节，更遑论直言"讨厌"。

"沈清洛。"陆策搭在椅子扶手，半蹲下，将她环住。

"怎么啦？"沈清洛抬头，按揉动作没停。

四下无人的夜，空气飘浮着燃烧释放的松木香，陆策一冲动，问出心中疑惑。

沈清洛眼神闪避："也没什么，我和项宜轩不熟，就是不太喜欢他那样的性格。"

"看我。"陆策锢住她，态度强硬起来，"看着我说话。"

沈清洛扭动肩膀挣脱，猛地站起来："陆策，我不想说无关紧要的人。"

"是不想说，还是不想跟我说？"陆策逼她对视，"沈清洛，我不值得你信任吗？"

沈清洛明显有些摇摆慌乱。

陆策找到破绽，下狠心道："叫项宜轩是吧，你不说，我有的是办法查。"

他本意是激将，让她抛开顾虑，结果适得其反，沈清洛应激似的拍掉他的手："陆策，我们没任何关系，我的事与你无关。"

值班服务员听到大厅中的声响，捂嘴打哈欠，趿拉着棉拖鞋走出休息室，就看见沈小姐避之不及般甩开陆先生再次搭上肩的手臂，转身跑出门。

高大英俊的陆先生，周身仿佛笼罩着寒霜，立在壁炉边，安静冷清。

服务员抓抓后脑勺，正纠结要不要打招呼，陆先生抬步追了出去。

沈清洛身影单薄，立在103房门口，钥匙怎么也对不准孔。她抿了抿唇，更用力地戳门锁，金属摩擦声细微，也不知在跟谁较劲。

门缝漏出半方暗淡暖光，是出门前留的一盏小夜灯，静静候她。

只要躲进房间，隔绝昏乱黑沉的夜色，沈清洛就能获得某种逃避性质的安全感。

门即将闭合之际，突然被一只手挡住。

陆策闪身入内，捞过沈清洛的腰抵在墙壁，虎口收着力道掐她下颌："什么叫与我无关？"

"管我抽烟，担心我安全，难道不是因为在意我？"陆策气息迫近，风雨欲来，"沈清洛，说话。"

沈清洛挣扎了一下，却动弹不得："陆策，你冷静，先松开我。"

"冷静不了。"陆策把她整个人圈住，沉又低的嗓音裹了屋外的寒风，"你表现出的关心，如果不是出于在意，难道是把我当成不错的备选，故意钓着我？"

沈清洛脑子一蒙，停下推拒的动作。

陆策忍不住啄吻她的耳垂，一下又一下："是也没关系，我就是被你钓得死死的，没什么不能承认。"

沈清洛心里微刺一下，抬眸对上陆策深邃的眼，想澄清解释，嘴唇被陆策指腹堵着说不了话。

陆策直白的眼神，细细描摹沈清洛泛着水光的唇瓣。

不知谁家养的马匹半夜不睡觉，"嘶"一声嘹亮长鸣，隔着木墙听得混沌真切。

陆策遵从内心松开手指，偏过脸将嘴唇贴上她的，和印象中一样柔软。他吻沈清洛，向来不纯情，粗鲁地撬开牙关，舌头贴合搅动。

空气在升温。

沈清洛心如擂鼓，许久没有过亲密经验，被吻住时反应生涩。

"弄过那么多回，"陆策咬一下沈清洛嘴唇，埋在她脖颈间，"现在连接吻也不会了？"说完迫不及待地覆上去，没给她回答的机会。

折腾一番，身体有些热，陆策动手剥沈清洛的厚外套，指尖不经意碰到内里的睡衣缎面布料。

沈清洛呼不过气，用力揪紧陆策衣袖，压抑暧昧撩人的哼喘。

民宿十几米外一棵百年古树，藤蔓在寒风中乱荡，雪粒零零落落地挤在皱皱苍老的枝干上。

"咔嚓"！折断声清脆鲜活。枝干佝偻弯曲不堪重负，直切向电线，"呲啦啦"火星连串，伴随"嘭"的巨响，路灯齐齐熄灭，禾木村陷入一片黑暗。

103房间，小夜灯骤然断电，沈清洛从迷乱中惊醒。

如果是平日的陆策，一定能发现她身体突如其来的、不自然的僵硬颤抖。但此刻陆策完全沉浸在眼前的事，丝毫不如往日敏锐。

"陆策，你先停下。"沈清洛撇过头，微扬起下巴，躲避他的吻。

陆策听不进去，顺势吻脖颈，还咬，一路流连到耳垂。完全黑暗的环境，欲念不断膨胀。

"啪嗒啪嗒"……

温热潮湿的液体滴在手背，陆策霎时停下动作。

她是哭了吗？

陆策松开作乱的手，想给她擦眼泪，就听沈清洛呜咽着低语："别这样，你别碰我。"

空气一时间陷入凝滞。

"原来是我会错意。"陆策手臂落回去，嗓子沙哑，"对不起，让你困扰了。"

他打开应急照明灯，帮她重新披上外套，临走前说："我保证不会再发生同样的事，锁好门，早点休息。"

次日，沈清洛醒来，发现喉咙有些痛，按照以往的经验，估计是着凉感冒了。

沈清洛高三去北城前，从没享受过暖气片。苏州老宅的房子没地暖，冬天湿冷，开空调她又嫌闷，每夜全靠勇气和厚被子入睡。

恋爱那会儿，陆策去过沈清洛苏州的家，在二楼房间，把她抱起，声称要给她取暖。

沈清洛转身，折腰勾住他的脖子，眼睫很弯，说南方人的体质自带抗冻特性，我给你取暖才对。

然而事实上，她一点也不抗冻。

沈清洛裹着厚羽绒服去民宿大厅吃早饭，郑阿姨问小米粥香不香，她鼻翼翕动，没闻出个所以然。

许怿拉过一张椅子，坐到她旁边。

沈清洛问："许老板，有事和我说？"

许怿不否认："沈小姐，叫我许怿吧，我和陆策是好朋友。"

提到陆策，沈清洛垂下眼眸，轻点了点头。

"我很早去国外上学，前两年才回来。"许怿给自己斟了一杯茶，"我们北城人呢,有个不成文的传统,但凡农历新年、升学加薪,或者出远门回来,都要去闵山顶上的寺庙烧炷香祈福。"

"沈小姐,去过闵山吗?"

"去过。"

"和陆策?"许怿问。

"和全班。"艺术节后的寒假徒步活动。

"好吧。"许怿耸肩笑了笑。

许怿毕业后回北城,按照惯例,约了陆策与周泽杭,陪他去郊外的闵山点香。

车停在山脚下,三个人像小时候一样徒步爬山。

周末的山顶寺庙熙来攘往,求姻缘、求钱财、保平安,佛祖千百年来翻来覆去地聆听这些愿望。

点好香下山,石板路通往半山凉亭。稍作歇息,有个穿长袍的中年女人靠近,问他们要不要算一卦。天地玄黄,宇宙洪荒,微信扫码支付,保准算到位。

许怿乐了,付了笔"咨询费",指着陆策,让神婆给他算姻缘,看他是不是弃情绝爱准备剃度出家。

佛门清净地,陆策把"你是不是有毛病"咽回去。

神婆十分爽快,钱一到位,立刻掐指算命进入工作状态。

"灵鹿车,逍遥挂,斗酒对弈桂树下。红尘事,情人结,悲欢离合,红线手中捏。"神婆念了首诗,烘热气氛,"帅哥,让我看下你的掌心,男左女右,伸左手。"

陆策懒得抬手:"不算。"

神婆:"算命不退款的。"

陆策:"那就别退,让他的钱打水漂吧。"

下半段回程路,许怿缠着陆策,问他到底怎么回事,聚会上想加他联系方式的女孩,为什么一个都不愿深入接触。许怿随口调侃:"不会还想着你那个宝贝前女友吧,叫什么顺来着?"

比较了解内情的周泽杭嗤声,觑了眼陆策。

陆策反常地没回避话题,他停下脚步,承认:"是很难忘记她。"

民宿大厅,许怿不错过沈清洛的表情变化。昨晚突发停电,他作为民宿老板,出去视察,经过103房间门口,听到了动静。

"陆策的性格你也知道,并不爱多说,只在闵山那回,承认了一次。"许怿微顿,"承认一直没忘记你。"

闵山啊……

沈清洛忽然想起陆策第一次坦白心意的画面。

是高三寒假,大年初一那天。

陆策打来电话:"沈清洛,你说过不能在佛祖面前撒谎,我现在就在闵山,如果说假话,让佛祖惩罚我行不行?"

第二章

/ 红宝石发簪

艺术节后，寒假来临。

沈清洛放心不下奶奶，决定回苏州过年。她和赵进菲提过，赵进菲也同意，不过让她待到年关再走。

"和任叔叔的家人吃顿饭，来北城后还没见过面。"赵进菲说。

沈清洛把这顿饭看作与母亲关系更进一步的信号，欣然同意。

晚上陆策在微信上找她，问要不要去德丰打桥牌。沈清洛推掉，她打算去趟北城野生动物园，最近有针对年卡用户优先开放的企鹅展。

好半晌，陆策发来一句：企鹅挺可爱的，我也想看。

沈清洛：那你要一起去吗？不过买年卡才能看展。

陆策：我有年卡。

沈清洛：^ ^ 原来你也喜欢逛动物园啊。

陆策：还可以。

得知沈清洛搭地铁，陆策放弃打车，一大早，"顺道"在她家那站等待。过年前的地铁车厢人最空，陆策和沈清洛单独坐一排。

陆策发现，沈清洛爱穿裙子，每次便服都是裙装。很好看。

企鹅展声势浩大，北城动物园下了血本。企鹅是从国外动物园租借来的，为了小家伙们兼职愉快，单独辟出一片区域，打造人工冰雪天地，供它们嬉戏玩乐。

这次引借了四个品种，帝企鹅、巴布亚企鹅、洪堡企鹅和凤头黄眉企鹅。

馆方借此机会，吸引大家办年卡，针对新开卡客户，准备了丰厚礼品。

企鹅展馆检票处，检票员验完陆策的卡，好心地提醒："一周内新办卡的客户，可以去左边柜台领取小礼品。"

陆策略心虚地看了眼沈清洛，她没听见，在接何颜的电话。

小礼品是企鹅周边，有挂件、卡套、手机壳等等，陆策选了一只硅胶材质的帝企鹅挂件，沈清洛打完电话过来，他把挂件别到她包袋上。

沈清洛晃了晃挂件："你买的吗？很可爱。"

企鹅展馆内温度低，沈清洛有先见之明地戴了厚围巾和手套，陆策什么都没准备，一副不怕冻的模样。

这帮企鹅，个个是不怕人类的老油条。馆方在冰雪场地用阻隔带辟出一条路，企鹅成群结队，挺起白肚皮，左摇右晃地来回散步，偶尔还和游客打招呼。

卡着企鹅散步的时间点，沈清洛和陆策早早等在前排位置。

无奈恰逢寒假，小孩多，一堆小孩兴奋地往沈清洛前头挤，她被迫不断后退。

"再退你就看不到了。"陆策抬胳膊，虚空挡她背后，"就站这儿，别再动。"

入口处，一对姗姗迟来的年轻家长，抱着个小男孩，想插到最前面。目光睃了一圈，看沈清洛长得温温柔柔，一副好商量的样子，便问能不能换个位，家里小朋友很喜欢企鹅。

没等沈清洛回复，陆策说："不能。"

"哎呀，我们平时上班，难得带小孩子来一次动物园，"家长指了指怀里的孩子，"他刚上小班，表现好拿到小红花，我们答应他看企鹅的。"

"站外侧也能看。"

"你们那么大人了，就让我们换个位呗。"

沈清洛听得有点不舒服，陆策则完全耐心告罄："不换，别再问。"

夫妻白了他一眼，转头问其他人，一圈下来，没人愿意。这对夫妻，脾气一个赛一个大，女的骂男的起床晚，男的骂女的化妆耽搁时间，夹在中间的小朋友，嘴一瘪，眼里蓄满泪水，小声嗫嚅："别吵架……不看企鹅了……"

父母完全没注意到他，小朋友没有安全感，惶恐地四处张望，在人群中锁定沈清洛。也没特别原因，这姐姐长得最惹眼。

沈清洛一下心软了："陆策……"

"想让位？"陆策面无表情，"知道吗？你现在的表情和他一样可怜巴巴。"

"你觉得可以让吗？"沈清洛知道不该纵容年轻家长的插队行为，但小孩实在无辜。

陆策看她片刻，无声地叹口气，转向那对越吵越凶的夫妻，盯着小朋友问："你为什么喜欢企鹅？"

小朋友抽噎了下，这哥哥挺可怕。

陆策催促:"你说了理由,我就让你在前排看企鹅。"

小朋友从斜挎小包里掏出企鹅不倒翁玩具:"我带小企鹅见它朋友。"

孩子父亲嘀嘀咕咕:"你怎么偷偷把玩具带出来了,别弄丢。"

陆策扫了眼男孩手里保管良好的不倒翁企鹅,张开双臂,作势要抱他。小孩吓得往后一缩。

陆策说:"要么我抱你站前排看,要么你就在现在位置看,选哪个?"

小朋友看看爸妈,又戳了戳包里的企鹅不倒翁,缓缓地向陆策伸手。

陆策抱小孩的模样有点滑稽。他单手搂着小朋友的腿弯,另一只手扶着小朋友背部防摔倒,姿势看似正确,但小朋友嫌他抱得不舒服。

陆策不打算调整姿势,漫不经心地道:"安静点,企鹅觉得你吵。"

小朋友瞪圆眼睛:"怎么会,我天天和企鹅讲话。"

"那你今天少讲两句。"

小朋友蠢蠢欲动地看向沈清洛,想让温柔的漂亮姐姐抱。他的手刚有动作,就被陆策"啪"一下拽回。

小朋友畏惧陆策,只好暂时偃旗息鼓。

"哥哥,你看,那只企鹅好大。"

陆策瞥了一眼,企鹅在他眼里都一个样,是以十分敷衍地回答:"嗯,好大。"

"哥哥,为什么它比别人高?是因为不挑食吗?"

陆策不耐烦了,指着小朋友手里的不倒翁:"晚上问你朋友去吧。"

"哥哥,我现在想知道。"

沈清洛憋笑到不行。她给小朋友解释,不同种类的企鹅,大小不一样,刚才那只是帝企鹅,帝企鹅是企鹅家族的巨人。

"看它脖子底下的羽毛,和其他企鹅有什么不一样吗?"沈清洛问。

小朋友来回观察几遍:"它的羽毛是黄色的!"

沈清洛和小朋友讨论企鹅的差别,陆策静静地听,连带对小男孩也多了几分宽容耐心,直到——

"姐姐,你真漂亮,比我们幼儿园的花花老师还漂亮。"小男孩双眼亮晶晶。

"是吗,谢谢你的夸奖。"

小男孩壮着胆子:"姐姐能抱我吗?"

陆策:"……不能。姐姐在拍照,别打扰她。"

小男孩若有所思地看着沈清洛手机的摄像模式,非常失落:"好吧。"

企鹅散步游行结束,陆策将小男孩放回他父母身边。企鹅馆温度冷,他去买两杯热饮。小男孩拨了拨沈清洛包上的企鹅挂件,说:"姐姐,这个好可爱。"

另外经过的两个小朋友也被挂件吸引，围在沈清洛边上。其中一位扯家长衣角，想要同款。

家长问沈清洛哪里买的，沈清洛摇摇头，得问陆策。

正巧有位新办卡的游客经过，插话解释："买不到的，这是年卡用户的新人礼物。"

"新人礼？"沈清洛诧异。

"对的，我问过，一周内办卡才能领，"另一个游客愤愤不平，"就欺负我们这些老用户。"

陆策买热奶茶回来，在沈清洛面前轻晃了下："发什么呆？"

沈清洛捏着包袋上的硅胶挂件："陆策，何颜之前给我打电话，跟我确认是否参加闵山徒步。"

陆策喝一口饮料，闻言放下纸杯："不是说要回苏州参加不了？"

"本来是的，但计划有变，我要过年前才回苏州，又有时间参加了。"沈清洛小心翼翼地试探，"听何颜说，你不参加？"

作为在北城生活了十多年的人，闵山徒步于陆策而言毫无吸引力，他打算去松花湖或长白山滑雪。但他瞬间改了主意。

"不一定，看我有没有时间。"

沈清洛有一种强烈预感，她会在徒步当天见到陆策。

六班约定在闵山山脚集合，除了沈清洛，其他人都走过这条徒步道。

沈清洛来得晚，一眼看到人群中的陆策，好像在被搭讪。

陆策察觉身后的视线，回头见到扎着马尾、换上轻便运动装的沈清洛，与平日风格大相径庭。

沈清洛很快挪开视线，心脏怦怦乱跳。

她猜测正确，陆策果然出现了。

沈清洛琢磨好几天，心里有个非常奇怪的念头，她觉得陆策是为她特意办的动物园年卡，也是因为她才参加班级徒步。

这个想法会不会太自恋了？

何颜注意到沈清洛的异常，问："同桌，怎么心不在焉？"

"今天起太早，没睡好。"其实满脑子想陆策。

清晨空气新鲜，金盆似的朝阳自地平线升起，这条人工开发的徒步道修建得十分平整。

徒步山道，除了他们一伙高中生，其余大多数是精神矍铄的大爷大妈。上山之后，大家速度不一，很快散开，群里约定山顶见面。

眼见大爷大妈谈笑风生地从身旁经过，沈清洛傻眼，怀疑究竟是中老年人太强,还是她太弱。

"沈清洛,累就休息会儿。"陆策慢吞吞地跟在她身后。

才走半程不到,沈清洛拒绝:"我不休息。"

"前边有个亭子,可以看风景。"陆策跟个导游似的,"来都来了,不看可惜。"

沈清洛:"……也行。"

她随陆策改道一条岔路,走向半山凉亭。此段路正在铺石板,两侧堆放建筑材料,踩地雷一样谨慎穿行。

陆策说的风景,是在亭子里眺望不远处的巨大水库。

北城冬日的天空格外蓝,打在碧幽幽的水面上,澄净安宁。水库边上,笔直挺拔的白桦树只余空落落的枝干,倒不显萧寂,别有一番利索苍莽的趣味。

"和苏州很不一样吧?"陆策问。

沈清洛点头,确实不一样。

"小时候,有段时间我爸被外派到明市,我和我妈去看他,顺便去了趟苏州。"陆策站到她身后。

"是吗?去了哪些地方?"

"好像参加了中秋灯会,其他不记得,我那会儿才十岁左右。"陆策话锋一转,"苏州是个好地方,我很感兴趣,有机会想重游一次,你有推荐的地方吗?"

旅游城市的本地土著都是灯下黑,沈清洛搜肠刮肚,给他推荐游客常去的狮子林、留园,贝聿铭设计的苏州博物馆,还有山塘街、木渎古镇……

陆策挑了挑眉:"沈清洛,你在背旅游攻略?"

"我从小看这些长大,确实没什么新鲜感。"沈清洛噎了一下,实话实说,"现在古镇都挺商业化的,卖的东西千篇一律。你要真想逛,可以来我家那条水路古街,都是本地居民,游客很少。"

陆策笑一笑:"好啊,到时找你带路。"

沈清洛心头咯噔,后悔自己嘴快。

两人不说话,凉亭分外安静,沈清洛架不住单独相处时的对视,开始没话找话:"寒山寺也可以去,就语文课本上那首,张继的《枫桥夜泊》。"

陆策知道,是那两句:"姑苏城外寒山寺,夜半钟声到客船。"

"我以前还遇到过游客,问我'寒山'在哪儿,"沈清洛说,"苏州没这座山。"

寒山寺临近京杭大运河,是平地上的寺庙。它的名字确实容易惹人误解,要查资料才知道,"寒山"是高僧的名字,并非山的名字。

名字有时让人望文生义,沈清洛读初中前,一度认为泰姬陵在泰国,而不是印度。她至今没弄明白当时为什么如此坚信自己的判断。

她说得眉飞色舞，顺带给陆策介绍哪条街道的桂花糕好吃，陆策的嘴角弯着，与那日企鹅馆对待小朋友讲话的敷衍不耐烦截然相反。

沈清洛意识到不对，声音越来越低。

陆策鼓励她："继续啊，怎么不说了？"

沈清洛"咻"地离开亭子里的坐凳："好像休息很久了，我们快上山和大家会合。"说完头也不回地往前走。

"等一下，沈清洛。"

沈清洛脑子乱转，陆策一喊她的名字，她就觉得陆策下一句要讲过分的话，让人脸红心跳。

不对，她在瞎想什么？

"沈清洛。"

天啊，他还叫！沈清洛心里一乱，没注意路，"嘭"的一声，脚绊到边上堆叠的石板砖。她疼得原地抱膝蹲下，眼泪不受控制地流出来，看着惨兮兮的。

"走那么快做什么？"陆策语气不太好，扶着她的手臂，回刚才的亭子，先检查脚踝。

沈清洛吸了吸鼻子，找借口："我想快点上山顶。"

"山顶就一座庙，什么也没有。"

陆策小心翼翼地卷起沈清洛的裤脚，她踝关节处颜色青红，他拿出书包里的跌打损伤膏。

沈清洛震惊："陆策，你徒步还带了这些？"

陆策挑眉："有备无患，你是第一个用上的。"

沈清洛骨架偏细，皮肤莹白，因此青肿的部位尤为显眼。脚踝被陆策托着上药，肿成这副模样很丑，她不自在地想缩回去。

陆策心无旁骛，锢着她不让动："药还没上完。"结束才发现女孩泛红的耳尖，真可爱。他嘴角勾起，笑问，"沈清洛，你在脸红什么？"

沈清洛捂了捂耳朵："爬山爬热了……"

陆策笑得更大声，故意重复："哦，爬山爬热了。"

沈清洛的耳尖更红，快烧起来了。

她无奈至极："陆策，能不能别盯着我。"

"行。"陆策止住笑意，转身单膝半蹲，留给她宽阔坚实的后背，"不看你，上来吧，我背你去半山腰的医务室，那里有巡逻车能送下山。"

和异性手都没牵过，沈清洛不好意思攀在他的背上，逞强道："把登山杖递给我，我能走。"

"上来吧,别把另一条腿也弄伤。"陆策同她开玩笑,"你知道的,我有丰富的跌打损伤经验。"

沈清洛想到初见时陆策夹根拐杖的模样,气氛轻松了些。

身体接触到底不一样,女孩子身体柔软,陆策不敢使劲,手规规矩矩握拳勾腿。其实他比沈清洛还不自在。

背上的沈清洛,适应得倒挺快,还跟他聊天:"有点可惜,没去到山顶,不知道北城的寺庙什么模样。"

"就是普通寺庙的样子。北城人习惯来闵山敬香,尤其过年期间,初一和初五人最多。"陆策避开路边建筑材料,"你可以下次再来。"

"北城很多寺庙,为什么大家习惯来闵山呢?"

"因为闵山的寺庙年代最久远,长辈觉得它灵验。"陆策解释。

"哦。"

她的"哦",发音轻,听着很乖,气息拂过陆策颈间,皮肤一阵酥麻。

"沈清洛。"

又来了,陆策又突然喊她的名字!沈清洛紧张地屏住呼吸。

"艺术节那天,你听到我说有喜欢的人,是不是?"

沈清洛这回有经验:"什么都没听到,全忘了。"

"别装傻。"

陆策继续向前:"我说的是真的。"

沈清洛捂住他嘴巴:"你别讲!"

陆策很笃定:"你已经知道了。"

"不知道不知道,快去医务室。"沈清洛恨不得从他背上跳下来。

医务室比想象中的远很多,陆策步伐稳健,速度始终不减。

交叠的影子在两侧树木的夹道间穿行,沈清洛似乎很紧张:"陆策,你说闵山很灵验,那佛门重地不能说谎,也不能开玩笑。"

陆策停下脚步。

山顶寺庙,执事僧推杵敲叩梵钟,和缓的清音穿越树林,渺然飘到半山腰。

"嗯,不说谎,也不开玩笑。"陆策微偏过头,声音蕴蓄郑重,"只要你问,我一定如实回答。"

背上的人显然陷入思考纠结,攀他肩的手无意识加重力道,陆策耐心地等候,也不作提醒。

两只通体灰褐色的连雀,落在乔木枝丫上,脑袋上嚣张的冠羽左右歪动,打量驻足树下的年轻男女。

肩膀上的抓力变轻,就听沈清洛不痛不痒地问一句:"我重吗?你背得累不累?"

给她求证的机会都不要,陆策很是无奈:"你属鸵鸟吗,沈清洛?"

余光瞥见她嘴唇无措慌张地张了张,陆策就忍不住心软妥协。既然她想逃避,那就给她时间缓一缓。

"不重。"陆策说,"扶好,别乱动。"

到了半山医务室,陆策拿冰袋帮沈清洛敷脚踝,电话告知何颜,他与沈清洛先行离开。

医务室人多,怕被围观,沈清洛不肯让陆策再背。

脚踝疼痛稍有缓解,她下了病床,走路仍不敢使力。被陆策搀扶进车,沈清洛一颠一簸,包肩带上的橡胶小企鹅跟着晃晃荡荡。

除夕前一天下午,沈清洛回苏州。

和任家人吃过午饭,赵进菲和任成益开车送她去机场。值机、办理托运,沈清洛走向安检口,猝不及防地被赵进菲叫住。

她捏着登机牌回头。

赵进菲顿了顿,说:"回程航班的机票订了就告诉我,有空来接你。"

沈清洛点点头,走进安检通道。

回停车场的路上,任成益拍拍赵进菲的背:"小赵同志,想让清洛留在北城过年,直接和她说呗。"

"清洛应该更想陪她奶奶。"

"那你也得问啊。"

赵进菲坐在副驾,沉默地扣上安全带,手机收到沈清洛发来的信息:妈妈,我打算初五回北城。

下面是张航班预订页面截图。

沈清洛看出母亲的欲言又止,把回北城的日期提前两天。

赵进菲回复很快:我来接你,到时打我电话。

航班延误了四个小时,苏州没有机场,沈清洛先落地明市,再转高铁二十分钟到苏州站。

临近除夕,沈清洛等很久才有网约车司机接单,辗转回到熟悉的古街,天色已暗。

她拖着一个三十寸的行李箱,穿过古镇商业街,两侧商铺门头横出的屋檐下,家家户户悬挂红串灯笼,玉壶光转,满目繁华。

再往前,是成片的居民区,缘水而筑,白墙黛瓦,常有美院学生在小石桥上支画架写生。

这年短视频刚兴起风潮,沈清洛隔壁邻居孙姨走在时尚前沿,给自家早餐店铺注册账号，天天发她揉面蒸馒头的小视频。

孙姨闲来无事，坐在店门前，欣赏账号的点赞数据和评论区，短视频背景热歌音效惊人，沈清洛喊了两遍她才听到。

"哎哟，阿顺回家啦，"孙姨暂停播放，"你奶奶出去拿蒸糕，家里钥匙放我这里了。"

说着，她从收银柜抽屉里翻出一串钥匙。

沈清洛接过钥匙，攥在手里，问："孙姨，你在看电影吗？"

"不是电影，是自己拍的短视频。"

孙姨把手机界面转向她，指着主页栏的数据："我现在有一千多号粉丝，他们说我成网红了，还有人特地来店里打卡吃早点。"

孙姨说："阿顺，你玩过吗？这个软件有很多特效，还能在头上戴猫耳朵。"

孙姨开了美颜模式，沈清洛看向镜头，被吓了好大一跳。手机屏幕里的她，眼睛大得如铜铃，下巴尖得像蛇精，葫芦娃看了都要喊"爷爷救命"。

"哎哟哎哟，美颜等级调太高。"孙姨手指滑动换滤镜，降低美颜度，"网友说得果然不错，太漂亮的人用美颜，效果适得其反。"

"孙姨，我先回去整理行李。"

"好的。哎，对了，阿顺，"孙姨突然想起重要事，"街坊都在等你写对联呢，我帮你准备了墨块和毛笔。"

"我明天上午写吧，大家能赶在除夕夜前贴家门口。"

沈清洛擅长书法，曾经代表区里参加比赛，一手颜筋柳骨的毛笔字，逢年过节，免费给邻居写对联。

沈家小楼已经大扫除过，拔掉了庭前台阶缝里的石苇，镂空雕饰的木门重新刷漆。她推开大门，奶奶留了盏门厅灯，一缕清光落在发丝间。

她提箱子过门槛，腾出手拿起手机，电话那头陆策还没挂断。

他得知她坐上网约车时，便拨来电话，确认她的安全。

沈清洛试探着对听筒"喂"一声，那头传来陆策若有所思的笑声："沈清洛，原来你还会写对联？"

"被你听到了。"沈清洛脱掉大衣，"其实就是帮他们写字，不是创作对联内容。"

"擅长什么字体？"

"行楷，小篆也还可以。"

沈清洛听到"咚咚"声，看了一眼大门："陆策，奶奶回来了，先不和你聊了。"

北城郊外，一栋古典园林设计的私人住宅，陆策站在连接前厅和主楼的

078

连廊上，低头看着被挂断电话的手机界面。

身后石山玲珑错落，人工开凿的溪涧潺潺有声，几尾鲤鱼顺流滑入水潭，有夜风吹来，陆策闻到罗汉松的苍劲幽香。

太入神，以至于没注意有人靠近。

陆知非从后在他耳边打了个响指："嗨，能回魂了吗？"

陆策收起手机："表姐。"

"你怎么回事，一通电话打一个小时，谈恋爱了？"

"没有。"

"哦。"陆知非咬了一口苹果，将信将疑，"外公外婆让挑春节礼物，大家都选好了，你快进屋吧。"

外婆年中动过心脏的大手术，一辈子坚持唯物主义的外公宣布，今年全家去闵山，上头炷香祈福。

一般来说，零点到两点间才算头炷香。除夕当夜，没等到春晚唱《难忘今宵》，全家动身前往闵山，陆知非和陆策一辆车，表姐弟俩坐在后排。

陆知非打了个哈欠，五官纠结成一团。她想和陆策聊聊天醒神，无意瞥了眼陆策手机界面，顿时整个人精神了。

她英俊帅气的表弟陆策，此刻正捧着手机，在看中年妇女揉面团的视频。她不确定地再瞄一眼，短视频账号名叫"苏州孙姨早餐铺"，视频中，女人拿出擀面杖……

陆知非心情十分复杂，对于表弟的独特喜好，她不理解但尊重祝福。

车辆驶到山脚，保安检查预约信息后放行。闵山分徒步道和车行道，预约敬香的车辆被允许开到山顶平台。他们到得不算早，停车场几乎无空位。

几经修缮的殿宇，此刻灯火通明，立中央的金身佛像垂眸，注视蒲团下的敬香客人。

陆策陪外公外婆上完香，独自离开大殿。他又打开"苏州孙姨早餐铺"的短视频账号。

孙姨很爱拍日常，今早教她粉丝如何和面，拍视频时，身后写对联的沈清洛不小心也入了镜。

沈清洛腰微躬，上身略俯向桌面，左手按纸，右手悬腕握毛笔，在对联纸上行云流水。

这条视频互动率很高，许多陌生人在下方点赞留言。

△孙姨，后面站的女孩是谁呀？

△我住姑苏区，明天就来光顾你的店（能看见写毛笔字的那位吗？）

△直接点，求孙姨把她的联系方式给我。

△……

其实画面中,沈清洛只出现几秒,并非人物特写,仅仅是个闪过的镜头。

关于沈清洛的个人信息,孙姨一句没回复。评论区IP地址遍布天南地北,隔着网线,网友说话不把握尺度,眼看引来了一些不好的评论,孙姨立刻删掉视频。

陆策关掉短视频软件。

观音殿里,外公握着外婆的手,坐在一张披黄布的桌前,听僧侣解签文,身后围着女儿女婿。

殿外,梵音空灵宁静,铜制香炉散出檀香味的轻烟。

此番澄净景象,陆策无动于衷,他心里装的全是红尘杂念。

守岁守到凌晨一点,沈清洛关掉电视机,回二楼休息。"嘭嘭"的烟花爆竹声逐渐归于平静,漆黑的房间,床头柜手机忽然亮起。

她缩在被窝,看了眼来电人,犹豫片刻后点开接听键。

"陆策?"

"沈清洛,我在闵山。"他好像心情不错。

沈清洛有点困,嗓音"沙沙"的,仿佛下一秒就要睡过去:"哦,是点新年头炷香吗?"

陆策没直接回答这个问题,在沈清洛毫无防备的情况下,说出自己心底的秘密。怕她不信,他特地强调:"不是心血来潮,我忍不住了。"

家人从殿内出来,陆知非朝他招手上车,陆策指了指电话,示意稍等。

"你说不能在佛祖面前说谎,"陆策声线难得温柔,"我现在就在闵山,如果说谎,让佛祖惩罚我行不行?"

"陆策……"

"只是想告诉你,不是要你回应,别紧张。"陆策抬步走向停车场,"还有,新年快乐,沈清洛。"

大年初一清晨,沈家小楼静悄悄。

"我的老花镜去哪儿了?"

楼下,杨珍雅挨个拉开抽屉,轻声叨念。她觑了眼挂钟,这个时间,孙女还在睡觉,于是放心把底层储物柜里治疗慢阻肺的吸入雾化剂放到桌面。

储物柜翻个面儿都没眼镜踪影,杨珍雅背手立柜前,心想是不是昨天忘在蒸糕店。

"奶奶,新年第一天不能睡懒觉,要一起吃早饭,你怎么不叫我呀?"沈清洛的声音听着像在梦游,她脚步虚浮,从楼梯飘向餐桌,"还好我有定闹钟。"

杨珍雅不动声色地将药盒放回抽屉:"正打算上楼喊你呢。"走至餐台,看到沈清洛眼底乌青,吃了一惊,"你昨晚熬通宵没睡觉?"

睡什么觉,根本睡不着。都怪陆策。

沈清洛舀了勺糖水蛋,咬一口,看一眼手机,再咬一口,再看一眼手机。

怪异的举动落入奶奶眼里,她问:"阿顺,你在等谁的信息呀?"

"没等谁。"沈清洛倒扣手机。

隔壁孙姨邀奶奶一起去评弹馆听曲,今天有《莺莺拜月》,两人约好出门时间,孙姨便兴致高昂地转身回家。

沈清洛昨天写对联,没见孙姨的丈夫,随口一问:"向荣叔叔呢,不在家吗?"

"还没跟你讲过,"奶奶轻描淡写,"离婚啦。"

"啊,什么时候的事?"

"就上个月。"

其实挺没讲头一破事儿,孙姨的丈夫在隔壁明市做物流生意,夫妻长期分居两地,他在外面和一家建材店的老板娘好上了。

人到中年重燃激情,非要和孙姨离婚。孙姨起先不乐意,认为"家和万事兴",努力修复关系,对方毫无回应。

见这段感情挽回无果,孙姨便转换思路,要他净身出户,小孩的抚养权归她。

沈清洛沉默了下:"向荣叔叔年轻时不是这条街的模范丈夫吗?"

"分隔两地,失去约束,才能看到人真正的道德底线,大多数人是经不起考验的。"

沈清洛整个新年都在琢磨这句话,越想越有道理。初五回北城,她坐在赵进菲的副驾驶座,接到周泽杭的电话。

老样子,三缺一,邀她去德丰打桥牌,顺便试玩店里新到的VR游戏眼镜。

"陆策,你也听到了,仙女说她有事。"手机公放挂断,周泽杭耸了耸肩,"我怎么觉得她在躲你。"

陆策嘴上没吭声,实际很不爽。沈清洛确实在躲,躲了快一整个春节。

大年初七复工,复工的第二天,赵进菲和任成益双双出差,沈清洛恢复一个人吃晚饭的生活。

饭后闲来无事,她坐在地毯上重温《马达加斯加的企鹅》第二部,四只企鹅在屏幕里卖萌玩耍,加上中文翻译腔配音,喜剧效果拉满。

当电视里令人讨厌的新邻居Julien出现,茶几上的手机同步跳出微信消息提醒,是陆策。

沈清洛笑容停止,有点心虚地放下手中把玩的硅胶企鹅挂件,点开聊天框。

陆策发来一条定位,他在她家旁边的街心公园。

宵深露重，陆策坐在公园中央的秋千椅上，仰头望月亮。

周遭气温低，花草树木呈现一种沉静的、银灰色的冷感，连带明净月光，也生出叫人求而不得的疏离。

身后传来略显急促的脚步声。

陆策回头，看见把自己包成爱斯基摩人的沈清洛。

沈清洛放慢步伐，摘下外套自带的翻毛连衣帽，发丝产生静电，不听话地扬起几缕，显出些凌乱的可爱。

她特意出来一趟，是想当面把话说清楚，绕到秋千前，话未讲出口，先被陆策怀里的小东西吸引视线。

被抱在怀里的小柴犬瘦骨嶙峋，瞄了沈清洛一眼，又畏怯地往陆策怀里钻。陆策低头看它。

"经过这一带，意外捡到一只小狗，想到你家住附近，就想问，知不知道哪儿有宠物医院？"

公园侧门口出去的巷子里，有家二十四小时宠物医院，陆策表示不认识路，沈清洛充当导游，陪陆策和小柴犬一起过去。

小半路上，柴犬发出呜呜声，沈清洛好奇地望着它。被陆策注意到，停下脚步，问她要不要抱抱小狗。

沈清洛喜欢小动物，令陆策意外的是，她竟然从没养过宠物。

"乌龟、金鱼、兔子……都没养过吗？"陆策问。

沈清洛摇头，同时小心翼翼地接过柴犬。她只抱过邻居家的狗，实践经验不够，唯恐姿势让它不舒服。

宠物医院需要给新的小狗患者建档，医生摸了摸小狗的头，说它没有大毛病，就是底子差营养不良，好好养一段时间就能恢复。

沈清洛站在货架前，给它挑狗粮。

陆策家不能养狗，他爸妈是超级洁癖，容不下掉毛生物。陆策问沈清洛，愿不愿意收养这只小柴犬。

沈清洛没答应。

他稍稍诧异，以为她会欣然接受。

"家里不方便？"陆策问。

"不是，是我不想养。"沈清洛说。

小柴犬很适应被她抱，伸出一只小爪子，撩她的头发玩。沈清洛按住它的爪，抬头触到陆策幽深的、探究的目光。

"愿不愿意告诉我为什么？"

"我说了理由，你不要觉得我矫情。"

见陆策点头保证，沈清洛悄悄罩住柴犬的耳朵："我查过，狗和猫的寿命只有十几年。"

大概被遮耳朵不舒服,小柴犬"汪"了一嗓子。沈清洛噤声。

"继续说下去,它听不懂。"陆策扫了眼小柴犬。

"其实也没什么,"沈清洛抿了抿嘴唇,"就是我一想到,哪怕猫猫狗狗无灾无病,我也只能和它们相处十几年,有点接受不了。"

沈清洛:"比如这只柴犬,假如我开始养它,我控制不住想十年后,它变老,它要离开,我该如何面对。"

"光是想象画面,就已经难以接受。所以最好的办法,就是不要开始养,不要建立很深的感情。"沈清洛有些丧气,"我挺奇怪的,是不是?"

"不,不奇怪。"陆策说。

他第一眼见到沈清洛,就觉得她的温柔,是被周围充盈的爱意包裹长大,不接触黑暗面所生出的温柔。

现在发现,当初的判断不完全正确。她的柔软,更多来自她的性格,有一种令人心疼的细腻和敏感。

"真的不奇怪。"陆策又强调一遍。

沈清洛不放心把狗随便送人,脑海灵光一闪:"我知道有个地方。"

两人坐在出租车后排。

街景渐渐熟悉,陆策有种非常不好的预感。直到车辆停下,他抬头看到巨大的"北城宠物救助站"的 Logo,陷入沉思。

"就是这里。"沈清洛抱着小柴犬立在门口,回身朝他挥手。

陆策的表情有些不正常:"嗯,你先回家,我送它进去。"

沈清洛奇怪地看了他一眼:"一起去吧。"

陆策只好跟上。

北城宠物救助站,并非官方站点,而是北城农业大学兽医专业的学生联合建立的公益组织。为被弃养的、流浪的宠物提供免费治疗,并且允许社会人士前来领养。

往常这个点不会有人来救助站,是以陆知非正和农业大学的男朋友,旁若无人地接吻。

"陆知非。"陆策喊了她一声。

风、云、空气、呼吸,全世界都静止了。

"陆策,你怎么又来了?"陆知非尴尬地推开男朋友,语气心虚讨好,"呵呵。"

沈清洛怀抱小柴犬,在两人间看了个来回,心里没来由闷闷的。

"沈清洛,她是我表姐。"陆策垂眸看她。

陆知非火速打发走男朋友,"嘿嘿"讨好地朝陆策笑:"表弟,这位是你同学？真漂亮。"

视线下移，看到沈清洛怀里的狗，陆知非明显愣了一瞬。这只小柴犬不是陆策下午从站点带走的吗？

她狐疑地看向陆策。

表弟的神情有些不自然，陆知非立刻懂了。

趁着沈清洛给小狗登记信息，陆策问陆知非："你说救助站值班的是你朋友，怎么没说清楚是男朋友？"

"拜托，我大二了，谈个恋爱要昭告天下吗？"陆知非转移话题，"倒是你，这个女孩怎么回事？"

"同班同学。"

安顿好小狗，陆策送沈清洛回家。

路灯下，陆策走在沈清洛身边，影子拉长了一些。到小区门口，沈清洛停下脚步，还是决定讲清楚。

"陆策，我无法假装没听过你电话里那句话，尽管你说不需要回应。"沈清洛纤细的嗓音在空气里流动，却如惊雷般震响鼓膜，"我觉得不太合适，对不起。"

陆策无声自嘲，一晚上的迂回曲折，还是没逃过被开口拒绝的命运。

"知道了。"

……

禾木还未来电，店员准备烧炭取暖。

沈清洛的思绪从回忆中抽离，就见许怿错开目光，朝她身后招手："陆策，你也起了啊。"

陆策眉目疏淡，坐到沈清洛边上吃早餐。靠得近，沈清洛闻到一股很淡、不呛人的烟味。

昨夜 103 房间，灼热的吻，失控的纠缠，两人默契地揭过不谈。

陆策不再做一些故意为之的暧昧举动，沈清洛能察觉细微区别。她给他递醋瓶，他只轻颔首，说谢了。

许怿心里默默摇头，他问沈清洛："沈小姐，禾木开山之后，你有什么打算？"

工作群讨论过了，她回答："可能再留禾木几天，等我同事会合。"

许怿又问陆策。

陆策头也不抬："回北城。"

"这就回北城啦？"许怿暗示，"下过雪的吉克普林堪称完美，不想多滑几天吗?"

"你想的话,可以自己多留几天。"

沈清洛埋头喝粥,没发表任何意见。许怿挪开视线,心道有些人终归没缘分,不可强求。

白天风雪停歇,村内电网经过抢修,暂时恢复运行。

本轮低温暴雪天气,十年难得一遇,尚不知要封山多久。用电负荷陡然增大,但电力公司调不出人手升级电网,随时有再次停电的可能。

村里发通知,以防万一,让村民和外来游客准备好应急照明灯烛、饮用水和速食口粮。

"鲸也"仅有的三位滞留客人,聚于民宿大厅。一名戴绒线帽的摄影师在修图,沈清洛整理收集到的采风见闻,而陆策在给雪板换固定器。

郑阿姨煮了一壶红糖姜茶,端托盘依次分倒给大家,并提醒:"小心烫,慢点喝。"

沈清洛盯着电脑,没在意嘱咐,直接伸手拿瓷杯,指尖触及杯身,"嘶"一声缩回手。

对面的摄影师探过头:"烫伤了吗?"

"没有,我没事。"沈清洛回答。

陆策始终低头拧固定器上的螺丝,一转又一转,没望她。

宁静安和的下午时光,被一个闯入民宿的小男孩打破。看他外貌,应该是哈萨克族人,十岁左右,鼻梁高挺,五官线条隐有硬朗的走势,眼神尤其纯净。

小男孩站在入口,脑袋摇来摇去,锁定角落的郑阿姨:"郑奶奶,方文呢?她下午为什么没来上课,是生病了吗?"

方文是郑阿姨的外孙女,在村里小学读五年级,和这位叫吾尔曼的小男孩是同桌。

郑阿姨很是诧异:"她中午在家吃完午饭就回学校了啊。"

"没有没有,一下午都没来!"吾尔曼急得原地跺脚,"她今天看上去心情很差。"

郑阿姨给老师打电话,一对质,方文果然没去学校。她赶回自己家,里里外外找了个遍,没有方文的痕迹。

民宿大厅,郑阿姨六神无主地挨个打亲戚的电话,问方文在不在。

许怿安抚她,让她好好回忆,这两天有没有和方文提过什么事,或者,小姑娘有何反常举动。

"我昨晚告诉方文,她妈妈工作调动,要从布尔津镇去克拉玛依。"郑阿姨皱眉坐在椅子上,百思不得其解,"顺便提了句帮她办转学的事情。"

郑阿姨想起诸多社会恶性新闻，越想越害怕："文文不会出事了吧？"

方文超过十周岁，报警也得等二十四小时后才能立案，许怿提议，大家根据方文常行动的地点分头寻找。

摄影师放下设备，和许怿去学校附近，沈清洛和陆策前往禾木桥方向，而郑阿姨待在家，以防方文中途回来。

主干道路上的积雪厚厚一层，还没来得及清扫出一条路，人每踏一步，都会压出一个手指深度的脚印。

陆策和沈清洛抄近道，从村民房屋后方人为踩出的雪路，前往禾木桥。

身后，刚回家一趟的吾尔曼大喊"等等我"，他喘得上气不接下气，背上那个硕大无比的双肩包，随跑步姿势左右颠晃。

"哥哥姐姐，我和你们一起去。"

陆策指尖勾起吾尔曼双肩包上的尼龙手柄，一提，分量还不轻，他问："包里装了什么？"

吾尔曼很神秘："都是救援装备。"

禾木桥是一座全木制桥，连接村庄和一片白桦林，再往前，便是层层叠叠的雪山。

这座桥据说最早由白俄罗斯人修建，后来老化报废，当地人原拆原建，造了一座全新的，还在桥上装了一扇双开木板门。桥边一块大石头，写着"大野生息八万木，长云留叹一千河"。

陆策拿着方文的照片，向周边餐馆、奶茶店一一询问。正在整理冰箱贴的女店员认出了方文，说这个女孩经常去桥对面的山顶观景平台看日落。

陆策和沈清洛对视一眼，匆匆过桥。

上山路远，平日可骑马或坐马爬犁。这两天遇极端天气，山脚没有马夫拉活，三个人只好步行上观景台。

吾尔曼走惯了冰雪路，一马当先打头阵，沈清洛鞋底不够防滑，怕摔倒，走得相对慢些，陆策始终离她半步距离。

山顶有一片空地，就是所谓的观景台，一眼望过去空空如也。

"快过来！快过来！"吾尔曼忽然蹲在地上，惊恐大叫，"我看到了脚印！"

陆策和沈清洛加快速度往前跑，沈清洛脚下打滑，被陆策眼疾手快地扶住。待她站稳后立即松手，他弯腰捡了一根结实的树枝给她："自己拿好。"

天色渐暗，陆策打了手电筒，跟随印迹往前走。脚印是笔直的一道，没有拐弯，顺这个方向走到底，尽头是悬崖。

身后的沈清洛瞳孔收缩，不好的猜测涌上心头："陆策……"

陆策回头看了她一眼，停下脚步，同时拉住欲往前冲的吾尔曼的后衣领，老鹰抓小鸡一般，把他拎到沈清洛边上。

"你们别动了，我去看。"

"陆策，"沈清洛猛地抓住他的胳膊，"我和你一起去！"

"我也去！我也去！"吾尔曼双手抓住肩带，身体跃跃欲试地探前。

"山坡边路滑，容易踩空，你们就在这里等我。"他拂开沈清洛的手，"没事的。"

虽然陆策在他们面前镇定，实则心里也没底，他往前走，脚步逐渐放慢。好像踢到什么玩意儿，他低头看见一只半埋在雪中的软壳方盒。

"救命，救救我……"隐约听到一阵小姑娘幽幽的哭腔。

陆策调换手电筒方向，垂直握住，走到尽头，灯光往下照。

山崖不算陡峭，电筒光在山脊覆盖的雪层上扫过，一片纯白中，有块凸起裸露的岩石。方文紧紧趴在岩石上，哭得梨花带雨。

陆策暗自骂了声，回头跑向吾尔曼："你的工具包里有没有挽索？"

"有，但长度只有一米。"吾尔曼快哭出来了。

陆策直接拿过他的包，把东西都倒在地上。吾尔曼包里的装备很有限，拨开乱七八糟用不了的，终于找到一根速降绳。

坡边有一棵歪脖子古树，他将绳子一头环住树根，另一头系在自己身上。用力拉了拉绳子，足够坚固。

沈清洛声线颤抖："陆策！你要小心。"

"坡不陡，没事。"陆策戴上手套，双手一前一后攥紧尼龙绳，像玩攀岩一样，双脚抵着岩山脊下行。

方文吓得两腿打摆，陆策靠近她，把另一条安全锁系在她身上："来，学我的姿势往上爬。"

"我……我有点恐高……"

吾尔曼趴在坡边，探出小半个头："方文！方文！你别往下看，来，爬上来，我会拉住你！"

方文听到吾尔曼的声音，先是愣住，下一秒，身体犹如被注入一股力量。

直到陆策和方文都爬上平台，沈清洛的心才从嗓子眼放回去。

陆策解下树根环着的速降绳，一转身，沈清洛立在他面前。她的眼眶很红，蓄了一汪水，泫然欲泣，似乎在竭力咬牙不让眼泪掉下来，委屈得不得了。

陆策没说一句安抚她的话，两人无声对视。

"哇——呜呜呜——"

两位小朋友忽然爆发惊天动地的号啕恸哭，陆策顿时有些头大，他没再看沈清洛，转身拾起雪坑边沿的软壳盒子，问方文："是不是你的？"

方文边哭，边把盒子紧紧抱在怀里："是我的，谢谢你。"

陆策给郑阿姨打电话报平安。

小姑娘哭到抽噎,小男孩比她还能哭,原来刚才的老练全是装的。陆策被吵得恐孩症犯了。

没一个省心的。

"饿吗?吃个饭再回去。"陆策朝另外三人提议。

回到山脚,选了一家最近的新疆菜馆。

沈清洛的情绪已经平复,脱掉外套,挂在墙壁的衣架上。

她里面穿了一条修身的针织连衣裙,系一根装饰性腰带,姣好身材一览无余。

"姐姐,你长得真好看,"方文刚才哭得太狠,鼻音浓重,"是我在村里见过的最好看的。"

沈清洛其实对"好看"一类的夸赞很有免疫力,但听到小朋友直白地说出,还是挺新鲜。

"这么漂亮,还会穿衣打扮……"方文抱着软壳盒子,喏嚅地问,"会有人说你是狐狸精吗?"

沈清洛怔住。

"啪"!陆策将菜单扔在桌上,不善地撩起眼皮。

餐馆闹哄哄的,服务员给角落桌台的两个天津老哥上大盘鸡。

盘子口径大如脸盆,红烧色鸡块超足量,刀工粗犷的土豆炖得软绵,搭配青椒红椒,浓浓香气溢满房间,天津老哥"嚯"一声惊叹。

"另外两碟,是我们老板免费送给大家的皮带面和手工酸奶,面条要拌在大盘鸡里吃。"服务员介绍完,夹着托盘回取餐台,走前好奇地望了眼气氛诡异的隔壁桌。

面无表情的男人,相貌出众的女人,以及桌对面大气不敢出的两个小学生。

方文捏紧软壳盒子,结巴道:"我、我不是在骂姐姐……"

吾尔曼赶紧点头附和:"方文不会骂人的。"

"我知道你不是在骂我,"沈清洛看着方文,"为什么这么问?"

方文不敢吱声,低头默默喝茶。

"文文,听郑阿姨说过,这是你的小名。"沈清洛见她不愿回答,换了话题,"今天下午怎么没去上课?"

方文负气似的一噘嘴:"我不想去学校,也不想念书。"

"怎么可以不念书呢!"吾尔曼一听,纯亮洁净的眼睛睁大,"方文,是不是那帮人又来找你麻烦?别害怕,我们去报告老师!"

猝不及防被点破秘密，方文坐立不安。

吾尔曼自知失言，觑了眼陆策和沈清洛，拿起筷子，欲盖弥彰地夹小菜吃。

纯粹不想读书而翘课，和被校园暴力导致的逃课，性质完全不一样。陆策蹙起眉头。

"你刚才问，有没有人说我是'狐狸精'，并没有。"沈清洛没错过方文眉宇间闪而过的失落，话锋一转，"但遇到过其他不好的事情。"

方文倏然抬头，陆策也看向她。

沈清洛回忆："大概是我上小学的时候。"

七八月份，三伏溽热，湖南卫视的暑期档，重播经久不衰的《还珠格格》。

屏幕里，假格格小燕子被五阿哥一箭射中，去紫禁城当皇帝的女儿，真格格紫薇心碎离开学士府，在幽幽谷流泪撒花瓣。

沈清洛看得入迷，沉浸在"山也迢迢，水也迢迢"的背景歌声中，暑假作业开学前两天才写完。

作为"还珠迷"，她去商业街的精品店买了许多电视剧周边。

最火爆的，要数含香的白色绒球流苏帽。蒙古公主的风刮到苏州，古街小女孩人手一顶。其次是小燕子的大拉翅格格帽，也是畅销品。

沈清洛都不喜欢，戴着嫌热，她挑挑拣拣，选了一大摞电视剧明信片和海报。

结账付款，店铺老板额外给这位大客户赠送一份儿童指甲贴。

指甲贴，其实就是透明的贴纸，布满了星月纹理，还带闪粉亮片。阳光折射下亮闪闪的，像迪士尼公主电影里，魔法划出的星光拖尾，沈清洛很喜欢。

清晨时分，红云滚着金边，中国邮政醒目的永久牌绿色二八杠，从狭窄弄堂的光纱中穿行而来，停在沈家小楼前。

邮递员一脚撑地，另一只脚踩在庭前石阶上，扭身从自行车后座挂着的帆布邮袋取出一份《扬子晚报》。

"早上好，阿顺，今天你帮爷爷拿报纸呀？"年轻的邮递员微微俯身，和小姑娘打招呼。

沈清洛点头，两手握报纸，姿势非常端正。

邮递员笑了笑，踩起脚踏，风风火火送下一家。沈清洛站在原地，低头看亮闪闪的指甲，心道怎么回事，邮差大哥竟然没夸她指甲贴漂亮。

沈清洛"噔噔噔"地跑到楼上阳台，爷爷在喝碧螺春，奶奶正给绣球浇水。

她爷爷最喜欢《扬子晚报》的《繁星》栏目，平日阅读习惯固定，不先看头条，而是翻到《繁星》那页，欣赏随笔散文。

沈清洛格外殷勤，不仅帮忙拿报纸，还主动翻到《繁星》那一版。

弄了指甲贴的小手,在爷爷面前晃来晃去。

爷爷戴上眼镜,透过镜片颔首看她:"阿顺怎么啦,又想买明信片?"

"……"

她不气馁,转身:"奶奶,我帮你浇花。"

可浇到绣球快溺水,也没人注意她的闪亮指甲贴。沈清洛小小年纪,体会到衣锦夜行的惆怅。

她失落地伸手指,百无聊赖地戳常夏石竹的锯齿花边。

"阿顺,你指甲上是什么?"

奶奶终于关注到了。

爷爷闻言,目光也离开报纸。

沈家对于孙女的着装打扮,向来没有限制,他们在这一点上有共识,认为小女孩爱漂亮爱打扮是天性,不会对学习成绩有影响。

沈清洛终于被夸手指好看,心情美滋滋的,即使爷爷提醒"学校应该不允许这样",她也没当回事。

新学期开学,她亮闪闪的指甲贴跟着一起报到,当天就被视察的年级主任留堂。

年级主任姓钱,是一个彻头彻尾的古板中年人,要求男生剃平头,女生扎马尾,非必要不打扮。沈清洛的指甲贴,被他列入"整改项"。

被思想教育了一顿的沈清洛,垂头丧气地离开学校。夕阳斜斜铺在苏州城,给她的发丝镀了一层柔浅的浮光。

沈清洛埋头走着,专注剥指甲贴,忽然被一道阴影拢住。

她抬头,见到一个眼熟的高个男生。

男生笑得不太正经,沈清洛感到别扭。她想起来,男生好像是初中部著名的"不良分子",刚才也在办公室外的走廊,应该目睹了一切。

她挪开脚步,打算从边上绕行。男生横跨一步,挡住她的去路。

"你叫沈清洛?"他低头看她的学生胸牌。

沈清洛把牌子翻了个面。

"认识一下。"他说,"溜冰场去过吗?我可以带你玩玩。"

沈清洛摇头离开,这回男生没拦。

她以为就是个小插曲,没想到半个月后男生又出现。是个周末,她被逼在巷子角落,男生老话重谈:"不想去溜冰场,我带你去别的地方玩。"

沈清洛冷着脸:"不去。让一让,我爷爷奶奶在等我回家。"

他"扑哧"一笑:"他们不是去木渎走亲戚了吗?"

沈清洛心中警铃大作,这人竟然知道爷爷奶奶的行踪!

"我呢,注意你很久了,想和你交个朋友……"

男生话未说完，毫无防备地被沈清洛推开，想不到沈清洛看着瘦瘦弱弱，推人的力气倒不小。

沈清洛跑回小楼，迅速锁上插销，书包都没放下，就抽抽噎噎地打木渎亲戚的电话，问爷爷奶奶什么时候回家。

亲戚安抚她，说快了。

等爷爷奶奶真回到家，她支支吾吾，说不出口刚被一个陌生男生拦了路，甚至那人还恶作剧地想拉她裙子不让走。

奶奶看沈清洛郁闷的模样，以为她独自待家里不开心，便摸摸她的头，哄道："阿顺，要喝桂花酒酿吗？"

她泄了气："喝。"

听到这里，方文忍不住问："然后呢？"

沈清洛不自觉地看向陆策，他的眼底黑沉一片，薄唇平直，视线过于凛冽，叫人有些喘不过气。

她忽然不想继续说下去。

察觉她的犹疑，陆策身体骤然松弛。他缓和神情，问了句与方文相同的话："沈清洛，然后呢？"

"然后，我夜里思来想去睡不着，害怕那个男生还来堵我。"沈清洛的目光注视方文，"于是第二天，我告诉爷爷奶奶，他企图对我做的坏事。"

陆策一哂，这后半段故事，明显是沈清洛为了哄方文说出真相，瞎编的。也就小学生真情实感相信。

方文弱弱地问："清洛姐姐，那大人相信你的话吗？"

沈清洛语气笃定："不仅相信我，学校还对男生进行了调查处罚，他再也没敢找我。"

方文若有所思地点头。

"文文！文文！"

门被大力推开，本在家中等待的郑阿姨坐不住，赶来餐馆。

亲眼见到方文完好无恙，悬着的心落了地，郑阿姨长吁一口气。平静之后，她想与方文秋后算账，小姑娘将筷子一松，扑到她怀里拱来拱去，说好害怕。

郑阿姨责问的话到了嘴边，又咽回去，手放在方文的后脑勺安抚。

后来，在方文哭哭啼啼的叙述中，陆策和沈清洛大致拼凑出真相。

方文的母亲，叫方雨琴，高中肄业后去布尔津工作，当化妆品销售。职业特性使然，方雨琴每天戴假睫毛、涂口红，穿修身制服，踩着一双高跟鞋袅袅婷婷。年轻美好的模样，自然引得许多人追求。

她周边人际关系向来简单,加上年纪轻,不知社会险恶,被男人花言巧语骗上床。没办婚宴,没领证,却有了孩子。

医生确认她怀孕。男人笑容一僵,说要去广州打工,给娘俩多挣钱。头两个月还主动打电话关心方雨琴的身体,找他寄了两回钱后,他的号码成了空号。

郑阿姨犹豫地问方雨琴,要不要把孩子打掉。方雨琴没回答,低头伏在桌前,一笔一笔地算化妆品销售提成,以及养孩子的花销。

郑阿姨明白,这是劝不动了。

生下孩子的方雨琴,继续在布尔津上班,把女儿留在禾木村,让郑阿姨帮忙照顾。

孩子的父亲,是个秘密,方雨琴对外宣称,她丈夫常年在广州工地干活,婚宴在男方老家办过。

可天下没有不透风的墙,有天课后,方文突然被几个初中生拦住,说要向她收点"保密费",因为他们知道了她妈妈的秘密。

"我见过她妈妈一次,打扮得花枝招展。"其中一男生不怀好意地笑,"你们听说过没有?她妈妈当年未婚先孕,结果她爸跑了。"

"啊?我有个叔叔也在布尔津工作,说她妈妈最近好像升职了。"

"升职?那加工资了呗。"

他们吓唬方文,如果不给钱,改天就把她妈妈未婚先孕的"光辉事迹"贴在学校布告栏。

方文怕了,乖乖交钱。

有一就有二,那帮人要求的数额越来越大,得知方文即将去克拉玛依,狮子大开口,向她提了个"天文数字"。

方文实在凑不齐,她害怕在校门口看到那些人,于是抱着存钱的软壳盒子上观景台躲避。山上,她一时不察,滑了一脚。

郑阿姨听罢,既心疼又生气:"你这小孩,不早点跟我说!"

等不到第二天上课,当晚郑阿姨就带方文去找那所初中的校领导。吾尔曼放下筷子,挠了挠头,也跟上去。

陆策招服务员买单,在POS机上输完卡密码,和沈清洛一前一后走出餐厅。

禾木桥通往村中心,有一条必经的斜坡,车从路面行驶,人走山坡侧壁开出的步行道。

步行道狭窄,只能单人通行,两侧积雪高到大腿。穿过斜坡,是一片高地平台,几个人围在一处不知看什么。

陆策收到新信息,停下脚步,对沈清洛道:"许怿让我买一些茶包带回民宿,我要回趟刚才餐馆旁的超市。你是先回去还是?"

回"鲸也"民宿还有很长一段路,陆策想了想,改口:"就站这儿等我吧,我很快回来。"

沈清洛目送他的背影离开,低头,用脚印当花瓣,在雪地踩出一朵幸运四叶花。

"重拍重拍!别只拍狐狸,要拍我和它的互动。"不远处,传来一道抱怨的女声,"我只剩下最后一包华夫饼了,等下掰碎,引它来我脚边。你好好拍,别出岔子。"

沈清洛走近,先看到雪地里一串小脚印,呈瘦窄的菱形,中央有小小肉垫凹陷。脚印尽头,一只黄毛狐狸坐在那里,不惧怕人类,正歪头打量游客。

围着狐狸的几个人,应该是专业的短视频团队。一人握着装了稳定器的相机,两侧有人举着夜拍补光灯,狐狸边上的女孩妆容精致,正给它喂华夫饼。

沈清洛忍不住开口提醒,别喂狐狸吃东西,它的肝肾受不了高油高盐的食物。

补光师瞥了她一眼:"美女,就喂一点没事的,你不要管。"

沈清洛看向狐狸,它身上的毛在灯光下没有光泽,且有明显脱落痕迹。

举摄影机的男人嫌沈清洛碍事:"让一让,你挡到我镜头了。"

沈清洛看见他们手机上的主页名字,应该是个旅游博主。摄影男立刻警觉:"怎么着,想发小作文曝光我们?"

沈清洛不动声色:"你既然提到'曝光',那就说明你知道这个行为不对。"

"美女,我们这可是有大几百万粉丝的博主,为了蹲狐狸,已经等了一整天,一条视频创作多费时间你知道吗?"

"不知道。"

狐狸不爱听争吵,转身往山上跑,华夫饼也留不住它。出镜博主追了几步,没追上,直呼扫兴。

摄影男也不爽,跨步上前,想跟沈清洛掰扯掰扯。他放下相机,食指凌空戳向沈清洛的脸:"我告诉你,少多管闲事……"

讲到一半,那根手指,被出现在沈清洛身后的陆策握住并上折。

一阵惨烈至极的呼痛声中,摄影男被推得踉跄两三米,差点没站稳栽进雪地。

陆策漆黑的眼底淬了隐火:"别瞎指。"

摄影男把装备扔给同伴,朝陆策吼道:"兄弟,上来就动手,挑衅是吧?"

路过的行人循声好奇地望过来。博主本人怕被发网上,加上喂狐狸的行为本就无理,她赶紧拽住摄影男,朝陆策和沈清洛道歉:"误会误会,都是误会。美女不好意思啊,他不是故意指你的。"

摄影男还想讲几句,被团队其他人拉走了。

"有没有事?"陆策问。

"我没事,谢谢。"沈清洛看他。

陆策的目光,沉默地从头到脚将她睃了一遍,确实她没事,毫发无损,就是表情有点走神呆滞。

难道被那破摄影师吓到了?

两人各怀心思地并肩走了一段路。

陆策以为她真吓到了,随口找话题:"下次别这么勇敢,至少身边人多一点的时候再勇敢。"

"陆策,"她很轻地喊他名字,"其实我不勇敢。"

她的语气缥缈虚无,像在发颤。他扫了眼她的眼角,干的,没有掉眼泪。

"之前在餐厅,我告诉方文的后半段故事,事实不是这样。"

"猜到了。"陆策毫不意外。

"你想听真实的后续吗?"她问。

"你讲。"

当年的小沈清洛,觉得被男生掀裙子是件羞耻的事,即使对方未遂。

她不敢告诉爷爷奶奶,更不敢找师长,将指甲贴收在储藏室,只要看不见,就当没发生过。

后来是奶奶发现异常。

"阿顺,最近怎么不穿裙子啦?"奶奶笑着问。

她的这个孙女,从小爱穿裙装,一年四季都是如此。连续好几天没见孙女折腾裙子,还挺反常。

"仲秋啦,早晚天气凉,再穿裙子膝盖冻坏。"爷爷插话,"我看穿长裤就蛮好。"

沈清洛表情略微不自然:"我以后不想穿裙子了。"

奶奶有点奇怪:"为什么呀?"

沈清洛憋了半天,没想出合适的理由,直到爷爷也觉得她的沉默时间过长,疑惑地望向她。

小孩子脸上藏不住事,沈清洛被两位老人看得头皮发麻,扔下一句:"反正我不穿!"说完,觉得委屈,眼眶一热。

爷爷奶奶对视一眼,放下手里的活,拍拍她的肩膀,让她先别哭。

"谁惹我们家阿顺不开心啦?"

沈清洛先摇头,然后又点头。

"让我猜一猜,是说阿顺的裙子不好看?"奶奶问。

沈清洛用手背捂眼睛,擦眼泪,哼哼唧唧地说不是。

"阿顺暑假作业没写完,被批评了?"爷爷觉得很有可能,因为他孙女一整个假期沉迷《还珠格格》。

那是个寻常午后,阳光恹恹,穿堂而来的风漏进回字花窗,像秋日独有的、萧瑟忧伤的喘息。

爷爷奶奶不逼沈清洛说出原因,而是很有耐心地猜。

越发离谱的猜测中,沈清洛"扑哧"笑出声,心情也变好。她获得一种充盈的安全感,支撑她鼓足勇气,将男生的事说了出来。

听完她的话,爷爷奶奶的脸色陡然严肃。

沈清洛跟着紧张,不该讲吗?

奶奶勉强扯了扯嘴角,叮嘱:"阿顺,以后遇到这种事,要第一时间告诉我们。"

沈清洛记下了这句话。她想着,以后再遇到难以启齿的事,就去找亲近信任的人,他们总能给你回应和安全感。

这是她在爷爷奶奶身边,反复论证多遍的真理。

陆策听完,心头像被蜇了一下。她比他原以为的还要敏感。

"要是爷爷奶奶,那天没有耐心猜一下午,我永远不会讲出那个男生的事。"沈清洛不带感情地叙述,"所以,真正的我,其实别扭、软弱、胆怯。我一点都不勇敢。"

她声音渐弱,像是自言自语。

陆策在路灯下凝视沈清洛,她没有继续往下说,而是仰起脸,看看寂寥的夜空。

沈清洛听过一种说法,去世的人,会变成星星挂在天上。

缀满天幕的星星中,代表爷爷奶奶的两颗,此刻隐在云层之后,调皮地眨眼闪烁。

她觉得这样的说法浪漫,并希望是真的。因为她对他们的思念,很浓很浓。

陆策换了只手提印有超市 Logo 的塑料袋,"窸窸窣窣",沈清洛以为陆策在提醒她谈话结束,该出发了。

沈清洛收拾收拾情绪,正想说"我们走吧",还没发出声,蓦然被一股劲拥向前。

陆策的掌心抚在她的背部,稍用力,就把她紧紧揽在怀里。

沈清洛体型偏瘦,陆策单臂就能环紧,外套布料摩挲,传递彼此莫名同频的心跳。

"别推我，别拒绝我，就当是个……"陆策停顿，"朋友的拥抱。"

"沈清洛，只要是人，都会别扭、软弱、胆怯、别纠结这些。"陆策搂得更紧，"真想让你亲眼看到，你刚才露出的表情。"

沈清洛微扬起下巴，垫在他肩膀，视线聚焦前方茫茫夜色，问："什么表情？"

"满脸写着……"陆策故意拉长调子，"快抱抱我。"

"我哪有。"沈清洛立刻否认。

"可怜兮兮的眼神，和高三那次一样。"

沈清洛回忆了会儿，才确定，陆策说的应该是高三劳动节假期，他突然出现在苏州，她去古街入口接他那回。

高三生活进入下半学期，气氛陡然紧张。

面对大学抉择，班里同学分为三类。

一种是高枕无忧型，譬如陆策，提前拿到大学入场券。另一种是远走高飞型，毕业直接出国读本科。

还剩下一种，就是千军万马过独木桥，参加高考。这类同学占了人数大半，沈清洛也是其中一员。

心仪院校历年录取分数高得离谱，她两回模考的成绩仅在录取线附近徘徊。

沈清洛不敢松懈，每天放学，额外多刷完一份卷子才回家。

太过刻苦，有回在客厅沙发背书，背到一半保持坐姿睡着了，被应酬回来的赵进菲和任成益喊醒。

任成益劝过沈清洛几回，劳逸结合，注意身体。

赵进菲起先没说什么，她本人读书时就是大学霸，认为每天学习十二个小时以上天经地义。随着沈清洛越来越频繁地犯困走神，她也忍不住提醒："别绷太紧，出去转转吧，之前不是常和同学去德丰广场？好久没见你出门了。"

提到德丰，沈清洛有点心虚。自从春节拒绝陆策的表白，两人在学校没讲过几句话。

周泽杭倒是邀请她一起打桥牌，沈清洛怕遇见陆策尴尬，找借口拒了。

正想着呢，周泽杭发来新消息，这个周末他生日，邀请沈清洛参加，还加了一串表情包，让她百忙中务必抽空。

沈清洛很快回复。

"哇，仙女答应来生日宴了！陆策，别太感谢我！"游戏连麦，周泽杭咋咋呼呼的声音，直击陆策和许怿的耳朵，"当然非要感谢也是可以的，帮我买最新出的皮肤。"

"仙女仙女,你怎么整天提这人,到底多大来头啊?"许怿重选了张游戏地图。

"嘿嘿,你问问陆策不就知道了。"周泽杭点了游戏准备。

许怿十分怀疑:"周泽杭,你没骗我吧?陆策有情况?"

"我哪骗你了,都是事实。陆策就是有那个心思,可惜人家姑娘不接受。"

陆策没有反驳,轮到许怿诧异:"真的假的?连陆策都拒绝,仙女眼光够高啊。有没有她照片,发来我看看。"

"我的手机里哪敢存她的照片,怕陆策为难我。"周泽杭语气十分做作,"据我所知,仙女蛮受欢迎的,看不上陆策也是情有可原。"

进游戏,陆策第一个干掉周泽杭。

周泽杭差点跳起来:"大哥,我是你队友啊,你这是伤我一千自损一万!"

陆策又补了他一枪。

……

这两枪,周泽杭记恨到生日宴当天。

生日宴主要邀请朋友同学,都是年轻人。周泽杭订了一个娱乐包间,可以唱K、玩桌游、打台球,晚餐就在底楼的港式餐厅。

沈清洛还没到,周泽杭凑到陆策身边,暗戳戳地讲小话。

"看到斜对面的高个男生不?应朗,家里做地产的,不比你家差。人家明目张胆地说要去接近仙女。"

陆策无动于衷。

周泽杭再接再厉地拱火:"啧,你情敌蛮多的。"

"抱歉,我来晚了。"沈清洛匆匆忙忙地进来,手里拎着个礼品袋,拎柄上系了装饰蝴蝶结。

周泽杭上前迎她:"不晚不晚,仙女快坐。"

虽然陆策在游戏里开他两枪,但周泽杭在是非曲直面前,大人不记小人过,把陆策和沈清洛的位置安排在一起。

席间,周泽杭偷偷瞄过陆策好多次,他与沈清洛各吃各的,连句寒暄也没有。

真是皇帝不急太监急。

周泽杭和陆策从北城二中的初中部直升上来的,年级里认识的人多,沈清洛看到好几张外班面孔。

一帮高中生聚在一起,娱乐活动有限,先是唱歌,有人提议沈清洛来一首。这句话一冒出,所有人的目光都转向沈清洛。艺术节上她的表现历历在目，天赐的好嗓音，不唱几首着实可惜。"

沈清洛被看得社恐都要犯了，硬着头皮唱完。

后头还有人起哄，周泽杭立刻上前解围。天大地大，寿星最大，既然周泽杭发话，其他人识趣地不再闹沈清洛唱歌。

周泽杭发信息问：陆策，陆哥，还有其他吩咐吗？

陆策：没有。

陆策收起手机。

"刚才唱歌的女生叫什么？喊来一起玩游戏啊。"周泽杭的一些校外朋友，并不知晓沈清洛的名字，都不掩饰对她的兴趣。

周泽杭有些脑壳疼，觑一眼陆策，他的兄弟还挺淡定。

"我出去下。"陆策说。

沈清洛目送陆策离开包厢，后一秒，赵进菲电话打来，说有急事，让她速回。

"啊，这就走了？"周泽杭握一根台球杆，"不吃晚饭吗？"

"不好意思，我妈妈有急事找我。"

"好，那你快回家吧，我帮你叫车。"周泽杭回头转一圈，陆策还没回包间。

"不用，妈妈来接我。"

沈清洛背上包，走向电梯厅。几个成年男人在电梯口抽烟，她嫌烟味呛，拐弯走消防楼梯。

"沈清洛，等一下。"

沈清洛驻足回头，喊她的男生，是礼仪队的同学，和周泽杭一个班，好像叫应朗。

手机铃声又响，沈清洛边在包里翻手机，边问应朗："有事吗？"

"我……"应朗看她不专心，便说，"你先接电话。"

沈清洛点开手机，赵进菲已经到了楼对面的露天停车场。

"我马上到。"沈清洛挂掉电话，朝应朗说道，"不好意思，我今天真的有事，你如果不是很急的话，改天说吧。"

说完她就要走，被应朗喊住："急，你等下。"

沈清洛回眸。

应朗手里捏了一个手链盒子，是超出一般高中生消费能力的某奢牌。他拿盒子的动作随意闲适，这点钱对他而言不算什么。

"沈清洛，"应朗走下一级台阶，"我关注你很久了……"

事实上，沈清洛从小到大经历过很多类似的示好。听完应朗的话，她的情绪毫无波动。

应朗没想到她反应如此平淡，连拒绝的话也很官方，仿佛讲过许多遍。

他习惯按照行头判断人，沈清洛虽漂亮，家庭条件应该一般，她的衣鞋牌子都很普通。上回的花朵礼裙倒是昂贵，但也可能是租的。

应朗拿不定主意，沈清洛是在装清高，还是对五位数的手链真的无动于衷。

"你和陆策关系很好？"

"什么？"沈清洛眼睛微微睁大，"没有。"

她的情绪有了起伏，却是因为另一个人。应朗不爽："是吗？看他每天等你放学回家。"

沈清洛皱起眉头："陆策等我？"

"别跟我说你不知道。"应朗觉得她欲擒故纵，"上礼拜看到你们一起打伞离开，总不会是我看错吧。"

上礼拜……

沈清洛记得，那天傍晚突然下暴雨，她在廊檐下等雨停，陆策从办公室出来，握着一把长柄黑伞。

雨一时半会儿没有停止的趋势，沈清洛调出聊天界面，问赵进菲能不能来学校接她。她打完字没发出去，又删除了，赵进菲的公司最近有新产品上市，常忙到晚上十一二点。

隔壁陆策打着伞，一直没离开，好像在和谁发微信。

沈清洛纠结了下，喊他："陆策……"

陆策抬眸。

"我想去地铁站，没带伞，方便的话，能不能捎我过去？"

"不顺路，我去十字路口打车。"

"好，没事，我再等等。"沈清洛点头表示理解。

她伸出手接雨水，感受雨量大小，似乎打算淋雨去地铁站。

"打车可以捎你一段。"雨伞檐微微抬起，陆策看着她，"这是顺路的。"

沈清洛与陆策坐在出租车后排，她过意不去，把打车的车费付了，陆策没拒绝。这一件事，打破了多日的僵持，两人至少能回到最初认识时的相处状态。

但沈清洛不打算跟应朗解释，完全没有必要。

赵进菲又打来电话，沈清洛匆匆下楼，没再回应朗。

应朗嘴角讥讽地笑笑："装什么装。"

他转身，推开消防通道的楼梯门，陆策插着口袋靠在墙边。

应朗一怔，稍作思考，就推断陆策已经听见全部。他开门见山问："你们真没什么？"

099

陆策掀起眼皮："既然以为我和她有什么，你还去找她？"

"我过几个月就出国了，现在不抓紧，要等到什么时候。"应朗听出来了，陆策与沈清洛确实没有关系。

"她不想和你说话，别再去找她。"回包间前，陆策丢下这句。

生日宴后，沈清洛好几天没来学校，班主任含糊地说她家有事。

临近五一劳动节小长假，各科老师疯狂发试卷。放学前，陆策看了眼沈清洛书桌堆积的小山，主动向何颜领任务："我顺路帮她带回去。"

当天晚上，陆策坐在街心公园的秋千上，给沈清洛拨电话。第一通没人接，第二通，才听见沈清洛沙哑的嗓音："陆策，找我什么事？"

苏州，医院病房里，沈清洛给奶奶掖好被角。她抬头看看输液袋，还有一大半，奶奶很累，已经睡了过去。

护工一边整理陪床一边说："小姑娘，你先回家吧，这边有我就行。"

沈清洛"嗯"了一声，一低头，白色被子包裹下，奶奶的身体薄薄一片，令她无法控制地产生许多不好的联想。

护工侧目一瞧："哎哟喂，小姑娘，不能哭的啊，老人家明天就出院了，你这是干吗。"

沈清洛吸了吸鼻子，拿起手机，走出病房。

夜晚住院部的走道格外静谧，空气弥漫着过分干净的消毒水味。经过一间敞开的病房，好几个中年人围在病床边，捂着嘴，表情痛苦又不舍，听老人咿咿呀呀地说胡话。

沈清洛不愿再看，跑到护士台前，深吸一口气。

赵进菲本来说五一假期来苏州陪她，但手头工作耽搁，没买到票，正逢小长假出行高峰，大罗神仙也没法子。

沈清洛的心瞬间落到底。

赵进菲：你一个人可以吗？

沈清洛：可以的，妈妈，我五一结束回北城。

"小姑娘，还没走啊？"护工出来打热水，拎着不锈钢暖水瓶的手臂朝她手机挥了挥，"屏幕一直亮着，好像有人给你打电话。"

沈清洛看了眼来电人，是陆策。

陆策听出她的声音不对劲，立即直起身体离开秋千："沈清洛，我在你家旁边的街心公园，帮你带了假期要写的作业卷。"

"谢谢。"沈清洛走出医院，坐进门口排队接客的出租车，"我不在北城，放你身边吧。"

"你回苏州了？"

"嗯。"

她不想在电话里哭,咬住下唇忍着。

出租车师傅扳下计价器,车顶绿色"空车"字样熄灭,在医院门口拉活,见过太多生离死别,后排的小姑娘孤零零一人,他轻叹口气,递去一张纸巾。

"小姑娘,擦一擦眼泪吧。"

电话对面的陆策停顿一会儿,才问:"哭了?"

沈清洛接过司机师傅的纸巾,朝电话里解释:"奶奶身体不好住院,我现在从医院回家。"

陆策拿不准状况:"情况怎么样?"

"明天出院。"

医院到古街十分钟路程,沈清洛下车后,通话还没挂断。

陆策有种感觉,沈清洛此刻很需要人陪。

新学期以来,因为之前的事,两人统共没几回交流。如今要不是他一通电话,沈清洛万万不可能在这种时候找他。

陆策忽然觉得自己先前的行为十分不成熟。被拒绝又怎么样,明明舍不得,明明疯狂想要,那就该去争取。

"沈清洛,今晚你一个人在家?"

沈清洛回答"是的",同时锁门上二楼。

陆策重新坐回公园秋千,边打电话,边翻航司 APP 买机票。苏州是热门旅行目的地,周边邻近机场的票早就售空,火车票也没余量。

他手机出现小闪电标志,提示电量低:"我现在回家,充了电继续跟你打电话,好不好?"

沈清洛心里在说"不好"。她想让赵进菲放下手头的工作来苏州,想让奶奶别生病永远健康,还想要陆策的手机不断电,一直陪她讲话。

但她也就想想,现实世界永远不以她的意志为转移。

"你先回家吧,路上小心。我也准备休息了,到家给我发条信息,不用再打电话。"沈清洛脑子有点乱,"还有就是,谢谢你。"

电话那头,陆策没回话,一阵"叮叮当当"的轻响。

不多会儿,他叫她的名字:"沈清洛,我不挂电话了。"

她愣怔:"不是说没电吗?"

陆策从便利店出来:"买到了充电宝和数据线。"

新充电宝,有百分之五十的电量,足够撑到他回家。

沈清洛洗完澡,躺回床上,屏幕显示的通话时长一秒一秒地增加,很像电视里炸弹爆炸的计时器。

"陆策,你在敲键盘吗?"沈清洛捧着手机,屈膝靠在床头,这是她惯

101

常与人网上聊天的姿势。

"嗯。"陆策声音微妙,"有些资料要整理,会吵到你吗?"

"不会。"

"想说话就说话,不想说就不说,沈清洛,不要勉强自己。"陆策刷新网页,等火车余票,"通话开着,有事就找我。"

沈清洛那晚再没挂电话,在迷迷糊糊中睡着,隐约听到陆策对她说"晚安"。她太困了,睁不开眼皮回应,拖着调子应了他一声。

翌日清晨,醒来第一件事摸手机,开了一整夜,手机背面有点烫。她试探地喊:"陆策?"

听到沈清洛声音的瞬间,陆策醒了。

房间幽暗,微薄光线穿进窗纱,他的身体有些紧绷,以为又做了一场不可言说的梦。

电流声"沙沙"。

"陆策?"

陆策侧头望一眼手机,忍耐地转过头闭上:"嗯。"

"奶奶上午出院,我现在过去,那……先挂电话了?"

"好,我也打算起床。"

杨珍雅见到沈清洛,就知道她哭过鼻子。

"阿顺,坚强点呀。"回到小楼,杨珍雅这样劝她。

"坚强不了,你不要有事。"沈清洛不看她,低头调试家用吸氧机。

"肺上的病,也不是我说了算,医生都没办法。"杨珍雅抱了一大沓锦缎,放在客厅的茶几上,"别忙啦,坐过来。"

如果可以,她希望她的孙女一辈子无风无雨,活在安全的玻璃罩里。

沈清洛停下动作,坐到她身边。

这强自镇定的模样,杨珍雅看着都心疼,心道要不算了,以后再开这个口,可她的身体……

"阿顺,万一,我是说万一——我有什么事,你要好好在妈妈身边,她……"

话一出口,沈清洛的眼泪夺眶而出。

"我们阿顺,真的很爱哭,"杨珍雅平静地拍她的肩膀,像小时候哄她入睡的模样,"你妈妈是在意你的,在北城和他们好好生活。"

"我会考明市的大学。"沈清洛说。

"行呀,明市离苏州很近,阿顺有空就回家。"

"毕业后也不去北城。"

杨珍雅笑了笑没说话。眼看孙女又要落泪,她无奈地点头应允:"快去洗把脸,哭成花猫啦。"

今天是小长假第一天,苏州各景点人山人海。游客摸到网上的"野生攻略",纷纷来到沈清洛家的古街打卡参观,孙姨早餐店生意兴隆,一天销售额顶平时半个月。

街坊邻里陆陆续续来看望奶奶,沈清洛说学校有作业,回楼上写字。关上房门,她靠在门板上沉默,爷爷去世时,那些邻居也是这样轮番来沈家。

她想找人说话,最先想到的是陆策。

可她明明已经决定要和他保持距离,却一再利用他的心软得寸进尺。

入夜,却是陆策突然发来信息。

陆策:[图片\jpg]

陆策:古街房子长得一样,哪栋是你家?

沈清洛霎时站了起来。

沈清洛:你在苏州?

沈清洛:你图拍的是商业街,居民区还要往里走一段。

陆策:这是迷宫吧。

沈清洛电话打过去:"陆策,你就站在古街入口等我,我来找你。"

"嗯。"陆策身边很吵,应该是逛夜市的游客,"不急,你慢点走。"

沈清洛风风火火地下楼,奶奶诧异地问:"阿顺,去哪儿呀?"

"我一个北城的同学来苏州了。"

沈清洛匆匆丢下这句话,"砰"地关上门,一路疾跑,任由长发在夜风中飞扬,路过石桥,又路过穿汉服拍艺术照的模特,她在摩肩接踵的游客大军中逆向前行,忽而停住脚步。

灯火阑珊处,陆策正微微俯身,研究流摊小贩卖的糖人。

他似有所感,直起上身,转头看到了沈清洛。

沈清洛又跑了起来,跑到陆策跟前,差点撞到他,被一双有力的手臂及时扶稳拢住。

制作糖人的大爷看得一愣一愣,忘了用铲子搅拌砂糖。

从北城到苏州,跨越一千多公里,陆策终于见到想见的人。

"你的表情,似乎想让我安慰你。"陆策的声音萦绕她耳畔,有种无可抗拒的温柔,充满诱惑,"如果理解错误,那我先说对不起。"

孩童嬉闹,商贩吆喝,行人窃窃私语。所有声音被摒弃于沈清洛的世界之外,只有风的速度和她的心跳呼吸,在鼓膜震响。

她瓮声瓮气地说:"你怎么来了?"

"不放心你。"陆策嘴角勾起,有种想通一切后,肆无忌惮的猖狂,"难道还能有其他原因?"

沈清洛鼻子嗅了嗅，忽然抬头。

陆策还不太想放手，就保持这样的姿势，问："怎么了？"

"陆策，"沈清洛一脸难以置信，清亮无辜的眼睛装满错愕，"你身上烟味好重。"

陆策松开她，后退半步，抬起胳膊肘，侧偏头一闻，确实有股怪味。

"应该是在火车上沾到的。"这位少爷难得显出狼狈，他边说，边收肩脱外套。

"火车？"

"嗯。"

陆策在票务网站刷到半夜，只捡漏一张T字头火车站票，北城站直达苏州站，十二个小时。

T字头是绿皮车，卫生条件一般。节假日车厢挤得满满当当，老人、小孩、学生、务工人员，天南地北侃大山，头顶置物架排满编织袋和行李箱。

车程太长，有人在座椅上脱鞋盘腿，烟瘾大的，躲在车厢交接处抽烟。泡面的味道、鸭脖的味道、零食的味道、汗液的味道，各种味道在空气中混合发酵，变成火车独有的酸爽气味。

陆策外套搭在臂间，看到沈清洛眉眼变弯，也跟着唇角轻翘："怎么，我很好笑？"

"有点。"

"没办法，找仙女是要吃点苦头的。"

说完，陆策心底低骂一声，都怪周泽杭话多，有事没事把"仙女"二字挂嘴边，害他一顺口跟着瞎调侃。

沈清洛倒没在意"仙女"的称呼，带他去吃晚餐。

商业街的餐馆翻台慢，门外排长队，游客坐在红胶塑料凳上等叫号。她带陆策拐进小路，穿过几条幽暗弄堂，来到居民区的夜宵摊位。

五一比平时人多，相较外头商业街的餐馆还是宽裕许多。

沈清洛和陆策在店外临时支起的折叠帐篷下入座。餐厅老板是本地人，乐呵呵地说："阿顺，和朋友逛街啊，想吃点什么？"

陆策平时不吃苏帮菜，让沈清洛决定。

她给他点了响油鳝丝拌面、蟹粉狮子头和清炒菜薹，自己则要了一份桂花赤豆小圆子作陪。

老板好像和沈清洛很熟："阿顺，给你多加了干桂花。"

她仰头一笑："谢谢大胡叔。"

"你喜欢桂花？"陆策问。

"也不是，就喜欢桂花味的食物，比如桂花糕、桂花冻、桂花酒酿、桂花炖奶,"沈清洛跟报菜名似的,"都不错。"

"他叫你'阿顺',是小名吗?"

"是的,苏州的亲戚朋友都这么叫我。"沈清洛用勺子在碗里轻轻搅动,表层桂花裹入软糯的赤豆糊,"你呢,家人怎么叫你小名?"

"就是陆策。"

沈清洛又笑了:"哦。"

浓油赤酱的地道苏州菜,对于陆策而言口味过甜。沈清洛察觉他动筷慢,有些担心:"我挑的是不是不合你胃口?"

"不是,"陆策加快速度,看向她,一语双关,"我很喜欢。"

吃完饭,沈清洛和陆策沿河岸无目的地散步。她披一件浅色针织衫,陆策脱了外套只剩短袖。

五月初,长三角地区早晚温度偏低,夜风拂过,陆策垂眸,看到沈清洛紧了紧针织衫。明明怕冷,下半身却还是条露小腿的裙子。

"时间不早,我先送你回家。"

"我家很近,过桥对面的小楼就是。陆策,你房间订了吗?"

"订了,就在附近。"陆策望向对面的沈家房子,"我送你到家门口,方便吗?"

"我自己回吧,你也早点去酒店休息。"

陆策没勉强,目送沈清洛走过石桥。她到达对岸,停下回头,冲他挥了挥手再见。

"阿顺,你同学呢?"沈家小楼的客厅里,奶奶拿了把裁尺剪锦缎。

"他回酒店了。"

"哦。"奶奶低头继续忙活,"同学晚上才到苏州啊,来旅游吗?"

"他……不是旅游,"沈清洛犹豫,"临时决定过来的。"

"啊,那还能订到客房?"奶奶食指架起老花镜横梁,"听孙姨说最近游客多,价格翻了五倍的招待所都订完了。"

沈清洛正把头发拧到一肩侧,编鱼骨辫,闻言停下手。对啊,陆策连一张高铁票、机票都买不到,怎么可能订到她家附近的酒店。

"我再出去下。"她勾起针织外套就往外跑,没隔几秒又急匆匆回客厅,"奶奶,我们家楼上的客房能住人吗?"

"可以啊,你同学不嫌地方小的话。"

"他应该不嫌小,但……"沈清洛支支吾吾。

"阿顺,你今天很奇怪哦。"奶奶点评道。

"我同学是个男生,行吗?"

居民区的水岸没有围栏,每隔几米放置一个岩石圆石墩。陆策坐在石墩

105

上，手肘撑在膝盖上，手机屏幕的光幽幽地映在脸上。

翻附近的酒店房源，从五星到连锁快捷到招待所，都是满房状态。

要不找家网吧过夜？

陆策考虑的当口，两截细白的小腿出现在视线中。他仰起头，看到去而复返的沈清洛。

短短一会儿，她发型变了，左肩前垂了条辫子。不是那种三股麻花，编法更复杂，也不知她怎么弄的。

陆策站起身，忽然勾了一下那根鱼骨辫，鬼使神差地说："好看。"

"……"

沈清洛不跟他瞎扯："陆策，你订的酒店在哪里？"

"还在选，挑家顺眼的网吧，"陆策被揭穿了也坦坦荡荡，"或者找一找附近能过夜的浴场会所。"

沈清洛瞪大眼睛，浴场？会所？环境逼仄，人员冗杂，不合适吧。

陆策又忍不住勾她的辫子玩："你别过度脑补。"

沈清洛轻轻拍掉他的手："你不介意的话，要不要住我家？"

陆策愣住，条件反射："不行！"

"……就是房间很小。"沈清洛话没说完，就被拒绝。

"你不愿意？为什么？"她好奇。

"不合适，你奶奶也在家。"陆策义正词严。

沈清洛糊涂了："我奶奶在家才能让你住呀。"

陆策被噎住："总之就是不行。"

沈清洛只能答应："好吧，我和奶奶说一下，不用找四件套了。"

"等等！"陆策握着她的手臂，严肃地问，"奶奶知道我是男的吗？"

沈清洛：……不然呢？

陆策越接近沈家小楼，越是不安。

沈清洛要开门，被陆策一把挡住："我空手上门不太合适，拜访时间也不对，现在太晚了。"

"陆策，我只是和奶奶说，同学来苏州看我，没订到房间，"沈清洛忍无可忍，"你放松点。"

"嘎吱"一声，大门毫无预兆地从里打开，奶奶探头："阿顺，还有这位同学，还不进来？"

陆策立即站直了："奶奶您好，打扰了，我叫陆策。"

杨珍雅点头，念一遍他的名字："晓得了。先进屋吧，杵门口做什么呀。"

事实证明，这个家里局促的只有陆策。

沈清洛给陆策拿了新的洗漱用品和毛巾，向他介绍家中布局："卧室都在楼上，卫生间的话，一层和二层各一个。"

陆策接过东西："我在一层洗澡就可以。"

"好吧。"沈清洛引他上楼，开了她隔壁房间的门。

严格意义上讲，客房不是一间卧室，而是沈清洛以前的书房。大约六七平方米，有一面书柜墙，窗户前放一条长形书桌，还有张折叠收纳的沙发床。

两人站在屋里，稍显拥挤，沈清洛给他调试台灯亮度，说等下给他拿枕头。

住在喜欢的姑娘家中，陆策的心情难以形容。水温调得很低，淋浴喷头的水流从头发丝淌到脚趾尖，也无法让心情平静。

洗完澡，陆策推开浴室门，头上盖了条毛巾，边擦头边走了出来，看到奶奶坐在茶几边，正准备搬走多余的布匹。

他摘掉毛巾上前："奶奶，我来拿，要放哪里？"

奶奶没和他客气，指挥他把布匹搬到储物柜。

合上柜门，陆策一转身，发现奶奶倚在墙边打量他。他一激灵，明白老人家有话和他说。

"你是阿顺在北城的同学？"

"是的，奶奶。"

"为什么来苏州？"

陆策不清楚沈清洛说到什么程度，他纠结一瞬，决定实话实说："她知道您生病的消息，很紧张，我和她打电话的时候听见她哭，放不下心，就来苏州了。"

"有心了。"奶奶若有所思，"假期可以在苏州逛逛。"

陆策一愣："好，谢谢奶奶。"

"不早啦，去休息吧，阿顺说你在火车上站了十多个小时。"

"我年轻，没有关系。"

陆策回到房间，站在书墙前端详。沈清洛的课外书很多，内容杂七杂八，甚至还有好几册明清话本。

陆策习惯睡前翻几页书，正挑睡前读物呢，沈清洛敲门进来。

她怀里还抱着一个枕头，只露出上半张脸："这个你试一下，看会不会太软。"

陆策接过："可以，谢谢。"

她瞥了眼开着的书柜门："你想找书看？"

"是，能给我推荐吗？"

沈清洛伸手，抽出本《蓝熊船长的13条半命》，一位德国作家的作品。

陆策草草翻开几页，失笑："儿童文学？"

"相信我，'大孩子'也适合看。"沈清洛刚吹过的头发很蓬松，随走路的动作微荡，她走到门口，按下门把手，"有事找我哦。"

"阿顺。"他叫她。

第一次被陆策叫小名，沈清洛下意识地"啊"了一声，茫然地回过头，只见陆策一身居家打扮，手里还拿着一本童书，平日一贯桀骜不驯的模样，此时竟意外多了丝乖巧。

"小名为什么叫'阿顺'？"陆策问。

其实来源和苏州话有关。

在苏州话里，沈清洛的"洛"和数字"六"同音，都发"lo"。

小时候的沈清洛，听惯街坊邻里讲方言，去幼儿园报到，老师用普通话念她的名字，但她坚持自己叫"沈清六"。

其他小朋友喊她"洛洛"，她纠正，应该是"六六"。

直到有一天，幼儿园家庭日，爷爷去参加活动，发现全班同学都喊她"六六"，才知道这个插曲。

他回家告诉了奶奶，两位老人哭笑不得，和她开玩笑，"六六大顺"，要不就叫你"阿顺"。

街坊们起初也是为了打趣她的发音，故意叫她"阿顺"，叫着叫着，这个小名就此沿用下来。

陆策问，能不能用苏州话教他念"沈清洛"。

没点语言天赋的人可听不懂自带加密效果的南部方言。她不抱希望地教了一遍，想不到陆策很快学会，发音居然还算标准。

"学得很棒，睡吧，晚安。"她夸人像哄小孩。

陆策走到门口，垂眸望她："晚安。"

有一瞬间，沈清洛觉得陆策又想玩她头发，但硬生生忍住了。

清晨五点半，晨光淡淡，陆策推开窗，雾蒙蒙的古街上，只有零星几家商铺开门营业。

下楼前，他看了眼沈清洛卧室门，静谧无声地关着。

老人家起得早，这个点沈家奶奶已经坐在客厅，正捣鼓着针线。听到陆策下楼，她下意识地抬头，又看了看挂钟。

"小陆，起这么早。奶奶等下去买早饭，喜欢吃什么？"

"奶奶，我去买吧，正想逛一逛。"

楼前老槐树，粗壮的枝干凝着水露，立在树下，能听得到鸟雀啼叫，却不见其踪影。

陆策踏上潮湿的石阶过桥，心里默念，这就是沈清洛走过无数遍的路。

陆策禁不住回头，望向对岸的沈家小楼，目光久久盘桓在二楼紧掩的窗扉上，那是沈清洛的房间。看着看着，他魔怔了似的，目光好像能穿透墙壁，看到她的睡颜，一半脸颊埋在枕头，鼻子纤秀，呼吸轻盈。

走至早餐铺门口，孙姨正掀开蒸笼。新出炉的烧卖，皮薄馅大油润，糯米香菇混合浓浓肉末味。

孙姨好奇地瞧了他一眼："小伙子，我看到你从沈家楼里走出来呢。"

陆策同她打了声招呼："我是从北城过来的。"

"北城？"孙姨一愣，"哦，我想起来了，阿顺的妈妈是北城人，你是沈家亲戚吧？"

陆策礼貌地笑笑，孙姨当是默认。

陆策惦记桂花味的食物，孙姨一听，心里有数："你是给阿顺买早餐吧？她早餐也喜欢吃鸡汤小馄饨的。"

陆策顿时对沈清洛刮目相看，她平日里看着文文静静，从不与人深交，怎么做到让邻居都懂她口味喜好的？

"你买这么多，三个人不知道能不能吃完，可别浪费啊。"孙姨边打包，边嘀嘀咕咕。

陆策接过，问："阿顺经常来您这儿吃早餐吗？"

"当然啦。"孙姨聊到沈清洛时笑眯眯，"她高三转学去北城，几个平时绕路来我这买早饭的男同学都不来了。"

陆策立即警觉："什么男同学？"

孙姨当他是沈清洛远房表哥之类的人物，就多讲了几句。

沈清洛从小一副好皮囊，不仅招古街的大人喜欢，青春懵懂期的男生也蠢蠢欲动。上了初一，那些男孩就开始找存在感，观察沈清洛的生活习惯，在早餐档口或者上学路上"偶遇"她。

陆策听完，沉默良久。

"小伙子，你怎么不说话了？"

陆策把打包的早餐带回沈家，一进门，就与搭扶手下楼的沈清洛对上视线。杨珍雅说把客人晾一边不合适，硬是把她从床上拖了起来。

闻到鸡汤小馄饨的香味，沈清洛瞬间清醒："陆策，早。"

"早。"只是语气听起来十分低气压。

沈清洛止住打呵欠的动作，疑惑地看了过去。

"阿顺，你们要不要出去逛逛？五一苏州的活动挺多的。"奶奶提议。

节假日景点人挤人，出门光看人头，沈清洛其实不喜欢凑热闹，往年每逢假期，她都宅在家看电影、看小说来消磨时光。但陆策大老远从北城过来，她作为苏州人，总得尽地主之谊。

"奶奶，我们哪儿也不去，"陆策看出她出游兴致不高，"在家陪您吧。"

尽管奶奶再三声明，她不要人陪，但沈清洛和陆策依旧留在家中。

午后，陆策继续看那本《蓝熊船长的13条半命》，沈清洛在楼上翻箱倒柜找东西，楼板不隔音，一楼客厅听得清清楚楚。

杨珍雅被她吵得抬头看了好几眼楼上，最后忍不住对陆策说："小陆，你去看看阿顺，她又在找什么。"

陆策说"好"，放下书上楼。

他在二楼转了一遭，不见沈清洛人影。喊了她的名字，应答声从天花板里传来。

陆策走近，看到最靠边的天花板有一块正方形的缺口，从中落下一个与地板垂直的悬梯。

接着沈清洛抱着一摞桌游卡牌顺梯爬下来，悬梯一晃一晃，陆策看得眼皮直跳，忍不住伸出双臂，虚空环在她外侧，唯恐她不小心摔落。

"没事的，我以前经常爬。"沈清洛说。

小时候看动画片《百变小樱》，木之本樱家也有类似的梯子，那时沈清洛一度觉得阁楼会出现库洛牌和封印之杖。

陆策听罢，伸手握住悬梯杆子，用力摇了摇。没想到梯子看着松垮，其实挺结实稳固。

"手里拿了什么？"

"桌游。"

沈清洛有一阵爱玩德国桌游，买了好多卡牌，她把《德国心脏病》《宝石商人》《波多黎各》放在陆策面前，问他有没有想玩的。

这些游戏陆策都玩过很多次，兴趣不大，但看她很积极的模样，他就选了《波多黎各》，经典航海时代背景的德式策略游戏。

沈清洛玩得入迷，杨珍雅催他们下楼吃晚饭，她仍然依依不舍，半天才放下金属币。陆策发现了，她哪是招待他，明明是自己想玩。

吃完饭，杨珍雅早早上楼休息，沈清洛立刻看向陆策："我们……还继续吗？"

陆策嘴角忍不住勾起："继续。"

他们把卡牌地图挪到二楼中厅的窗边，打开窗户，可以看到岸边散步的行人。从来没人陪沈清洛玩过这么久的桌游，保持同一姿势过久，她脖子泛酸，闭着眼按了按后颈。

"还想来一局吗？"陆策问。

沈清洛摇头。

更阑人静，世间万物沉入冥想状态。她看向窗外，对面小楼的屋脊和飞檐，镀了一层冷清的银光。是个明朗温煦的夜晚。

此刻，沈清洛才后知后觉地有些忐忑，陆策陪她玩了这么久桌游，会不会无聊？

陆策动作利落地把卡牌收在木盒里，分类、归置、叠放，丝毫不拖泥带水。反观沈清洛自己，早就摊着手坐在一旁休息了。

她有些不好意思地开口道："陆策，要不要看月亮和星星？"她有一处不为人知的秘密基地，陆策也许会是除了她以外的第一位访客。

陆策立即把东西收拾好，请她带路。

于是，两人又来到了下午的悬梯前。

沈清洛鬼鬼祟祟地看了眼奶奶的卧室，小声指挥陆策："我们先爬上去。"

陆策跟在她后面，爬上阁楼。阁楼是个三角结构，他个子高，只能弯腰前行。

阁楼尽头有一扇窗，沈清洛熟门熟路地打开黄铜锁，不忘转身提醒陆策："出去的时候小心点哦，别发出声。"

沈清洛所说的好地方，是个屋顶小平台，身后就是屋檐斜坡，可以坐上面看夜空。

"小时候城市灯光没那么多，在夏天夜晚爬上屋顶，偶尔还能看到流星。"陆策拂了拂灰尘便席地而坐，沈清洛也顺势坐在他旁边，说道。

"你奶奶不知道吧。"陆策笑了，"阿顺很皮。"

"这里很安全的。"沈清洛系上外套扣子，"就是有点冷，屋顶风大。"

陆策一听她说冷，立即要脱下自己的外套，被沈清洛连忙按住："不是不是，我不是这个意思，你不要把衣服给我。"

陆策就松了手。

月光明亮，星星就变得疏淡，沈清洛问陆策："你会觉得无聊吗？"

陆策转过脸，很直白："我来苏州只是为了看你，有你在就不无聊。"

沈清洛霎时语塞，支支吾吾地说："……那就好。"

"那天，我是说周泽杭生日宴那天，"陆策打破安静的氛围，"我在楼道口听见了你和应朗的对话。"

沈清洛回忆了一下，她那时直截了当地拒绝了应朗。陆策提起这个做什么？

"你每次都这样直接拒绝吗？一点转圜余地都没有。"

沈清洛搞不懂他要说哪出，便阐述自己的观点："我觉得说清楚对双方

111

都好,这种事含含糊糊,容易留下联想余地。"

陆策忽然笑了:"是吗?"

沈清洛直觉不妙,立即抱着手臂搓了搓:"好冷啊,要不进屋吧。"说完她转身就走,被陆策拽住一只手臂不让走。

"沈清洛,你总是爱跑。"

这罪名大了,什么叫总爱跑。沈清洛想辩驳两句,就听陆策幽幽地道:"你拒绝我那次,没说不喜欢我,只说我们不合适。"

"你认为,我们哪里不合适?"陆策直勾勾看她,目光带点逼迫的意味,好像她今天不说清楚,这事就没完。

沈清洛被他看得发毛:"我准备报明市的大学,而你肯定在北城,相隔两地……"

后面的话无须说清楚,陆策也懂了。

"北城到明市,飞机两小时,高铁四五个小时,周末通勤完全能接受。"陆策似乎在心里提前组织过一轮说辞,"我不差钱,对我来说这点距离不算问题。"

一般人说"我不差钱",都挺欠扁,但陆策的模样,让人讨厌不起来。

"也不止这个原因,我们才认识一年不到,"沈清洛语速放缓,"彼此不够了解,其实我有很多你没发现的缺点,比如我经常想很多……"

她喃喃细数自己认为的缺点。

斑斓夜空,几片乌云飘过,遮住了悬在头顶的月亮。

天地幽暗的瞬息,陆策侧过身,双手搭在沈清洛肩膀,脸猛地凑近。

沈清洛吓了一跳,不自觉地闭紧眼睛。

"别光顾着数落自己,"陆策拍了拍她的肩膀,"看看我。"

浓密的睫毛微微打颤,沈清洛撩起眼皮,她的眼中微光闪动,怔怔地与他对视着。

陆策的脸,在黑夜里看不清。

这时云朵散开,月光的清辉重新洒满大地,沈清洛一动不敢动,就看着陆策深邃温柔的眼眸,逐渐明亮起来。

"沈清洛,"他嫌叫得不够亲切,改口,用字正腔圆的北城调子重说,"在苏州,应该是阿顺。等考完试,留一整天给我可以吗?"

沈清洛无法思考,在迷迷糊糊中答应了他。

"陆策,你先放开我……"

他松了力道,但没放手:"别害怕,我会守规矩的。"

假期结束前一晚,沈清洛在楼上中厅整理行李。

二十八寸滚轮箱平摊在地面，周遭的沙发上、座椅上堆满她的零碎物品，阵仗颇大，像要搬家。

沈清洛理东西有强迫症，衣物、书本、护肤品、饰品，必须分类规整，装入不同的收纳袋，再放进行李箱。

平心而论，这样块垒分明地叠放，确实赏心悦目，但她的整理速度实在难以恭维。

陆策双手抱胸侧靠墙壁，一派闲适模样："需要我帮忙吗？"

沈清洛说"不用"。进进出出走得热了，她手探到脑后，一把握住头发上提，东翻西倒找头绳和抓夹。

陆策经过这两天观察，对沈清洛的生活习惯有了大概了解，她睡前编头发以防打结，而吃饭、看书、忙事情的时候，则把头发扎起。他不动声色地从梳妆镜前拿起一根簪子："用这个行吗？"

"也可以。"沈清洛接过，流利地绾个低髻。

察觉陆策视线一直黏在她身上，沈清洛赶人："陆策，你去楼下吧。"

陆策挑了挑眉，听话地转身下楼。

奶奶坐在茶几边，缝锦缎布包，问："阿顺还在整理？"

"是。"陆策保守估计，"至少还有一个钟头。"

奶奶见怪不怪："正常，温暾水还不允许别人插手。"

陆策听不懂"温暾水"这个方言词，奶奶停下针线解释："你可以理解为阿顺整理箱子的速度。"

磨磨叽叽，慢慢吞吞。

陆策听笑了，给奶奶递缝纫专用的U形剪刀，想听她讲更多关于沈清洛的事。

奶奶的语气有些感叹："那么小的姑娘，转眼长这么大，让人开心的事太多啦，都不知道先挑哪件。"

"陆策！陆策！"沈清洛握着手机，从二楼跑下来，"我抢到了两张候补的高铁票，已经锁定座位啦。"

其实沈清洛早已买过回北城的机票，但陆策只刷到绿皮返程车票。沈清洛抱着试一试的态度，要了他的身份证号等待候补。

奶奶探头看了眼手机页面："早上七点多的车次，阿顺你动作快点，早点睡觉。"

然而，晚上十二点多了，陆策走出卧室，看到一楼的厨房还亮着灯。

厨房里，烧水壶咕噜冒泡，洗完澡的沈清洛捧着玻璃杯站在一旁。听到动静，她回过身看见陆策，诧异道："你还没睡？"

"嗯。"陆策嗓音沉淡。

"我是不是吵到你啦？"沈清洛有些歉意，感同身受似的说道，"我睡觉对光和声音也很敏感，尤其是光。"

热水沸腾，出气口冒出团团白色水汽，指示灯"嘀"了一声后熄灭。

陆策倒不是因为这个不睡觉，但他故意不解释，从她手里抽走杯子："想喝水？"

沈清洛点头。

陆策表现得理所当然："我帮你倒。"

沈清洛等热水变凉，期间陆策的手机一直响。

陆策点开聊天框，许怪在群里疯狂圈他，问他是不是被人绑架，整个假期人影不见。

这个点，英国正值下午。陆策轻描淡写，只说假期有事要忙。

许怪：除了与那位有关的，你能有什么事，呵呵。

陆策懒得理会许怪的阴阳怪气，正想锁屏，周泽杭却突然在群里发言。

周泽杭：！

周泽杭：说起来，我有条关于仙女的八卦，不知当讲不当讲。

许怪：？

许怪：讲。

周泽杭：昨天跟我母上参加饭局，席间有个生意伙伴，说她女儿也在北城二中念书。一对名字，那个赵进菲赵总，竟然就是仙女的妈妈。

陆策抬头看了眼沈清洛，她在刷新闻，没注意他这边的情况。

陆策：然后呢？

周泽杭：赵总的商业对家也在现场，那人从明市过来，处处针对她，不知怎的，提到一个叫沈柏鸟的男人。

周泽杭：端庄优雅的赵总，突然变了个人，脸色特别难看。

周泽杭：@陆策，小道消息，沈柏鸟是赵总前夫，先是被单位开除，又突然车祸去世，离奇得很。我知道你喜欢仙女，但还是好好考虑考虑吧。

陆策：考虑什么？

周泽杭：她的家庭啊，感觉有点复杂。

陆策又看向沈清洛，她专注地捧着那杯他亲自倒的热水，抬起头正好与他视线相撞。

"怎么啦？"对他完全不设防的样子。

陆策笑着摇摇头，关闭聊天界面。等她喝完水，他没忍住捋一把她的发顶："今天怎么不编辫子？"

"等下就编，你别弄乱我头发。"沈清洛上楼前，回眸轻嗔。

翌日，高铁候车室。

陆策朋友圈刷到陆知非的九宫格图文，她和男友出游，中间是一张只露手的比心照，配文言简意赅：非常快乐。

陆知非、常祺，组合在一起就成了"非常快乐"。陆策秒懂，他私以为这是条文案烂梗。

也许他脸上无语的表情过于明显，被沈清洛注意到，向他投过来一个疑惑的眼神。

陆策笑了笑："没什么，是我表姐和她男友发的合照。"

"上次在宠物救助站遇到的两位？"沈清洛回忆。

"嗯，"陆策顺手给表姐点赞，"正地下恋呢。"

"为什么地下？"沈清洛记得，陆知非和常祺都是大学生。

"我姐怕她爸妈不同意。"

检票播报开始，沈清洛没来得及细问为什么不同意，就和陆策汇入进站人流。候补的车票不在同一节车厢，他们约定北城站见面。

沈清洛的位置是F，靠车窗。列车缓缓启动，经过月台，速度逐渐加快。

她捧着一本通俗小说，没看几个字就犯困。窗外景色飞掠，对面列车呼啸而过的隆隆风声中，她手肘撑在框沿，握拳抵着太阳穴，疲顿地闭起眼睛。

好像做梦了。

睡梦中，她隐约听到陆策的声音，在与谁轻声交谈，然后一阵"窸窸窣窣"的衣物声响起，身旁的人似乎站起来了。沈清洛想睁眼看，但没力气。

一只温暖有力的手，托着她的头换了个倚靠的方向。

沈清洛在宽厚的肩膀蹭了蹭，换了个更舒服的姿势，一路睡到北城。

终点站报站的广播响起，旅客陆陆续续离开，乘务员依次进行车厢检查，她听到陆策无可奈何的声音："真能睡。"

……

沈清洛退出陆策的怀抱，她快分不清，自己是在新疆禾木，还是依然身处十八岁那年，通往北城的悠长安宁的铁路车厢里。

陆策也放下抱她的手："回民宿吧。"

谁也没再说话，并肩沿行道回"鲸也"。

项依和林如茵进纪念品店挑礼物，店内不准带有色饮品，让项宜轩等在店外，帮忙拿奶茶。

项依买了件颇具民族风情的披肩，林如茵买了诸多冰箱贴、手工艺挂件。

两人高高兴兴地回车旁，项依喊表哥的名字，他凝神望着不远处的行道，没回应。

项依走上前，注意到项宜轩的手边，惊呼："表哥！奶茶全洒了！"

115

惊叫声令项宜轩回过神。他低头，薄软的塑料壳被他拧成一股，奶茶流淌到雪地上，像被踩踏捣烂的污泥。

项依怀疑自己看错了，刚才表哥的眼神似乎有些阴沉，然而转瞬即逝，很快变回好兄长模样："依依，再帮你们买两杯吧。"

"不用啦。"项依心绪不宁，望向空空如也的行道，"表哥，你刚才在看谁？"

"没看谁，我在想事情。"项宜轩将奶茶杯扔进垃圾桶，"回去吧。"

陆策和沈清洛一回到民宿，差点以为自己走错地方。

吧台、餐桌、斗柜，所有能放东西的地方，都多了三叉宫廷式烛台，太过密集，乍一看像要摆坛作法。

陆策扫了眼白色蜡烛："许怿，你又要做什么？"

"这回可不是我的主意。"许怿连忙辟谣，"村里来通知，短期内禾木开不了山，电力负荷不住，停电是板上钉钉的事情，提醒我们这些商户未雨绸缪。哦，对了，回头给你们每间房发几支蜡烛。"

许怿忙活不停。他投资民宿上瘾，上回去审批，弄了新的地方扩建民宿。

许怿物色的新地段，规模比"鲸也"大两倍，是个围合式院落，布局在禾木很少见。反正晚上闲着没事，他招呼陆策与沈清洛一起参观。

这栋院落，先前被一个乌鲁木齐的老板承包开发，建造中途，公司资金链出现问题。所幸院落大致框架已经完成，只是房子的木头还没刷防火涂料，内部水路电线也没布局。

一扇围栏门通往庭院，停工太久，剩余的建筑材料堆放混乱，几根木头横挡入口，许怿三人小心翼翼地绕开前行。

不难看出前老板在院落花了许多心思，预留了功能区分开的活动室、台球房、酒吧餐厅，院落虽小，五脏俱全。

正参观着，一辆面包车刹停在围栏外。

司机下车，朝许怿探头大嗓门吆喝："许老板，许老板！你要我镶嵌的羊脂玉摆件，我给你弄好啦！"

"又投资新民宿，又买摆件，"陆策问许怿，"打算留新疆了？"

"玉不是给我买的。"许怿一挥手，"知非姐不是要结婚了嘛，我额外给她准备份新婚礼物。"

沈清洛沉默片刻，问陆策："知非姐姐要结婚了？那新郎……"

"不是常祺。"陆策说，"她不闹死闹活了，也找到更合适的人。"

更合适的人。

沈清洛怔愣："那很好。"

又在心底重复一遍，很好。

许怿百无聊赖地坐在大厅吧台，捧一本《新华字典》，打算给民宿二店取名。

目前这家叫"鲸也"，鲸，海里游的。

民宿仅剩的三个住客之一，之前帮忙一起找人的摄影师坐在一旁看书，听到许怿的动静，提议："许哥，二店名字找个天上飞的。"

许怿觉得有道理，合上字典，好奇地看向摄影师手里的书。对方笑了笑，合上书页，大方地将书名展示给许怿。

"《星空图集》，作者庄苏凌。"许怿念了遍书封上的作者名，突然想到摄影师的名字就叫庄苏凌，"你是作者本人吗？"

庄苏凌"嘿嘿"一笑："就是我。"

"你可以啊！"许怿赞叹着翻开书页。这是一本旅行合辑，记录作者本人的星空拍摄之旅。

庄苏凌擅长星空摄影，对天文学也颇有兴趣，据他说今晚有"月掩金星"的天文奇观。

上回被四川驴友的遇狼故事吓到，庄苏凌不敢独自上山拍摄天象。他本有一位摄影同伴，因封山进不了禾木村，于是他只好不遗余力地找寻下一位同伴。

"月掩金星，不看后悔。"庄苏凌试图鼓动许怿，又朝对面写材料的沈清洛吹风，"沈小姐，你感兴趣吗？"

沈清洛远程被主编使唤，连续赶了好几天稿，写得头昏脑涨，迫不及待地想放松心情，便答应下来。

陆策推门进来，身后跟着个叽叽喳喳的小尾巴吾尔曼。

吾尔曼背着大工具包，手舞足蹈地比画攀岩姿势："陆策哥哥，我们学校停课啦，你上次用速降绳的样子好帅，能教教我吗？"

陆策被他跟了一早上，头疼道："我没空，你去找方文玩吧。"

"方文忙着收拾东西呢。禾木开山后，她就要搬走啦，我吃完晚饭再去找她。"

许怿饶有兴致地欣赏陆策被小孩缠住的不耐烦样，憋笑一阵，才良心发现，替好友解围："陆策，晚上要不要上山坡看月掩金星？"

吾尔曼跳起来举手："我也去！我也去！"

许怿俯身与他平视："你父母如果同意，我们就带你一起。"抬头询问陆策，"沈小姐和庄摄影师也去，你呢？"

陆策拧眉转向沈清洛："你感冒刚好，又去山上？"

117

前些日子停电，连带暖气也停掉。沈清洛受寒，加之和陆策去观景台找方文，吹到了冷风，感冒症状来势汹汹。刀片割嗓，咳嗽胸闷，都这样了她还惦记赶稿。

那几天里，沈清洛戴着医用口罩，在大厅角落"噼里啪啦"地敲字。

她一工作就忘记时间，陆策倒了一杯温水，提醒她吃药。

沈清洛没摘口罩："陆策，离我远一点。"

陆策皱眉。

"会传染你的。"

陆策眉头舒展了些："哪么那么容易传染，休息会儿吧。忙成这样，你们杂志社是要评什么奖吗？"

"都是之前积压的稿子。"沈清洛叹了口气。

庄苏凌听说沈清洛是《人文地理月刊》的主编助理，不禁对这位美人刮目相看。《人文地理月刊》作为国内首屈一指的社科杂志，包含旅游、政经、人文、历史等多个栏目，录用要求高，工作强度大。

沈清洛毕业于院校有国内顶尖的新闻专业，庄苏凌频频点头："我以前去纳米比亚拍摄，认识蛮多你这专业的同学，很多毕业都去搞自媒体了。"

的确，传统纸媒日渐式微，报刊亭数量年年递减。尤其互联网兴起，直播和短视频分走大半流量，杂志社日子不好过。

自媒体的收入比起杂志社死工资，更有突破口，但凡出一支爆款视频，广告收益抵普通打工人一年。

沈清洛上大学时，就有MCN机构找上门，想包装她做网络红人，以常见的美女学霸为噱头。她婉拒了。

"沈小姐，你们这种坚持做纸媒的，是不是特别有信念感？"庄苏凌问，"对于互联网的碎片化阅读，是不是很瞧不上？"

沈清洛还真没这种想法，并且恰恰相反，她认为互联网自媒体兴起，极大加速信息传播速度，是传统媒体难以取代的优势。

新兴媒体需要的是监管和筛选，而不是传统纸媒高高在上的审视。本质上讲，纸媒也好，互联网也好，都是背后笔者传递价值观的媒介，谈不上谁更高尚。

"可是自媒体门槛很低，是个人就能开账号，"庄苏凌说，"拍摄人没怎么见过世面却爱分享。"

"当然我没说爱分享不好，"庄苏凌解释，"只是这样导致平台大量囤积低质内容，感官很差。"

在这个消费主义盛行的年代，"世面"二字狭义化，尤其是新中产阶级，乐于将世面当作阶级区分的标志。

沈清洛始终不赞同类似的"世面"说法。很多人说的"见世面",并非"见识世界的多样性",而是"见识穷人买不起的东西",本身包含一种目的性极强的偏见,急于展示自身的学识与财力。

大概是专业原因,见过大善大恶的案例,抑或是自身性格,沈清洛对所谓的阶级差异,有种超凡脱俗的包容性。

世界太大了,万物有其运转规律,在她看来,人与人之间的生活方式,只存在差别,并无高低。

社会当是费孝通先生说的那句:"各美其美,美人之美,美美与共,天下大同。"

庄苏凌想说她一句理想主义,但她的眼睛太过干净真切,让他觉得用世俗观念与之对弈是种无趣。

陆策适时将铝箔包装的药品递到她面前:"说么多话,嗓子不疼了?"

沈清洛苦哈哈地蹙眉:"疼的。"

庄苏凌识趣,结束了聊天。

许怿听了全程,只觉得沈清洛身上确实有种让人想亲近的魔力,难怪陆策念念不忘。

在陆策每日有意无意的盯梢下,沈清洛按时吃药,好不容易感冒症状缓解,她现在又要跟去爬山,看月亮星星。

真能折腾,陆策没劝阻,当晚也去了。

吾尔曼继续充当小尾巴,还怂恿方文一起。郑阿姨不太放心,反复叮嘱万事小心。

"郑阿姨,店里没客人,一起去吧?"许怿邀请。

"不啦,我还是守在店里,万一有新客人办入住。"

许怿笑了:"禾木封山,哪儿来的新客人。"

"保不准呢,"郑阿姨推拒,"你们去吧,我看到村里好多人都上山坡看月亮,今晚有那个金星什么来着。"

方文抢答:"月掩金星!地理老师上课讲过。"

郑阿姨挥挥手:"知道了,你们快去吧。"

所谓的山上,其实就是个比较高的平坡,比观景台更外围一些,不是官方造的上坡路,是当地人踩出来的土路。

禾木远离城市灯光,沈清洛一行人到达时,平台聚集了好多村民和游客。

观测月掩金星的机会很少,游客都赶来凑热闹,光三脚架就竖了十几台,等着拍奇观。

沈清洛裹得只剩双眼睛,腿上、胳膊上贴了好多暖宝宝,不觉得冷,就是站得累。

方文向吾尔曼科普"月掩金星"。

她抬头看天，说地球、月球、金星会在同一条直线上，等一会儿，金星先与月亮切边，从暗部消失，又将从亮部出现。

吾尔曼一直看着她，说"明白了"。

许怿"扑哧"笑了："真明白了？"

陆策被吾尔曼缠了好久，趁机使坏："那你复述一遍。"

吾尔曼忽然涨红了脸。

沈清洛看这两人幼稚地欺负小孩，弯唇笑一笑，仰头望月亮。

夜空中，金星是除月亮外，亮度最高的一颗星星，也是沈清洛认识的第一颗星星。

那时苏州没有建起太多高楼大厦，黄昏时分，西沉的暮霭萦绕远处山岭，她指着霞光中的星星，喊爷爷奶奶快出门看。

"这颗啊，叫长庚星。"沈州说。

沈清洛大吃一惊，星星还有名字啊？

"当然啦，我们阿顺有大名小名，星星也得有。"沈州一脸庄重，"东有启明，西有长庚。"

这颗闪亮亮的星，出现在西落的黄昏，叫作长庚；如果出现在日出东边的拂晓，则叫启明。

沈清洛记住了。

"沈姐姐，你喜欢看星星吗？"方文双手插兜，期待地看她。

"喜欢呀。"

"我也喜欢！"方文神色一喜，"姐姐你会看星座吗？"

沈清洛会一点，教方文辨认比较简单的大熊座，北斗七星就在大熊座里。

"七颗星连成一个勺子，看到勺柄了吗？那就是大熊的尾巴。"

吾尔曼也感兴趣，凑过去听。

许怿用手肘推了推陆策："你和她现在什么情况？看起来关系不错。"

陆策还没回答，周泽杭打来电话。

他看了眼沈清洛，不动声色地走到边上听电话。

"喂，陆策。"周泽杭在明市出差，刚回酒店，"今天特地去了趟仙女的大学，你让我查的事有一点线索。"

陆策又侧目看了眼沈清洛，她在教小朋友用手机软件辨认星体。

"项宜轩三个字的写法，和你猜的一样。"周泽杭喝一口水，"他和仙女同所大学，比仙女大一届。他大四突然出国，走得很急，前一段时间刚回明市，估计准备接手家里生意。"

"有没有别的？"

"接下来讲个爆炸性消息。"周泽杭摘下领带，"还记得我以前和你说过，饭局遇到赵进菲赵总，她和人起冲突的事吗？"

陆策记得，那会儿是高三，五一假期，他在苏州。

"和赵总起冲突的，就是项家的人。"周泽杭道，"不知道是不是巧合。"

陆策沉默了一下，问："还有吗？"这些信息还是太少，周泽杭说多给点时间，他再去打探。

"话说你背着仙女调查她隐私，她知道了会不会不高兴？"周泽杭看热闹不嫌事大。

会不高兴吗？陆策不知道。

沈清洛摘下手套，正低头设置相机曝光时长，突然心有灵犀地回头望陆策。

陆策挂掉电话，朝她走来："怎么，找不准角度？"说着，他抽走她的手机，"我来教他们认星座。"

沈清洛就戴回了手套。

"陆策哥哥，"方文崇拜地看着陆策，"原来你也认识这么多星座。"

"是啊，"陆策看看沈清洛，不避讳地说，"你沈姐姐也是我教的，不信你们问她。"

两位小朋友的眼睛齐刷刷望去，眼里闪动八卦之光。

沈清洛表情一僵，只能承认事实："是陆策哥哥教我的。"

方文和吾尔曼捂嘴跑开。沈清洛哭笑不得，陆策还她手机，状似无意地问："我记得，你以前想去电视台工作，后来怎么去了杂志社？"

沈清洛收手机的动作一顿，很快又恢复自然。

"人的想法总是会变的，"她说，"况且电视台也不好进。"

陆策"嗯"了一声，提醒她："看月亮。"

星空广漠深邃，人类如朝生暮死的蜉蝣，微薄渺小，却不妨碍他们此刻站在雪地，抬头仰望漫天繁星，享受宇宙刹那的宁静。

等啊等，金星终于从蛾眉月牙的亮部边缘复现，快门声此起彼伏。

点点光源，来自光年之外，跨越时间与空间，是顶浪漫的。沈清洛整个人感到前所未有的松弛与平静。

游客记录完这场仪式，三三两两地起身离开，沈清洛也跟进人流，陆策在她身后。

狭窄的山路没有灯，只能握着手电依次缓行下坡。远远望去，像夜空里的星星坠落禾木，在雪山腰缠成一条飘浮的光带。

吾尔曼无法安静三分钟，他用手电灯光在地上绘光圈，问沈清洛："沈姐姐，金星是恒星还是行星啊？"

"行星,金星是太阳系八大行星之一。"

"我听老师说,以前太阳系有九大行星,"方文看她,"沈姐姐,哪颗星被踢出去啦?"

"冥王星,它被降级成矮行星了。"

"那什么是矮行星呀?"

……

吾尔曼和方文求知欲旺盛,一路问到民宿。

"鲸也"大厅没客人,郑阿姨单手撑额在吧台上打盹。

两位小朋友噤声,方文踮着脚走路,轻声单膝跪在高脚椅上,食指戳了戳郑阿姨的手背。

郑阿姨打了个颤惊醒,望着一屋子人:"你们都回来啦。"

"阿姨,不早了,你先回去休息吧。"许怿说。

"不行啊,新面试的管家等会儿过来,我给她做培训。"郑阿姨等禾木开山后便要动身与方文去克拉玛依,她比许怿还操心新员工接档的事。

郑阿姨想到什么:"对了,刚才有顾客来电,说我们店关闭了在线平台的接单系统,想问有没有空房间能订。"

许怿没当回事,禾木这两天暴雪停止,但进山路段发生雪崩,损毁严重,几时修好还无定数。

想必客人是在点评网上看到关于"鲸也"的推荐,他随口应下:"接吧,退改要付手续费,记得提醒客人。"

"好的。"郑阿姨在便笺上写下提醒事项,贴在电话机旁。

"出事了!出事了!"庄苏凌嗓门高扬,跌跌撞撞地从客房跑回大厅,"许老板,我房间的门好像被打开过,民宿是不是遭贼啦?"

住宿区域的监控摄像头录像日志覆盖七天。但不巧,前几日停电,监控系统短路故障,目前处于瘫痪状态。

许怿让大家各自回房,检查是否遗失物品。

沈清洛回到103房间门口,拿出钥匙,被陆策拦住:"退后一点,我来。"

沈清洛的贵重物品无非就是笔电和相机,两者安好地躺在书桌上。

陆策的房间也完整无损。

庄苏凌的家当不菲,光镜头群就价值一辆车。他盘点两遍,器材头一个没少,若是真遭贼,没理由不拿这些高净值好变现的东西。

"难道是我自己忘记锁门了?"庄苏凌自言自语,"不应该啊……"

乌龙一桩,大家松了口气。

许怿打电话联系村里是否有人会修监控,郑阿姨忙着与新管家交接工作,没空送方文和吾尔曼回家,这任务就落到陆策身上。

猛禽驶出停车场，吾尔曼眼睛都亮了，恨不得亲自试驾："好帅的车！禾木最常见的车型是丰田普拉多和坦克SUV，猛禽这般野性的大马力皮卡鲜少见。

方文也很喜欢，她钻进后排车厢，问："陆策哥哥，你从北城开来的吗？"

"不是。"

找物流公司提前把车从北城托运到阿勒泰，他和许怪坐飞机抵达，机场取车后开来禾木。

两位小朋友稀罕地钻进车后座，陆策给他们打开暖空调，然后走向沈清洛，叮嘱她别单独回房，在大厅等。

沈清洛："没事，我带抵门器了，有人也闯不进来。"

"抵门器？"陆策一愣，"你出差还带这个？"

"安全起见嘛，我在网上看到别人推荐。"沈清洛眼神不知道为什么有些闪躲。

方文趴在车窗口："沈姐姐，跟我们一起走吧，我家有新做的奶糕。"

"一起吗？"陆策看向她。

"你们去吧，我好冷，想先洗澡。"沈清洛朝车里的小朋友挥手道别。

陆策目送沈清洛离开，回驾驶位启动车辆。

夜间视线不明，开得比平日慢。车厢低沉的音乐声流淌，大灯照亮前方雪地，身后山峦的沉寂轮廓隐入夜色。

后排方文探头探脑，啃手指皱眉，小小年纪直叹气，纠结不已。

陆策抬眸觑一眼后视镜："有话就说。"

方文放下手，倾身趴到副驾驶椅背，侧头问："陆策哥哥，你喜欢沈姐姐，是不是？"

陆策扶方向盘，闻言一笑："你觉得呢？"

吾尔曼搭腔："还用觉得吗？当然喜欢啊，陆策哥哥的表情根本藏不住。"

人小鬼大，一唱一和，陆策轻轻摇头。

"沈姐姐是我见过的最漂亮的人，说话也温柔。"方文建言献策，"趁禾木封山，你要把握机会，否则离开新疆后会有很多情敌。"

"你还懂情敌呢？"陆策不置可否。

"这有什么不懂，别把我们当小孩。"吾尔曼说。

"我知道了，肯定不让情敌有机会。"陆策态度敷衍，同时打转向灯，驶入一条岔路。向前开两三百米，停靠路边，"到了。"

后排一左一右推开车门。

方文走出十来米，猛地回头跑到猛禽车旁，双手扒住驾驶位的车窗："陆

123

策哥哥你加油,沈姐姐真的很好,我喜欢她。"

陆策:"嗯,我知道她很好。"

"哥哥,"方文语气陡然郑重,"你要保护好沈姐姐。"

陆策散漫的表情凝滞一瞬,望向方文的目光带了些审视意味。这小姑娘,每次都能语出惊人。

"为什么这么说?"

"你们在观景台救我的第二天,沈姐姐不放心,过来问我学校处理结果。"方文提到这儿,不免气鼓鼓的,"她来的时候,我刚和一群人吵完架。"

"吵架?"

"对,那群勒索我的学生被校规处罚,他们家长不服气,当着我的面骂我妈妈,说她是……是……"骂词带有强烈侮辱性意味,方文说不出口,索性跳过,"总之说我是我妈生的,肯定一路货色。我很生气,就和他们吵起来了。"

当时,沈清洛了解了吵架来龙去脉,摸了摸方文的头,夸她勇敢。

方文腼腆地眨眨眼,对她说:"沈姐姐,昨晚回去,外婆和我聊了很多,她说不能因为旁人的三言两语,让自己陷入危险受到伤害,她和妈妈会难过。"

"小姑娘声音羞怯却坚定:"不可以让爱我的人难过,你说对吗,沈姐姐。"

沈清洛没有回答。

方文复述完,见陆策沉默不语,有些踌躇:"怎么说呢,沈姐姐那会儿看起来好悲伤,像是遇到过很不好的事情,当然这只是我的直觉。"

吾尔曼也凑回车门旁,他只听到后半程,云里雾里,问方文什么直觉。

方文侧头,严肃地回答:"女人的直觉。"

开回"鲸也"停车场,陆策熄火,但没下车,给周泽杭拨电话。他不仅要查项宜轩本人,连带他全家的资料也要。

周泽杭微顿:"这人到底怎么惹你和仙女了?"

陆策暂时也不确定。

"还有一件事……"陆策望向住宿区,103房间的浴室亮着灯,"帮我查沈清洛在学校的情况,事无巨细,都要。"

"查仙女?"周泽杭从酒店床上坐起,半开玩笑半认真,"你大学往明市跑那么勤,对她还不了解吗?"

陆策心头掩了一片阴云,很不舒服。若等沈清洛主动说出口,他不知要等到何年何月。

"她已经毕业了,查起来耗点时间,我尽快吧。"周泽杭打预防针,"以后仙女怪罪,你别供出我,都是你的主意。"

怪罪也没关系,可以哄好。陆策心想。

挂断电话,他才看到许怿捏着一包烟,插兜立在停车场入口。

许怿递上打开的烟盒:"抽吗?"

陆策抽出一支。

两个高大挺拔的身影,靠在猛禽车身,轮流点烟。陆策手拢住打火机,"啪嗒"一声,幽蓝火苗在眼眸跳动一瞬。他深吸一口,缓缓吐出。

"陆策,你是不是想追回前女友?"烟雾缭绕中,许怿问。

"是又怎么样?"

"不怎么样,祝你成功。"许怿笑了笑,弹烟灰,"你有多喜欢她,我算看明白了。怪不得周泽杭说,你高考结束当晚就迫不及待地找人表白……"

"不对。"陆策嘴角漾起弧度,淡笑一声。

"哪里不对?"

"我是打算表白的,但她抢先了。"

许怿微微诧异。

想到从前,陆策眉宇柔和,深如湖水的眼眸溢满眷恋。他的女孩,总给他出乎意料的惊喜……

骄阳万丈,风吹过藤蔓虬结的凌霄花墙,校园静谧肃穆,那是全国举行高考的六月初。

铃声急切闷钝,监考老师抬肘看表,宣布最后一门考试结束。

教室纸页响动,沈清洛搁笔,扭头望窗外,那墙迎风招展的橙红喇叭花珊珊可爱。

中途转学的原因,沈清洛分到的考场没有北城二中学生。她随一群陌生面孔鱼贯离开考场,校门口人群乌泱泱,她一眼望见赵进菲。

体面优雅,是沈清洛来北城一年对母亲的印象。

赵进菲着修身职业套装,搭配裸色细高跟,像莅临视察的领导。烈日下妆容服帖不晕染,气质干练,下一秒可以无缝切入会议厅或演示台。

"感觉如何?"赵进菲问。

"还不错。"

沈清洛是保守派,她说还不错,基本是十拿九稳。

回到家,任成益准备了一大桌菜,喊过任扬,他和朋友聚会去了。

沈清洛以前在网上看到毕业生撕书、狂欢、上街奔跑,轮到她,却平静得像寻常一天。

晚上,她坐在床头翻微信朋友圈,连划几屏,都是同学出去玩的照片,就连万年好学生何颜也要在KTV通宵。

再往下,是周泽杭的九宫格,背景像在台球馆。

沈清洛点击其中一张,放大陆策的侧影。他套一件黑色工装外套,竖握台球杆,若有所思地盯着手机屏幕,像在等谁的消息。

她默默退出朋友圈,返回首页消息列表。陆策一考完就发来微信,她还没回复。

之前答应过高考结束留给他一天,陆策来讨时间了:明天有安排吗?

赵进菲半个月前订了郊外氧疗山庄度假,三天两夜。

沈清洛:有安排了。

她抓来抱枕垫着下巴,目不转睛地盯着手机屏幕。

大约过了十分钟,陆策回复:好,等空了告诉我,我有话和你说。

陆策要说的话,沈清洛心知肚明。她指关节抵着下唇,想着,陆策会不会以为她又在逃避?

她懊恼地将手机扔到一边,脸埋在枕头里滚了两圈,幅度太大,"哐"的一声撞落床头柜的硅胶小企鹅。

她捡起,把小企鹅放在苏州回北城的高铁票根上,端详良久,又给陆策发信息:还在和周泽杭打台球吗?我能不能过去找你?

陆策直接打进电话:"在虹杨路的台球俱乐部,我来接你。"

"不用。"沈清洛下床,打开衣柜选衣服,"你把地址发给我。"

虹杨路外号娱乐街,遍布酒吧、球馆、KTV,今晚娱乐街是北城高考生的天下。

出租车停在俱乐部门口,沈清洛握着电话推门下车:"陆策,我到了。"

俱乐部被包场不接外客,保安欲上前提醒,陆策出来了。保安见状,识趣地后退。

北城昼夜温差大,白天最高温将近三十摄氏度,穿短袖,早晚只有十四五摄氏度,需要加件薄外套。

陆策扫了眼沈清洛,她今天的白色波浪吊带连衣裙很别致,上半身两片式交叉V领,下边的伞裙裙摆长及小腿。

漂亮是漂亮,但怎么打台球?

注意到陆策的目光,沈清洛也低头看自己装束,有些茫然:"我穿得有问题吗?"

"没有问题。"陆策双手插兜,"就是没带外套,冷不冷?"

"我带了呀……"沈清洛抬起空荡荡的左手,一愣,"光顾着和你打电话,好像落在出租车上了。"

……

路边风大,陆策引沈清洛进大厅,遇到拿奶茶外卖的周泽杭,他盛情邀请:"仙女,今天是陆策的生日,来一起玩吧。"

沈清洛本打算婉拒,立刻改变主意:"好的。"她拽了一下陆策衣袖,"抱歉,我不知道你生日,下次给你补份生日礼物。"

陆策把"周泽杭胡扯"这句话吞回去。

严格来讲,周泽杭不算完全胡扯,今天其实是陆策的农历生日,但陆家平时只过公历。

这家台球俱乐部内部,和沈清洛想象中的不一样,更为典雅舒适。场地分三片区域,左边摆了四张台球桌,右边是调鸡尾酒的吧台,驻唱歌手在正前方的舞台弹吉他。

男男女女,好多个,沈清洛都没见过,应该不是北城二中的学生。屋内的人也注意到了她,齐刷刷看过来。

陆知非和男友常祺也在,她看到沈清洛,歪了歪头:"哈喽,又见面了,还记得我吗?上次在宠物救助站见过。"

沈清洛记得她:"知非姐姐。"

陆知非被这声"知非姐姐"叫得心头酥麻,趁人不注意,朝陆策丢了个"哎哟,你很不错嘛"的眼神。

"会打台球吗?"陆知非问。

"没打过。"沈清洛摇头。

"想试试吗?"陆策问。

沈清洛看过斯诺克比赛,早已跃跃欲试,只是V领裙子弯腰容易走光,早知道她应该换轻便舒展的运动装。

见她感兴趣,陆策脱下外套,披在她身上:"抬手。"

沈清洛伸进袖管,陆策垂眸帮她从上到下系扣子,袖子卷起两折。工装外套被沈清洛穿成落肩款。

先教她手架姿势,五指张开,大拇指贴合食指,掌心拱起。

沈清洛没经验,指尖发力过猛,被陆策轻拍手背教育:"放松一点,不然会很累。"

沈清洛按照陆策教的姿势俯身,陆策在旁指导:"右手虎口贴实球杆,后三指自然打开,你看我。"

说着,他向她演示回杆抽杆的动作。

沈清洛理论知识丰富,实践经验太差,连试三次都滑杆。白色本球滚了十几厘米,彩球岿然不动,场面十分尴尬。

她收起杆子,很是无奈:"算了,我可能不合适。"

"别啊,我帮你换根大头杆。"陆策忍笑给她找补,"小头杆用的是白

127

蜡木，太硬了，对后手发力要求高。"

　　陆知非抱杆靠在隔壁台球桌，吃惊表弟竟然还有这样耐心温柔的一面。

　　常祺看眼时间，今天轮到他值便利店夜班，他轻搂陆知非的腰："知非，我要去上班了。"

　　陆知非眉头蹙起，又很快舒展，及时隐藏抱怨不满。她环住常祺的脖子："便利店兼职也就十几块钱一小时，能不能请假一天，我表弟他们今天高考结束哎。"

　　常祺不说话，神色淡淡，他还要靠兼职还学贷和赚生活费。

　　"行吧行吧，我和你一起走，我和陆策说一下。"陆知非总是妥协的那个，在常祺的唇上快速亲一口，"我还是想陪男朋友。"

　　陆策出门送表姐和常祺离开。回到台球厅，沈清洛高兴地说："陆策，我打进球了！"

　　沈清洛穿着他的衣服，眼眸很亮，陆策忍不住摸了一下她的头："很棒。"

　　暧昧的动作。

　　沈清洛因进球带来的兴奋瞬间消失，转而代之的是另一种说不清道不明的情绪，连心跳都不自觉加速。她放下杆子："陆策，现在送我回家，行吗？"

　　陆策略微诧异，她主动提出让他送，自然是一万个愿意。他带沈清洛离开，其他朋友脸上一副"我懂"的表情，没人挽留，直催他快走。

　　陆策怕沈清洛别扭，转头笑骂了一句，让他们别瞎起哄。

　　出租车快到沈清洛小区门口，途经街心公园，她提前喊停。

　　宽大的黑色工装外套，衬得沈清洛白净的脸蛋越发小："陆策，我们下车走走。"

　　陆策心知肚明，沈清洛要说的事与他有关。

　　两人并肩走进公园，谁都没开口，沈清洛将陆策按在公园中央的秋千椅上："我去买个东西，你不准挪位。"

　　陆策无奈，她真的吃定他了。

　　约莫十分钟，沈清洛手里拎着一只公园门口糕点铺的六寸蛋糕出现。

　　陆策蓦地从秋千站起身。很明显，沈清洛想帮他补过生日，陆策心头激荡，鬼才信她一点感觉都没有！

　　沈清洛把蛋糕放在秋千旁的石桌，低着头不敢对上那道过分炙热的目光，专心地拆着粉红色绸缎绑带。

　　"沈清洛，我不甘心，我还想再试一次。"陆策情不自禁地靠近了一步，剖白的话自然而然地流露，"你应该猜到我要说什么了吧？我真的很喜……"

　　"停，陆策，不许说。"沈清洛放开蛋糕，转身。

　　陆策心头陡然被浇了一盆冷水："又要拒绝我？"

"不是。"

夜风拂过沈清洛的眉角发梢，她眼神闪着光，表情坦然："如果相互喜欢，不能总是一方被动接受爱意，所以这次……"声音却掩不住害羞，"这次换我来说。"

陆策猛地抬头，瞳孔骤缩，差点以为听错——

沈清洛刚才说"相互喜欢"。

高架的灯光，栀子的花香，草丛微浅的夜露，周边一切突然定格，只余心头怦然狂动。

"陆策，之前跟你保持距离，是因为怕将来分隔两地。"沈清洛轻轻道来，"但是，我发现对你的喜欢，比我想象中的多。"

贪婪是人类本能，呼声但凡得到回应，就想进一步索求。

陆策瘦削桀骜的脸，在银白月光下格外有压迫感，深邃的眼眸蕴含期待："有多喜欢？"

路灯的柔柔光晕下，沈清洛的表情羞怯而认真，温柔又坚定地回答道："是即使分隔两地，也想试一次、争取一次的喜欢。"

话音刚落，她的手腕被攥住，一股大力将她揽入怀里。

陆策抱得那样紧，掌心按着沈清洛的后脑勺，鼻尖也埋进她的长发，捕捉她发丝间若有若无的香气："阿顺，我是在做梦吗？"

做过的美梦也没有这一刻美。

身体紧紧地贴在一起，沈清洛脸上温度攀升，但手臂仍然坚定地、勇敢地抱住陆策。

"你们晚餐吃过蛋糕和长寿面了吧？"沈清洛小半张脸埋在陆策肩膀上，"我想着，不能错过表明心意后男朋友的第一个生日，所以又买了一个蛋糕。"

"男朋友"三个字格外小声。

陆策闷在她的脖颈间笑。

"巧克力口味的，喜欢吗？"沈清洛不太高明地转移话题。

"喜欢，都喜欢。"

"那……我们先点蜡烛吃蛋糕？"

陆策舍不得放开，闭上眼平静了翻腾的心绪后又睁开，指尖按捺不住触摸她微红的耳垂，发觉怀里人陡然绷紧。

他收手，按住她的背脊贴向自己："再让我抱一会儿。"

白色裙摆风中鼓荡，在陆策灼热气息的包裹下，沈清洛获得一种奇妙的安全感，剧烈起伏的心跳渐渐平缓。

她轻轻拍一下陆策，提醒："巧克力蛋糕会融化。"

陆策"嗯"了声，手臂上移，五指插入沈清洛细软发丝，还是不想放手。他微微偏头，高挺的鼻尖蜻蜓点水般掠过她的耳郭，闻到馥郁芬芳的橙花香。

沈清洛脸一热，周身泛起细密的麻，眼神不知该聚焦在哪个点。

陆策强迫自己松手："吃蛋糕吧。"

她买的下午新出炉的蛋糕，朱古力戚风胚，表面淋榛果巧克力酱，外围镶嵌奶油花边。

沈清洛将"生日快乐"小立牌和一支斜条纹蜡烛，插在蛋糕中心的草莓和蓝莓之间，陆策在她专注的目光里双手合十许愿。

等他睁眼吹灭烛火，沈清洛突然道："陆策，还有一件事。"

陆策将第一块蛋糕切给沈清洛："你说。"

沈清洛神奇地从包里变出一张A4纸，印有下半年日历，其中周末以及法定节假日，分别用不同颜色的记号笔标注。

陆策一时没琢磨明白A4纸的用意。

沈清洛用做实验题的严谨态度告知陆策，重叠的假期已经涂色，可以依据这些日期确定双方往返北城和明市的约会计划。

陆策盯着日历足足一分钟，觉得沈清洛实在可爱，可爱到让人想笑。

沈清洛拿不准他的表情，解释："我没有恋爱经验，这种提前罗列计划的行为，会让你有压力吗？如果有，我们可以等开学后再商量，或者……"

"不是压力。"陆策放下纸张，"计划赶不上变化，我不想你失望。"他捧起沈清洛的脸，"我向你保证，每个月至少去明市两次，去之前提前通知你，行吗？"

"好，听你安排。"沈清洛点点头，"你看起来更有经验。"

陆策一愣："什么意思？"

沈清洛含含糊糊地敷衍："意思是你的建议很可靠。"

陆策失笑："少来，你觉得我异性朋友很多？"

"所以，有很多吗？"沈清洛眨眨眼睛，长睫扑闪，无辜的语调讲气人的话，"你追女孩子好熟练，如果有，千万别告诉我，我会不开心。"

陆策不太温柔地揉她的脸："只有你。"

时间不早，陆策送沈清洛回家，街心公园距离小区五百米不到，步伐再慢，眨眼工夫也到了门口。

沈清洛脱下工装外套递还陆策，互道晚安后依依不舍地进了小区。

陆策立在原地目送，臂弯外套尚存她的温度，夹杂着那股淡淡的橙花香。

家就在前方，沈清洛脚步却越来越迟疑，忽地停在原地，回头看陆策。他就定定地站着，唇角含笑，见她回头，用口型问："怎么了？"

沈清洛咬了咬嘴唇，攥紧的指尖松开，折回跑向陆策。发丝飞扬，裙摆在微潮的空气中逶迤飘落。

陆策一怔，动作先于意识，左手还拎着蛋糕盒，另一条手臂条件反射地张开接住，将人紧紧圈在怀里。他掌心贴着她细腻单薄的肩膀，是温的，也是软的。

"忘了正式跟你说一句，"沈清洛抵在陆策胸口，仰起脸，"生日快乐。"

陆策垂眸直勾勾地望她："这是我过过的最喜欢的生日。"

沈清洛回到家，提着拖鞋赤足踮着脚上楼。她拿了换洗衣物准备洗澡，怕吵到赵进菲和任成益休息，又悄悄地进了一楼的客用卫生间。

客卫的沐浴露品牌不同，是玫瑰味，覆盖了皮肤上的橙花香气。

翌日。

"奇怪了，清洛还没起床啊？是不是忘定闹钟了？"任成益把行李搬进后备厢。

"我去看看。"

赵进菲正要上楼，沈清洛拎着箱子匆匆下楼："对不起对不起，我睡过头了。"

她昨晚失眠，翻来覆去睡不着，点开陆策的朋友圈，一下就划到末端。这位年更用户不爱发社交动态。

沈清洛终于体会到喜欢一个人的感觉，那种迫不及待想了解没有她参与的、只属于他的过去。怪不得在苏州的时候，陆策向奶奶要她小时候的相册。

任成益接过沈清洛的行李箱："高考生辛苦了。"

沈清洛心虚地笑笑，不是高考辛苦，是她谈恋爱了。

度假性质的氧疗山庄分为两块区域，分别是天然氧吧和温泉。双卧室别墅客房位于绿意盎然的山林间，沈清洛一进房间，就迫不及待地打开微信。

陆策：什么时候回市区？

陆策：[酒店链接]

陆策：你们在这家氧疗山庄？

沈清洛：对的，大后天下午回来。

陆策：想视频，现在可以吗？

"清洛，衣服换好没？"赵进菲敲门。

"正在换，妈妈。"

沈清洛：不可以，我要出门啦。

并发送了一个摸摸头的表情。

沈清洛换了身黑白运动服，打开房门，赵进菲正和别墅管家商量他们接下来游玩的项目。

度假酒店开发了一条"竹海穿行"路线,深度吸氧清肺。为保证房客游玩体验,分时限流入内。

穿便装的任成益看上去年轻了几岁,问:"还没到正式暑假,最近入住率很高吗?我听说这项目不用排队。"

"今天情况特殊,我们酒店满房了,"管家解释,"有家明市的传媒公司办商务宴请。"

"竹海穿行"的第一段路,游客徒步上山,走到观光火车乘站点。

沈清洛钻入车厢,小火车慢悠悠地启动。它两侧只有栏杆,没有玻璃,伸手能摸到外面的竹叶。到站后,步行几十米,有片寂静如镜的湖,披蓑笠的酒店员工站在岸边,邀请客人去对岸。

仿真精致的山林野趣,让人以为仿佛进入桃花源。

逛到傍晚,沈清洛先一步下山,坐在路边的大石头上等赵进菲和任成益。

两个戴太阳帽的女人经过,讲的是明市方言,吸引了沈清洛的注意。明市方言和苏州话同属吴语系,词汇语调方面有明显不同,但两者奇迹般能互相大致听懂。

"你看到伐啦,鹤久传媒把项氏总裁也请来了。"

"哎哟,鹤久传媒的老板,是老项总的好朋友呀。"

"老项总?"女人咯咯直笑,"听说他儿子在读大学,被你一叫,还以为项总七老八十了。"

……

她们又开始聊今天来了许多小明星,沈清洛听过且过,没在意。

不远处,赵进菲与任成益聊着天下石阶。赵进菲不小心差点崴到脚,任成益立刻扶住,拍拍她的背:"小赵同志,走路专心。"

赵进菲难得卸下女强人的面具,露出少见的、柔和的笑意。他们看到沈清洛,直感叹年轻人体力好。

细碎阳光落在竹叶凌厉削尖的边缘,四周清幽静谧,平白生出岁月悠长安好之感。

这趟穿行路线很长,满打满算走了六七个小时,沈清洛回到别墅后,后知后觉地感到腰酸背痛。

"去泡个汤缓解疲劳,这儿都是天然温泉。"赵进菲说。

沈清洛瘫在客房沙发,揉揉腰,捶捶腿:"妈、叔叔,你们先去吧,我再歇会儿。"

赵进菲:"真不经夸,下午还说你体力好。"

"下山路太长,我累嘛。"沈清洛没意识到,她语气带有无意识的、女儿家的撒娇。

赵进菲稍怔。她缺席沈清洛的生活太多年，很少有成为女儿撒娇对象的体验。

沈清洛正俯身按摩小腿，忽然肩膀上搭来两只手。

赵进菲给她捏了捏肩。

但赵总实在不擅长做这类事，捏了两下，又生疏地松开，语气听似自然："多休息会儿，好了来找我们。"

任成益看到这幕，掩嘴欣慰一笑。

等他们走后，沈清洛换好泳衣，外面套了件及膝的大罩衫。陆策微信问她在干什么，沈清洛回复"打算去温泉区泡汤"，陆策又沉默了。

温泉区域依山林地形设计，一百多个汤池高低错落。客房全满，每个汤池都有人，沈清洛不愿与陌生人同泡，趿着拖鞋漫无目的地闲逛。

不知不觉，越走越僻静，等沈清洛反应过来，她已经站在一条铺满雨花石的小径上。

地灯的昏黄光芒，洒在夹道两侧的绿色灌木丛间，前方的汤池似乎空无一人，沈清洛继续往前走。

这块区域的汤池与众不同，四周围满紧密的绿植，面积也更大。

走近，听到一男一女对话，声音听着很年轻。

"项宜轩，你这次怎么跟你爸一起来北城？"

"周末，没课。"

"好吧，我以为你为我而来呢。"

男的好像笑了笑，没回话。

"项总隔壁坐的那位是谁啊？我看到好多人和他打招呼，喊他陆律师。一个律师面子这么大？"

"他家里不一般。"

"多有来头？"

话音刚落，不知怎的，女生突然发出一阵娇笑声。

"扑通扑通"！然后是两道先后进汤池的水声。

沈清洛一点不想听到别人的隐私，扭头就闪。跑太急，不小心踩到灌木丛里窜出的暹罗猫，猫还没叫，她先尖叫，旋即立刻捂住嘴。

"谁？"项宜轩披了浴袍出来。

女生也追出来，边跑边系腰带，暹罗猫见着她，"喵"的一声跳入她怀里告状。

"站住！"项宜轩喊住想开溜的沈清洛。

"这里是包场的私汤，你是谁？怎么进来的？"女生是毕业刚出道的小

133

演员，很警惕狗仔，"是不是拍我们照片了？"

"没拍照。"沈清洛连忙澄清，尴尬地转过身，"抱歉，我走错了。"

项宜轩看到沈清洛的样貌，一时间竟没上前检查她的手机。

小演员怕无端惹是非，看沈清洛学生模样不像狗仔，挥手打发："算了算了，你走吧。"

沈清洛求之不得，立即离开。从花园抄小路返回别墅区，走到半路，手腕突然被扣住，接着一只手从她腰际横过，沈清洛惊呼一声，下一秒落入了一个熟悉的怀抱。是陆策。

隔着一层薄薄的罩衫，陆策抱着她，叮嘱："警惕性那么差，以后别走小路。"

"这里到处是监控。"沈清洛环住陆策颈项，又惊喜又得意，"还有，你抓我手腕时我就认出你了。"

"嗯，是要我夸你厉害？"

沈清洛仰起头，问："你怎么会在这里？"

陆策在她颈间轻嗅，和上次的味道不同，既有玫瑰，又掺杂茉莉的清香。

"我爸接到邀请函，请全家赴宴。我之前没打算过来，看到你给的定位，才改变主意。"

沈清洛问："那你今晚也住酒店吗？"

陆策有些无奈："不住了。明天去看我外公外婆，和度假酒店反方向。"

"哦，那也没关系，反正我见到你了。"沈清洛扬起唇角，那么无忧无虑。

陆策逐渐敛起笑意，眼神捉摸不透，唯有身体的冲动和沸腾的血液骗不了人，他想吻她。

沈清洛好像看出陆策的意图，随着他不断凑近，气息相拂，沈清洛不禁吞咽一下，气氛陡然紧张。

她明显紧张不安的表情落到陆策眼里，他停了下来。

"沈清洛。"

"嗯？"

陆策眼神示意："你手机屏幕一直在亮。"

沈清洛看了眼陆策，接通电话："嗯，妈妈，我不泡温泉，想早点休息。你们去吃夜宵吧，不用给我带什么。"

沈清洛和母亲通电话，陆策在旁玩她绾起的发髻，等挂断，陆策又抱她。

"你在苏州答应过，考完留给我一整天，还作数吧？"

沈清洛还没回答，陆策笑一笑，语气带点坏："不作数也不行，我要申请和你约会，阿顺。"

七月中旬高考放榜，高校陆续寄出通知书，沈清洛如愿被目标院校录取。陆策第一时间发来"恭喜"。

未来四年，沈清洛就要去明市上学了，与陆策正式开启异地恋生活。

出于某种难以名状的补偿心理，陆策提出约会地点定在邻省，沈清洛几乎没考虑就同意。

两人看完电影，从电影院出来，陆策似无意般提起："当日往返来不及，我们可能需要过夜。"

沈清洛嘴唇离开吸管，捧着半杯没喝完的可乐，当场愣在原地，在陆策的注视下，她的脸颊、耳朵逐渐染上绯色。

陆策觉得逗沈清洛真有意思，但只舍得逗到这个程度。他指尖尚存放映室冷空调的余温，轻捏她耳垂，帮她降热度。

沈清洛还沉浸在"过夜"二字，长睫慌张地扑闪。

"是在山顶平台搭帐篷。"陆策稍抬起她的下巴，"不止我们，还有其他游客，别多想。"

沈清洛一窘，撇开他的手："你故意的。"

陆策笑笑不反驳，他就是故意的。

七月中旬至八月末，英仙座流星雨活跃期，它与象限仪流星雨、双子座流星雨并称为北半球三大流星雨。陆策预订了邻省天文台对公众开放的夜间观星席位。

陆策：我到你小区门口了。

沈清洛：好，我现在出来。

沈清洛关掉手机，坐玄关凳上换鞋。

赵进菲晨起床敷完面膜，在厨房中岛台打一杯黑咖啡，她扫了眼沈清洛身边的旅行包，问："就住一夜吗？"

沈清洛："对，就一夜，明天下午回北城。"

赵进菲表示："大学已经敲定，多玩几天放松也可以。"说着，在手机上给沈清洛转了一笔钱。

"谢谢妈妈。"

沈清洛干巴巴地感谢。她模糊地说和同学出去玩，赵进菲下意识地以为对方是女孩子。

"要我送你去高铁站吗？"

"不用不用，我自己打车。"

赵进菲低头看表，正好，她约了拜访客户，去高铁站时间太紧凑。

沈清洛走出小区，一眼望见陆策帅气挺拔的背影。沈清洛放轻步伐，玩老套的整蛊游戏，拍他左肩，然后从右肩出现。

135

陆策不按常理出牌,既没中计,也没看向正确方位,保持打电话的姿势,攥紧肩上沈清洛的手腕。

沈清洛一蒙,想抽回,陆策露出促狭捉弄的眼神,就是不放开。

电话另一头,大洋彼岸的许怿,讲到一半忽然噤声,古怪地问:"陆策,你刚才干吗突然笑一声?"

陆策拇指指腹撩闲似的摩挲沈清洛手背:"没什么,你继续说。"

微弱电流感淌过心尖,沈清洛慢吞吞地回握。

"哦。"许怿切入正题,"我拿到驾照了,你和周泽杭暑假来不来英国?我们可以从伦敦自驾到苏格兰高地。"

陆策想也不想:"我不过来了。"

"你很忙?"许怿忽然想起,"周泽杭说你追到了那位仙女,难道是真的?"

陆策看一眼发呆的沈清洛,被她察觉,疑惑地看了他一眼。陆策嘴角勾起:"真的。"

许怿相隔八千公里都闻到了恋爱的酸味。

"带她一起来伦敦呗,让我看看传说中的仙女到底何方神圣。"

"下次吧,她过段时间回苏州陪奶奶。"

"行行行,那我去问周泽杭。"

电话结束,陆策牵着沈清洛往前走,喜欢一个人,迫不及待地想让她融入自己的圈子。

"刚才那个是我好朋友,在伦敦读书,一般圣诞假期回北城。"陆策说,"他对你很好奇,有机会一起见面吃个饭,愿意吗?"

沈清洛当然愿意。谁知阴错阳差,她和许怿一次也没碰过面,这是后话。

天文台设在山顶,坐完缆车再爬一段坡,沈清洛和陆策各背一个旅行包,轻装上阵。

陆策提前预订一个大尺寸帐篷。他有户外露营经验,组装、敲地钉一气呵成,沈清洛在旁啧啧赞叹。防潮垫、睡袋、枕头都是新的,陆策还额外带了一条薄毛毯。

打点好一切,距离晚餐还有段时间,山顶信号欠佳,两人只能坐在帐篷里无所事事。

沈清洛后悔没带书或桌游卡牌打发时间,思考片刻,问陆策,玩不玩"我喜欢"的游戏。

规则很简单,两人轮流以"我喜欢……"的句式开头,不准停顿超过三秒,否则就算输。

她的提议,陆策当然有兴趣。

"那我先开始吧,"沈清洛清了清嗓,"我喜欢机械表里的齿轮转动声。"

陆策:"我喜欢滑雪的加速度。"

沈清洛:"我喜欢倾盆大雨从屋檐滴落成串。"

陆策:"我喜欢城市天际线由亮变暗的时刻。"

沈清洛:"我喜欢煲汤时锅内咕咚冒泡的熨帖。"

陆策:"我喜欢不正确的观点被正常讨论。"

沈清洛:"我喜欢戏剧谢幕观众鼓掌的仪式感。"

陆策:"我喜欢路灯把人的影子拉长又缩短。"

沈清洛:"我喜欢平淡生活中坚持浪漫主义。"

两人你一来我一回,没有停止的趋势。陆策凝视沈清洛鲜亮生动的眼睛,忽然挑了挑眉:"我喜欢沈清洛。"

沈清洛愣住。

陆策宣布:"超过三秒,你输了。"

沈清洛旋即唇角翘起,扑到他怀里:"陆策,你犯规。"

即便是大尺寸的帐篷,内里的空间也局促,陆策坐在防潮垫上,腿岔开,搂住挂在他身上的沈清洛:"哪里犯规?"

沈清洛一时语塞,谈不上犯规,但很狡猾。

陆策双臂松松环住沈清洛的腰肢,很细,很好抱。她今天没穿裙子,款式简单的运动服,随折腰姿势勾出和谐柔美的身体曲线。

他只瞥一眼,挪开目光。他偏头从她耳后掠过,没头没尾地来一句:"很好闻。"

沈清洛想起身,又被按回去。陆策声音低沉了些,埋在她的颈侧,箍着她腰际的力道稍稍加重:"我是说你身上的香味,很好闻。"

"哦,沐浴露是我妈妈挑的。"沈清洛抬肘轻嗅自己手臂,"橙花味确实不错。"

陆策失笑,方才冒出的荒唐旖旎的念头瞬时消散。他早就发现,沈清洛在调情方面不太开窍,全是单纯的、本能直白的反应,有时反倒撩得他不上不下。

陆策扶着她的腰坐直,转移话题:"时间差不多了,先去吃晚饭吧。"

下半夜的流星比上半夜多,摄影师早早支起设备等候。陆策把沈清洛圈在怀里,拿出一个蔡司高倍双筒望远镜,教她辨认星座。

沈清洛的天文学知识几乎都源于课本,有限且纸上谈兵。她披着毛毯,把陆策当靠垫,放松地举着望远镜仰头。

由碎冰、岩石和尘埃组成的土星环,望远镜中呈现为一条光带,孤单灿烂地悬在浩瀚无垠的宇宙,沈清洛着迷凝望。

陆策拢一拢毛毯，目光幽深。

"原来真的能看到土星星环。"沈清洛放下望远镜，"还想看南十字星和麦哲伦星云，可惜北半球观测不到。"

她想起第一次见面，陆策因去皇后镇滑雪而拄拐杖，后脑勺挨着他的胸膛，她回头："陆策，你有见过吗？"

陆策垂眸，目光掠过她的眼睛、鼻梁和嘴唇："嗯。"

新西兰有IDA认证的奥拉基麦肯齐国际暗夜保护区，他滑雪期间参加过特卡波小镇的观星团。团里有一对法国老夫妇，还有个克罗地亚的年轻小伙。

夜晚约翰山的顶空出奇干净绚烂，靠近南天银河、水雾状的大小麦哲伦星云和南十字星清晰可见。

克罗地亚小伙打开背上山的小提琴盒，问大家是否想欣赏一段音乐。

沈清洛听得入迷，枕在他锁骨下，渐渐合上眼。

陆策嗓音愈低，沈清洛闭着眼，不满地在他怀里蹭了蹭："继续呀。"

"我以为你睡着了。"

"没有，我在听。"

沈清洛无端想起小时候，沈州坐在沙发上看电视睡着了，她拿遥控器关电视。关闭的刹那，沈州立刻醒来阻止："阿顺，别关，我在看节目。"

"爷爷，你刚刚眼睛都闭起来了，困就去睡觉。"

"哎呀，没有没有，我在听。"

英仙座流星雨的峰值在八月，七月中旬能观测的颗数十分有限。沈清洛裹毛毯还嫌冷，窝在陆策怀里不肯出去："星星多了再喊我。"

一副全然信赖依恋的模样，莫名撩拨了陆策某处敏感神经，那股不受控制的心思又燃起来。

"沈清洛。"

"嗯？"她拖着调子应答。

迟迟听不到下文，沈清洛睁开眼："陆策？"

对上她干净的目光，陆策坦荡地笑了笑，实话实说："我想吻你。"

沈清洛浑身如过电一般。她想到上次在氧疗山庄，陆策似乎就想要吻她。对于接吻这件未知事物，沈清洛怀有天然并存的紧张和期待。

假如对象是陆策，她好像能忽略所有疑虑。

其他游客在更外面的空地，这方不算隐蔽的角落无人在意。

沈清洛强装作若无其事，局促的声音骗不了人："可以接吻的。"

她纤细白皙的手臂主动攀上陆策的肩膀，嘴唇贴在陆策的嘴唇上，很快一下。

这次是陆策愕然僵在原地。

沈清洛目光微闪,找借口离开:"时间差不多了,我们也去空地……"

她话没说完,被陆策拉回怀里,他哑着嗓子:"不对,不是这样。"

沈清洛还没反应过来,陆策按住她的背脊和后脑勺,重重吻上去,舌尖撬开她的牙关,探入、触碰、搅动,吻得又急又猛烈。

"流星来了!"

人群惊呼。

越来越粗重的喘息中,唇瓣分开,沈清洛转头望向天空。

彗星的尘埃进入地球大气层,在无尽的黑夜里闪耀一瞬,拖出细长尾痕。

她又回头看陆策。陆策也直勾勾地凝望她,沉静的黑眸,藏着化不开的温柔和迷恋。

凌晨三点,观星人群陆续散场。

帐篷悬着的充电露营灯,暖光浮漾昏沉,沈清洛把长发拨到左侧肩前,微微偏头,五指插入发丝编鱼骨辫,露出柔美白皙的脖颈。

帐篷区域十米外建了临时卫浴间,陆策洗完澡,撩开帐门,就看到这幅场景。他不动声色地放下洗漱用具,从旅行包拿出细长木盒,搂住沈清洛:"送你的,打开看看。"

沈清洛编到一半,腾出手开首饰盒锁,入眼是一根静静躺在黑丝绒里衬垫布上方的鎏金红宝石发簪。

"有印象吗?"陆策问。

沈清洛取出簪子端详。

簪杆是古法打制的黄金,簪头没有装点流苏或垂珠,只镶一颗椭圆切割的红宝石,造型不落俗。

发簪无疑是上品,但沈清洛眼神茫然,显然对它完全没印象。

陆策有些无奈,从后圈住她的腰,托起她的手腕,指尖的簪子与两人视线齐平,他报出一家商场名字。

"那次陪我表姐逛街,看见你在店里试礼服,站在全身镜前,用这根簪子绾头发,很漂亮。"陆策与沈清洛的耳垂只相距一厘米,"你和阿姨刚离开,我就进店买下你试过的发簪。"

"你怎么不叫我?"沈清洛欣赏簪子,毫无所觉。

"看得太入神。"

"陆策,"沈清洛在他怀里转身,语气好认真,"店员没把你当尾随女生的变态吗?"

陆策无语,圈紧沈清洛让她解释:"我哪里长得像变态?"

沈清洛怕痒,夜里怕吵到其他人休息,忍笑小声告饶:"不像,一点都不像,我错了,先放开我。"

她躲来躲去,双臂撑着往后退,被陆策抓住脚踝。

热恋情侣肢体碰触,空气"噼里啪啦"地冒火花,胡闹一阵,陆策压着沈清洛吮吻。

狭小空间,万分刺激,吻得越来越凶,但陆策双手始终规规矩矩地捧着她的脸颊,没乱碰其他部位。

沈清洛招架不住,直觉该喊停。她抵在他肩膀的手,刚有推拒的趋势,就被陆策十指交扣按在太阳穴两侧。

"没经过你同意,我不会做过分的事。"

帐篷上两道拥抱贴合的影子缠绵缱绻,无人在意的边角,红宝石发簪兀自闪耀熠熠火彩。

第三章

/ 前尘旧事

暴风雪后，禾木白天天气晴朗，夜里偶尔飘几片雪。

陆策夹着烟，看虎口的小雪花融化成一颗水珠。

"竟然是沈小姐先向你告白，"许怪听罢来龙去脉，忍俊不禁，"这件事你要吹到八十岁吧。"

"说不定呢。"陆策摁灭烟头，嘴角轻轻扬起，"我回房了。"

103 房间浴室灯熄灭，沈清洛吹干头发，俯身拉开床头柜的抽屉，找到一只黑绒袋，里面装了与手机同等大小的抵门器。

禾木村民风淳朴，氛围友善，她一直没想起来使用。

放在床头柜上的手机"叮"的一声响，提示收到新短信，发信人未知。

陌生号码：搂搂抱抱，想和你前男友复合？

陌生号码：沈清洛，我是不是该告诉他一些关于你的事。

陌生号码：你妈妈都不接受，还指望他吗？

沈清洛一阵眩晕，立刻将手机屏幕倒扣在桌面上，撑着床沿坐下来。

她脸色煞白，心脏跳得异常快，一撇头，打开的抽屉里，黑绒袋旁赫然躺着一根鎏金红宝石发簪。

是当年陆策送给她，而她在大三那年遗失的簪子。

屋子里确实进过人，不过不是偷东西，而是归还发簪。

沈清洛闭眼深呼吸，颤抖着双手拉黑陌生号码。

民宿房间陈设如常，沈清洛却觉陌生。她极度缺乏安全感和真实感，恍惚间，怀疑在禾木重遇陆策，是她幻想出的场景。

她被这种可能吓一跳，猛地站起身，不小心蹭落椅背上的羽绒服——是陆策在布尔津给她买的那件。

沈清洛捡起羽绒服抱在怀里，布料丝滑柔软，作不得假。

"咔嗒"一声，隔壁的房门开了。

陆策刚推开自己房门，103房间突然传来"丁零当啷"物品掉落的声响，接着一阵急促脚步，沈清洛慌慌张张地开门出现，只穿了睡衣。

陆策眉心轻蹙："怎么，有话和我说？你先回去披件衣……"

话没说完，沈清洛扑进他怀里，紧紧地抱着他，肩膀止不住地发抖。

陆策感受到她几近崩溃的情绪，抿了抿唇，将怀中的人抱紧，低声问"怎么了"。而沈清洛不回答，只闷在他胸口摇头。

外边冷风刺骨，陆策搂紧她，将人带入他的房间。沈清洛不想说话，也不肯撒手，他就耐心抱着。

过了好一会儿，沈清洛情绪平复下来，慢慢抬头，眼睛红得要命："陆策，你身上又有烟味。"

"还想管我？上次没吃到教训吗？"陆策温柔地帮她把头发夹到耳后，"嫌我有烟味就回房。"

"我不想回房间，"沈清洛一字一句放慢速度，"我能不能……能不能今晚住这里……"

陆策灼灼的目光盯着她，沉默良久，哑声道："沈清洛，知道自己在说什么吗？"

沈清洛垂下眼睫，很轻地回："我知道。"

下一秒，她被打横抱起放在床上，陆策没脱衣服，单膝跪在床沿，手臂撑在她脑门两侧："到底发生了什么？"

"白天的盗窃案，我越想越害怕，不敢一个人待在房间。"

陆策当然不信她的鬼话，问："只是这个原因？"

沈清洛："是。"

陆策沉默了。他讨厌被沈清洛排在信任名单之外，故意道："收留你一晚也行，但孤男寡女，我不保证当正人君子。"

沈清洛抿了抿唇，抬起手，手指缓缓解着衣扣，一粒，两粒……

陆策按住沈清洛继续往下的手，语气陡然严肃："沈清洛，你跟我说实话。"他想了想，猜测，"屋里少了重要东西？真有贼进去过？我去看看好吗？"

沈清洛摇头，眼泪说掉就掉。她的哭，不是那种发泄似的号啕大哭，而是无声落泪，滚烫的水珠滴在陆策心头。

"我想你，"沈清洛哭得无声汹涌，"这些年我好想你。"

陆策心中一震，用指腹揩去她眼角的泪痕："想我为什么不来找我呢？"

沈清洛不再回答，泪水源源不断涌出，将枕头洇湿了一小块。她的语气委屈极了："陆策，你抱抱我。"

"我先洗澡,你不喜欢别人不换衣服上床。"陆策脱下大衣外套扔边上,"洗完再抱你,好不好?"

沈清洛的表情很纠结,既想他陪她,又想他洗干净。

陆策嘴角一勾,温柔地哄:"我很快回来。"

沈清洛犹犹豫豫,勉强点头同意。

进了浴室,陆策挤出的笑容瞬时垮掉,镜子里,毫无表情的俊脸上满是戾气。

如果说,之前只是怀疑沈清洛遇到过什么事,现在他几乎百分之百确定。

陆策闭眼立在淋浴头下,水流从背部偾张的肌群淌到腹沟,心头闪过无数种猜测,没一个敢深想。

与此同时,浴室的门悄然被推开。

陆策抹一把脸上的水渍,眯眼望过去。

沈清洛的睡衣脱在床边,抱着一条宽大的浴巾挡在身前,许是害羞,她眼神只敢看地面,过了会儿才轻颤着撩起眼皮:"陆策,我也想洗。"

浴巾掉落在地,堆成褶皱。

一双细白笔直的腿,踉跄着被拉拽到花洒下。

陆策把沈清洛按在浴室墙壁上亲吻,他在她锁骨上重重咬一口:"来献身的吗?没有反悔的机会了。"

"不会反悔。"沈清洛偏头吻了一下他的喉结,"你要不要?"

浴室镜宽大,水雾朦胧,两道相连的身影经过,玻璃上沾悬的露珠折射出潮湿欲色。沈清洛许久没有过,乍然受到猛烈攻势,神思恍惚,眼神不知该落到哪一处。

陆策手挡在她后脑勺处,防止撞到床板,见她实在害羞得紧,贴心地问壁灯是否刺眼,要不要关。

沈清洛这才望向他,坚定地道:"不要,不关灯,我想看着你。"

陆策深深凝视她,一下又一下不收力道,俯身凑在她耳边:"你第一次时也这么说。"

陆策说的第一次,发生在大一寒假,长白山的滑雪度假酒店。

但凡陆策来明市,沈清洛只要课程不忙,就陪他住外面酒店。头一回酒店过夜的体验不好,陆策学乖了,之后都自带床单,但沈清洛还是肉眼可见的不自在。

陆策高三暑假拿到驾照,每回来明市,就在机场租车,与她市区约会或近郊短途游。

下午四点半上完最后一节课,沈清洛拖着箱子赶往东门,远远望见闲适

143

插兜立在车旁的陆策。

陆策接过她的箱子,打开后备厢,里头竟然已经躺了两个大箱子。

沈清洛好奇道:"雪具雪服不是已经快递到酒店了吗?怎么还有那么多行李?"

陆策卖关子。他带沈清洛到附近一处近年开盘的小区,都是最高十一层的小洋房,容积率低,绿化好,会所带有仅对住户开放的泳池。

面对中心花园那幢楼,电梯停在第七层,陆策打开702室的门。

原房主买下后没来住过,还是开发商原始的精装修格局。

陆策说:"这两天你上课,我去添点家具。"他的两个大箱子里头装了衣物和生活用品,准备放在明市。

沈清洛的学校位于明市中环外,房屋租金不比寸土寸金的内环低,但也不便宜。陆策的举动,显得她不爱住酒店的行为矫情。

"很破费,陆策,没必要的。"她让他退掉租约。

"我认为有必要。"陆策亲她一口,"电子锁的密码你自己设,妈妈在北城,奶奶在苏州,明市没有亲人,不想住宿舍就来这边。"

陆策一锤定音,说已经和房东签了约,付过押金。

沈清洛知道陆策条件不差,在一起后,才发现他平日还是过于低调了。

沈清洛物欲不高,没有大额消费,存到一笔对学生来说蛮可观的钱,于是琢磨着回头也给房子添些软装。

陆策来明市的频率其实不算勤,除去法定节假日,一个月也就一两次。他所在的国际关系学院,平日课程繁杂,除了英语,额外辅修西班牙语,他还报了下个月DELE B2的考试。

沈清洛被陆策的效率震撼,也燃起了一股学习劲,收拾行李去长白山的前晚,把俄语文学选修课老师推荐的帕乌斯托夫斯基的《金蔷薇》放入箱子,下定决心要在滑雪期间读完此书。

长白山机场去度假区酒店的路上,沈清洛趴在车窗看雪。她第一次来东北,瞧什么都新鲜。

出租车司机是个特别爱聊的中年人,一路上,沈清洛已经知道他外甥考进了银行、隔壁邻居投资三十万做烧烤生意,以及很多滑雪高手嫌长白山雪道短,不过瘾。

沈清洛虽然没滑过雪,但听陆策说过,长白山滑雪度假区配套设施完善,高端酒店林立,住宿条件相对好,无论新手老手都合适。

如果纯粹追求粉雪体验,或者长雪道的刺激——

"新疆阿勒泰的禾木村在建一个新雪场,规划面积很大,等开业我们去那玩。"陆策牵她的手。

"好。"沈清洛答应。

出租车驶入度假区，披着厚雪的杉林耸立在道路两侧，让人感觉如在童话仙境穿梭。绕过环岛，停在酒店大堂门口，门童上前拉开车门。

这间酒店以庄重典雅的艺术风格出名，拥有一栋主楼，其余几栋都是单体别墅。

陆策订的房间，位于主楼第五层，也是最高层，看雪场景观的最佳位置。

房间客厅茶几上放了果盘和手写欢迎信，浴室分淋浴和泡澡，此外还有单独书房。书房的设计偏中式，胡桃木长条桌，背后造型墙上放置古董花瓶。

沈清洛在阳台赏景，被陆策搂着腰回屋："换速干衣，我们等下去滑雪。"

陆策提前给沈清洛搭配好一套滑雪装备，从雪板、雪鞋到头盔、雪镜、手套，面面俱到。

沈清洛抱着一堆专业装备，有些哭笑不得，心想也许这就是差生文具多。

楼下雪屋直通滑雪场，是度假区少有的可以直接滑进滑出的酒店。

陆策陪沈清洛上初级道魔毯，正是下午，许多新手在练推坡，雪道几乎变成湿滑的冰面。

沈清洛全身戴满护具，很兴奋，摔得也疼。

"再来。"陆策踩在她的单板中央拉她起立，"脑子里不用考虑太多规范步骤，就像小时候学自行车一样，试着凭感觉滑。"

沈清洛颤颤巍巍，连续学两天，勉强能落叶飘飘下去。

"不行，陆策，我好累，你玩你的吧。"沈清洛把雪镜推到头盔上，坐在雪道下方的休息区喝热饮。

陆策不放心："你一个人可以吗？"

沈清洛眨一眨眼："你好，我已经是大学生了。"

陆策快速捏了下她的手："好，我去滑两圈，在这里等我。"

滑雪摔疼的反应是滞后的，第一天无事发生，过两天后，身体逐渐起反应，浑身腰酸背痛像挨过一顿打。

沈清洛也是如此。

晚上回酒店，她按揉发酸的腰背和小腿。

陆策拉过一把椅子，坐到沙发对面："这么疼？"

沈清洛叹声气："可能我平日缺乏锻炼，你先去洗澡吧。"

陆策抚过她的后脑勺，接了个短吻。

浴室水声"哗啦啦"。

沈清洛体力消耗太大，眼皮撑不住，窝在沙发里睡着了。不知睡多久，好像有人抱她，她迷迷糊糊地醒来，喃喃道："陆策，你洗了好久。"

陆策罕见地顿了顿:"还好,你要去洗吗?"

"嗯。"

人不能在不清醒的状态下做事。

与陆策有过好几回同住一间房的经历,沈清洛都是穿着内衣睡觉。今天实在太困,忘记要做这件事,和平日在宿舍一样,套了睡衣就出去。

直到爬上床,她也没意识到不对劲。

陆策睡前专注地听西语广播练听力,沈清洛一看时间,才九点,睡觉确实早,她继续读那本《金蔷薇》。同睡一张床,各干各的事,互不打扰。

平衡被一个意外动作打破。

"陆策,我要喝水。"

陆策递来矿泉水瓶。

"陆策,充电器在你那边。"

陆策勾着充电线给她。

"陆策,我……"

陆策摘下耳机,抽走她手里的《金蔷薇》倒扣床头柜,翻身压住她,嘴唇重重在她唇瓣按一下:"宝贝,今晚不消停了是吗?"

沈清洛态度良好:"我错了,绝不再打扰你。"说完,捏起耳机想塞回陆策的耳朵。

"晚了。"

睡衣衣料单薄,很柔软。

陆策呼吸急促几分:"沈清洛,你里面没穿别的?"

沈清洛起先没反应过来,等明白他说的话,脸颊瞬时涌上一股热气。

"捂在被子里能喘气吗?"陆策扯沈清洛的被角,根本扯不动,又好气又好笑,"出来。"

"我不要,"沈清洛躲在巢穴,声音模糊,"除非你把灯全关掉。"

"已经关了。"

沈清洛不疑有他,像蜗牛伸出触角一般,试探地将被子拉到口鼻处。

一室通明,顶灯、台灯、落地灯,全部开着,在黑暗中太久的沈清洛不禁眯起眼。

陆策这个骗子!

沈清洛立刻攥紧被子上拉,陆策眼疾手快一把掀开:"宝贝,我们还要在度假区待一段时间,明天、后天、大后天,你预备一直害臊下去?"

"明天的事明天再说。"沈清洛手圈住陆策脖子,他配合地俯下身。硬的不行来软的,沈清洛闷在陆策锁骨前,撒娇似的拱来拱去,"快关灯。"

"就当我不知道,行吗?"

"不行，关灯。"

陆策无法，关掉床头总控，只剩沙发椅旁单独开关控制的落地灯，洒下暖融清幽的光。他下床，走到落地灯旁，踩一下脚控开关，摸黑回到床边："自在了？"

沈清洛底气不足地"嗯"了声。她在纠结要不要穿回内衣。陆策猜到她的想法，先一步圈住她的腰："穿着睡觉不舒服。"

"还记得我跟你说过英国读书的发小吗？"身体相贴，陆策的吐息挠着沈清洛颈后皮肤，"他本来圣诞假期回国，我还想让你们见面，结果他爸妈临时改变计划，飞英国陪他了。"

"没事，下次见。"

"刚才在看什么书？"

"《金蔷薇》，戴骢老师的译本。"

陆策的问题没有连贯性与目的性，想到哪儿说哪儿，似乎心不在焉。

"明天跟我上将军索道吧，山顶有咖啡店，看完风景可以坐缆车回来。"

"哦，我什么时候能像你一样滑下来？"沈清洛问。

陆策笑了："还得再练，先去绅士索道的大长坡过过瘾，适合你现在水平。"

沈清洛的眼睛适应黑暗后，转过身，与陆策面对面。

窗帘只闭合一层白纱，对面雪场，若干炮台似的制雪机，在喷射粉末状人造雪补充坡道雪量。

凭借漏进屋的微薄光线，沈清洛发现，原来陆策一直用这样专注的眼神，在黑暗中静静凝视她。

心神皆动，鬼使神差地，她探手抚摸陆策线条硬朗的眉宇和眼睫："轮廓深，前额平坦。"继续往下，"鼻子也高挺……"

摸着摸着，她笑场："男朋友很帅。"

陆策没跟着笑，突然叫名字："沈清洛！"

沈清洛一愣，条件反射："在！"

陆策意味不明地笑了下："故意撩拨我？"

沈清洛噎住，被他猜对了，她确实存有一部分撩拨心思。平日总是陆策游刃有余，有事没事逗得她脸红羞恼，她早就想反击。

如今黑灯瞎火，天时地利。

"有吗？没有啊。"沈清洛狡辩。

陆策怎会听不出她语气里的嗫嚅，沉默几秒，忽然问："宝贝，要不要碰我？"

空气胶着，波涛暗涌，走廊晚归的游客嬉笑地经过，一阵热闹，又归平静。

"就试一次。"

连续滑了几天雪,休息一日,陆策和沈清洛到度假区超市采购,补充饮料和零食。沈清洛对零食兴趣不大,看哪个包装顺眼,随手扔进购物车。

"陆策,都选好了,我们去买单吧。"

"等一下。"

沈清洛刚爬完班群聊天楼,闻言回头:"你还要买什么?"

陆策往购物车里加了方盒子:"先买着。"

沈清洛眼睫快速眨了眨,昨天冲洗完澡,陆策抱着她问什么时候可以。她那时有点困,说"给我时间"。陆策追问多少时间才够,她手指掰掰算天数,没算明白就昏睡过去。

"这个哪里都能买,"沈清洛尽量与他一样淡定,"不用很早准备吧。"

"保质期很长,囤也不妨。"陆策说,"如果你不打算让我等三年的话。"

店里又进来人,沈清洛脸皮薄,催促:"快去买单了。"

陆策这人怪得很,买工具时像在急色,真睡到一起,又专注地听西语听力。沈清洛不禁怀疑,昨晚那个缠着他问时间的陆策是不是被夺舍。

她心思神游天外,手里捧着书,一页没翻。

手机铃声响,陆策看了眼来电人,点开接听。沈清洛离得近,听筒对面的中年女声,应该是明市陆策租房的房东——

"陆先生,你好,是这样的,你这租期有点长,签了三年半,"中年女人客气地寒暄,"我跟女儿女婿讲了一下,他们说这种情况押金要多收一点。"

"哎哟,真是不好意思,你看这样,就多收你一个月行吗?毕竟我这房子全新的呀。"

陆策说"可以",挂断电话后给她的银行卡打钱,附言项填租房押金。

"签了这么长的租约啊?"沈清洛轻轻地问。

陆策理所当然:"租到你毕业,正好三年半。"

人类的感情有时无逻辑可言,比如租房契约的"三年半",莫名戳动沈清洛的心,比情话更叫她动容。

所以,陆策在潜意识里,他们的关系已经存续到大四毕业。

沈清洛豁然开朗。对啊,他是陆策,会在冈山神灵前表白,会突然出现在苏州的陆策。如果是他,又有什么不可以?

合上书本,放到床头柜,沈清洛半跪屈腿坐在床头,倾身抽走陆策的手机。

他目光沉沉地望过来。

"陆策,我可能已经准备好了……"

勇气归勇气，事情要发生时，她还是止不住地惊慌。

陆策一遍一遍安抚，问她要不要关灯。

沈清洛拼命地摇头："不关灯，陆策，我要看着你。"

只要是你，我就不害怕。

陆策尽力温柔、小心翼翼，但他到底也是第一次，快意上头，没了轻重。

沈清洛指甲掐入他的皮肤，犹如灵魂被穿透的陌生感，她闭上眼睛，眼角渗出泪水："陆策，我疼。"

陆策粗喘着停下，等她适应。

被子凌乱四处堆叠，移位的枕头推落床头柜的《金蔷薇》。"哗啦"一声，书页打开到沈清洛折角在读的章节，昏黄的室灯，照亮一行小字——

"……冬天，我就上列宁格勒那边的芬兰湾去。您知道吗，那里有全俄国最好看的霜。像这样的霜我在哪儿都没见到过。"

天黑黑，静悄悄。

沈清洛体力透支，没等到陆策出浴室，睡了过去。这一觉很长很长，沉浸在无尽的温热梦乡，再睁眼已是第二天中午。

遮光帘效果佳，房间内光线昏暗，唯有一盏圆筒状的床头阅读灯亮着。空气里残留极淡的暧昧气味，叫人闻得脸红。

陆策半倚着床头，没穿上衣，肌肉线条在光线中斜出一小片阴影。他一只手虚虚环住沈清洛的肩，另一只手捧着她的书。

沈清洛嗓子沙哑地喊陆策名字。

"醒了？"陆策把书本放一边，身体躺下些，手臂从她颈后穿过，"饿不饿？"

"不饿，我想再睡会儿。"沈清洛困倦地窝在他怀里，闭眼问，"现在几点？"

"十一点四十二。"陆策在被窝里捏了一下她手心，"我叫餐到房间，先垫垫肚子。"

竟然睡了这么久？！

糟糕！教授布置了寒假实践任务，十二点开小组会议！沈清洛立刻清醒了，猛地坐起身，动作太猛烈，眼前还冒着金星，就急急忙忙地下床穿鞋，被陆策一把捞回："你记错了，是明天。"

沈清洛睡了太久，脑子无法灵活运转，打开手机检查日程，确认组会确实是明天，才兀自长吁一口气。

这下彻底清醒。

遮光帘露出一条缝隙，她向窗外望去，红色缆车悬停半空，灰蒙暗沉的雪场寂寥空荡，一个人影也无。

沈清洛怔怔发呆，心思渺然连广宇，盯着远方出神。

陆策从后贴上她单薄的背脊，连人带被一起圈住，低头啄吻她的肩颈线。

沈清洛被亲得发软，手攥不住，前面的被子也掉下去。

她对陆策过于纵容，又被按回枕头，也没拒绝，只喃喃道："陆策，下雪了。"

"沈清洛，下雪了。"

"鲸也"民宿，陆策握玻璃杯看一眼窗外，半抱沈清洛起身喝水。

深更半夜，沈清洛眯眼拧眉说口渴，马上一杯温水递了过来。

"还要吗？"陆策问。

沈清洛摇头，缩回被窝。结束了才担忧起这个问题："木屋隔音差，许怿和庄苏凌会不会听到？"

"不会。"陆策放好水杯，回到床上拢紧她，"你的专业在北城发展更好，我有不少电视台和杂志社的朋友，要不要……帮你留意合适的工作机会？"

沈清洛听出陆策的试探，一抬头，在他瞳孔里看见自己的影子。

"我没有打算去北城。"

室内的暧昧氛围霎时驱散。

陆策目光逐渐变冷，胸腔溢出一股浊气。说实话，这个回答他不意外。他的掌心沉默地摩挲着沈清洛的腰际曲线，不让她有躲避动作："今晚为什么来我房间，为什么和我上床？"

"暴风雪停了，禾木很快开山，你之前说开山后就离开。"沈清洛声如蚊蚋，"不知道以后还能不能见面，想让你开心一点。"

腰间忽然被重重一按，沈清洛蹙起眉头，抬起眼却撞见陆策徘徊在发怒边缘的表情，硬生生地把喊痛的话咽下去。

"你觉得我现在开心吗？"陆策声音毫无温度，"弄疼你一根手指都不舍得，看来是我顾虑太多。"

他不是说说而已，下一秒直接闯入。

沈清洛呼吸一窒，心脏被一股巨力攥住，看到陆策因愤怒而青筋暴起的额角，突然觉得难过。

"陆策……"

"不是说想让我开心？"陆策捂住她的嘴，"忍着。"

沈清洛意识到，陆策以前确实收着力道，她在暴风雨的洋流里浮浮沉沉，最终放弃挣扎，随波逐流。

翌日醒来，身旁位置空空如也，探手摸床被，冷的。

沈清洛回103房间洗漱换衣，昨夜的对话犹在耳畔，想到一会儿要面对陆策，不免有些忐忑。她对着镜子拍拍脸，轻舒口气，去民宿大厅。

新管家叫万巧，正在接替郑阿姨的工作："项先生，您之前打电话预订的三间房，已经准备好。"

项宜轩签好押金单，拿到房间钥匙。

"表哥，想不到你愿意换民宿。"项依有点兴奋，"'鲸也'的条件呢，虽然比不上我们之前住的那家，但在禾木已经算不错的了。"她娇俏地朝许怿歪了下头，"许老板听了别生气。"

许怿笑笑，不置可否。

项依打量一圈周围："怎么没看见陆策啊？"

天气条件达标，吉克普林雪场重新开放，陆策一大早滑雪去了。

项依拽了拽林如茵和项宜轩的袖子："你们想去滑雪吗？"

林如茵刚要回答，沈清洛推门进来。上回在斜坡，沈清洛甩他们一个大冷脸，从那时起林如茵便存了小小的报复心思。

"滑雪？我看你是想找陆策吧。"林如茵笑道，"他技术那么厉害，请他教教我们。"

项依也见到沈清洛，配合着："人家和我们不熟。"

"我们现在也住在'鲸也'了，这么近，很快就会熟悉。"

沈清洛原本低头看手机，杂志社的主编张怀霄发消息给她，让她再改一版敦煌特辑的稿子。张怀霄五十岁出头，与当大学教授的妻子伉俪情深，顶着同龄人讶异的目光，时髦地成了丁克族。

张主编开辆"老头乐"四轮电瓶车上班，低调到根本看不出他是杂志界的业内泰斗。他平日总是乐呵呵的，唯独对待工作时严肃刻板。

张怀霄：敦煌特辑的主题是"重开千佛刹，傍出四天宫"，重点突出当下文物师的修复工作。交来的这篇，考据部分占比太大，得删改。

沈清洛：好的，明白。

张怀霄：听说禾木停雪了，等雪崩路段恢复通行，我们进山同你会合。

沈清洛正要打字回主编，就听到了林如茵的声音。

她一抬头，就看到项宜轩微微噙笑的嘴角，像一把淬毒的冷刀。

许怿介绍："沈小姐，这三位是店里来的新客人。"

"不用介绍，我和清洛是大学校友。"项宜轩说。

许怿略微诧异，项宜轩喊"清洛"语气熟稔，好像关系不错，但沈清洛态度截然相反,连他的名字也懒得叫。

项宜轩不恼,转头问:"许老板,你们店里用的还是机械锁,安全吗?"

许怿总觉得他话里有话:"安全的。不过真要有人撬门,什么锁都不灵。"

项宜轩点头称是。

沈清洛无意和他叙旧,项宜轩又叫了一声"清洛",她冷冷地吐了句:"别叫我的名字,我们不是很熟。"

项宜轩的语气,似是在忍受她耍脾气:"好吧。"

沈清洛转头就走。

项依狐疑不已:"表哥,再问你一遍,你真和那女的没什么?"

项宜轩盯着沈清洛离开的方向:"你也看到了,人家不理我。"

项依"喊"了声:"你从中学开始交女朋友,加起来绕四号线一圈,沈小姐不会是其中之一吧?"项依越想越觉得有可能,"是不是你始乱终弃啊,所以人家看不惯你。"

项宜轩用钱包敲了下她的头:"别胡说。"

许怿看在眼里,不动声色,手指飞快给陆策发短信:你要被偷家了。

沈清洛强装淡定,实则脑子里一团糨糊,她的脚步越走越快,一回到房间立即打开行李箱开始收拾行李,动作匆匆忙忙没有章法。

打开抽屉,又见那根红宝石发簪,沈清洛停下动作。

山路未开,哪儿也去不了,但她实在无法忍受和项宜轩同处一个屋檐下。

隔壁栏栅院落的马夫阔孜正在给马爬犁重新上漆,这是他拉游客的工具,来回一趟能挣一百多,必须好好保养。

沈清洛同他打过招呼,问:"您知道还有别的出山路吗?"

阔孜放下油漆桶,抱起草垛上的保暖小马衣,准备给家里两匹老马换新行头。马衣是自家缝制的,涤丝绸内里,牛津布外层,中间填充棉花。

"姑娘,禾木出山就一条路,有段发夹弯在抢修,冰雪也没铲干净。"阔孜拍了拍马背,"贸然出山危险咧,你就安心再待几天,等咱交管部门通知。"

沈清洛本来也没抱希望:"知道了,谢谢。"

阔孜手一挥:"客气啥。"说完走到一根木桩边,上头放了一部手机,界面停在某有声书软件,阔孜点击播放按钮。

他在听《水浒传》。正在播放第三回,讲到鲁提辖三拳打死郑屠后,急急回到下榻地,收拾衣服盘缠和细软银两逃走。

播放到尾声,有声书说"毕竟扯住鲁提辖的是甚人",阔孜自然而然接道:"且听下回分解。"

最后的"解"字念出了唱戏的拖腔。

沈清洛无声笑了笑,转过身,却见陆策漫不经心地插兜倚在门柱旁,不知听了多久。

"急着出山,"陆策上前两步,"这么不愿意见到我?"

沈清洛还没来得及否认,陆策压低声音,眼里不见笑意:"别担心,我不会缠着你。我一定和你一样,拿得起放得下。"

也不知哪句话刺到沈清洛,她愣在雪地里走神,陆策也直直地看着她。

突如其来的电话铃声打破僵持,是周泽杭来电。

"抱歉,工作电话。"陆策客气地与沈清洛解释。

走到一处僻静的地方接通,对面周泽杭迫不及待:"陆策,有个炸裂的消息。"

陆策回首望一眼沈清洛:"你说。"

"上次你让我调查项宜轩的家人,不查不知道,一查吓一跳。"周泽杭语气一转,仿佛要讲重大机密,"项宜轩,刚回国半个月,他妈妈叫林丽莲,早年拉中提琴的,他爸爸叫项储运,熟悉不?就是储运影视的'储运',坊间喊他老项总。"

"然后呢?"

"这些都不是重点,"周泽杭说,"项宜轩曾有个姐姐,叫项百灵。"

有关项百灵的资料少之又少,项家只对外宣称女儿大学毕业后不幸病逝。

知情人闭口不谈,不知情人只会道一声节哀。

公开可循的资料中,一张陈旧的高三毕业班合照引起了陆策的注意。

毕业照里,项百灵的模样青春洋溢,她站在第二排中间,在人群中微笑。

任课教师统一坐第一排。项百灵前面的沈柏乌最年轻,周身温文尔雅的书卷气,在男教师群体中脱颖而出。

陆策端详沈柏乌。

论长相,沈清洛明显汇聚了父母的优点,但和父母都不像。倒是沈柏乌眉宇间的淡薄感,与沈清洛有几分神似。

周泽杭传来的扫描照片像素略微受损,陆策手指放大图片,盯着项百灵的面孔好一会儿,莫名觉得眼熟。

算一算,项百灵十八岁那年,他在北城读小学,不可能有交集。

相较于项百灵,沈柏乌的资料丰富许多。

沈柏乌,江苏苏州人,大学本科学历。已婚,育有一女。曾就职于明市外国语大学附属中学,担任语文教学组特级教研员,同时任高三(5)班班主任。

153

陆策划到下一页，是明外附中的一张通告截图。

处理通报：针对我校教师沈柏乌存在违背教师职业道德和行为规范的举报，校方高度重视，第一时间成立专项组展开调查。经查，沈柏乌严重违反教师职业道德，造成不良影响。根据相关规定及学校研究，决定对其予以辞退并解除劳动合同。

明市外国语大学附属中学

再往后，是一则新闻快讯。

那时智能机未普及，此条交通事故新闻只在电视台的字幕滚屏播放过，难为周泽杭挖了出来。

有市民爆料，明市内环高架近漕安立交段发生交通事故，一辆白色小轿车失控撞到高架护栏。事故发生后，公安、应急、消防、120急救等救援力量第一时间赶到现场。经医护人员确认，该车驾驶员沈某已无生命体征。

再往后附有沈柏乌的奖项、发表刊物，以及出版诗集《献给自由的鸟》。一个人的一生，短短几页纸高度概括。陆策很快翻完。

周泽杭在明市有人脉，听到些风声，他支支吾吾地说出关于项百灵的坊间传闻。

据说项百灵读大学时，和沈柏乌有不正当关系，被举报到学校，闹开后赵进菲也知道了，她当下决定离婚。

谁知赵进菲办完离婚手续，在明市交接工作的过程中，刚大学毕业的项百灵被宣布病逝，而沈柏乌出车祸身亡。

陆策整个下午都待在房间，研究周泽杭找到的资料。

落日西沉，天空灿金，暮云荒林尽头的晚霞中，一只灰蓝山雀落到窗台上，大摇大摆地闲庭信步。山雀的影子投在毕业照上，照片里项百灵的笑脸明了又暗。没有遗传病史，没有急症预兆，真的是病逝吗？

交管部门发通知，雪崩路段抢修顺利，开山指日可待。滞留游客松了口气，夜晚的鲸也大厅重新热闹起来。

角落桌台，许怿和陆策喝酒，还有条小尾巴吾尔曼。许怿千挑万选，敲定民宿二店的名字"摇光"，北斗七星的第七星。

隔壁几桌客人正聊天：

"最近咱禾木村，因为一个网红被偷拍闹得沸沸扬扬，大家有听说吗？"

"什么网红？"

"是个旅游博主。"

客人打开短视频软件，点进某百万粉丝博主的主页，首页置顶博主道歉视频，底下评论区骂声一片，很多网友@博主合作的品牌方，要求解约。

"旅游博主人设是社恐小美女，不喜欢和人打交道，只和动物亲近，结果被拍到在禾木村投喂狐狸摆拍，啪啪打脸，被粉丝骂上热搜。"

靠人设吃饭的流量博主，一旦出现形象危机，基本就上了甲方品牌的合作黑名单。如果签了保量带货协议或有效互动承诺，还得反赔一笔钱。

陆策扫了眼主页，认出就是禾木桥遇到的那批人。

他一哂，握起酒瓶。纯麦芽发酵的威士忌，倒入加了球体冰块的宽口杯子，冰和水降低烈酒的刺激，陆策饮一口，舌尖萦绕浓烈的木质烟熏香味。

吾尔曼盯着酒瓶发呆。他家也有威士忌，爸妈平日不准他碰，说这是坏蛋玩意儿，专门害人。

可明明陆策一直在喝。

吾尔曼心想，陆策哥哥永远是对的，既然哥哥喝了，他也必须试一试。他壮起胆子，双手抱酒瓶，凑近瓶口嗅一嗅，是橙子的果香。

小孩子没经验，用喝甜汽水的方式喝威士忌，竖起酒瓶灌嘴里。陆策根本来不及阻止。

"噗——咳咳咳——"

好辣好难喝！

吾尔曼咳得满脸通红："咳咳……水……"

许怿被吾尔曼喝烈酒的方式惊呆，在辱骂熊孩子和给孩子递水之间，善良地选择后者。

吾尔曼接过水大口往嘴里灌，很快一杯水见了底。吾尔曼很快上头，竖起食指，对着陆策晕乎乎地说："陆策哥哥，你怎么一直晃来晃去？"

生怕小朋友发酒疯，许怿抄起吾尔曼走了："我先送他回家，你少喝点啊。"

陆策开了瓶新的，手背内朝外一扬，示意赶紧走。威士忌后劲足，他头脑发胀，闭眼握拳抵着太阳穴缓神。

一只水晶斜条纹玻璃洛克杯放在他面前。项依拉开椅子："陆策，一个人喝酒多无聊，给我倒一杯，我陪你喝呀。"

陆策余光瞥见慢一步进门的项宜轩和林如茵，慢条斯理地握着酒瓶给项依斟酒："43度的，你行吗？"

"别小看我。"

"你们呢？"陆策问。

得到肯定的回复，陆策向服务员招手："再拿两个杯子。"

项宜轩和林如茵也入座。

林如茵抿了一口威士忌，抬眼看向陆策微醺的眉眼，试探："那位沈小姐怎么不陪你喝啊？"

陆策笑了："她为什么要陪我喝？"

"沈小姐是你女朋友吗？"

陆策避而不答："就算是女朋友，也没义务陪男朋友喝酒。"

林如茵讪讪道："好吧，不过看沈小姐的模样就不太能喝。"

"那你看走眼了。"项宜轩状似无意地搭话，"我和她在'金钟'认识，清洛酒量其实还不错。"

"金钟"，明市顶级酒吧，包厢的最低消费金额就足以令普通人却步。

陆策捏玻璃杯的手紧了紧："项先生和清洛很熟吗？"

"还可以，一起玩过几回。"

这个"玩"字，暧昧不堪，惹人遐想。

"冒昧地问下，陆先生和清洛的关系是？"

"以前交往过。"

项宜轩笑眯眯地反问："哦？这倒是没听她提起过。"

"我们是异地恋，你没听过很正常。"

服务员拿来新的不锈钢冰粒桶，陆策夹了几块冰块放进杯子里。

项依早看出陆策和沈清洛关系不一般，问："那你和她，现在是什么情况？"

冰凉液体淌下喉管，陆策又不讲人话："就你看到的那样。"杯中酒一饮而尽，他起身告辞，"时间不早，我先回房，你们继续。"

望着陆策离去的背影，林如茵感慨："陆策和他前女友搞不好已经复合了。依依，你确定要攻略他吗？感觉难度很大。"

"沈清洛大学时就去'金钟'，肯定不是善茬，想一步登天的女人我见多了。"项依不服输，"当初能分手，现在也能分手，何况他们没结婚，是吧表哥？"

"嗯。"项宜轩笑容淡去。

话题主角的沈清洛，此刻正在笔记本电脑前为了改稿子而抓狂。

她刚敲下一行字，门外响起了陆策的声音，听起来与平时不太一样："沈清洛。"

沈清洛打开门，酒气扑鼻而来。

陆策端着托盘径自走入屋内，说："郑阿姨看你没吃晚饭，让后厨做了份三鲜面。"

米色和风陶瓷面碗，细挂面顶端铺青菜、丝瓜和虾仁，香味鲜掉眉毛。

改稿太久，沈清洛确实饿了："好，谢谢。"

按理说，送完就该离开，但陆策明显没有走的意思。他大马金刀地坐在沙发上，头微微后仰靠在沙发椅背闭目养神，眉心冷冽地拧起，心情明显不佳。

沈清洛犹豫着要不要和陆策解释，她急于离开禾木，并非想避开他。

然而一碗面见底,她也没组织好说辞。

吃完面,她去漱口刷牙,回来看到手机有来电,沈清洛拍了拍睡着的陆策:"知非姐姐打来的电话,要接吗?"

陆策手背疲倦地挡住额头,眼皮未抬:"接,开免提。"

这少爷喝多了便露出本性,开始命令人。

陆知非声音爽朗,穿透力强:"陆策,你怎么还没从新疆回来,你姐夫等你试伴郎服呢。"

"封山,走不了。"

"咦,你喝酒啦?"陆知非捂住话筒,和旁人说了几句,又接着聊,"今天去外公外婆家聚餐,饭桌上聊起你。话说等我结完婚,你就是全家最关心的对象,搞不好让你去相亲。"

陆策意味不明地哼笑一声。

"你姐夫还跃跃欲试想给你牵线,真安排相亲,你愿不愿意去?"陆知非问。

"愿意。"

"哈哈哈哈,我就知道你不——"陆知非突然顿住,那头死一般寂静,她不确定地问,"你刚刚说愿意?"

"嗯。"

"陆策,"陆知非明显走到一个安静的地方,语气凛然严肃,"你终于想通了?"

"有什么想不通的,总要重新开始。"

"很棒,我支持你。"陆知非激动了一秒后又迅速冷静下来,保险起见,"等你明天酒醒,我再问一遍。"

"我没醉。"

"行行行,你没醉。"

电话挂断,沈清洛赶人:"陆策,我吃完了,你回去吧。"

陆策缓缓睁眼,半步未挪,大有在沙发上过夜的架势:"要是真去相亲,我该找个什么样的女孩?想了想,我就喜欢你这样的,要不把你照片给媒人,按同类型找。"

"或者试试完全相反类型,说不定我也会爱上。"陆策直直地盯着沈清洛,语气轻松释然,"你说呢?"

沈清洛有一瞬间无措:"不知道,我先把碗筷还去后厨。"

她转身到一半,被陆策拉住手臂大力回拽。

沙发上的两人一高一低,陆策双手掐住她的腰,仰面道:"我还没说完。"

沈清洛上半身前躬,一条腿抵在地面,另一条跪在陆策两腿间,她神情回避:"别说了,我不想听。"

不想听也得听。

陆策勾腰抄膝弯,把沈清洛整个人抱坐在腿上。

沈清洛身高中等偏上,但骨架细,又瘦,在陆策怀里落不得好,被他以完全占有的姿势紧紧搂住。

"家里当初让陆知非和常祺分手,陆知非死活不肯,又闹绝食又离家出走。"陆策说,"结果你也看到,时间治愈一切,她已经从上段感情的阴影里走出来,准备和新男友结婚,这世界上没有谁非谁不可。"

沈清洛停止挣扎。

陆策察觉她突然低沉的情绪,心脏跟着一抽,咬了咬后槽牙:"沈清洛,你就没有想过,我会和陆知非一样放弃吗?

"我会结识新的女孩,和她约会、接吻、拥抱,带她去天文台看流星雨,给她介绍我所有的朋友、师长、家人。等到时机成熟,我们会谈婚论嫁,选戒指、挑婚纱、走红毯。"

陆策察觉怀里人在发抖,她很难过,他知道。但陆策比以往要狠心:"我会全身心投入一段新的感情,多年以后,有人再提到沈清洛,我只会记得一道虚焦的漂亮影子,然后说一句——

"她啊,是我以前一个同学。"

寥寥几句,沈清洛已经在脑海中构建了这样的画面。

阳光晴好,宾客散坐在走道两侧,穿黑色戗驳领西装的陆策等在红毯尽头,他肩背宽阔,从眉骨到鼻尖到下颌线,桀骜的脸庞漾着温柔笑意。

新娘——沈清洛看不清她的模样——手捧鲜花从婚车上下来,挽住长辈的胳膊,小花童提着她长长的白色婚裙拖尾,灯光下晶莹闪耀。新娘庄重地穿过气球和玫瑰花瓣雨,一步一步地走向陆策。

雷动的掌声与如潮的欢呼声中,陆策牵起她的手,为她掀开精美的头纱。他是那样英俊,满怀爱意地注视新娘,然后向来宾和牧师做出承诺。

"我会爱她,忠诚于她,无论贫困或者富有,健康或者疾病,直至死亡。"

陆策和妻子会养育一个小孩,襁褓中的小孩咿咿呀呀,转眼蹒跚学步,口齿不清地学舌,喊"爸爸妈妈"。

光是想象画面,沈清洛就感到充盈身心的幸福,她希望陆策快乐,哪怕生命里不再有她。

可眼泪不听话地溢出眼眶。

陆策带着薄茧的指腹拭去她的泪,轻声安抚:"怎么掉眼泪了?"逼的人是他,不舍得的也是他。趁沈清洛心理防线弱,陆策吻她嘴唇,"你不要我,听到我和别人在一起又哭,到底想我怎么办?"

沈清洛湿着一双眼睛望他。

"大三暑假，你提分手，说厌倦了分开两地，还跟我道歉，说愿意补偿我。"陆策掌着她的后脑勺，"我不追究你分手理由是真是假，只问一句，当时说的补偿还作数吗？"

沈清洛茫然地点头。

"好，那你再陪我一段时间吧。"陆策满怀释然，好似真打算放下牵挂，与过去的执着和遗憾道别，"不强迫你给名分和由头，以禾木开山日期为期限，像以前一样陪着我。也没几天了，行吗？"

"好好补偿我，满足我，戒了我的瘾。"陆策在沈清洛最脆弱的时刻，舌尖探入，加深唇齿纠缠，"你知道的，你就是我最大的瘾。"

就当下状况而言，沈清洛自然明白陆策想做什么，她不拒绝，那就表示默许。

陆策将沈清洛抱坐身上，依偎的两道影子晃动摇曳。

许久之后，沈清洛失神地喊陆策的名字。

酣畅淋漓过后的陆策神经兴奋，睡不着觉，他指尖勾玩沈清洛一缕发丝。

沈清洛忍无可忍："陆策，我要睡觉。"

陆策："就结束了？"

沈清洛略微崩溃："你别太过分。"

"不继续也可以。"陆策剥掉她的睡衣抱在怀里，"我们聊天。"

"聊什么？"

"说说你和项宜轩怎么认识的。"陆策鼻尖碰碰她额头，"没见你讨厌过谁，有点好奇。"

察觉沈清洛的沉默，陆策提醒："禾木即将开山，我们没剩几天相处时光。"

纠缠一晚上，沈清洛听懂陆策的意图。

玛雅文明预言2012世界末日，NASA发出小行星撞地球的警示，沈清洛算一下概率，她在世界某角落再次偶遇陆策的可能性，与前两者持平。

既然他想知道——

大一下学期，课业变得繁忙，沈清洛喜欢充实的感觉。

陆策比她更充实，不仅忙学业，还要来明市。他来得频繁，又嫌租车麻烦，于是干了件令沈清洛大吃一惊的事。

"陆策，你买了辆车？！"

"就是一辆普通代步车，等你毕业再卖掉。"陆策语气随意，仿佛只是买了件无关紧要的小家电，"你也有驾照，下次开来机场接我，再送我离开。"

沈清洛的驾照属于摆设，考完科目四再也没摸过方向盘。

出于对二人生命的负责，陆策抽时间带沈清洛到郊外练车。

明市地处东南沿海，外围区域靠近东海，有一处海湾度假旅游区。正值秋冬，主商业街商铺店门紧闭，氛围萧条落魄。

来都来了，沈清洛停好车，与陆策牵手沿海岸散步，聊起最近的一档大学生参与的智力比赛综艺《顶级对决》。

沈清洛的一位室友也报名参赛，在网络上小有名气，然而陆策没听说过。

"好吧，你肯定没时间看综艺，长期不接受潮流事物会落伍的。"

陆策笑沈清洛没良心："讲不讲道理，我的空余时间全贡献给你了。"

沈清洛用手臂圈起他的脖子，边撒娇边说正事："陆策，你大三打算出国交流啊？"

陆策承诺："一定会飞回来看你。"

"我不是担心这个啦。"沈清洛油然生出紧张感，同时又有些兴奋，"我也得早做准备。教授说现在校企合作，产学研一体化，电视台给学校提供了实习名额，最早大三可以申请，我打算试试。"

"那么想去电视台，怎么不和你室友一起报名参加？"

"我不想做综艺，想去纪录片频道的项目组实习。"

"我懂，阿顺喜欢动物，以后去《动物世界》。"陆策状似漫不经心，"《动物世界》的大本营在北城，毕业就把你接过来。"

"很难进的，听说录取比百里挑一。"

"给你走后门。"

"你怀疑我的实力？"

陆策侧头看她一眼，似笑非笑："你有时候真的很难哄。"

相聚时间总是短暂，沈清洛陪陆策到机场，每次分别，心头都一阵空荡荡。陆策知道沈清洛心思敏感细腻，拉她到角落，用力抱紧她："下周六走不开，周日我过来，当天往返。"

"不要不要，这样你太累，而且周末两天的上午我有培训，陪不了你。"沈清洛从他怀里抬起头，"但下下周要过来，行吗？"

陆策恨不得打包带走她。

送陆策到安检口，沈清洛忽然接到室友电话，鬼哭狼嚎的歌声中，一道醉醺醺的女声尖锐鲜明——"清洛，洛洛，快来接我们回宿舍。"

"谁的电话？"陆策问。

"孟婧，就是那个参加综艺节目的室友，她现在是红人，饭局多，今晚带宿舍其他两人一起去聚餐。"

陆策要进安检了："正好开车去接她们，路上小心，有事打我电话。"

"你也是，"沈清洛不舍地勾他的手臂，"落地告诉我。"

明市夜生活开启，街道跑车轰鸣，沈清洛按照孟婧发来的定位，导航至复衡路729号，金钟酒吧。

"金钟"在一处海外商会旧址的建筑基础上改建而成，大楼保留了百年前新古典主义风格的原始风貌，干挂石材外立面，窗楣装饰巴洛克特征的纹理图案。

大楼内部炫彩频射灯光闪烁，与建筑古朴深沉的外观截然不同，黑色马甲背心的服务员托盘端洋酒，穿梭舞池边缘。

炸裂的音乐声中，服务员带沈清洛来到二楼包间，敲了敲门，便推门而入。

闹哄哄的场子顿时一静，包间众人望向门口。

一屋子年轻人，大多家里都有点背景，齐刷刷地盯着沈清洛看。

沈清洛只认出那个以仿妆出名的美妆博主，一头粉色长发挑染几绺白色，非常吸睛。

孟婧喝得多，但神志尚清醒。她招手道："清洛，这里。"

另外两位室友，佳欣和芝芝，醉得一塌糊涂，吐槽《新闻学概论》的老师不人道，挂学生的科。

旁边的男生叫戴振，见到沈清洛，眼睛一亮："孟婧，这位也是你的朋友吗？"

孟婧亲热地上前挽住沈清洛的胳膊："对啊，我们一个宿舍的室友。"

"美女的朋友都是美女。"戴振挪了个位置，"来啊，一起玩。"

沈清洛垂眸扫一眼，目光落在孟婧涂红的指甲上，两人平日关系没这么亲密。但她没抽开手臂，稍坐片刻，对孟婧道："我回学校还有事，你们现在走吗？如果想多玩会儿，我晚点帮你们叫车。"

"晚点走。"孟婧小声商量，"清洛，能不能多留十分钟？来了就走不太礼貌，这些人都是我在录节目时认识的，给点面子啦。"

沈清洛沉吟了几秒，妥协："那就十分钟。"

"遵命！"孟婧料定沈清洛会答应。

孟婧和其他两位室友，最初认识沈清洛，对她的第一印象都出奇一致，觉得这种温温柔柔的大美人不容易深交，共同生活了几个月后才完全改观。

原来沈清洛脾气是真的好，她只是不热衷于社交，外加有记不住人的长相，对于不熟的人，永远一副"你是谁，我们认识吗"的呆愣表情。

戴振是这档综艺节目的策划之一，二十八岁，年轻有为。他与孟婧交好，也是他带孟婧认识了这堆影视圈二代。

"沈清洛，名字真好听。"戴振夸一句，"《顶级对决》明年做第二季，有兴趣参加吗？正好和孟婧一起。"

"清洛不喜欢综艺。"孟婧帮忙回答，"她对纪录片感兴趣，戴哥，帮忙留意留意呀。"

"没问题。"戴振笑一笑，自来熟地喊人，"清洛，要喝点什么？"

"谢谢，不用。"十分钟到了，沈清洛催孟婧，"走吗？"

她和孟婧一人一个，扶佳欣和芝芝出包厢。

戴振收回目光，与旁边的男生碰酒杯："宜轩，孟婧的这个室友，够漂亮吧？"

项宜轩自打沈清洛进门，就期待她能认出自己，两人在北城的氧疗山庄有过一面之缘，虽然不算愉快。

结果沈清洛不仅对他完全没印象，扶同学离开的时候还麻烦他收一收腿，然后点头说"谢谢"。

项宜轩默念了一遍她的名字，沈清洛，不知怎么个写法。

回学校的路上，沈清洛开车，坐在副驾驶的孟婧回头看了眼后排，佳欣和芝芝已经睡得不省人事。

"清洛，今天真不好意思，耽搁你时间了。"

"没关系。"

"她们今晚玩嗨了，喝了很多杯鸡尾酒。"孟婧关闭手机屏幕，侧头邀请沈清洛，"下次你一起来吧，我们这种专业，人脉很重要。"

"不了，你们去吧。"沈清洛握着方向盘，专心看路。

孟婧可惜地"哦"了一声。

微信里，是戴振三分钟前发的消息：想想办法，下次带那位姓沈的室友一起玩。

孟婧：好的，戴哥。

大学准许学生车辆进校门，保安核对学生证信息，抬杆放行。

后排的佳欣和芝芝中途醒来，扒着椅背撕心裂肺唱《死了都要爱》。

沈清洛耳膜鼓胀，孟婧频频回头，求她们安静会儿。醉鬼是不可能听话的，孟婧怕吵来宿管阿姨，提议从后门进。

"好。"沈清洛把芝芝的胳膊架在肩膀上。

芝芝平日健身，身段苗条，一捏都是紧实的肌肉，分量不轻。她非要走直线，结果走得歪七倒八，沈清洛弄不住她，跌跌撞撞，几步路摔了三四跤。

后边的佳欣看到她们摔在地上，咯咯直笑。夜晚，声音穿透力强，孟婧担心被宿管发现，连忙捂住她的嘴。

兵荒马乱地进了宿舍，才终于消停。

沈清洛冲完澡，握着手机坐到宿舍阳台，和陆策打电话。

"宝贝，我刚落地北城，现在回家。"陆策在飞机上睡了一觉，嗓音微带倦意，"室友接到了吗？"

"接到了，现在在宿舍。"

沈清洛握着手机低头，撩起睡衣裙摆，大腿外侧和胳膊肘摔出好几块乌青。

"嘶——"按上去挺疼。

"怎么了？"陆策音量提高些。

"刚才不小心摔了跤，肿起来了。"沈清洛打开药箱，"我先涂点药。"

"涂的什么药？"

沈清洛旋拧长方体玻璃瓶的瓶盖，清凉刺鼻的味道扑面而来。

"红花油呀。"

"别用那个。"

"啊？"

"先冷敷，过一天再用红花油。"

红花油活血化瘀，可能会加重伤口肿胀程度。

"好吧。"

宿舍没有冰袋，沈清洛抱膝坐在椅子上，观察乌青的面积和颜色。相隔千里，她顺口对陆策撒娇："有点疼，想要你陪着。"

电话那头的陆策沉默一瞬，沈清洛没察觉异常，自顾自打量乌青的形状："撞得好别致，像一朵积雨云。"

"拍来我看看。"

"好丑，我不拍。"

阳台落地窗拉开，孟婧头戴一条干发帽出来。沈清洛抬头看了她一眼，对陆策道："先不和你聊了，到家发我信息。"

"什么积雨云？"孟婧搬一张椅子，坐沈清洛旁边。

"是说乌青的形状。"沈清洛看她手里抱着一沓东西，"这是什么？"

"看你最近一直关注瓦尔达，给你些参考资料。"孟婧翻开一张原版影介手册的扫描件，如数家珍，"我有段时间迷她，收集了很多CC版影碟，包括各种访谈、幕后花絮、创作手札，对你应该很有用。"

瓦尔达是法国电影新浪潮运动的先锋，作品风格灵活多变。她年近90岁时，和艺术家让·热内合作的纪录片《脸庞，村庄》，获誉无数，从奥斯卡金像奖到法国恺撒电影奖，从美国独立精神奖到伦敦影评人协会奖，横扫各大奖项提名。

全宿舍都知道，沈清洛打算争取大三去电视台纪录片频道的见习机会。

纪录片种类众多，分为时事报道、历史事件、传记、人文地理、政论等等。

沈清洛最感兴趣的是人文地理类型的纪录片。了解不同地区的自然状况和社会风俗，可以在有限的时间空间里，拓宽生命的广度。她最近确实在补阿涅斯·瓦尔达的作品，观摩大师们如何看待和叙述世界。

这些资料找起来烦琐，沈清洛接过，真心实意地说："谢谢。"

"清洛。"孟婧喊她。

"嗯？怎么了？"沈清洛低头翻阅那堆资料，全是法文，得想办法先翻译成中文。

"周六晚上你有空吗？我可能还得去趟'金钟'，佳欣和芝芝，怕她们忍不住又贪杯，酒量你也看到了。"孟婧问，"我一个人有点害怕在聚会落单，挺尴尬的。"

沈清洛想了想："聚会的话，我不喝酒。"

"没事没事，你喝果汁呗，我主要是希望有个人陪在身边讲讲话。"

周六，金钟酒吧。

孟婧眼皮跳个不停，拉戴振到楼梯拐角："真不会对我室友做什么吧？给我个保证。"

"'关心'她一下算吗？"戴振探头望一眼廊道，"开玩笑的，到处架着监控，不会硬来。"

"我室友人挺好的，"孟婧还是不安，"你们别动歪脑筋。"

"得了，我们能做什么事？今天来的人，你室友想巴结，人还不一定看得上她呢。"戴振暧昧地拍她的肩膀安抚，"快进去吧，顺便催催你室友，让她快点。"

"戴哥，你给我个准信。"

戴振眼睛一眯："你都把她喊来了，应该心知肚明吧，我保证不会留下任何把柄。"然后神情放松地笑了笑，"孟婧，既然想融入这个圈子，就要放聪明点。"

孟婧咬了咬唇，拨电话："喂，清洛，到了吗？"

"马上。"

沈清洛临时接到通知，她报名的剪辑培训课，从周六周日各上半天换成周六全天。下课后，她匆匆赶去"金钟"，结果堵车堵在高架路，进退不得，耽搁了快一个小时，地图才由红变绿。

"戴振，什么玩意儿，说是有大美女来，人呢？"

"林哥，别急啊，小姑娘堵车呢。"戴振给一个油头粉面、梳大背头的男人倒酒。林哥不是影视圈的人，是品牌赞助商那边的市场小领导。

那人明显喝多了，两颊浮出红晕："堵车不知道早点出发啊，等下让她罚酒！"

戴振装模作样地抢林哥手里的酒瓶："第三瓶了，林哥你还能行吗，要不歇会儿？"

"男人怎么能说不行！"林哥嘴里像含一口水，转头，语气不太正经，"孟婧，你说我行不行？"

这话叫人尴尬，在场有些男士心照不宣地微微一笑。孟婧也笑着："林哥喝酒怎么会不行，我再给你加点吧。"

林哥一甩手："谁要你加。"

戴振扶着他："我来，我来加，行了吧？"

这时，有人敲了敲门。沈清洛在服务生的带领下走进了包厢，一袭浅色连衣裙，化了淡妆，亭亭玉立，包厢内霎时安静。

戴振在林哥耳边吹风："看，大美女来了。"

林哥几乎看直了眼，半晌才反应过来，激动地咧开嘴："美女，你迟到了啊，罚酒罚酒！"

沈清洛目光巡视一圈，没有发现孟婧。闻言，她微微皱了皱眉。

林哥见美女愣着不说话，色眯眯地说道："美女介绍一下自己呗，这么漂亮的妹妹不认识一下多可惜呢？"

沈清洛冷下脸，转身就要走。林哥急了，站起来拦住："你有没有规矩啊？"说着要上前拽沈清洛的手臂。

戴振见状，赶紧上前打圆场："林哥，林哥，别别别，这是孟婧的室友，也是大学生呢。"

林哥"哦"了一声，醉醺醺地说："大学生啊，怪不得皮肤这么嫩。"

沈清洛不理他，问戴振："孟婧呢？"

"去厕所了吧，刚才还在这儿呢。"

当着这么多人的面，林哥三番两次被沈清洛无视，不禁有些恼怒："喂，跟你说话呢，听不见？"

沈清洛冷冷地看向他："你还有什么事？"

"没什么事啊。"林哥丝毫不掩饰大胆的目光，"美女，我们交个朋友，你叫什么名字？"

"我不想跟你交朋友。"

林哥眯起眼："什么意思？"

沈清洛板着脸问："哪个字没懂？"

"真是给你脸不要脸，你一个学生跑到这种场合，以为我不知道你是干吗的吗？装什么装。"

"越说越离谱了。"戴振把林哥往后推，"人家小姑娘不愿意交朋友，林哥您这又是何必呢。"

这话一出,林哥心中气焰更盛。

平日里,他仗着有点权力,作威作福惯了。这么多人巴结他,偏偏这女大学生敢看不上他,还当着这么多人的面下了他的面子。林哥气得脸都涨红了,破口大骂。

沈清洛这辈子都没被人当面这么羞辱过,瞬间无措地后撤了一步。

孟婧一进门就看到这样的场面,她上前一把将沈清洛拉在身后,朝那位林哥大吼:"你干吗!"

戴振拦在两人中间,安抚地劝道:"好了好了,今天就算了,林哥我再给您开一瓶酒。"

林哥不愿意走,指尖戳着沈清洛,脏话尚未脱口,突然被人大力扯到一旁。

"谁啊?!"

伴随林哥暴躁的一声吼叫,在场所有人的目光聚焦在迟到的项宜轩身上。

沈清洛也望过去。

林哥喝醉了也只敢欺负弱小,看到和他公司有业务往来的项家公子,一秒清醒。

戴振给旁人使眼色送走林哥,并顺着台阶向沈清洛道歉:"别放心上啊,我们实在不知道林哥酒品这么差,下次不喊他聚会,吓到你了吧。"

沈清洛沉默蹙眉,在外人看来就是受到惊吓的模样。

"清洛,上次没有机会好好介绍,这位是项宜轩,和你们同所大学的。"说完,戴振朝项宜轩挑了下眉,意有所指,"至于清洛,我不用介绍了吧?你肯定印象深刻。"

项宜轩笑着说"当然",邀请孟婧和沈清洛入座,戴振也跟过去。

"我去拿酒。"戴振问,"你们喝些什么?"

孟婧道:"清洛不喝酒。"

项宜轩看向沈清洛:"不会喝?"

孟婧帮忙回答:"清洛酒量其实很好,但是基本不喝。"转头朝戴振说,"给她拿果汁吧。"

戴振走向包间的自助吧台,孟婧看着他走去的背影,心脏怦怦快速跳了几下,有点不自然地拍了拍沈清洛的肩膀:"我帮他一起拿。"

戴振无所谓地笑一笑:"不放心我?"

孟婧看了他一眼。

戴振掏出一小管药剂,滴了两滴在果汁里,向孟婧挑了挑眉:"助兴的,半小时起效，事后体内检测不出。怎么样，你要告诉她吗？"

项宜轩去朋友包厢坐了会儿，再回来，沈清洛杯中的果汁已经喝大半。

"清洛。"

见沈清洛诧异地望过来，项宜轩解释："哦，听到孟婧和戴振都这么喊，我也可以这样称呼吧？"

"可以的。"

沈清洛性子慢热，被不熟的人喊小名，除了有些尴尬，没有其他感觉。

孟婧和戴振聊《顶级对决》的幕后花絮，沈清洛就坐在一旁默默咬着吸管喝饮料。

项宜轩跟着听了会儿，转头问沈清洛："你外形条件不错，对上综艺不感兴趣吗？"

"宜轩，我问过了，她不感兴趣。"戴振闻言停下插话，"清洛想去明市电视台纪录片频道的见习项目。"

项宜轩点点头："我知道那个，竞争很激烈。"

戴振意有所指："清洛，你好好和宜轩交流，他家的储运影视和明市电视台关系不错的。"

项宜轩："也还好，这两年暑期档热播剧合作比较多。"

"你可太谦虚了。"戴振又开一瓶啤酒，"清洛，以后有需要就找宜轩，不要和他客气，他最喜欢帮美女的忙了。"

孟婧俏皮地开玩笑："能先帮我的忙吗？我希望节目多剪点我的镜头。"

戴振给她杯子斟满，充满暗示地说："找错人了吧，这个不该问宜轩，该来求我。"

孟婧朝他举杯子："行啊，这杯敬你，就当提前感谢你咯。"

沈清洛只能勉强笑笑，心想自己这趟也许根本没必要来。孟婧怎么都不像怕落单的模样，不管是普通聊天，或者男女间稍带暧昧倾向的话题，她都接得游刃有余。

沈清洛起身去洗手间，戴振抬腕看表："差不多半小时了。"他伸出胳膊肘碰了碰身边的人，"宜轩，你上次说喜欢这款，我就帮你到这里。"

"知道了。"

孟婧头一回做这种事，虽然没有直接动手，但到底是她把沈清洛喊来的，不免忐忑："戴哥，这伤身体吗？清洛不会发现吧？"

"又不是违禁药，给她点刺激而已。"

"金钟"的洗手间明净宽敞，大理石台面白底灰纹，射灯下莹雅剔透。沈清洛抽出纸巾擦手，抬起头端详镜中的自己。

明明看起来与平日无异，可是很奇怪，身体里有股莫名的躁意，怎么也

167

压不下去。

这时,两个年轻女孩手挽手推门进来。

沈清洛深吸一口气,用手背拍了拍脸醒神。

女孩们不是上厕所,而是进来补妆,站在沈清洛边上,用海绵脸扑抓粉拍脸,旁若无人地聊起天。

"悠悠,'金钟'也就装修高级点,酒价比外面翻两倍,专门宰客的吧。"

"来这边消费谁看性价比啊,有钱人乐意被宰,你管他们呢。"

"在包厢无聊死了,我等会儿想先走,要不要跟你那朋友讲一声?"

"再等半小时,我和你一块儿走。对了,回包厢后,杯子里的酒,还有打开过的食物,你都别再碰。"

"啊?为什么?"

"啪嗒"一声,最边上的女孩合上散粉的盖子:"还能为什么,怕你失身。"

她们走后,沈清洛若有所思地又洗一遍手。

回包间,戴振给她的杯子续好果汁,沈清洛却伸手拿了前面的一罐黑啤。

项宜轩说:"原来你真会喝啊。"

沈清洛反手看了眼罐身:"啤酒度数很低。"

"哟,看来酒量可以,还嫌黑啤度数低呢。"戴振笑着说。

项宜轩的目光从桌面的果汁杯,移到沈清洛手里的铝制易拉罐:"橙汁不好喝吗?"

"有点酸,不喜欢。"

沈清洛一改先前安静的模样,他们问一句,她不仅回答,还会适当地拓展问题,反问他们。有来有往,看似聊得很熟络。

戴振瞧沈清洛精神的模样,不禁有些疑惑,频频抬腕看时间。

"戴哥,你等下有其他安排吗?"沈清洛问。

"啊,没有。"戴振有些尴尬地放下手,"清洛,我晚点有事和孟婧聊,待会儿宜轩送你回学校吧。"

沈清洛便看向孟婧。孟婧的眼神没有闪躲:"清洛,就让他送吧,反正一个学校,大家顺路。"又凑近她咬耳朵,"项宜轩开的是跑车,一百多万呢,比你那辆贵多啦。"

沈清洛无言以对,又灌下一口酒,黑啤的麦芽味和焦香味在舌尖打转。

戴振心中纳闷,沈清洛怎么跟没事人一样,难道那药对她无效?

"不好意思,我接个电话。"

沈清洛点开手机,对面不知道说了什么,她很惊讶地问:"现在?"

其余三张脸望向她。

"我马上过来。"

孟婧问是谁，沈清洛边收拾包，挂在肩头，随即抱歉地和大家告别："我男朋友来明市了，我去机场接他。"

戴振脸色一变："你男朋友来了？"很快他意识到自己失态，缓下语气，"你这男朋友怎么回事，要你一个姑娘晚上去接？"

"嗯，还好，现在也不是很晚。"沈清洛起身离开，没给他们挽留的机会。

孟婧旋即跟上去："清洛，清洛。"

沈清洛立定回头："还有事情？"

孟婧仔细观察她的表情："清洛，你有没有觉得……身体不舒服什么的？"说完怕自己此地无银，赶紧找补，"你看着脸色不太好。"

"我没事，可能太累了，你回去吧。"

沈清洛坐到出租车里，见孟婧一直待在台阶边上，似乎不太放心。沈清洛按下心底疑虑，降下窗户，与她挥手道别。

沈清洛对出租车司机说："你好，去市六医院。"

出租车汇入夜间车流，沈清洛再也强撑不住，紧皱眉头呼出一口气。司机是个阿姨，听到顾客要去医院，使劲踩油门。

她透过后视镜看了眼后座弓着身子的沈清洛，担忧地道："姑娘，你是不是发热啦？一脑门子汗。"

沈清洛咬唇虚弱地道："嗯，我头晕。"

手机电话又响起，沈清洛点了接听，那头杨珍雅问："清洛啊，你刚才让我打你电话干吗呀？说的话也那么奇怪，发生什么事了？"

沈清洛攥紧手指，不让声音听着异常："奶奶，我参加聚会呢，聚会太无聊啦，我想早点回去休息。"

杨珍雅不疑有他："行，年轻人不该熬夜，阿顺早点睡觉。"

急诊室里人来人往，多是腹泻和发热患者，导医台的护士问沈清洛，哪里不舒服，帮她挂科室。

沈清洛觉得自己浑身燥热，但她无法对着医生如实描述症状，最后含含糊糊地说肚子不舒服，要求验血。

针管扎进静脉抽完血，沈清洛经历了人生中极度难熬的半小时，报告显示，没有任何指标异常。

沈清洛打车去了陆策租的房子。

她洗完澡躺到床上，空调打到十六摄氏度，依旧浑身燥热。

沈清洛从小成长环境向来单纯有爱，前十七年生活在苏州古街，叔叔阿姨都喜欢她，唯一碰壁的，是那个想掀她裙子的恶劣小男生，最后那人被爷爷狠狠教训一顿，看见沈清洛绕道走。

169

十八岁去北城，认识陆策，更是被他惯着保护着，没遇过真正的恶意。

而现在……

她侧躺着，长发半干，铺在枕头上。她拉过被子一角盖住腹部，修长的腿和背脊裸露在外。左右脚趾蜷起，下意识互相摩挲，发出皮肤触碰的"沙沙"声。

好想见陆策，为什么他不在？

沈清洛的委屈来势汹汹，不讲道理。

昏暗的卧室，只开了一盏台灯，她拨通了陆策的电话。

陆策不知在哪儿，背景一片嘈杂。

"宝贝，怎么了？"陆策换了一只手拿手机，"这么晚了还不睡？"

沈清洛怀里抱着枕头："我想你了，陆策。"

陆策嘴角勾起："突然打电话说这个，今晚没住宿舍吧，不怕被室友听到了？"

"嗯，不在宿舍。"

旁边有人喊陆策，他应了声，压低嗓音："宝贝，先睡觉吧，我这里事情还没结束。"

"不能陪我说会儿话吗？"

陆策还没回答，又有人喊他名字。

"算了，你先去忙。"沈清洛发觉自己在无理取闹，但控制不住地抱怨，"异地真的很难受，我想你的时候见不到，你事情结束一定要给我打电话，好不好？"

无人回应。

"喂，喂，陆策？"

沈清洛移开手机一看，已经没电自动关机了。给手机插上电源，她一头闷回被子，强迫自己别想乱七八糟的东西。

北城到明市的最后一班飞机在晚上九点半，因北城暴风雨，航班延误了一小时。

飞机终于起飞升空，等提到巡航高度，疲惫不堪的旅客纷纷拉下遮光板闭眼休息，机舱响起此起彼伏的微弱呼噜声。

"各位旅客，飞机受到气流影响，有较为明显的颠簸。请您坐在座位上，系好安全带，洗手间将暂停使用，谢谢配合。"

陆策打开微信界面，右上角显示无信号，与沈清洛的聊天停留在电话突然挂断后。

陆策：手机没电了吗？

陆策：充完给我回电话，任何时候打都可以，我能接到。
陆策：宝贝？

飞机落地明市机场，已经过了零点。滑行阶段，手机终于收到信号，陆策连上移动网络后刷新聊天框，沈清洛还没回信息。

与北城不同，明市无风无雨，一轮圆月高悬夜幕，冷白雅净。

陆策揉了揉眉心，离开廊桥，他没有托运行李，出机场直奔打车点。

"师傅，去大学城边上的满庭芳小区。"

702室门口，陆策按下电子锁密码，顺利地开了门。

沈清洛有个不好的习惯，常常忘记挂大门防盗链，陆策提醒多次，沈清洛偶尔记得，大部分时间没当回事。

夜色深沉，陆策推开卧室门，一股凛冽寒气扑出来。他抬头看空调，一愣。早春三月，沈清洛把温度打到了十六摄氏度？！

陆策摸到遥控器，关掉空调。

床上，沈清洛半遮半掩地埋在乱蓬蓬的黛蓝缎面床被里，胸前抱着他常睡的枕头。

她的呼吸很浅，如夜雾般安宁悄然，莹白柔润的皮肤，像海上生明月时铺在水面的一道光。

陆策没想到会看见如此富有冲击力的画面，呼吸一窒，没有吵醒她，转身去了客卧洗澡。

沈清洛是被热醒的。

她恨恨地踢了两下被子。忽然想起什么，她噌地坐起身——

糟糕，还没给陆策回电话！

顾不上时间太晚，沈清洛直接给他打回去。

陆策洗完澡，只穿一条居家长裤，拿起客厅桌上响个不停的手机，边走边套上T恤，进了卧室就看到沈清洛懵然彷徨地举着电话。

他面无表情地坐到床边："醒了？"

沈清洛不太确定，这是真的陆策，还是她在做梦。她伸出手，试探着轻轻捏了一把陆策下颔。

陆策被她无厘头的举动弄得愣怔一瞬。

沈清洛尤嫌不够刺激，掌心撑床单，压出泛柔光的褶皱，倾身偏头在陆策嘴唇上按下一吻，然后坐回原位。被子随动作滑下几寸，她瘦削的肩膀线条若隐若现。

确认了眼前的人是真实的陆策，沈清洛表情一亮："你怎么把我空调关掉啦？"

"沈清洛。"陆策喉结一滚，爬上床。

……

"陆策，等一下，我膝盖疼。"

陆策掐着她的腰往回拽："忍着。"

他情绪亢奋，她就尽力忍耐。忍了几分钟，她实在受不住，又拱起肩胛骨向前逃："疼，还是疼，我腿上的伤没好。"

陆策这才停下。

乌青刚开始一片紫红色，随时间推移，淤血颜色逐渐转向青黄，平日不影响生活，遭到重力按压或摩擦，还是会疼。

陆策换回面对面的姿势，挽起她的腿："宝贝，为什么不接我电话？"

"我……"沈清洛气喘，"手机充电，睡着了，本来想打给你的。"

"你说觉得异地难受，是什么意思？"

陆策不容抗拒地俯身吻沈清洛，他心里清楚，是他在害怕。

隔着网线，语言单薄贫瘠，他怕沈清洛失望太多次，有一天会恍然察觉，原来她的生活中没有陆策，一切不会不同。

他无法坦然向喜欢的女孩说出担忧，只怕显得自己软弱，于是就在别的方面用力证明。

许久，陆策后肩肌肉骤然一紧，埋在她颈间粗哑地喘。

沈清洛也累，抱住他的脖子："陆策，说异地难受，只是因为那会儿特别想见你，没别的意思。"

"决定在一起时，我就知道分隔两地会有许多不便。"她手指插入他的发丝，"你别总是紧张，我有过心理准备。"

陆策缓了一会儿，朝她笑了笑："好，知道了。"

沈清洛重新洗过澡，沾上枕头就犯困，却还强撑着眼皮，等陆策忙完一起睡。

她等到快要睡着，陆策都没回来。

沈清洛赤脚下床，猫步悄悄走到客厅。

茶几上摊着几页 A4 纸，圈圈点点许多标记，陆策在笔电文档里打字。学院有一场英文辩论演讲，他负责准备讲稿内容，今天要敲定最终版。

沈清洛瞬间愧疚不已，踌躇道："陆策，你是不是因为我没接电话才过来？对不起，我睡着了，忘记回电。"

"没接电话只占一部分原因，更重要的是，我也想见你。"陆策手指离开键盘，圈住她的腰肢，"还没来审你，你倒自投罗网。先告诉我，为什么空调打到十六摄氏度？"

沈清洛原本打算告诉陆策在"金钟"发生的事，可依照陆策对她的关心程度，恐怕会把事情闹大。何况她并无证据，口说无凭。

"睡前觉得热，开完忘记关了。"沈清洛扶着陆策的肩膀，面对面跨坐到他腿上，手脚八爪鱼一般将人缠住，"你继续写材料，我陪你。"

陆策瞥一眼怀里硬要他抱的沈清洛，笑问："你让我怎么打字？"

沈清洛将脑袋磕在他肩头上："你可以的。"

"行，阿顺今天很黏人，"陆策拢紧怀中的人，话里有话，"还特别热情。"

沈清洛只能转移话题："认真写稿，不许乱说话。"

键盘"噼里啪啦"的清脆敲击声，犹如助眠的白噪音。陆策按下发送键，偏头喊一句"宝贝"。

无人回应，沈清洛伏在他肩上睡着了。

"还说陪我呢。"陆策声音带着宠溺，单手合上笔记本电脑，托抱起她回卧室……

103 房间，沈清洛向陆策叙述时，省去了疑似被下药的环节。

陆策若有所思："之后有再去过'金钟'吗？"

沈清洛摇头否认。她不去金钟，也几乎不回宿舍住，和孟婧很少交流。

陆策又问："项宜轩为什么知道你酒量好？和他喝过酒？"

沈清洛警惕："你和项宜轩聊过天？他和你说了什么？"

陆策不动声色地观察沈清洛，她心里藏不住事，很明显在紧张，仿佛项宜轩知道关于她的某些秘密一样。

"他说……"

沈清洛心跟着提起来。

兵不厌诈，陆策今天就是要诈沈清洛。

"他说他大学喜欢你，一直追求你，可惜追了很久没追到。"陆策问，"是这样吗？"

"算是吧。"沈清洛蹙起眉头，肢体却不自觉放松，"我讨厌那个人，不提他了行不行？"

陆策说行。

他的阿顺，真好骗。

"沈清洛，所以你酒量很好吗？"

陆策和沈清洛在一起几年，和其他人有相同的先入为主的刻板观念，觉得温温柔柔的沈清洛必定不擅长喝酒。

"没试过具体能喝多少，"沈清洛说，"但应该还不错，我没醉过。"

陆策探身帮沈清洛拿衣服："穿上，我跟你喝一杯。"

沈清洛：？

173

"恋爱时没和你喝过酒,想弥补一下。"陆策说,"许怿的吧台藏了很多好酒,不尝尝可惜。"

夜晚的"鲸也"民宿大厅,宾客相聚又离开,热闹过后,格外空旷安静。

陆策选了几瓶酒,一字排开在吧台,让沈清洛挑。

沈清洛不熟悉洋酒,目光左右睃了一遭,指了瓶造型好看的威士忌。矮宽玻璃瓶,偏暗的金橙液体,表面贴着十二叉角的银色鹿头标志。

是产自苏格兰高地的单一麦芽威士忌,大摩18年。

新管家万巧从休息室出来:"陆先生,沈小姐,来喝酒啊?我给你们拿些柿种和脆片。"

"阿姨您别忙,我们不在大厅喝。"陆策把威士忌塞沈清洛怀里,取两个玻璃杯,牵着沈清洛的手离开。

"陆策,这不是回房间的方向,我们去哪里?"

"别急,马上到了。"

银白的雪,薄薄的夜,这个点禾木道路无行人,沈清洛的手心被陆策捂得发热。

走着走着,眼前出现眼熟的建筑——

是许怿的民宿二店,"摇光"。

门口杂乱的木材被重新整理过,在庭院中央堆成整齐的三角小山,新运来的防火涂漆,一桶一桶垒叠在墙沿。

屋内请人打扫过,尚未通水电,方桌上放了一盏用于临时照明的旧式煤油灯。

陆策熟练地从口袋翻出打火机。

沈清洛盯着他,眼神无声谴责。陆策拇指按在点火开关,动作微顿:"又没抽烟,带个打火机也要瞪我?"

沈清洛垂下眼睫不语,压低手机电筒打光。

陆策轻笑,"咔嚓"一声打出火苗,棉绳灯芯浸透了煤油,一点就燃。

陆策给这簇小小的脆弱的焰火,罩上细腰大肚的玻璃灯筒,在摇曳的光影中握瓶斟酒,鹿角标志闪动着细碎的银光。

"光喝酒多无聊,我们玩游戏吧。"陆策漫不经心道,"还记得天文台帐篷里说'我喜欢'的游戏吗?这次换玩法,改成'我讨厌'开头,怎么样?"

"三秒,输的人喝酒?"

"对。"陆策提醒,"大摩度数不低,你可要集中精神。"

沈清洛被激起好胜心:"谁先来?"

"上次你先,这次我打头吧。"陆策想了想,"我讨厌早晚高峰堵车的高架。"

沈清洛:"我讨厌指甲划过金属的声响。"

陆策:"我讨厌思绪被打断。"

沈清洛:"我讨厌枯燥重复地讲道理。"

陆策:"我讨厌给人生设置节点。"

沈清洛:"我讨厌不得不妥协后的中庸之道。"

陆策撩起眼皮,话锋突转:"我讨厌被蒙在鼓里、不被信任。"

沈清洛心里一咯噔,说不出话,停顿超过三秒。

陆策像个严格的老师,好整以暇地用食指敲了敲台面:"罚酒。"

沈清洛牵了牵唇角,愿赌服输灌一口,然后继续:"我讨厌黄梅雨天潮湿闷热。"

陆策:"我讨厌别人出尔反尔半路离开。"

沈清洛玩不下去了。

"再罚。"

沈清洛一口饮尽杯中的威士忌:"我不太会玩这个游戏,就到这里,算你赢行吗?"

"不行,才喝了一杯,继续吧。"陆策嘴唇弯起弧度,漆黑的眼眸却毫无笑意,"要不你求我,我让让你。"

沈清洛心里明白,他是故意的。还没等她说什么,桌面上的手机突然亮起,两人的目光都被吸引过去。来电人是常祺,陆知非的前男友。

陆策对常祺没有好态度,声音冷下几分:"接啊,怎么不接?"

常祺这两天找过她好几回,沈清洛不想接。

沈清洛绞着手指,说:"我讨厌半夜接电话。"

"巧了,"陆策放松地靠向椅背,势在必得的桀骜姿态,"我也讨厌有男人半夜给你打电话。"

常祺不罢休,一通接一通,手机屏幕界面明明灭灭。

沈清洛无奈,最终点开接听键。

"清洛,真的不好意思,万不得已这么晚打扰你。我目前在肯尼迪机场,十几个小时后落地北城,我实在没办法联系到知非,她不接我电话,你帮帮我行吗?"

"常祺,我帮不了你,别再打给我了,知非姐姐要结婚了。"

那端响起"沙沙"的英文登机播报提示,良久,常祺语气低落,似在自嘲:"我知道她要结婚,只是想见一面,起码当面送上祝福。"

陆策冷哼一声,拿走沈清洛的手机:"陆知非没空,不会见你,别白飞一趟,好好留在纽约吧。"

175

常祺愣住:"陆策?你和清洛在一起?"

"关你什么事?"

"啪"!直接挂断电话。

"陆策,"沈清洛还是动了恻隐之心,"要跟知非姐姐说一声吗?"

"没必要,她和现在的未婚夫感情很好。"

"可是……"

"没有可是,常祺自己选的。陆知非敢为他绝食跟家里对抗,闹得鸡飞狗跳,他呢?扛不住压力就跑,是个男人?这种人有再见的必要?"

沈清洛心里一抽:"也许他有难言之隐。"

"陆知非第一次带他回家,外公外婆就把常祺三代查了个底朝天,不就是他爸诈骗欠钱那些破事儿吗?难道他就这点出息?"

"可常祺爸爸的债主找上知非姐姐了。"沈清洛幽声道,"我讨厌用轻飘飘的语气替别人勇敢。"

陆策反唇相讥:"我讨厌有人在感情里当懦夫,配不上别人的喜欢。"

沈清洛听到"配不上别人的喜欢",不知怎的心中生出一种物伤其类的难过,嘴唇动了动,话还没说出口,眼泪就不受控制地掉落下来。

陆策本意是骂常祺,却惹哭了眼前的人。他立即反应过来,懊悔自己的口无遮拦,无措地将沈清洛拢过来抱住:"对不起,不要哭。"

陆策嘴上哄着,沈清洛却越哭越凶,低下头躲避他的目光。陆策只好强硬地捧起沈清洛的脸,他的女孩,此刻泪眼婆娑,湿答答的眼睫一簇一簇,好不可怜。

她抽噎不停,他的心就像被一只无形的手攥紧抓牢,绞得他呼吸都困难。

陆策一遍遍地吻沈清洛潮湿的眼睛,放低了声线:"我说错话了,重说一遍行吗?"

心思敏感的人都不太好哄,沈清洛颤抖着肩膀,小幅度地摇头。

陆策掌心托着她的后脑勺,与她额头相抵,声线中带着无计可施的温柔:"宝贝,别哭了。"

煤油灯的昏芒,像旧时人家在屋头缝纫做工的光线,一声"宝贝",沈清洛终于抬起眼与他对视。

压抑许久的情绪终于泄开一道口子,沈清洛伸出手臂环住他:"陆策,我和他一样的。"

陆策没听清,偏头吻她的发丝:"什么?"

"我是说,"沈清洛将脸埋在他的脖颈,声音破碎细微,"我和常祺一样,都很懦弱,他不敢对知非姐姐坦白他父亲,我也从不敢跟你说沈柏乌。"

"听我说,"陆策分开一些距离,"你别哭,先听我说,我没经你同意做了调查,沈柏乌出轨项百灵是吗?"

"不止。"沈清洛眼睛里一片雾蒙蒙的,她哭着摇头,"沈柏乌还做了……别的事情。"

如果把记忆里的冬天排序,沈清洛最不喜欢大二那年冬天。

杨珍雅的肺病被医生宣布死刑,彼时奶奶头脑神志尚且清晰,得知自己的病情后毅然决然地决定出院回家,在她最熟悉的地方过完剩下的日子。

杨珍雅早有心理准备,受不了的是沈清洛。

明市离苏州近,高铁动车半小时,沈清洛有空就往苏州跑。

许怿圣诞节如约回国,但沈清洛没去北城,她的全副心思都在奶奶身上。

陆策偶尔陪她一起出现在苏州,杨珍雅毫不意外。

"奶奶,我是陆策,现在是阿顺的男朋友。"

"我看得出来,不用特意告知。"

陆策觑一眼楼梯,沈清洛没下楼。他蹲在杨珍雅的轮椅旁,郑重其事道:"奶奶,我会爱护阿顺,您放心。"

杨珍雅活了大几十年,见过无数山盟海誓破灭,年轻的承诺听听就好。

人就是要想开点,享受限时性的浪漫,起码对方承诺说出口的瞬间,是真诚的,也期待过永恒。

杨珍雅拍拍陆策的肩膀,没有说话。

"奶奶,我并非随便说说。我想,奶奶同我一样爱阿顺,肯定能理解我的感受。"陆策笑一笑,"我真的很喜欢她。"

杨珍雅被陆策酸得说不出话,眼神却溢出慈祥柔和。

当一个人的生命望到头,余下的一分一秒都弥足珍贵。

杨珍雅突发奇想,要和曾经戏曲班搭子们去杭州小住,逛逛西湖,走走断桥,都说"上有天堂,下有苏杭",她这个苏州人,就想去杭州,那里还是与老头的定情地。

沈清洛千叮咛万嘱咐,才依依不舍地送走奶奶。看她一副魂不守舍的样子,陆策当机立断,收拾好行李带她去滑雪散心。

套房卫生间超大的双人盥洗台,沈清洛洗完脸,对着镜子慢慢地涂抹护肤品。

陆策走进来,在镜中对上沈清洛的视线,嘴角一勾:"怎么还没好?"

"马上,你去卧室等我。"

陆策不走,从身后搂住沈清洛的细腰,缎面睡衣压出的褶皱散发光泽,掌心按在她平坦的小腹上。

"大三的交换名额确定了,我要去一年。"

话音刚落，陆策就感受到怀里人的身体无措地怔愣住。他心头一沉，手臂更用力地搂紧，沈清洛方才回神。

如果可以，沈清洛希望自己先笑着恭喜陆策成功获得名额。可她做不到，离别的愁绪猖獗地在胸腔翻腾，只能勉强道：“那……那很好啊。”

陆策闭眼埋头在她脖颈间嗅闻，沈清洛配合地微微偏向一侧。

酒店提供的沐浴备品，出自一款做小众沙龙香水的品牌，润肤乳的味道融合了那个品牌著名的33号香水，由檀香木、雪松、小豆蔻和皮革构成前调，尾调加入鸢尾花和琥珀。

不食人间烟火的清冽香气，很适合她。

陆策轻咬她精致白皙的耳垂，嗓音低沉：“舍不得你。”

沈清洛亦不舍，心底仿佛空了一块：“其实大三也就一年，遇到节假日，我过去找你，或者你回来找我。”

虽然沈清洛心知肚明，国际航程单次十小时以上，两人各自有学业忙，见面次数屈指可数。

沈清洛抓着陆策手腕：“要想我。”

"这是我该叮嘱你的。"陆策说，"还有，如果别人追你，不许理会。"

尽管信任沈清洛，但自己喜欢的姑娘被别人觊觎，他这个正牌男友却不在身边，这令他非常不爽。

沈清洛欲言又止。

最近项宜轩对她穷追不舍，她越躲，项宜轩越起劲，送花送礼物送首饰，无一例外被沈清洛退回。

沈清洛闭眼承受陆策的吻，将这些糟心事压在心底，珍惜两人最后的相处时光。

开春后，杨珍雅身体状况每况愈下，很少再出门。

"春雨惊春清谷天，夏满芒夏暑相连。"苏州老宅，杨珍雅膝上盖一条毛毯，老人家过日子习惯数农历看节气，她透过窗棂看外头，喃喃道，"阿顺，明天是什么节气？"

"谷雨。"沈清洛推开窗户，细细密密的雨丝映入眼帘，"雨生百谷，春天的最后一个节气。太简单了，难不倒我。"

"行，阿顺最聪明。"杨珍雅笑了笑，"谷雨之后，天气要转暖啦。"

如杨珍雅所言，谷雨后的温度节节攀升，夏至前夕，她提出想去沈清洛的大学参观。

沈清洛正帮忙整理绸缎布匹和针线，一口答应下来，没注意到杨珍雅复杂的神色："好啊，大一报到的时候让你去，你还不愿意。"

"阿顺，你停一下，坐过来。"

"怎么啦？"沈清洛放下手头的事情。

"你的大学，其实也是你爸爸的母校。"杨珍雅微微停顿，自言自语，"他有千错万错，我们做父母的脱不了干系，带我去看看吧，总得和他告别的。"

杨珍雅其实很久没想起沈柏乌，她唯一的儿子。

沈清洛吸了吸鼻子："好啊，带你去看看。"

杨珍雅的用词是"带我去"，仿佛她是小朋友，沈清洛才是大人。

人活一世，像一段过原点的、开口向下的抛物线，横轴是年龄，纵轴是对世界的认知。横轴的年龄坐标逐步增大，纵轴的认知达到顶峰后不可抑制地衰落，在生命结束的那秒清零。

去明市那天，杨珍雅精神特别好，甚至不用坐轮椅。她拄着拐杖，从第一教学楼走到操场，又走到食堂，每到一处，她都要停留一会儿。

沈清洛中途接到辅导员的电话，让她去填写奖学金申报材料。她半蹲在图书馆前的花园长椅旁："奶奶，我去一下办公室，你在这里等我。"

"好的呀。"

杨珍雅微笑点头。她们背后是大片橙红和明黄的虞美人，根茎直立，热烈明艳地盛开在花坛，像一幅高饱和的水彩画。

"项宜轩，你是不是在追新闻系的沈清洛？"

阶梯教室里，项宜轩划动手机，散漫地"嗯"了一声。

"你的表现机会来了，沈清洛被辅导员叫走，她奶奶正一个人待在图书馆边上的小花园呢。"

项宜轩不置可否："一老太太面前有什么好表现的。"

"她奶奶看起来身体不好。"

项宜轩动作一顿，关掉手机揣进口袋，问："老人家在小花园哪个位置？"

杨珍雅溜达到花园中心的宣传板，上面贴着当日报纸的展示版面。最右边一片区域，独属于文学社，沈柏乌当初的散文和诗歌经常刊登于此。

沈州和杨珍雅曾特意与这块板拍照留念，一切好像是上辈子的事。

项宜轩到了小花园，看到老人的背影，走上前问："您好，请问需要帮忙吗？"

杨珍雅用手绢揩泪花，银色的中长卷发别到耳后，缓缓转过身："不需要的，我在等我孙女，谢谢同学。"

"没事的，我——"项宜轩看清杨珍雅的脸，神情倏变。

杨珍雅没认出他是项百灵的弟弟，只觉得眼前男生的表情有点扭曲："同

179

学,怎么了?"

项宜轩不可置信地再次确认:"您说您孙女叫什么?哪个系的?"

"她读新闻系。"

杨珍雅还没说出孙女名字,沈清洛就已经赶到——

"奶奶。"

项宜轩和杨珍雅同时望向声源方向。

树木掩映的曲折小径,白色夹竹桃树郁郁葱葱,沈清洛从树后走了出来。

项宜轩离开的时候神情古怪。

杨珍雅在校园里逛了一圈,就要启程回苏州,说什么也不肯在明市住一晚。沈清洛只好先送她回老宅,再折返满庭芳小区。

初夏晚风些许温热,小区门口,项宜轩不耐烦地插兜等待。

沈清洛停下脚步:"你怎么在这儿?"

项宜轩语气不善:"你住这儿又不是秘密,见到我很意外?"

沈清洛下意识地后退半步:"找我有事吗?"

项宜轩沉默几秒,手从兜里伸出来,一步一步地朝她逼近:"有啊,和你男朋友分手,跟我在一起。他能给你花多少钱,我都可以,你开个价?"

沈清洛听了立即冷下脸,转身就要走:"你别胡说八道。"

项宜轩抓住她的手腕,力道之大,疼得她狠狠皱了皱眉,用力甩开他。

"平时装清高,送你东西爱搭不理,你以为你是什么玩意儿?"项宜轩恶狠狠地扯过她的手臂,"被你那男朋友不知睡过多少回了吧。"

"你发什么神经,放开我!"

"我没发神经,"项宜轩诡异地笑了下,目光淬满寒意,"只是忽然发现,杀人犯的女儿,不值得我浪费时间花心思追求。"

杀人犯?

他在说什么?

沈清洛忘记挣扎,不可置信地看向项宜轩。

"你是沈柏乌的女儿,和他流一样的血,都很下贱。"

……

民宿里,陆策抱紧沈清洛,轻轻地拍着她的背,抚慰道:"不想说就别说了。"

煤油灯的火焰光斑越来越小,陆策腾出手,拧转边上的旋钮,将火光调亮。

沈清洛埋在他怀里摇头。

"没有不想说，我只是……害怕……"沈清洛泣不成声，弄得他一并心碎，"陆策，我那个时候真的好害怕……怕你讨厌我、恶心我……"

"怎么可能讨厌你。"陆策始终坚定，"沈清洛，我爱你，所有人都知道我爱你。"

回到103房间，陆策拧了把毛巾给沈清洛擦脸。

沈清洛后缩一下，接过毛巾，说话还带着浓浓的鼻音："我自己来。"

从她说出"杀人犯的女儿"几个字开始，就有意无意地避开与陆策接触，也不和他对视。

洗漱完，她躺到被子里，期期艾艾地问："陆策，你要回你的房间吗？"

陆策心疼又无奈，干脆省略言语回答，直接上床，把人搂入怀中："沈清洛，没听见我刚才说的话吗？我说我爱你。"

"听到了。"她的声音又染上哭腔。

陆策怕禾木随时开山，兵行险招，想逼沈清洛讲出秘密。他了解沈清洛，知晓如何快速击溃她的心理防线。

可现在他后悔得要命。

短短的重逢时间里，沈清洛哭过太多次，陆策本来还想逼问她分手的原因，现在只剩下心疼。

"对不起。"他道歉，嘴唇蜻蜓点水轻碰她额头，"我不会再逼你说任何不想说的事。"

"你不要道歉，"沈清洛说，"陆策，能熄灯吗？"

陆策翻身摁灭台灯，沈清洛轻推一推他的手臂，"墙壁上的小夜灯留着。"

上回过夜也是，要求留夜灯，陆策明明记得，沈清洛以前睡觉畏光。

当年住在满庭芳，前一晚卧室窗帘没合齐，清晨光线从缝隙漏入，沈清洛闭眼蹙眉，拖着嗓子叫他名字，让他把窗帘拉上。

天底下也只有沈清洛能这样使唤他，被喊得困意全消，心浮气躁地下床拉实窗帘，等他回到床上，沈清洛自觉贴来他怀里，半梦半醒间，她讨好地抬头接吻，没对准位置，亲到他下巴。

陆策不敢再问，寻其他话题。

"今晚的威士忌如何？"

"不太喜欢，有点苦。"

"下次换一瓶。"

沈清洛侧躺在陆策怀里，一只手被他包住按在胸口，她在丰盈的安全感中沉默半响："陆策，我跟你说一说，关于我爸爸沈柏乌和……项百灵的事情。"

"说吧，如果你能保证不哭。"

"可能保证不了，"沈清洛遇见陆策就任性，"我还是想说，行吗？"

"行，当然行，"陆策松开她的手，改为十指交扣，"反正我永远拒绝不了你。"

当年，赵进菲和沈柏乌办完离婚，打算尽快带沈清洛回北城，但手头交接的项目状况频出，令她暂时脱不了身。

原来的供应商生产机器老化，次品率高，换了家以进出口贸易为主的新供应商，对方要求重谈合作方案。

赵进菲是负责人，出面敲定合同细节。就这样，她认识了任成益，这位不到四十岁的新供应商老板，与她一样是北城人，工厂开在宁波和太仓。

任成益的公司是家族企业，与前妻商业联姻，婚后感情不和，最后和平分手。赵进菲起初并不在意任成益，直到他订的花束送到她公寓。

对于任成益的示好，赵进菲并无兴趣，她只想彻底脱离明市，这个见证她满盘皆输的地方。

任成益心态不错，照例锲而不舍地约她。

赵进菲颇为无奈，烦心的时候，项百灵竟然找上门，质问她为何还没离开。

项百灵到底年轻，沉不住气，怕赵进菲后悔离婚，会与沈柏乌复合，一咬牙告诉赵进菲，她已经怀孕。

向来冷静自持的赵进菲，这回明显受到不小打击。

项百灵扳回一局，得意地宣战："赵女士，你有个女儿是吧，我看见过，长得挺漂亮。你再不离开明市，你女儿就要见到她新的弟弟妹妹了。"

赵进菲只是失态片刻，很快恢复了往日的骄傲，一双凌厉的眼紧盯着她，狠狠道："你和沈柏乌要怎么过随你们，我只警告你一次，不许在我女儿面前出现！"

项百灵有些发怵，没敢再说什么，悻悻离开了。

赵进菲嘴上放狠话，但终究对沈柏乌有过感情，无法做到完全不受影响。当天晚上，她破天荒地去喝酒，一杯接一杯，喝得脑子一团糨糊，醉眼蒙胧将来找她的任成益看作沈柏乌。

赵进菲霎时红了眼睛："沈柏乌，你不可以这样……没陪过清洛……你都没陪过清洛……为什么那么快就有别的孩子……"

一向优雅高贵的她，低头喃喃自语："其实我没资格说你，我也没陪过女儿……我也没有……"

任成益轻叹一声。

赵进菲的失态只维持一晚，第二天沈柏乌约她见面时，她已经恢复如常。

"找我有什么事？"

"进菲，我还有被原谅的机会吗？"

赵进菲仿佛听到天大的笑话。她长相偏冷艳风情，眉梢和眼角天然带尾钩，不做表情时，浑身散发出拒人千里之外的疏离感。

沈柏乌仿佛看到大学校园里的赵进菲，那位经管学院的冰山美人声名远播，他在中文系的男生宿舍，听过好多人私下里议论她。

最后大美人毕业与他结婚，成为他的妻子很多年。

项百灵带给沈柏乌刺激与新鲜感，让他短暂摆脱枯燥无味的人生。他喜欢的不是项百灵这个具体的人，而是她这个年纪浑然天成的青春朝气。

只可惜新鲜劲来得快去得也快，脑子清醒过来后，他才意识到自己犯下了多么不可饶恕的错误，他的家庭、他的爱情，全部就此毁于一旦。

出版社与沈柏乌联系，想加印《献给自由的鸟》，被他一口回绝。不仅如此，他还买下附近所有书店的现货诗集，并全部销毁，仿佛这样就能消灭他的犯错证据。

沈柏乌为了留住赵进菲，终于想起了他们之间无法切割的纽带沈清洛。

杨珍雅接到儿子的电话，让她带沈清洛去明市，她为难地道："下周阿顺要去看中秋灯会，下下周行吗？"

"不行，妈，我等不及了，您问问她这周愿不愿意。"

"可今天都周四了呀，问那么急。"杨珍雅招招手，把正在看动画片的沈清洛叫到身边，小声问，"阿顺，周末愿意去明市吗？"

沈清洛疯狂摇头，生怕自己的态度表现得不够坚决，双臂在头顶相交，比了个超大的叉。

沈柏乌似乎猜到女儿的反应，劝道："妈，清洛喜欢看动物，您告诉她我预约了海洋馆的隧道餐厅，可以边看水母章鱼边吃饭。"

果不其然，沈清洛得知可以和海洋朋友一起吃饭，立马倒戈道："去去去！"

周六，沈清洛如约来到明市。

"爸爸！"小清洛抱着一只美人鱼玩偶，从玻璃移门后探出头，问站在阳台的沈柏乌，"我们什么时候去海洋馆？"

"餐厅位置订了六点。"沈柏乌半蹲下，与女儿齐平，"清洛，给妈妈打电话没？她去不去？"

"妈妈不去。"沈清洛尚不知晓父母离婚的消息，"她说工作忙，明天陪我玩。"

"工作再忙也要抽时间吃饭，"沈柏乌引导女儿，"我们去接妈妈好吗？"

沈清洛抱着玩偶，犹豫不决："爸爸，这样不好吧，不经同意去妈妈公司，她会生气的。"

"不去公司，"沈柏乌很笃定，"她在别的地方。"

"可是……"

"清洛，你想不想见妈妈？"

沈清洛当然想，在沈柏乌鼓励的目光下莫名壮了胆："爸爸，那你等我换件衣服。"

沈柏乌失笑，自己的女儿才十岁，去餐厅吃饭还要专门换装，臭美的小姑娘。

沈清洛很快换完衣服："好了，出发吧。"

沈柏乌回头，就看到女儿穿了一条浮夸的、极具舞台效果的绿裙子，嘴角抽搐一下："清洛，你这穿的什么衣服？"

"人鱼公主的同款公主裙呀。"沈清洛提起裙摆转了个圈，"今晚不是要在海底世界吃饭吗？我特意选的。"

沈清洛揪起一撮黑色发丝："不过爱丽儿的头发是红色的，我可以染个颜色吗？"

"什么？"沈柏乌傻眼，立即回绝，"这个不行。"

沈清洛听了也不闹，无所谓地耸耸肩："好吧，爷爷奶奶也不让染。"

沈柏乌被逗笑了，他甚至开始考虑，假如能与赵进菲复合，以后可以接女儿来明市一起生活。

沈柏乌开车带女儿去赵进菲租住的公寓，他的车没在物业登记，只能停在访客车位。沈清洛小心翼翼撩起公主裙下车，抬头就看到对面马路正从黑色S系奔驰副驾驶下车的赵进菲。

沈清洛立即兴奋起来，挥舞手臂，大声喊："妈妈！"

赵进菲循声望来，看见女儿先是下意识地微笑，等注意到边上的沈柏乌，又迅速冷下脸来。

沈清洛跑到她面前，仰着头问："妈妈，刚才开车的叔叔是谁呀？"

"一位同事。"说着，赵进菲递给沈清洛一个精致的丝绒方盒，打开是一对立体的儿童款镶珠金丝蝴蝶发夹，"他听说你来明市，送你的礼物，想要就要，不想要我还给他。"

"哇，竟然有礼物。"沈清洛刚伸出手，被跟过来的沈柏乌拽了回去。

沈柏乌语气不悦："清洛，你认识那位叔叔？"

沈清洛摇头："不认识啊。"

"那就别收陌生人的东西，爸爸给你买。"

"沈柏乌，你不要太过分，一对发夹而已。"赵进菲不想在女儿面前吵架，转移话题，"不是说要去海洋馆的餐厅，怎么跑这里来了？"

沈柏乌压抑心中不快："清洛说想你了，希望你一起去。"

沈清洛瞪大圆溜溜的眼睛，爸爸居然拿她当借口！

赵进菲将沈清洛惊讶的表情误解为期待，明显犹豫了一下，最后还是妥协道："好，我去地库开车过来。"

"一起坐我的车就好。"

沈清洛不明所以，她急着去海洋馆，于是主动牵赵进菲的手指："妈妈，我们就坐爸爸的车，你别开啦。"

海底隧道餐厅位于一座全透明的玻璃拱形长廊里，深蓝色海水的粼粼光影投映在白色桌布上，折成扇形贝壳的餐巾放在镶金边的骨碟上。

沈清洛的餐桌位紧贴海洋隧道，她侧身趴在玻璃上，脑袋不安分地东张西望，观察海洋生物。

身材扁平的微笑魔鬼鱼长相呆萌，拖着一条细长尾巴游到沈清洛眼前。

一人一鱼对视着。

赵进菲看女儿半天不动筷子，拍拍她的背："清洛，先吃饭。"

魔鬼鱼翩然漂走，沈清洛依依不舍，快速回头扒了几口儿童套餐，就闹着跟工作人员去看潜水员喂食。

那是沈清洛记忆中最后一次与父母出游。她幸运地被海洋馆工作人员选中，参加投影互动，套着白熊玩偶的工作人员还夸她的绿裙子漂亮。

沈清洛兴奋了整晚，回停车场的路上还在叽叽喳喳个不停，直到上车才偃旗息鼓，迷迷糊糊地睡在赵进菲怀里。

"到了。"沈柏乌停在赵进菲公寓门口。

车窗外景致陌生，沈清洛揉揉眼睛："妈妈，你今晚还住这里？为什么不回家？"

赵进菲欲言又止："清洛，明天妈妈来接你，顺便跟你说点事情。"

沈柏乌紧紧握住方向盘。

"好吧，那我今天和妈妈住。"沈清洛说完否定自己，"哎呀，不行，我没带行李。"

最终沈清洛还是和沈柏乌回了家，睡她单独的小房间。

沈柏乌心存妄想，以为赵进菲看在女儿的面上，有可能改变主意。

然而项百灵并不轻易放过沈柏乌，找上门，告诉他："我找过赵进菲，告诉她我怀孕了。"

沈柏乌周身震颤，如遭雷击。

他第一反应,是向赵进菲做保证,他只会有清洛一个女儿,不会再有其他小孩。

赵进菲放空一瞬,很快镇定下来:"沈柏乌,你没义务保证这些,项百灵既然已经……怀孕,要不要这个孩子你们自己商量。只有一点,你们不许告诉清洛,等她成年后再说。"

"项百灵的孩子我不会要的。"

赵进菲看着他的眼神像是在看陌生人:"沈柏乌,做过的事情要负责。"

"你难道愿意看到我和其他人生小孩?"

赵进菲就事论事:"我们现在各自单身,重新建立家庭很正常。"

"什么意思,你会和别人生孩子?赵进菲,你这样对得起清洛吗?"沈柏乌脑袋里嗡嗡直响,"你总是那么冷静,什么事都入不了你的眼,哪怕我出轨,你也只是淡定地要离婚。你在意我吗?在意我们的婚姻吗?"

赵进菲追求体面,从不大吵大闹。因爱人的背叛产生的痛苦,在此刻终于宣泄而出。

大学毕业后,她一意孤行留在明市,不顾家人反对,早早生下女儿。她的婚姻是一场豪赌,因项百灵在她面前炫耀与她丈夫的偷情细节而全盘皆输。

"怎么会不在意。"赵进菲眼睛都红了,撇开头避开他的目光。

沈柏乌见过各种各样的赵进菲,唯独没有眼前这般。他猛然意识到,赵进菲只是不喊疼,不代表不疼。

"孩子的事情我会解决。"沈柏乌无比确定,他无法失去赵进菲。

赵进菲隐隐察觉沈柏乌状态不对劲,但没多想,只说:"清洛周六要去看中秋灯会,我打算订周日的机票,下周帮她请假三天,带她参观北城的学校。评估合适的话,就尽快办转学。"

……

陆策垂眸看突然走神的沈清洛:"后面的事如果不想提,那就到此为止,不要勉强自己。"他拢一拢怀里的宝贝,"要睡觉吗?"

"不要。"沈清洛埋在他温热的脖颈处,"陆策,再抱紧一点,行吗?"

陆策靠着床头坐起来,胳膊环住她的腰,让沈清洛趴伏在他身上。

"够不够?"

"够了……"

后来沈柏乌做的事,和沈清洛记忆中的父亲判若两人。

沈柏乌不愿意要项百灵的孩子,让她去做手术。项百灵不肯,沈柏乌就把人关在家里,逼她药流。项百灵异位妊娠,腹腔内大出血,沈柏乌意识到不对,将她送去医院,人在半路就已经停止了呼吸。

项百灵和项宜轩姐弟从小一起长大,出了事,最难过的是项宜轩。

沈柏乌无法面对牢狱之灾,开车逃走。

明市人口密集,周边监控遍布,沈柏乌刚上内环高架,闪烁红蓝灯光的警车就追了过来。

沈柏乌的注意力全在身后紧追不舍的警车上,没听到迎面而来的大卡车狂按喇叭,等他回过神时瞳孔陡然瞪大,这才紧急扭转方向盘,然而车速已经控制不住,径直撞向护栏。

赵进菲当晚收到消息,差点没站稳。

这段婚姻是赵进菲人生中最不堪的污点,她强打起精神,瞒着沈清洛,先处理烂摊子。

她迫不及待地想离开明市,远离这一切是非。

尚且蒙在鼓里的沈清洛,忽然从苏州打来电话:"妈妈,孙姨说你要给我转学到北城,为什么呀?我不想离开苏州,我要和爷爷奶奶一起生活。"

赵进菲疲倦地捏了捏太阳穴:"你不想走?"

"不想呀。"

怒意从心底喷薄而出,赵进菲对着手机发火:"沈清洛,你能不能懂事一点,你知道你爸做了什么吗?!"

"啊?爸爸做了什么?"

赵进菲的神经在崩溃边缘摇摇欲坠,她深呼吸几下,沉了语气:"最后问你一遍,要不要跟我回北城?"

"妈妈,"沈清洛为难地说,"我喜欢苏州呀,你也不要去北城嘛。要不这样,我周末多来明市陪你和爸爸,可以吗?"

赵进菲听到尚不知情的女儿说"爸爸"二字,无声地仰起头,眼角滑过一滴泪。

沈清洛在那头絮絮叨叨,赵进菲没听进去,心底一片荒芜,只残存一个念头:算了。

"你实在不想跟我去北城的话,就和爷爷奶奶生活吧。"

"谢谢妈妈!"沈清洛的心情又好了,"今天的灯会很好玩,不过是孙姨陪我逛的,爷爷奶奶中途接到一通电话就走了。对啦,我还遇到一个朋友,他……"

赵进菲木木地听着女儿兴高采烈地讲故事。

到最后,沈清洛终于说累了,要挂电话前,赵进菲握住手机,轻轻地告别:"清洛,留在苏州,好好照顾自己。"

……

"陆策,你知道吗?我一直以为妈妈不要我、不爱我。"沈清洛自责又愧疚,"我不知道她遇到那样的事,我真的不知道……他们只告诉我爸爸出了车祸。为什么,为什么都不说呢……"

陆策轻柔地吻她的头发:"因为大家爱阿顺,希望阿顺无忧无虑地长大,不要哭。"

后半夜,沈清洛被陆策哄睡着,他悄悄把手抽出来,掀开被子下床。

院子里,许怪坐在木桩凳上抽烟。

"陆策,大半夜发我信息,被你吓一跳。这个点找项宜轩,你要问什么?"许怪猜测,"和沈小姐有关?"

"嗯。"

沈柏乌的事,不足以让沈清洛向他提分手。他要问问项宜轩,他与沈清洛之间到底发生了什么事。

摇光的庭院里,施工现场亮起临时作业灯,微弱的光线下,许怪坐在墙边的木头堆上,实在看不下去:"陆策,停下吧。"

陆策面无表情地蹲下身,抓着项宜轩的头发,仰起他的脸:"你刚才说的,都是真的吗?"

项宜轩剧烈地喘粗气,全身不住地颤抖:"你疯了?!"

陆策虎口张开,拇指指腹压在项宜轩鼓动的颈动脉。他离得近,瞥见项宜轩脖子有条细长的陈年旧痕,应该做过整形祛疤手术。

项宜轩捕捉到陆策探究的神情,得意地挑衅:"你想知道真相……有种去问沈清洛,看她……愿不愿意说……"

"沈清洛"三个字就是陆策的命门,她慌张闪躲的神情忽然浮现在脑海里。

陆策松开手。

"咳咳咳……"

新鲜空气涌入肺部,项宜轩捂着胸口不停地咳嗽。

不认识陆策的人,对他的第一印象是难以亲近。不是因为陆策长得凶神恶煞,而是他的谈吐举止透露出的贵气和底蕴,他这样的人,从来不会简单粗暴地用拳头来解决问题。

项宜轩起初也这么以为。

因此,许怪半夜找他,说陆策想和他聊聊的时候,他没有犹豫地选择了赴约,因为他也好奇陆策究竟想说什么。

陆策一看见他,单刀直入:"你对沈清洛做过什么?"

项宜轩先是愣了一下,继而玩味地笑:"清洛和你告状了?"

"清洛?"陆策冷哼一声,"你也配这样叫她?"

"没必要吧,让我猜猜她说了什么,关于沈柏乌的前科?"项宜轩不屑一顾,"她也只敢告诉你这件事。"

陆策不跟他打太极:"项宜轩,你最好老实交代。"

项宜轩嘲讽地看着陆策。他恨沈柏乌害死姐姐,连带着也恨上了沈清洛,但他又避无可避地爱上了她。

这样纠葛的感情,数年来一直折磨着项宜轩,在看不到沈清洛的时候恨她,却在见到她的时候希望她留在自己身边。

无奈沈清洛是个死脑筋,那时心里、眼里只有远在天边的男朋友。

项宜轩故意刺激陆策:"我们什么都做了。"

"和你想的一样。"项宜轩露出得意挑衅的笑容,"她的腰窝边长了颗小痣,漂亮得要命。身子也不经碰,力道一重就爱哭,哪个男人受得了。陆策,你和她交往过,应该明白我的话。"

陆策的表情纹丝未变,反倒是许怪陡然紧张起来。

许怪想提醒项宜轩闭嘴,还没等他开口,就瞥见陆策冰冷森寒的眼神,硬生生将劝阻的话憋了回去。

陆策语调沉沉:"你强迫她?"

项宜轩眯起眼:"强迫?你怎么知道她不是自愿的?沈柏乌出轨,父女流相同的血,沈清洛说不定也是一样下贱呢。"

这下完了。

许怪后退到墙边,自觉地离远些,打开烟盒抽出一支。

果不其然,陆策下一秒把项宜轩摁倒在雪地里。

陆策下了狠手,项宜轩根本无法招架。许怪连抽完两支烟,陆策还没有停止的趋势。

眼看情势不可控,陆策的状态越来越激进,许怪掐灭烟头,上前劝停。

陆策身板笔直,情绪看起来尚且平静,居高临下地看着项宜轩:"以后不准出现在清洛面前,我不会再离开她身边。你敢伤害她、恐吓她,我保证百倍千倍还回去。"

至于项宜轩那番话,陆策没继续追究,转身离开庭院。

许怪顾不得项宜轩死活,一路跟在陆策后面。他从小到大不可一世的好友,如今背影却有些萧索,仿佛有着难以言喻的悲伤。

许怪从未见过陆策如此失魂落魄的模样,心下不忍,追上去劝道:"项宜轩的话未必能全信,要不去问问沈小姐吧。"

"不问了。"陆策嗓音有点哑,"我不会再逼她讲以前的事,也不计较她曾经跟我提分手。"

189

许怿不知如何安慰,陪着沉默一会儿。

"我明明喜欢她,不对,是爱,我爱她。"回到"鲸也"民宿,陆策突然说,"她当初提分手,说不喜欢异地,那么蹩脚的理由我竟然相信了。"

陆策喃喃自语:"我怎么会舍得放她一个人,她……"

后半句说不下去。陆策无法想象沈清洛到底遭遇过什么,光是尝试着想象,就觉得有一把钝刀在割他的心头肉,带来凌迟般的疼痛。

许怿不可置信地瞪大眼睛。

月色下,他的好友陆策,怔怔盯着103房间的门,眼角似乎湿润了。

"许怿,我真的好后悔。"

"振作点,重要的是以后。"许怿闭上嘴巴,拍拍好友肩膀,"中国滑雪的地方那么多,你偏偏在新疆重新遇到她。这还不止,禾木毫无预兆地下大雪封山,你看,老天都在给你机会。"

陆策勉强扯了扯嘴角,是啊,老天都要留她在我身边。

"许怿,我先去你房间洗澡,身上太脏了。"

许怿非常赞同:"是得清洗干净,不然吓到沈小姐。"

"清洛,喊她清洛吧。"陆策目光变温柔,"你和她早该见面的。"

沈清洛睡得很熟,陆策离开又躺回来,她完全没发现。

陆策冲过澡,皮肤格外温热,睡梦中怕冷的沈清洛,像小动物取暖般,磨磨蹭蹭、一寸一寸地挪进他怀里。

陆策把她圈牢,眷恋地望着她的睡颜。

"沈清洛。"

没听见。

"阿顺。"

没听见。

"宝贝。"

还是没听见。

陆策轻轻一碰她的嘴唇,然后关掉沈清洛三令五申要求开着的夜灯。

将近黎明,天边泛起微光,但遮光帘封闭性足够,屋内陷入彻彻底底的漆黑静谧。

沈清洛瞬间惊醒,挣扎着要开灯。

陆策很用力地抱她在怀里:"别怕,什么都别怕。"

沈清洛听到陆策的声音,陡然安静下来。

陆策像哄小朋友一样,温柔地抚摸着沈清洛的背:"以后睡觉不要开夜灯,我会一直陪着你。"

"陆策,我又在做梦了吗?"沈清洛精神松懈下来,"唔,真的好困,你抱着不要松手。"

"好，不松手，一定不松手。"

沈清洛安心了，窝在他怀里闷哼着笑，以为是一场梦，所以肆无忌惮："陆策乖，好听话。"

后面的事情不记得，好像被亲了一下。

等到她再醒来，已经日上三竿。

沈清洛探手，习惯性地想要抱床边的陆策，却摸了个空。

她倏然睁开眼睛，坐了起来。

另一边床位空空荡荡，一片冰冷，想必陆策离开很久。

昨晚的梦境太真实，沈清洛差点以为是真的，陆策真的承诺会永远陪着她。

天亮了，现实是，他们的关系也许只延续到禾木开山时。

沈清洛起来换衣洗漱，拉开窗帘，就听到隔壁阔孜神清气爽地同其他马夫聊天："终于开山了！我清早接到消息，激动得在雪地摔了一跤。"

"瞧你这点出息。"

"哎哟，开山了游客才能进来，我的马爬犁终于能拉活咯。"

沈清洛僵在原地，禾木开山了？

怎么那么快？

陆策会不会……已经走了？

虽然两人有过明确的期限约定，但她心里暗暗希望能与陆策相处的时间长一点，再长一点，毕竟以后再无相见的可能。

他真的走了吗？

沈清洛一想到这儿，连外套和手机都没拿，急匆匆开门跑向停车场。

黑色猛禽不见踪影。

陆策真的走了。

沈清洛失魂落魄地折回房间，过马路时，没在意突然停在她面前的白色车辆。

车门打开，里面的人却没有下车的意思，等她意识到不对劲时，一只手蓦地将她拽入了车内。

沈清洛扑倒在后座上，被人粗暴地提起来，按在车窗上动弹不得。副驾驶座上的男人恶狠狠地回头凶她："终于逮到你了。挡人财路如杀人父母，你懂不懂？不就给狐狸喂了点吃的，它能生什么病，竟然把我们挂网上，你圣母玛利亚啊？"

沈清洛没认出车上人的脸，从对方的怒骂中记起，这伙人是来禾木拍摄的旅游博主团队。

191

"我们接的推广全黄了,广告违约还倒赔一堆钱,下个月直播卖货还有保底销售协议,粉丝都快跑完了,我们怎么完成业绩,啊?!"

沈清洛挣扎无果,无奈地道:"我没把你们挂网上。"

"装,接着装。"

"我真的没有……"

"哼,"摄影师回过头看前方,"说到底,都怪你多管闲事。"

说着,车辆左转,驶入一家牧民的院子。

"不给你点教训,难解我们心头之恨!"

第四章
/ 一直一直在爱你

几个小时前,官方突然发布禾木开山的消息。

滞留多日的旅客归心似箭,唯恐再有意外状况,都火急火燎第一时间开车离开村子,通往布尔津镇的车辆排成一列长队。

郑阿姨原本预约好了村里的包车司机,结果司机的汽车电瓶亏电。联系维修员,对方说禾木村的搭电订单已经排到晚上八点。

郑阿姨熟悉山里瞬息万变的天气,怕山路重新封闭,夜长梦多,只好难为情地向大厅里的许怿和陆策开口求帮忙。

"没问题,我送你。"陆策答应下来,"我正好要去布尔津镇买点东西。"

许怿顾及陆策昨晚没睡几个小时,自告奋勇道:"我跟你一起去,回来还能换着开车。"

"谢谢陆先生,谢谢许老板,真的太感谢了。"

民宿门口,郑阿姨先坐上后排,朝车窗外催促:"方文,上车呀。"

方文双手夹住车门,欲合不合,回头望一眼路尽头,只有往来熙攘的陌生行人。

"方文?"郑阿姨又喊。

"来了,外婆。"方文迟疑缓慢地爬上后排座位。

猛禽驶离禾木村,一会儿工夫,车子的尾影黑点消失于视野。

民宿大厅隔壁存放柴火的小巷子,一个小男孩耷拉着嘴角,心事重重地走了出来,不是别人,正是吾尔曼。

常言道"男儿有泪不轻弹",吾尔曼眼睛一酸,怕被人看到,低头踢路旁一块大石头。

阔孜一大早牵着他心爱的老马遛弯,顺便与马儿谈谈心,让它做好重新接客的准备。回家的路上,见吾尔曼落寞地站在路边,阔孜看热闹不嫌事大："哟，怎么还哭上了呢？"

吾尔曼不自然地撇过头："阔孜叔，我没哭，你别瞎说。"

"我瞎说啥，自己找面镜子照照，你那表情掉的，像有人在你脸上挂秤砣。"阔孜安慰他，"方文那小姑娘都说了，寒暑假回禾木，你就别挂念啦。"

"谁挂念了！"吾尔曼自以为隐蔽的心事被毫无征兆地揭穿，又气又恼，一下又躲回柴火堆，"我不跟你说了！"

"小男生咋这么害羞。"阔孜摇了摇头，翻身骑在马儿后背，"走咯，回家。"

吾尔曼坐在柴火堆上平复心情。阔孜的话给了他启发，掰着手指认真算了算，寒假、暑假，再加上法定节假日，他与方文有许多见面机会。

小朋友的心情，像大夏天突然酝酿的雷暴雨，来得快去得快。

吾尔曼想通后，爬下木柴堆，还没走出里弄，就听到一阵猛烈的刹车声。

接下来的一幕，让他彻彻底底地僵在原地——

光天化日，朗朗乾坤，竟然有人把沈姐姐带走了！

陆策和许怿谢绝了郑阿姨留他们吃饭的好意，选择直接回禾木。回程许怿开车，陆策坐副驾驶座，打电话给沈清洛，却无人接听。

难道还在睡觉？

许怿扫他一眼："项宜轩他们一清早就收拾行李离开了。"

陆策轻皱眉头，不知在想什么："嗯。"

车辆拐进禾木村，游客已经走得七七八八，一切重归空旷安静，于是道路中央冲着他们激动挥手的吾尔曼格外显眼。

许怿踩刹车，刚降下车窗，吾尔曼就冲了过来，语速飞快："沈姐姐被一辆小汽车带走了！"

陆策眉心一凛，迅速解开安全带："看清是辆什么车吗？"

吾尔曼使劲点头，除了车辆的外貌特征，他还特意记下了车牌号。

禾木村就那么大，三个人分散开打探消息。

"这辆车我有印象，"陆策进了一家村户找人，描述完车辆特征后，就听对面村民沉思道，"车主人租了我另外一栋房子。"

旅游博主团队租了一栋民房，当临时器材收纳室，沈清洛就被人掳到了这里。

"美女，先不说你侵犯了别人肖像权，咱们算一笔经济账。"摄影师说，"我们账号的广告排期，累计推广费七位数，七位数什么概念知道吗？"

"下个月接了两场直播，销售分成百分之二十！"摄影师盘点账号的赚钱能力，越说火气越大，"我们和你无冤无仇，没必要这么搞我们吧！"

沈清洛无力地重复第八百遍:"不是我做的。"

屋内除了摄影师,还有出镜博主本人和策划。三人你看看我,我看看你,都不相信沈清洛说的话。

摄影师没耐心和沈清洛耗下去,从旁抓起一台相机:"敢做就要敢认,你现在给我录制视频,说之前的事情是误会一场,当然不会少你报酬,十万够不够?"

沈清洛有些不自然地躲避相机镜头:"发布视频的账号,并不是我的社交账号。"

"你当我们傻啊。"

说着,摄影师架着镜头,对着沈清洛:"稿子我们给写好了,你照着念就行。"

沈清洛背后开始冒冷汗。

旁人没看出沈清洛不对劲,不耐烦地道:"你快点录,录完了我们就放你回去,又不是绑架你,至于吗?"

镜头又朝沈清洛推近一步。

沈清洛微微抬起眼睑,透明光泽的镜头玻璃上,倒映着她惶然失措的面庞。她脑子一片空白,"啪"的一声甩手打掉相机,镜头玻璃瞬间裂出斑斓纹理。

她惊恐地站起来,踉跄着后退两步,后腰撞到放着一堆摄影设备的桌子。

下一秒,全被沈清洛拂到地上。

"住手!"摄影师心在滴血,"你是不是有病?!"

一旁的人也看不下去了,上前拉沈清洛的手臂:"你想干什么……"

沈清洛仿佛理智全无,一把甩开她的手:"别碰我!"

陆策和许怿赶到牧民院落,一左一右下车,陆策语气不善地问在门口守着的人:"她在哪里?"

对方面面相觑,望向身后的房子。

陆策顺着他们的视线,目光落在半掩的门上。

一种不祥的预感油然而生。

陆策顿了三秒,不顾阻拦冲进了院子,一脚踹开大门,惊到里面的众人。一片狼藉里,沈清洛抱膝靠坐在墙角,头埋在双臂间。

沈清洛没穿外套,身形单薄脆弱无助,像山间落雨时枝头摇摇欲坠的花。

陆策霎时不敢触碰,忍着怒气问身后一行人:"怎么回事?"

"不知道啊,就想让她帮忙拍个澄清视频。"摄影师心疼自己的设备,"莫名其妙反应那么大,你最好带她检查检查,搞不好有心理疾……"

"病"字没敢说出口。

陆策面无表情地盯着他,仿佛只要他敢说沈清洛有病,那么碎的不是满地镜头,而是他的骨头。

吾尔曼也跟着过来了,想冲进屋时被许怿拦住。

陆策绕过碎片,到沈清洛面前,蹲下身体,轻轻唤她:"宝贝。"

"别拍我,别拍我……"沈清洛身体贴着墙壁后缩,已经退无可退。

"相机砸完了,没人拍你。"陆策用掌心包住她的手安抚,"我们先回去好吗?"

沈清洛身体抖得更厉害。她抽出自己的手,头始终埋在臂弯里,不愿面对任何人。

陆策想抱她站起来,沈清洛嗓音瞬间染上哭腔:"不要碰我,求求你了,不要碰我……"

门外的人都听到这句话。摄影师愣住,急着自证清白:"你什么意思?我可没碰你啊,大家都能做证的!你看你,衣服裙子都穿得好好的,别污蔑我。"

许怿头疼地劝阻:"你快闭嘴吧。"

陆策置若罔闻,眼里只有眼前的沈清洛。

沈清洛抗拒他的碰触,他就放开手,只虚拢在她周围,小心翼翼地护着她。

他轻声道:"我来迟了。"

沈清洛没说话。

"阿顺。"

沈清洛蓦地抬起头,对上陆策心疼的目光。

"陆策……"眼泪不受控制地夺眶而出,她委屈地瘪嘴,"陆策,你来得好晚,为什么现在才来……"

沈清洛在看陆策,又不是看现在的陆策。

"对不起,都怪我,是我来得晚。"陆策重新抱住沈清洛。

沈清洛这回没拒绝,她环住陆策的脖子,躲在他怀里,用陆策才能听见的声音控诉:"屋子很黑,手和脚都被绑住了,他关了我一整夜……我好害怕,真的好害怕……"

她哭得像要把积攒多年的委屈都哭干净:"陆策去英国了,离我很远,打他电话没人接……为什么离我那么远……"

大三,陆策出国交流,同年两人正式分手。

"不接电话,离你那么远,都是我的错。"陆策将沈清洛紧紧抱在怀里,下巴轻蹭她的发顶,"以后我不会再离开你,你说不愿意也没用。"

沈清洛抽噎不停:"我要离开这里。"

"好。"

"我讨厌项宜轩,永远不要看见他。"

"好。"

"想去只有我们的地方。"

没等来回复,沈清洛不安地抬头:"可以吗?"

陆策打横抱起她,掌心托着她的脑袋让她靠在胸前:"当然可以。"

驶离禾木村,陆策关闭车载导航,顺着喀纳斯方向漫无目的地行进。经过贾登峪时,道路两旁的木屋只有几家餐饮零星营业。

冬天是喀纳斯旅游淡季,游客可以自驾进入三湾。

河面结冰,大片纯白覆盖,混凝土拱形桥底下的冰裂开道缝,露出一条蜿蜒细长的碧绿水带,两岸铺着大小不一的雪蘑菇。

沈清洛不喊停,陆策就一直开,专挑人车稀少的道路,没有正确方向,没有目的地。

也不知到哪条省道或国道,沈清洛突然回神一般,瞥了眼油表指针,已经开掉半箱油。

"陆策。"

陆策漾起淡淡笑意:"我找地方先停车?"

沈清洛与他对视,小幅度地点了点头。

她愿意主动开口,陆策悬吊着的心放下几许,方向盘打半圈,停在道路岔出的空地。

车辆熄火,引擎的浑厚闷响戛然而止,车内陷入一片寂静。

这一带白桦林比禾木村的宽广茂密,沈清洛叫完陆策的名字,眸光闪烁,有些不安地看看他,又转过头,透过挡风玻璃凝视远处林木,手指紧张地绞在一起。

陆策真怕沈清洛又哭,身体探过中央扶手箱,将她面颊拨向自己:"我们坐去后排好不好?"

沈清洛同意了。后排中间没隔阂,陆策终于能好好地抱着她。

她靠着他的肩膀,问:"陆策,早上……你去哪儿了?我一醒来,就没看到你。"

"一醒来就找我啊?"陆策调出手机聊天界面,在她面前展示,"去布尔津镇买点东西,顺便送郑阿姨和方文,给你留过信息的。"

沈清洛闷闷地"哦"了声。

陆策捏着她的手指:"不问我去买什么?"

沈清洛鹦鹉学舌:"你去买什么?"

"先斩后奏,给你买复合礼物。"

复合？沈清洛倏地从他怀里抬起头。

"你什么都不用担心。"陆策揽着她不让动，笑了笑，"过去的事情不要再提，和我重新在一起，愿不愿意？"

沈清洛怔愣好久，抿了抿唇，像鼓起勇气似的开口道："陆策，我还有其他事瞒着你，如果你听完，仍然想和我……"

"不听。"陆策打断沈清洛，"我要和你在一起，是因为过了这些年，我还是只爱你，忘不了你。"

"对不起，陆策。"沈清洛情绪似乎在崩溃边缘，"你爱我，我却因为胆小懦弱提分手。"

时隔几年，陆策想起被分手的瞬间，心脏还是一阵抽痛。

沈清洛不断地重复道歉："对不起，真的对不起……"

陆策曾经不解、生气、失望，想过就此放弃，也想过老死不相往来。

沈清洛既然那么狠心，他应当礼尚往来，也把她归为某个"熟悉的陌生人"，哪怕在大街上重逢，彼此点个头就算打过招呼。

可骗别人容易，骗自己难。

在禾木意外与沈清洛重逢后，他的注意力就全部在她身上，忍不住亲近她、照顾她、关心她，夜深人静，也有过没出息的求和念头。

沈清洛还在喃喃检讨自己，翻来覆去说对不起。

陆策轻吻沈清洛的眉心："这次不惯你，你是该道歉，竟然离开我好几年。"

找回失而复得的宝贝，陆策不会再放手，他重重地、凶狠地吮吻沈清洛嘴唇。

后排座位狭小，沈清洛无法动弹，闭着眼睛，全然敞开地承受陆策的热情和失而复得的庆幸。

吻了好一会儿，陆策移开唇："沈清洛，我原谅你了，刚刚是惩罚，以后不用再道歉。"

他将沈清洛按在自己的怀里，两人静静地抱了一会儿。

沈清洛抬起头，陆策低头看她，一个刚刚好的接吻角度。

车内的气氛陡然变得旖旎。

陆策也心猿意马起来，将沈清洛抱到自己的腿上。

"陆策，你听我说。大二下半期开始，项宜轩一直找我麻烦……"

"沈清洛，现在别提其他男人名字，仇人也不行。"陆策低头咬她，"我怕控制不住力道。"

直到一切结束，她才开始讲那段过往。

自从知道沈柏乌和项百灵的过往后,沈清洛总是有意无意地躲项宜轩。

沈清洛越躲,项宜轩越过分。

先后给她寄过项百灵的照片、日记,还有死亡鉴定书。

沈清洛头脑清醒,分得清是非对错,她并不觉得自己该为沈柏乌承接项宜轩的恨意。

项宜轩也发现这一点,他改变策略,让沈清洛身边的人知道她是"杀人犯的女儿"。

最先做出反应的是她的室友,孟婧。

沈清洛搬离宿舍,但没退宿,孟婧一开始对沈清洛怀有愧疚,但沈清洛云淡风轻的清高态度惹她恼火。

大一刚入校,大家就知道沈清洛有个在北城的男朋友,家庭条件应该不错,有钱买机票周末来回飞。

沈清洛被那个北城男朋友宝贝着,一副不食人间烟火的仙女模样,原以为是哪家大小姐,结果只是离异家庭出身、爹妈都不要的普通人。

知道沈清洛父亲的所作所为后,孟婧心里只觉痛快。

大二期末周,沈清洛回宿舍拿复习资料,孟婧正好录完《顶级对决》的赞助商广告回来。

"清洛,你竟然会回宿舍,感觉好久没见你了。"

沈清洛整理摞在桌上的书本,闻言抬起头:"每天上课不是见面了吗?"

孟婧笑了笑:"那个不算嘛。"

沈清洛与孟婧好久没聊过天,不知怎的,孟婧今天突然很闲,双手抱胸靠在床边栏杆,连珠炮似的讲不停。

"我现在才知道,很多单位进去要政审,直系亲属的犯罪记录一目了然。"

沈清洛动作顿住。

孟婧意有所指:"这种大数据时代,没有隐私可言,想瞒都瞒不住。"

"你想说什么?直接说就可以。"

"你爸爸害死了人,真的挺吓人的。说实话,还好你不住宿舍,不然我晚上得做噩梦。"

沈清洛怔愣一瞬,很快恢复平静。

"我每学期都交了住宿费,随时可能回来住,并且没有提前通知你的义务。实在害怕,建议你打校园心理热线。"

丢下这一席话,沈清洛捧着她的复习资料下楼上车。

合上车门,她慌乱地拿出手机打陆策电话。

这是沈清洛第一次产生动摇。

199

她原本坚信清者自清，从孟婧的话里意识到，别人眼中她和沈柏乌是亲密的父女关系，她的一生都要打上父亲所作所为的烙印。

如果陆策知道……会用异样的眼光看她吗？

电话接通了。

"喂，宝贝。"

陆策暑假要参加一场国际学生的辩论赛，地点在伦敦，明天出发去英国。

沈清洛连接电话的手都在颤抖，努力平静地说："陆策，东西理好了吗？飞机几点？"

陆策笑问："明天晚上八点。怎么了，要来送我吗？"

"要的。"沈清洛算了下时间，"那我上午就来北城，我先看下机票和高铁时间。"

"等等，"陆策怕她真买，连忙阻止，"我订的是从明市出发飞伦敦的航班。"

"那你现在……"

"在满庭芳，你早点回来。"

没过多久，陆策听到门口动静，刚开门，沈清洛扑进他怀里。他圈住她的腰，一把将人腾空抱进玄关。

陆策笑道："跑回来的？一身汗，先去洗澡。"

沈清洛眼睛亮闪闪："怎么不提前告诉我，我好去机场接你。"

"想给你惊喜，怎么样，开心吗？"

"开心。"沈清洛挂在他身上，"你抱我去浴室。"

陆策照做，单臂托着沈清洛，另一只手接过她的书包，随手扔到沙发上。到浴室门口，陆策开玩笑："要不要我帮你洗？"

沈清洛红着脸从他身上跳下来："别闹，你在外面等我。"

晚饭叫了外卖，饭后两人在客厅一起看90年代的香港电影，是张曼玉主演的《甜蜜蜜》。

画面中，豹哥对李翘说："傻女，听我讲，现在立刻回家，洗个热水澡，明早起来，满街都有男人，个个都比豹哥好。"

沈清洛依偎在陆策怀里，一抬头，却发现陆策正专注地看着她，不知在想什么。她按下暂停键，问："陆策，你不喜欢这部电影吗？"

"今天没心思看。"陆策抽走遥控器关掉画面，说出了仿佛酝酿许久的话，"宝贝，下次见面会要隔很久，你在明市好好照顾自己。"

"哦，那你在伦敦也要好好的。"

陆策笑了起来。

沈清洛手机收到一条信息,她拿起来看,一直挂在嘴角的笑容瞬间凝固。是项宜轩发来的沈柏乌和项百灵在游乐园的合照。

"怎么了?"

"哦,没事,班群通知。"沈清洛关掉手机,跪坐在沙发上,她对陆策的不舍,这一刻达到顶峰,"既然你没心思看,那我们……回卧室吧。"

卧室按照沈清洛喜好重新布置过。

她不喜欢太多电子产品侵占睡觉的地方,因此卧室墙壁不挂电视机或投影。床周围铺灰棕色羊毛地毯,夜晚下床可以赤足。

卧室天花板不设主灯,陆策请室内设计师用射灯和筒灯排布组合,搭建多种照明场景。

现在开了助眠模式,屋内其余角落昏暗,只有床中尾部顶上的两盏射灯亮着。

温润的暖色光芒,笼罩在两人的身上。

沈清洛平复下剧烈的喘息,捧起陆策的脸:"我问你一个问题。"

陆策撑起双臂,低头看着她。

"你问,"陆策笑了,"表情那么严肃。"

沈清洛想了想:"我前两天和奶奶打电话,听说一件事。"

古街有个收二手家电的叔叔,坊间喊他季四,因为他只有四根手指头。

季四年轻的时候倒卖二手生意,嫌来钱慢,动了歪心思,偷别人工厂的钢丝绳出售,结果被工厂管理逮个正着,当即报警抓人。

警方立案后,工厂那边说可以私了,让季四赔偿。季四不肯,最后进去坐了两年牢。

监狱的犯人踩缝纫机做工,季四手脚不利索,有回没注意,车针穿过指甲钉入大拇指,血流了满桌,伤势太重,最后没保住这根指头。

"季四的儿子前不久订婚,女方父母得知季四早年坐过牢,现在闹着退婚。"

陆策听完,没发表意见。

"季四是季四,他儿子是他儿子,两者无关。"

沈清洛还没松口气,就听陆策接着说:"但生活环境大概率会影响人。"

沈清洛眨眨眼:"季四的儿子考上了好的大学,工作也不错,应该不算被影响吧。"

陆策对其他人不感兴趣,倒是沈清洛,突然对别人的八卦感兴趣,这倒挺少见的。

"学历工作不完全代表品行。其实女方家长的心态很简单,想找试错率更低的结婚对象,我能理解。"

"可季四的儿子不是很无辜吗？"

陆策只当沈清洛多愁善感的本性又发作，不以为意道："无辜的人很多，总有一些不幸运的个体被牺牲，这无法避免。"

"所以避开试错率高的对象，是最优解吗？"

"未必最优，但很省事。"

沈清洛沉默了，她决定把沈柏鸟的事情咽回肚子。

"陆策，你会因为家庭原因，选择和我分手吗？"

这话陆策不爱听，他皱起眉头："胡说什么。"

"就比如，万一你家人觉得我和常祺一样，配不上你们家，或者……"

陆策堵住她的嘴，抬起上身，把她额前几缕碎发往后捋，笑道："整天乱想，叫我怎么放心离开？你不用担心任何事，都交给我就行。"

翌日。

柔和舒缓的闹铃声响起，陆策套上裤子，拉开窗帘。沈清洛醒了过来。

离别这件事，总发生在细雨抽丝线的蒙蒙雨天。

沈清洛在安检口与陆策道别，嘱咐他："天气不好，不知道会不会影响起飞。你那个发小会去机场接你是吗？到了住的地方给我打电话，不对，落地就打吧，不用管时差。"

陆策伸开双臂抱她："知道了。"

沈清洛鼻子一酸："陆策，我舍不得你。"

陆策比她更难受，甚至后悔当初申请这个出国交流机会。

沈清洛忍住流眼泪的冲动，放开他："该进去安检了，不要误点。"

"好。"陆策出发前最后紧抱她一次。

异国的日子，受时差的影响，两人的联系频率明显变低。

陆策每天都很忙，沈清洛与他视频时听出他声音里的疲惫，有些心疼，便找借口不和他聊天，让他多些时间休息。

大三上学期，陆策飞回国三次，最后一次，他催沈清洛办英国签证。

沈清洛期末时抽空准备材料，英国出签很快，旅游签给了两年多次，每年最多停留一百八十天。

她盘算着，劳动节放五天，她能飞去找陆策。

然而计划赶不上变化，杨珍雅没撑过这个冬天，在沈清洛的大三寒假与世长辞。

即使最后的日子已经比医生给的期限长很多，沈清洛还是觉得不够。

苏州沈家小楼，锣鼓唢呐震天响，赵进菲从北城过来陪沈清洛。

办完丧事，赵进菲就回了北城，沈清洛在二楼默默收拾杨珍雅的物品。她固执地不愿意称这堆东西为"遗物"。

绸缎、针线、钩针……沈清洛把它们规整收好。

陆策一得知消息，立马丢下手头的事情订了机票回来陪沈清洛。

沈清洛见到他，又哭了一场。

晚上，沈家小楼，沈清洛躺在陆策怀里。

"什么时候回伦敦？"

"明天中午。"

沈清洛噌地坐起，担忧道："你这样来回跑太累了。陆策，下次不用这么急赶回来。"

"我待在英国也不放心。"

半夜，沈清洛听到陆策疲重的呼吸声，见到他的喜悦都化成了浓浓化不开的心疼与愧疚。

从那之后，沈清洛学会了报喜不报忧。

大三下半学期的第一个月，沈清洛兴奋地打陆策视频："陆策，告诉你一个好消息，我申请到纪录片频道的实习机会了！"

"阿顺最棒。"陆策正在写论文，转头看了一眼手机屏幕，"想要什么礼物？"

"想要见你。"撒完娇，沈清洛嘴角落下，"有件事跟你说，电视台五一去川西采风，我也得去，来不了英国。"

"不要紧，先忙实习的事，我八月份就回来。"

沈清洛与陆策聊了几句，挂掉电话，走出空荡的阶梯教室，迎面撞上项宜轩。

沈清洛抓紧手机，警惕地看着他，也不知他躲在那儿听了多久。

"还没和你那男朋友断掉呢？"项宜轩冷笑道，"沈清洛，我让你分手，你不愿意，非得等我做些什么你才肯跟他分手？"

沈清洛皱眉，冷声道："我不会分手的，你也别再把上一代的恩怨归在我身上，我没有义务为任何人赎罪。"

"不重要了，我只是突然发现，我确实挺喜欢你。"项宜轩说。

沈清洛忍住骂他的冲动，抱着书本绕过他离开。

五一劳动节，纪录片节目组赴川西采风。

先从明市抵达成都，机场包了两辆车，走川西环线。第一天落脚康定，然后一路上行，经过新都桥、丹巴、小金，最后到四姑娘山。

沈清洛从小生活在江淮平原，对此起彼伏的高原地形充满好奇。

车辆翻过折多山，旁边的人问："清洛，以前来过四川吗？"

沈清洛收回目光："没有。"

"横断山脉上的风光最漂亮，可以换个季节再来一次。"

说话人姓孙，叫孙立刚，是沈清洛的实习老师。他人到中年，风度翩翩，本次的风光纪录片采风，由他全权负责。

"清洛啊，有男朋友吗？"

沈清洛平时不喜欢讲自己的私事，但对方是老师，她实话实说："有。"

"看你的模样，也不可能没有，哈哈。"

沈清洛不知如何作答，干巴巴地笑一下。

好在孙立刚只问了一句，很快就投入快节奏的工作里。

第二晚住在新都桥，许多摄影师慕名前来拍星空。

节目组一行人订了餐厅的包厢，聚在里面喝酒，白的、红的、啤的，个个生猛，沈清洛震惊得坐在那儿不敢动弹，偷偷给陆策拍了一张空酒瓶照片。

陆策回得很快：别喝多，回房间后给我打电话。

"清洛啊，别看手机啦。"

沈清洛收起手机："抱歉，孙老师。"

"吃饭时间，别那么拘谨。"

孙立刚喝的是国窖，沈清洛看他灌下好几杯，脸色竟然毫不显醉。

"跟大家宣布个事情，这个项目呢，拉到了储运影视的赞助，对方公司推荐了几个人，今晚已经抵达成都，明天和我们会合。"

沈清洛听到储运影视，瞬间有股不祥的预感。

"孙老师，对方加进来的人，是做什么的？"

"他们能做什么，不就打打杂什么的，"孙立刚见多了这些事，"清洛，你不要有想法，我知道你是通过正规选拔进来，觉得不太公平。"

沈清洛其实没这想法。

"没办法，我们这行，资源就是最大优势。"孙立刚手肘撑桌，朝她道，"我听说明天来的几个人里，还有老项总的儿子，好像是叫项宜轩。"

近些年，游客持续拥入，新都桥新开许多酒店。

五一假期基本满房，节目组提前包了一栋三层小楼，沈清洛房间位于中间层，出门是个二十多平方米的大露台。

她清早起床，站在露台呼吸新鲜空气。远处天空狭长绵柔的云缠绕山头，底下分布石头垒砌的藏民房屋，庭院中央彩色经幡迎风招展。

沈清洛被此景触动，心血来潮，给陆策写纸质信。

康定机场西北百米处，有一方平台，可以观赏贡嘎雪山。我们抵达时正逢日落，漫天霞光，雪顶披一层玫瑰金色，很美。

随行摄影师是四川人，导航到加呷腊，说那边拍雪山更直观。车停在观景平台，我随他沿小路走下去，看到一片平静湖泊，清晰倒映雪山和天空的影子。

我无法准确形容那种感受，就好像看见一个镜像世界。不知道那个世界里，是否有你我。

静静看了很久，摄影师忽然转头问我，有何感想。

除了震撼，其实我脑袋空空，没有想法。唯一的念头，就是，此刻陆策在我旁边该多好。

……

洋洋洒洒写满两页纸。胶水封住信封封口，贴好邮票，沈清洛下楼，进村找绿色邮政信筒。

投完信件后回酒店，庭院里多了一辆车，连驾驶位一共下来三个人，两个中年美术指导，还有一个年轻男学生。

孙立刚接到老项总亲自致电打招呼，听见车声，立马从屋里出来迎接。他的目光落在最后的高个男生身上："宜轩，你就是宜轩吧？"

"孙老师好。"

"别见外，我和储运合作很多年，叫我孙叔吧。"

孙立刚瞥见庭院门口的沈清洛，问："清洛，出去逛了圈啊？"

"嗯，随便走走。"

项宜轩转过头，朝沈清洛点头致意，算打招呼。

半年多来，项宜轩持之以恒地骚扰着沈清洛，像在做一场斯金纳强化实验，不断加深她心底深层的恐惧。

沈清洛面上强装镇定，像看陌生人一样看了一眼项宜轩便移开目光，落在他人眼里便是冷漠。

孙立刚看在眼里，打圆场："呵呵，清洛有点怕生。来，我们先进去放行李。"

人员会合，项目组出发去丹巴，住在县城当地一家高级酒店。项宜轩的房间被安排在沈清洛隔壁。

沈清洛整理完当日川西采风资料，发给孙立刚，抄送其他人。她忙完合上电脑，拿起桌上的红宝石发簪，随手绾起头发，准备洗澡。

自打陆策出国，沈清洛去哪儿都带着这根红宝石发簪。

人有恋物的本能，存留对方赠予的物品，就好像对方的气息包裹周围。

沈清洛想到陆策，不自觉地走神，忽然被一阵利落清脆的敲门声打断思绪。

孙立刚立在过道,正与隔壁项宜轩交谈,见沈清洛打开门,便提醒她:"清洛,我们接到通知,丹巴县至小金县有一段九十公里的路白天交通管制,上午八点到下午六点禁止通行。我考虑了下,赶夜路不安全,提早出发比较稳妥,所以我们明早六点大厅集合。"

"好的。"沈清洛应下。

项宜轩的眼神自沈清洛开门,就一直锁在她身上。

发髻松松垮垮缩起,长袖长裤居家服质地柔软,比起平日难以接近的清冷模样,当下的沈清洛多了丝烟火气。

项宜轩对她的情感很复杂。从最初恨她是沈柏乌的女儿,想看她惊慌焦虑,到现在满腔恨意已经被另一种莫名的情绪取代。

一路上,沈清洛只把他当作陌生人,也算另一种形式的和平相处。

到达四姑娘山那天,阿坝州下暴雨,过夜订在山腰的空山野墅。

名字响亮,其实就是当地民房改建的民宿。

老板是中国台湾人,晚餐准备了牦牛肉高锅。临山而建的餐厅被项目组的人包圆,沈清洛望着雨过天晴的窗外发呆,摄影大哥喊她两声才回头。

摄影师冒出一句四川话:"妹仔,你在想啥子嘛。"

此话一出,沈清洛没忍住笑起来。性格原因,她脸上很少出现大幅度的表情变化,乍然笑得这么灿烂,席间的人不禁多看好几眼。包括项宜轩。

任何感情,无论多么复杂无头绪,实际上只由几个具体画面推动。沈清洛的笑,到了项宜轩心里。

摄影师饭吃到一半,忽然瞪大双眼惊叹:"妹仔,快看外面,有彩虹!要不要跟我去拍照?"

沈清洛笑了,欣然应允:"好啊。"

两人一走,孙立刚笑道:"年轻人在的地方,就是有朝气,哈哈。宜轩,你要出去一起看看吗?"

项宜轩对彩虹这些玩意儿不感兴趣,却鬼使神差地也站起身。

民宿老板提醒:"早去早回,看这天色,等会儿还有雨。"

空山野墅后方,有条野生徒步道,是村民踩出的小路,直通向山腰较为平坦的空地,天晴可以看见幺妹峰。

沈清洛没想到项宜轩也跟过来,心下后悔,撇过头去,只专心帮摄影师抱着三脚架。

彩虹出现的时间很短暂,摄影师疯狂按快门,沈清洛在旁静静地看着。

苏州的山太婉约,加上这些年现代化开发,越来越多人工雕琢的痕迹,她很久没感受到这种与大自然亲密接触的松弛感。

"乖妹仔,你进项目组第一天,大家就在群里说来了一位大美人,"摄影师看着她放松的表情,"啧,真的是越看越漂亮。来,给你拍一张川西留念照。"

"杨哥,你的手还能坚持吗?"

"才拍没几张,放心,相机我还能举得动。"

沈清洛本来看着镜头笑,余光触及摄影师背后的项宜轩,嘴角微微下敛。

摄影师把照片导入手机,一边说着:"清洛,我要是长你这模样,才不要苦哈哈做纪录片,肯定做其他来钱快的出镜节目。"

沈清洛听很多人这么说过,见怪不怪。

回程时天色变黑,小路没有围栏,平坦但湿滑。

项宜轩今天莫名深沉,不说话,跟在队伍的最尾端。沈清洛看不清路,拿起手机打手电,项宜轩瞥见她的屏保,是和一个穿雪服的男人的合影。

照片里,沈清洛的雪镜挂在头盔上,她笑着对镜头比"耶",那个男人个子很高,单臂圈住她的脖子,不看镜头,只看她。

项宜轩走了神,没注意前方路况,脚底踩到落石打滑,失去重心摔下山坡。好在他反应快,死死扒住坡边的树枝。

摄影师和沈清洛吓一跳。

"宜轩,快抓住我手!"摄影师趴在路边缘,伸出一条手臂。

项宜轩没有动作,沈清洛在一旁也急了:"杨哥,你的手做过手术,还没恢复好,没那么大力气,别搞不好两人一起掉下去。这样,你去喊人帮忙,我在这儿看着。"

杨哥迅速扔下身上的装备,边拨打电话,边往酒店的方向跑。

留下沈清洛一人,她抿了抿唇,对他说:"你坚持一下,人很快就来。"

项宜轩掀起眼皮:"你难道不希望我掉下去吗?"

沈清洛皱眉:"我只希望你以后不要找我麻烦,并不希望你掉下去。"

项宜轩又在心里道,傻子。

"哗啦"!项宜轩左脚一滑,身体又下落几分。沈清洛紧张得心吊起:"项宜轩,你抓牢!"

项宜轩咬牙坚持着,背脊胸前湿透,好半响才意识到,又下雨了。

沈清洛也被浇个透湿。她环顾四周,找到一根大概是附近施工时遗留下的麻绳。雨势越来越大,沈清洛将麻绳缠在自己的腰上,另一端系在树干上,俯下身,伸出手臂:"项宜轩,试试看能不能够到我的手。"

细白的手臂穿过野草和碎石,朝他伸开,项宜轩胸腔内的情绪越来越汹涌。

"能够到吗?"

项宜轩尽量稳住身体:"可以。"

沈清洛臂力不够，拉不上他，但也不敢松手。她的手机一直在响。来电人是陆策，打了两通后自动挂断。

怕项宜轩体力不支，沈清洛强自镇定地安慰他："你再坚持一会儿，杨哥很快喊人来了。"

"沈清洛。"项宜轩喊她的名字。

"啊？"沈清洛怕他打算交代遗言。

然而项宜轩什么也没说。

孙立刚带着一群人很快出现，用酒店借来的救援绳索帮助项宜轩成功脱险，沈清洛终于松了一口气。

众人围在项宜轩身边嘘寒问暖，还好储运的公子没事，否则所有人都没有好下场。

项宜轩目光穿越人群，落在沈清洛被他握红的手腕上。

沈清洛一眼没看他，擦干手机屏幕的水，低头专心地给谁发着信息。

杨哥打伞来到沈清洛身边："哎哟哟，清洛，你的手受伤了，快回去擦点药，别感染了。"

沈清洛看了眼手背，伤口有些红肿。她没太在意，给陆策回了消息就收起手机。

沈清洛：我要去忙了，晚点再跟你视频。

陆策：好，你不要忘记。

房间里，项宜轩连续接受几拨人探视，终于不耐烦了，问医生要了几管药膏后闭门谢客。

过了会儿，他走到沈清洛房门口，屈起手指刚要敲门，就听到里面传来沈清洛的声音。

"陆策，这都被你看见了，你好厉害。"

"别打岔，你的手背到底是怎么受伤的？"

"不小心刮破的。"

"刮破的伤口能这样？沈清洛，你是不是摔跤了？"

"算是吧……"

另一头的男人语气无奈，显然想教育她。沈清洛先发制人："陆策，同事有给我消毒水和药膏，伤口处理过了。"

"嗯。"声音似乎不太满意。

"不过还是有点疼。"

"弄伤了瞒着我，现在又跑来喊疼。"

项宜轩把药膏扔进垃圾桶，没继续听，回了房间。

夜晚，他辗转反侧，怎么也睡不着，耳畔一直回绕沈清洛那句撒娇依赖的"还是有点疼"。

原来她在那个男人面前，是这副模样。

黑暗中，项宜轩闭上眼睛。

他终于承认自己嫉妒到心口发疼。原来，他这么想取代那个男人的位置，想让沈清洛用同样的语气对他说话。

五一假期最后一天，采风结束，节目组的成员早早在大厅集合，途经震后重建的映秀镇，以及岷江上方的都江堰，回到成都双流机场。

落地明市，沈清洛手机弹出陆策发来的定位，他在同个机场的P6停车场。

沈清洛一边等待托运转盘的行李，一边与陆策发消息，嘴角没落下过。

杨哥打趣："看来有人来接清洛。"

沈清洛没否认，取到行李后，与众人打过招呼，跑向停车场区域。

杨哥"嘿嘿"一笑："果然。"

项宜轩手扶着箱子拉杆，回头望了眼沈清洛离开的方向，不知在想什么。

明市的机场与高铁站相通，P6停车场在两者之间。

停车场M层，陆策长腿抻着，靠着车身，低头回陆知非的语音消息。表姐控诉陆策回国竟然不回北城，说他是一等不孝子。

陆策笑一笑："上个月外公外婆来英国，谁让你不跟着。"

陆知非回得很快："也没有特别想见你，谢谢。"

陆策一哂，关闭手机，抬眸就看见沈清洛气喘吁吁地朝他跑来。他一挑眉，闲散地继续倚靠着车身，朝她张开双臂。

沈清洛松开行李箱，扑进他怀里："你又搞突袭。"

"导师临时放我三天假，正好来得及回一趟。昨晚才到明市，差点转飞四川找你。"

"陆策，收到我的信了吗？"沈清洛问完又突然反应过来，中国和英国的信件寄送应该没那么快，改口道，"你最近注意一下公寓的信箱，我给你写了一封信。"

"什么信，阿顺给我写情书？"

沈清洛捧起他的脸，俏皮地卖关子："看完就知道，我先保密。"

陆策爱死她这副从不在外人面前显露的娇惯模样，低下头吻她。停车场人烟稀少，只偶尔有车辆启动的声响。

沈清洛呼吸不过来，推开他："陆策，先回家。"

陆策依依不舍地移开唇："好，回家。"

白色小轿车驶离停车场，项宜轩闪身躲在立柱背后。说不清出于什么目的，他打车跟去了满庭芳。

这个小区以绿化景观出名，中央街心亭台水榭。绵密的树荫下，枝叶影子婆娑，项宜轩坐在一条森冷的石板凳上，久久凝视沈清洛的楼层房间。

客厅灯开着，一道高大身影来到落地玻璃前，合上白色百叶帘。中途沈清洛出阳台一次，检查她的盆栽，男人则双手抱胸侧靠移门边等待。

过了许久，客厅熄灯，卧室亮起灯光。

还是那个男人，貌似已经洗过澡，披了件深色睡袍，拉上厚厚的布艺遮光帘。

项宜轩久久地凝望着将所有灯光遮得严严实实的小小窗口，心中泛起一丝苦涩，拳头不自觉地渐渐握紧。过了会儿，他拖着行李箱重新打车，报了金钟酒吧的地址。

卧室里，沈清洛坐在床边地毯上，一张张翻阅陆策给她的材料，是北城电视台纪录片频道的王牌节目《动物世界》的选拔表格。

陆策帮她整理好了报名表和初试复习材料。

"你现在的实习单位也不错，但我更希望你来北城。"陆策拿出几所北城大学关于新闻、传媒专业的介绍，"如果你想继续深造，这些学校都是顶尖，阿顺看看有没有喜欢的。"

沈清洛其实还在纠结，一方面想快点进电视台，另一方面想系统地深入学习本专业，拓宽储备知识的深度。

"十月份才考研报名，你可以再考虑考虑，"陆策把她从地毯抱到床上，"无论工作或深造，你都要来北城，你答应过我的。"

陆策继续说："如果你想读研，就别住宿舍了，北城那些大学女寝楼年久失修，不如我的房子舒服，你到时搬过来。

"想直接工作，那就更没问题，我住的地方离电视台大楼步行十分钟。

"你已经认识陆知非了，我其他家人也很想见你，来北城后愿意和他们吃顿饭吗？"

沈清洛条件反射想说愿意，眼前却猛然闪过常祺的脸，又想到沈柏乌和项百灵。她靠到陆策的肩膀上，假装抱怨地说："你弄得我好紧张。"

陆策默认她同意，低头一笑，错过了她眼底的犹疑："别紧张，交给我就行。"

清早，他飞快地关掉沈清洛的闹钟，哄她："不用送我，继续睡吧。"

沈清洛本也没力气再爬起来，缩在被子里哑着嗓子道再见。

"接下来的时间我很忙，八月前可能不会回来。"陆策回过头，俯身亲她一下。

沈清洛埋在被子里"唔"了声，陆策轻手轻脚地拖着行李箱离开，沈清洛连他什么时候走的都不知道。

项宜轩离开满庭芳后，去了"金钟"喝酒，一反常态闷闷不乐，周围的狐朋狗友面面相觑。

"宜轩，你不对劲啊，遇到了什么事？"戴振问。

与项宜轩关系不错的年轻女孩穿着吊带和高腰牛仔裤，不客气地坐在他身旁："戴振，你看不出来吗？宜轩这是明显为情所困。"

女孩指甲边缘做了一圈法式美甲，捏挤一小块柠檬进科罗娜，握住瓶口递给项宜轩："喏，一起喝。"

项宜轩看着她的手，不期然想到沈清洛在川西，探身救他的那只柔软白皙的手。

他当时握得很用力，有没有弄疼她？

应该是疼的，但沈清洛只会朝另一个人喊疼。

项宜轩烦躁地灌下几瓶啤酒，他酒量尚可，也没人敢灌他，这回有心放纵自己，脑子里却不受控制地猜沈清洛现在在做什么。

他猛地放下酒瓶，闭眼仰靠在沙发椅背。

项宜轩骂了声，蓦地起立，让门童叫了一辆车，直奔满庭芳。

清晨六点半，门铃"叮叮"响。

沈清洛被吵醒，第一反应以为陆策忘带东西去而复返。

她随手勾起陆策的睡袍披在身上。他的衣服尺寸宽大，将她整个人包到脚踝。

"陆策，你又忘了带什么东……"沈清洛边开门边拖着长音问，却在猛然见到眼眶发红的项宜轩的那刻霎时住了口，整个人僵住。

项宜轩喉结一滚，视线不受控制地往下移，沈清洛立刻揪住衣襟包紧睡袍。

宿醉后的头更疼了，项宜轩冷冷一笑，不受控制地说："沈清洛，你还在装什么？你男朋友大老远跑回来，待一晚上就走了？"

项宜轩话里有话，阴阳怪气。

沈清洛冷下脸。她不愿与醉鬼争执，一言不发地就要将门关上。项宜轩速度极快地拦住她的动作，强行把门打开。

沈清洛几时见过这种阵仗，尚未呼出救命，脖子猝不及防挨了一记手刀，她两眼一黑，顿时失去知觉和力气。

每逢季节交替，沈清洛必然感冒，主要症状是咳嗽，很少发热。她小时

211

候烧过一次接近四十摄氏度,爷爷奶奶差点以为她要烧傻了。

那次发烧导致的头重脚轻、天旋地转的感觉,现在又体验了一回。

沈清洛醒来时,屋子一片漆黑,她喉咙干哑,说不出话。沉闷的房间里,隐隐约约闻到满庭芳卧室熟悉的香熏味。

她动了动四肢,手腕和脚踝传来一阵火辣辣的疼痛,应该是捆绑的绳子磨破皮肤,伤口发炎了。

晕倒后的记忆有些断片,沈清洛脑海闪过几帧画面,她中途好像清醒过,睁眼就看到项宜轩那张放大的脸。

他按住她的手,表情很激动,又很生气。

沈清洛生理性反感项宜轩的触碰,但手脚动弹不得,在他想更进一步时,似乎偏头咬伤了他。

这是梦里的画面,还是真实发生的?

沈清洛将近一天一夜没进食,体力支撑到极限,已经分不清虚实。

生平第一次,她后悔选了遮光性好的窗帘。厚重的帘布没有一丝光亮透入,屋内只有恒定的、恐怖的黑暗。

漫无边际的绝望等待中,精神到了崩溃边缘。

就在此时,项宜轩突然回来。

他的耳侧贴着白纱布,用沈清洛从没见过的阴郁眼神,步步逼近:"牙很利,还会咬人。"

沈清洛蒙了一瞬,原来不是梦。

项宜轩相机架在隔壁桌上,打开摄像模式,抱起沈清洛扔到床上,解开她的手脚绑绳。

"行,给你松开,让你男朋友看看我们。"

沈清洛重重一摔,头晕眼花,胸闷气短,特别想吐。

项宜轩脱去上衣,解开裤子拉链,他的力气制伏沈清洛绰绰有余,只防她再咬人。却不料沈清洛的手伸进枕头底下,拿出一根红宝石发簪,毫不犹豫地划向他的颈部。

项宜轩反应过来,闪身要躲,没完全躲开,被她划出很长一道伤口。

脆弱的脖颈不比耳朵,沈清洛慌忙推开他,套上散落的衣物。

项宜轩一阵头晕目眩,伸手想抓沈清洛,却抓了个空。

沈清洛冲到桌边取出相机里的内存卡,掰碎踩烂,头也不回地跑出家门。

走出小区才发现,竟然已经是第二天的正中午。

五月明市气温上升,隐有夏天的热度,沈清洛立在人流交织的路口,有种不知今夕何夕的茫然。

她第一时间给陆策打电话。

此刻英国正是凌晨四点，陆策还在睡觉，电话没有接通。

沈清洛在街上漫无目的地行走，直觉使然，她来到大学城派出所门口。

大概在门外徘徊太久，值班的男警官察觉不对劲，出来问："同学，需要帮忙吗？"

沈清洛很清楚，她是受害者，报案是维护自己的正当权益。但理论归理论，当她面对男性警员，仍然觉得难以启齿。

"同学？"

沈清洛指尖掐进手心，摇头："没有，谢谢。"

她不敢看警员的脸色，掉头离开，顶着正中午的大太阳，站在街边发呆。

"同学，等一下！"

没过多久，另一位女警员追出来："刚才听我同事说你在派出所门口，需要帮忙吗？可以跟我说。"

沈清洛眼睛一热，但她的勇气已经消耗完毕，只够支撑她走到派出所门口。她混乱的脑海里，有一道声音不断地提醒，如果说出项宜轩的事，那么她爸爸当年犯的错误、害死的人命，是不是要一并公布于众？

届时所有人都会知道真相，包括陆策，以及陆策的家人。

沈清洛退缩了。

"没有，我只是经过，谢谢你们。"

女警员欲言又止："同学，遇到问题可以找警察，但如果你不说，我们是无法帮助你的。"

"好，我知道了。"

女警员打量面前嗓音温柔的漂亮女孩，无声地叹了口气："碰到为难的事，对陌生人开不了口，可以告知身边亲近的家人师长，别一个人扛。"

沈清洛乖顺地点头："明白了，谢谢警官。"

"这样，我给你留个电话，"女警员掏出一张便笺，"有问题找警察，小时候老师教过的，对吧？"

沈清洛仔细将号码便笺叠好，攥紧手中。

她在宿舍住了两天，孟婧看她的眼神有点奇怪，但没说什么。倒是从孟婧口中得知，项宜轩突然出国了。

项宜轩大四下写论文，和导师沟通可以通过邮件，到时回校答辩就可以。

沈清洛拿着女警官的号码便笺发呆。

项宜轩出国，是害怕她报警吗？按理说，他害怕，她应该乘胜追击，可沈清洛无头绪，只觉得迷茫。

沈清洛侥幸地想，既然他远离了明市，那她能不能当一切没发生过？

她整夜整夜地失眠，一闭眼，就感觉有镜头对准她，半夜连续惊醒很多

213

次,不止孟婧,佳欣和芝芝也有了怨言:"清洛,明早有课的,能不能声音小一点?"

"对不起。"

沈清洛默默和衣下床,走到女寝的走廊里发呆。她第二天回到满庭芳,卧室里一片狼藉,项宜轩带走所有证据,却把家里砸了个遍。

沈清洛不敢让陆策知道,找了清洁剂和橡胶手套自己打扫。

陆策问她电视台的实习考核结果。

沈清洛语气消沉,说情况不好。

这点大大出乎陆策的意料,他没问哪里不好,放软声音安慰:"没事,反正到时候要来北城。"

隔着电话线,沈清洛仰头,泪从眼角滑落,她没有应答。

实习有一项考核,对镜头做旁白解说,孙立刚在底下评委席,蹙眉看着不发一语的沈清洛,语气有些不耐烦:"清洛,不要紧张,正常发挥。"

沈清洛手心直冒冷汗,半响,她泄气地摘下考牌,低头道:"抱歉。"

孙立刚的失望溢于言表,旁边的几位老师也不断摇头。

离开前,杨哥找到她:"妹仔,怎么回事啊,要不要去跟孙老师再争取个机会?你的书面分很高,就这么放弃太可惜了。"

沈清洛只想逃离有摄影机的地方:"谢谢杨哥,不用了。"

用精神胜利法催眠自我的人很愚蠢,沈清洛却做了一回蠢事。她扔掉四件套,换掉床下地毯,就好像一切没发生过。

反正项宜轩已经走了,内存卡被摧毁,谁也不知道发生过什么。

直到赵进菲敲开满庭芳702的门,压抑不住怒气,进门就发难:"沈清洛,你给我解释清楚。"

"妈妈,解释什么?"

赵进菲气不打一处来,没脱鞋子,冲进屋子环视一圈,看到双人份的毛巾、牙膏、水杯,差点一口气没提上来。

"才上大学就和人同居,是我前十多年没好好教你吗?"

沈清洛多日的委屈窜上心头:"你确实没教过我,十岁的时候就离开了,现在来质问我?"

"别翻旧账,你给我搬回宿舍,和乱七八糟的男友断掉。"赵进菲恨铁不成钢,在看到沈清洛的表情后又缓和下语气,"你这是什么表情?"

"妈妈,我……我害怕……"

"怕,现在知道怕了?拍照片时怎么不知道!"

沈清洛顾不得难堪,猛地抬起头:"什么照片?"

赵进菲瞪了她一眼,打开手机邮箱:"自己看。你一小姑娘,和人拍了这种照片，传出去像什么话？这次只是发到我手机，万一给你同学老师也发呢？清洛，你说实话，是不是你那个男朋友拍的，我去教训他。"

"不是他。"

赵进菲失声道："还有别人？！"

"妈妈，是项宜轩强迫我拍的……是他强迫我……"沈清洛哭着辩解道，却发现赵进菲的脸猛地一白。

"你说的项宜轩，是项储运的儿子，项百灵的弟弟吗？"

"是。"

赵进菲跟跄着后退半步，扶着墙壁站稳。她万万没有想到，自己的女儿居然会和项家扯上关系。

"妈妈，你相信我吗？"沈清洛问。

"相信？"赵进菲咬牙切齿，"我相信你又能怎样，为什么你也要跟项家扯上关系？"

她毫不掩饰自己的失望。

沈清洛越发没有头绪，亲生母亲尚且如此，陆策会不会也不相信她？

赵进菲冷静下来，询问后得知已经事发好多天，沈清洛当时既没报案记录，也无任何证据，项宜轩人还出国了。

她耐着性子，翻出相熟的律师电话："沈清洛，收拾东西，跟我去见一个人。"

"我不要。"沈清洛的眼泪"啪嗒啪嗒"地掉下来，"妈妈，我不想告诉任何人，不说可以吗？求你了……"

无论是关于沈柏乌的秘密，还是满庭芳房间里的遭遇，沈清洛都不想被任何人知晓。

赵进菲捏紧手机，沉默好久，最终没拨律师的电话，向沈清洛下最后通牒："搬回学校宿舍，我以后会经常来明市。"

沈清洛的生活恢复如常，但她精神状态总是低落，仿佛有一把刀悬于头顶，她忍不住疑神疑鬼，总觉得项宜轩不会善罢甘休。

那段时间，她整夜整夜地失眠，设想如果陆策或他的家人朋友看到那些令她百口莫辩的照片，会是怎样的态度。

胡思乱想到最后，沈清洛只想逃避，谁也不见。

……

猛禽内，沈清洛靠在陆策怀里："后面的事情就是你知道的那样。"

大四，陆策临近回国，告诉沈清洛毕业后带她去见见他父母，满心期待地计划着他们在北城的将来。

电话那头,陆策雀跃无比又温柔笃定地对她说:"阿顺,他们一定很喜欢你,就像我一样。"

沈清洛内心焦灼,差点就要开口告诉陆策这里发生的一切,话到嘴边又忍住了。等到他回国,她才犹豫地告诉他,自己已经打算在明市读研。

她还记得当时陆策的表情,错愕、不解、还有……一丝心寒。

"沈清洛,这次又是为什么?"陆策不怕两边跑,他只是想要听听她的解释,想要一个理由,被她放弃的理由。

"我更喜欢明市的大学。"

陆策浑身卸了力气,仍不忍心责怪她,低声说道:"沈清洛,这就是理由吗?"

沈清洛被陆策失望的目光罩住,生平第一次,痛恨自己的软弱,她好像一直在做错误的决定。

她已经连续几个月没好好睡着过了,总觉得身边人看她的眼神充满着异样,她已经很累了。

要不算了吧。

"陆策,如果你觉得累,我们……分手吧。"

沈清洛做什么说什么,陆策都能原谅,唯独这句话不行。

他也有骄傲和自尊,无法放任自己总处于乞求的姿态。

陆策敛起眉目,站直了身子:"你说什么?"

"让你等我这么久,对不起,以后不用再这么辛苦地来回跑。"说完,沈清洛慌慌张张地低下头,掩饰自己即将溢出的眼泪,自然没有看到,那一瞬间陆策变得通红的眼眶。

陆策只觉得心口疼得要碎了。

过了很久,他才哑声道:"如果你实在不想来北城,也许我可以……"

他的后半句被沈清洛打断:"不用,你不要为了我改变你的人生计划,不值得。"

陆策没再说话,只用那道日后在沈清洛所有噩梦中反复出现的眼神看了她很久。

然后决绝地转身离去……

沈清洛的回忆剖白停在这里,陆策一摸她的脸,满手是泪。

天色已经转沉,沈清洛披着他的外衣,在车内呢喃犯困:"陆策,我那时很软弱,真的很软弱。"

"没关系,以后也不用勇敢,"陆策拍拍她的背,"我回来了。"

回程的路上,沈清洛蜷着身子在副驾驶睡觉,陆策缓慢地驶回民宿。

许怿和吾尔曼不放心,蹲在路边的木桩上等待。见他们回来,许怿上前,用眼神询问情况如何。

陆策很轻地一点头:"没事了。"

把沈清洛抱回房间,陆策轻吻她的额头:"宝贝,好好睡一觉。"

民宿大厅,陆策和许怿坐在吧台。

许怿多聪明,仅凭陆策寥寥几语,加上沈清洛的反应,也大概猜出来过去发生了什么。

"现在已经过去好几年了,就算再报警,缺少充分的人证、物证,也治不了项宜轩。"

"警察治不了,我去治。"

许怿就知道他会这么说,无奈地提醒:"治就治,别犯罪。"

陆策掐了掐眉心:"我有分寸。"

陆策回到房间,轻手轻脚地洗完澡上床,旁边的沈清洛睡得香甜,他没再打扰,动作轻轻地伸出手将她的头发别到耳后,露出一张清丽的小脸。

"阿顺,离开新疆后,跟我回北城吧。"他呢喃道。

"……好啊。"

陆策浑身一震,几乎不敢相信自己的耳朵。

沈清洛梦中呓语般说出那两个字后,微微睁眼,正好对上陆策那双沉着凛冽却又满怀深情的眼睛。

沈清洛勾了勾嘴角,困倦地埋进他怀里,含糊不清地道:"但我得把明市的工作交接好,你要等等我……"

陆策被巨大的惊喜淹没,内心百感交集,紧紧拢她在怀。

陆知非即将大婚,整天忙得脚不沾地,终于想起自家表弟后,给他发了一份电子请帖。

陆策:还缺一份。

陆知非:?

陆策:我要带清洛一起来。

陆知非:???

第二天,杂志社主编张怀霄带领其他三位编辑部成员来到禾木,与沈清洛会合。

沈清洛牵着陆策的手进了民宿大厅,所有人都震惊了。

为首的女孩叫印悦，与沈清洛关系最好，目光在两人间来回游走。

沈清洛被看得不好意思："介绍一下，陆策，我男朋友。"

印悦惊呼一声，心说沈清洛居然不声不响地恋爱了。

面对沈清洛的同事们，陆策一副青年精英的姿态，有礼有节地回答大家的八卦盘问。印悦听说陆策是国际关系专业，"哇哦"一声："搞外交的咯？"

"是。"

印悦在没有张怀霄的工作小群发消息：清洛，凭我阅人无数的经验，这是个极品。

沈清洛看看手机，又看看陆策。

陆策发现了她的小动作，捏了捏她的手心："看什么？"

"没看什么，就是突然觉得……"她笑了起来，"我很幸运。"

弄丢的东西，还能原封不动地找回。

陆策深深地望着她："不是运气，是因为我爱你。"

沈清洛怔愣一会儿。

项目组在禾木待了一周，陆策长假还有余额，就在禾木陪沈清洛采风。同事们对陆策的印象非常好，唯有张怀霄，总以很奇怪的目光打量陆策。

夜晚，沈清洛对镜盘头发，问："陆策，你惹过我们主编吗？"

陆策搜肠刮肚，完全没印象："没有吧，我不认识他。"

沈清洛没多想，从梳妆镜前起身回到床上："这几天辛苦你了，我们的采风任务已经结束，明天要不要去观景台看日出？"

陆策重重吻了她一下："怕你起不来。"

"怎么会，早点睡就行，现在才九点多。"

陆策唇角翘起："工作结束，等你等得辛苦，该犒劳我了。"

禾木村安适静定，重新开山后，陆陆续续进来新游客，新鲜感十足。大晚上在村里闲逛，聊起什么，有人哈哈大笑，声音传入103房间。

屋内正在刮一场暴风雪，潮热混沌，沈清洛心甘情愿被卷入其间。

整夜无梦，起床闹铃响起，她还是艰难地爬起来了，靠在陆策的肩膀上闭着眼睛穿衣服。

陆策垂眸看她的眼睛和鼻尖，越发心神荡漾，下定决心要早日带她回北城，否则他寝食难安。

艰难地出了门，他牵着沈清洛上观景台，可以坐马爬犁，也能骑马，沈清洛选择走上去，两人手牵手一路上行。

黎明前夕，新疆的天际远远浮出一线粉色。

沈清洛停下脚步，晃了下陆策的手臂，发自内心地感叹道："好美。"

陆策也驻足，搂着身边的人静静地欣赏片刻，然后继续往上走。

到了山顶停马车区域，意外遇到拉客人上山、等客人返程的阔孜。他又有活了，脸蛋笑开花，和他的老马亲亲热热，手机有声书还在放那本《水浒传》。

已经听到九十九回，鲁智深在禅椅坐化。

"平生不修善果，只爱杀人放火。

"忽地顿开金枷，这里扯断玉锁。

"咦！钱塘江上潮信来，今日方知我是我。"

沈清洛只看过插画删减版的《水浒故事》，乍然听到这一句，觉得挺有意思。

太阳跃出地平线，给山下的禾木村覆上一片金色光芒，在其他游客此起彼伏的惊叹声中，沈清洛转头看向陆策。

他也正好看过来，朝沈清洛微微一笑。

沈清洛有种强烈的预感，他们不会再分开，就如太阳东升西落般的笃定永恒。

"陆策，可能我说的次数并不多……"

"什么？"

"我也爱你，一直一直在爱你。"

许怿接过陆策丢来的车钥匙，表情都要扭曲了。兄弟谈恋爱，他领到新任务，帮沈清洛把车开回喀纳斯机场。

而沈清洛本人，被陆策放到猛禽上，给她戴好墨镜，他低头对她说："我陪你回去离职。"

沈清洛"嗯"了一声。

"等到了北城，我保证你不会比在明市过得差。"

猛禽底盘高，沈清洛坐在副驾驶，俯下身体抱住陆策，亲他额头："我几年前就该去北城了。"

陆策放下心来："宝贝，要不要试试开这辆车？"

沈清洛驾龄长，但从没碰过猛禽这样的大家伙，有些迟疑："我行吗？"

陆策拦腰抱她下车："当然行。"

沈清洛已经工作几年了，可生活的历练没有让她一丝一毫的变化，她依然眼神澄澈，美得不带攻击性。

她纤细的手指搭在猛禽的方向盘上，就像美人抚摸野兽的头颅。

很奇怪，那么温柔的一个女孩，天生有股叫人心动的力量，不仅能驯服车，还驯服了陆策。

陆策的手肘撑在车窗上:"宝贝。"

"怎么了?"沈清洛抽空瞥了他一眼,又注视前方的道路。

"开快点。"

黑色皮卡离禾木村越来越远,行驶到机场,陆策联系物流将车运回北城,他和沈清洛办登机牌。

在阿勒泰的日子不长,却惊心动魄,沈清洛有些不舍。

陆策搂住她:"吉克普林雪场的几家酒店快修好了,你要喜欢,每年都能来。"

刚说完,沈清洛手机收到一条新信息,是陆知非。

陆知非:[结婚请帖]

陆知非:^^清洛,和陆策一起来哦。

沈清洛看了好一会儿,自言自语:"回到明市,我要挑结婚礼物,还要买参加婚礼的衣服。"

陆策听着,沉吟了会儿,建议道:"那干脆就多买两件,还有其他场合也要穿。"

沈清洛眨了眨眼看他。

"我想先拜访你母亲和任叔叔,然后带你见我家人,你愿意吗?"

沈清洛自然愿意,但马上开始紧张起来,飞机上一路都在思考见到陆策父母要说些什么,他们会不会同意她和陆策交往,以及她的过往……

陆策看出她的焦虑,凑近:"别担心,我说过,都交给我。"

明市。

陆策踏入沈清洛租在单位边上的公寓。

小两室格局,一间当卧室,另一间改造成衣帽间,家中整理得井井有条,符合沈清洛一贯的性格。

沈清洛坐在沙发上,窝在陆策怀里,打开外卖软件的超市食材外送:"晚餐怎么说?要不我给你做顿饭吧,但我手艺一般,你知道的。"

"别忙了,出去吃。"陆策搂住她的肩膀摩挲两下,"屋里东西很多,我晚点联系搬家公司帮忙打包。"

沈清洛靠在陆策身上,抬头冲他一笑:"急什么呀,我才刚和主编提离职,他让我明天去办公室面谈。"

"知道我心急就尽快。"陆策故意用玩笑的语气,"北城那边的电视台我已经联系好了。如果不去那边,我帮你物色合适的杂志社。"

沈清洛心里明白陆策是在为她打点,但她也有自己的坚持。

陆策了解沈清洛,补充道:"电视台的面试靠你自己,能不能录取,最终取决于你的表现。"

沈清洛点头:"好,我会认真准备。"

第二天是工作日,闹铃一响,沈清洛火速按掉,抬起陆策横在她腰际的胳膊,轻手轻脚地下床。

动静再小,陆策还是醒了。他从后抱住沈清洛:"几点下班?"

"五点半。"

"嗯,我来接你。"

沈清洛坐在梳妆镜前化妆,陆策靠着床欣赏了一会儿,随性地套上居家T恤,下床陪女友打扮。

沈清洛脑袋侧向一边肩膀,手指捻耳垂,对镜戴上一对雪花状钻石耳钉,说:"陆策,我打算找项宜轩说清楚。"

陆策听到项宜轩的名字,条件反射地皱起眉头:"别见他。"

"不见面呀。"沈清洛尚不知陆策与项宜轩发生过冲突,她关上首饰盒,回头说,"我只是要表明我的态度。"

以前她因为胆怯,不敢揭发项宜轩的行径,结果助长了他的嚣张气焰。

如今陆策已经知道真相,沈清洛再无顾虑,她想告诉项宜轩,她绝不会再任由他不择手段地继续破坏她的生活。

"陆策,我去上班了。家里密码稍后发你,电脑在书桌上,没设密码,要用自己拿。"

玄关处,沈清洛弯腰打开鞋柜,被陆策拽回怀里。

"就走了?这么敷衍我。"

接到暗示,沈清洛笑了一下,抬臂环住他的脖颈,主动送上一个长吻。

"好啦,我上班要迟到了。"

陆策立在门口,目送沈清洛离开,始终噙笑的唇角放平,打周泽杭的电话:"我现在过来。"

储运影视总部近日人心惶惶,小项总从新疆回来,带了满脸的伤,浑身散发着低气压。

大家私底下议论纷纷,也不知谁如此大胆,敢对项宜轩下这般狠手,毕竟老项总和夫人对唯一的儿子堪称溺爱,谁也碰不得。

项宜轩爱要面子,不愿顶着张熊猫脸在公司出洋相,上午主持完例会、签好文件,就径直去地库开车回家。

人这种动物,有预知风险的本能,项宜轩回到小区,电梯抵达楼层,门开的瞬间,敏锐地察觉到不寻常的危险气息。

一抬头就见到陆策,和几个陌生男人。

这里是明市，项宜轩熟悉的地盘，自然不担心这些人在光天化日下行为过激。他盯着面无表情的陆策："没完了是吧，想为沈清洛出头？她又告诉了你什么？"

陆策示意周泽杭和带着其他人先回避。

有关沈清洛的一切，陆策不希望变成别人谈论的话题。等人离开，他才回复项宜轩："都告诉我了。"

项宜轩冷笑："是吗？那你现在一定很高兴，我没对她做什么。"

陆策活动了下手腕，神色未变："不知悔改。"

沈清洛工作间隙，去空闲的会议室，给项宜轩打电话。她了解项宜轩的性格，既然在禾木重新遇见，不会善罢甘休放过她。与其等人动手，不如先表明态度。

谁知对方接了电话后，声音听着有点虚弱，又有点咬牙切齿，还主动保证不会再骚扰她。

沈清洛难以置信地看了看手机屏幕，确认她打的是项宜轩的号码没错。

通话结束。

陆策全程拿着手机，放在项宜轩嘴边，盯着他回话。等通话界面断开，陆策随意地一扬手，轻蔑地把手机扔在项宜轩怀里，只留下一句"以后不许出现在她面前"。

出了小区，周泽杭长舒一口气："我真怕了你，许怿早上开始发我信息，让我提醒你别冲动。"

陆策闻言笑了。

周泽杭伸了个腰："行，你这算教训完了吧，下次有这种事请还叫我。"

"没完。"

"哈？"

陆策没细说，他赶着接沈清洛下班。

周泽杭声称好久没见仙女，非常不客气地加入他俩的晚餐安排。

"仙女，好久不见越来越漂亮了啊。"周泽杭点完单，将菜单递给服务生。

"谢谢。"沈清洛的语调温柔徐缓，然后忽然话锋一转，"你们白天去哪儿了？"

周泽杭："我百忙中抽空陪他逛明市。"

陆策："我去了他的新公司。"

两人同时开口道。

沈清洛愣了下，看向陆策。

陆策硬着头皮解释:"周泽杭百忙中抽空陪我逛他的新公司。"

沈清洛若有所思地"哦"了一声,不再追问。这样心事重重的状态一直持续到回家,陆策催她洗澡,她才说:"我今天给项宜轩打了电话,他答应我以后不会骚扰我。"

陆策无所谓地"嗯"了声:"有我在,他翻腾不出水花。"

沈清洛打量陆策许久,直白道:"你还不和我说实话吗?"

陆策心头一咯噔。

"你和周泽杭,白天是不是找过项宜轩?"

沈清洛的目光令他难以招架,陆策也不想撒谎,利落地承认:"是。"

"我就说,他怎么突然良心发现。你们对他做了什么?难道打架了?"沈清洛立刻坐直身体,"你有没有受伤?"

"给他些警告而已,别提他了。"陆策拢沈清洛在胸前,转移话题,"和主编聊得怎么样?"

"挺顺利的,说等我完成这期禾木特辑,大概还有一个月。到时正好赶上知非姐姐的婚礼。"

"这么久?"

"一个月还嫌久,你很过分哦。"

……

沈清洛给头发抹好护发精油,回到床上,陆策正专注地看手里的相片。

"这不是杨哥给我拍的吗,你怎么会有?"

"从项宜轩那边拿来的。"

"……哦。"

陆策把照片放到一边,侧身半覆住沈清洛,有一下没一下地啄吻:"这些年,多少人追过你?"

"也没多少。"

"今天在你单位门口,和管理聊了会儿天,"陆策说,"听说了不少关于阿顺追求者的趣闻。"

有人每天送一束不重样的花,有人连续一个月给全杂志社员工买早餐送加班夜宵,还有不知哪里跑来的机车二百五,说喜欢她这款温柔姐姐,非要带她去江边兜风。

沈清洛没忍住笑:"你干吗说人家二百五,他就是一个小孩,有什么好计较。"

"我不该计较?"

沈清洛终于琢磨出不对味,陆策好像在吃醋。她说:"我拒绝他们了。"

"如果有人和我当初一样,被你拒绝了也不放弃,继续追,一直追,你会答应吗？"

沈清洛觉得他在无理取闹，不太想搭理。

陆策："宝贝，回答我。"

沈清洛拧了下眉心："不会。"

陆策似乎不够满意："为什么不会？"

"不喜欢他们。"

陆策的眼眸又黑又沉，他握住沈清洛的手腕，把她按在枕头上，居高临下地问："那你喜欢谁？"

沈清洛不安地想收回手："你，我喜欢你。"

陆策嘴角很快勾起一瞬，哄她："我是谁？"

沈清洛却不愿再配合，撇过头不应答。陆策得不到回应，低头就吻。

"你怎么了？"沈清洛扭头躲开，无奈地喊他，"陆策。"

陆策收敛一些，沈清洛睁开眼，心底蓦地一颤。她竟然在陆策眼中，同时看到了不安、后怕和嫉妒。

沈清洛诧异地瞪大眼睛："你……"

陆策从不示弱，更不愿在心爱的女孩面前示弱，闭上眼睛又吻她。等他发泄够了，她才缓缓开口。

"陆策，"沈清洛挣开他的桎梏，改为主动抱紧，"我很早遇见你，被你爱过，知道爱的形状和感觉，其他人敷衍不了我。"

"如果别人给的爱，比我更好呢？"

"不会比你好。"沈清洛坚定地说，"你是我对男女爱情的全部理解，也是我的标准。陆策给的爱，就是好的，别人给的，好不好另说，我都不需要。"

陆策沉默了。

沈清洛柔声安抚："还不明白吗？"

世间情爱千万种，我独留恋你那一份。

陆策抬眸，紧紧盯着沈清洛，一字一句道："你是我的。"

沈清洛无限纵容："嗯，我是你的。"

在明市待了三天，陆策的长假结束，要回北城上班。他走前，帮沈清洛寄了一部分个人物品到他家。

"我这次回去，先请人把房子打扫整理一遍，等你到了北城，如果对装修不满意，我们再换。"

"好。"

"赵阿姨那边约见面时间了吗？我要提早安排。"

说起赵进菲，沈清洛的脸色有点不自然。

自从大三的照片事件后,她和母亲有了隔阂。沈清洛说自己忙,只逢年过节偶尔见面。赵进菲这两年往明市跑的次数增多,明显想和沈清洛修复关系,只是母女二人都不得要领,关系始终不冷不热。

"陆策,回北城后我和我妈先聊一聊,再带你见他们。"

"听你的。"陆策打的车到达楼下,与她吻别,"我要去机场了。"

"好,到了发我信息。"

四月初,临近清明,湿答答的空气,缠绕无名的哀婉思念。沈清洛准备出发去苏州,提前关好家中门窗。

她走到阳台,看着外面细细密密的雨幕,忽然停住拉窗帘的动作。

说起来,她已经在明市单独生活好几年,陆策才陪几天而已,他一走,她却感到不适应了。

沈清洛低头笑了笑,合上窗帘,踏上去苏州的路。

沈清洛回到古街的沈家小楼,天色已暗。房子长期不住人,卧室被褥潮湿阴冷,她换下四件套,丢到洗衣机里重新洗一遍烘干。

简单收拾了一下,她坐回学生时代常用的书桌前,拿起纸笔,给爷爷奶奶写信。她要告诉他们,她有了想要与之一起度过一生的人。

古街过世的老人,都葬在后山腰的墓园。

石板路沿山修建,缝隙长满青苔,两侧呈阶梯状,整齐竖列一排排墓碑。

沈清洛到达时,很多人已经扫墓完毕,放眼望去,成片的灰色石碑前点缀着颜色鲜艳的花束和瓜果,沉闷的氛围中增添了一丝暖意。

沈清洛独自走向位置靠里的两座紧挨的墓碑。

时间是治愈一切的良药,让人忘记离别时的悲伤。沈清洛看到刻在石碑的生卒年月时,却还是忍不住鼻子一酸。

照片上,爷爷奶奶笑容慈祥,像是在说,阿顺别哭。

她把两束雏菊和信封放在碑前,静静地陪老人家坐了会儿。

天上飘小雨,沈清洛打了伞,肩膀还是被沾湿。她看了眼时间,道别:"爷爷奶奶,照顾好自己,我走啦。"

后山树林茂密,高大的乔木树冠笼罩着一层朦胧水雾,沈清洛握着伞柄一阶一阶地走下山。

走到山脚,她抬手拂拭刘海发丝沾到的水露,听到两个路人窃窃私语。

"门口那男的穿得好正式,人好高啊。"

"可能谁家亲戚吧,长得挺帅。"

沈清洛没太在意,将刘海撩到耳后,微抬伞檐,刚迈出一步,整个人突然顿在原地。

几米外，一身黑色西装的陆策，立在江南的蒙蒙烟雨中，恍如那年高三。

大约嫌领带碍事，他随性地将其勾垂于指间，白色衬衫没扣最上方两粒，显得整个人英俊贵气、桀骜不羁。

"你不是有会要开……"沈清洛上前一步，将他纳入伞下。

"我赶到了。"他朝她微笑。

墓园的门卫也是古街的长辈，他看见沈清洛，喊她："呀，阿顺，旁边这位是？"

"刘叔，这是我男朋友。"

刘叔惊叹了两句，忽然想起什么似的，好奇地问："小伙子，你是不是来过这儿？"

"没有的，刘叔，他第一次来。"

陆策只是笑笑，朝沈清洛道："我也上去见见爷爷奶奶吧。"

"好，你在门卫室等我，我去再买两束花。"

陆策对着门卫室内的镜子，正了正西装外套，又恭恭敬敬地把领带系好。

刘叔双手抱胸，左看看，右瞧瞧，陆策这张出众的脸，他绝无可能认错。

"小伙子，你回忆回忆，我们是见过面吧？"

陆策点头承认："刘叔，您没记错，我确实来过几次。"

沈清洛捧了两束新的淡黄雏菊回来，陆策冒着雨去迎，刚走两步，又回头拜托刘叔："刘叔，见过我的事，请您别告诉阿顺，谢谢。"

刘叔望着沈清洛与陆策一起上山的画面，摸了摸后脑勺，心想自己真是不明白现在的年轻人了。

一个月后。

沈清洛如约从杂志社离职，大家为她举办欢送会。聚餐结束时，张怀霄问沈清洛，去北城后有什么打算。

"想试试去北城电视台。"

张怀霄发动他的四轮老头乐："听你林教授说过，你以前就想去电视台，也好。"

林教授是沈清洛的研究生导师，也是张怀霄的妻子。这对夫妻对她有知遇之恩，离开他们，沈清洛多少有些不舍。

张怀霄夫妇一辈子没生小孩，在心态上做到了永葆青春："好好表现，林教授一直很看好你。"

这让沈清洛莫名得到些勇气。

陆策周五晚抵达明市，心情肉眼可见的好，在客厅帮沈清洛合上行李箱，问："还有要收的东西吗？"

沈清洛环视一圈，摇头。

"那就洗澡休息。"陆策揽着她的肩膀进卧室。

离开明市那天，艳阳高照，天空偶尔晃过几片轮廓清晰的云。

沈清洛坐在机场的贵宾厅，被电视上一条新闻吸引，储运影视涉嫌税务问题，负责人项某某被辖区警方带走。

沈清洛下意识地看向陆策。

而陆策本人，只扫了一眼电视屏幕，完全不在意似的，沈清洛也就把疑问咽了回去。

陆策的车停在北城机场，不是猛禽皮卡，换了辆黑色大G。

车子开往市区，驶入一处高档住宅地库。陆策的房子位于顶楼跃层，开盘单价最贵的"空中别墅"。

房间格局摆设，处处是单身男人的影子。

一楼除了客厅、餐厅和中西厨房，还有一间健身房，中间吊着圆柱体沙包，架子上整齐堆放拳击手套。

为迎接沈清洛到来，陆策提前在二楼清出空房，重新装修过，打算给她做单独的书房。不过他订购的桌椅沙发还漂在大西洋上，没有运到中国。

"我的书房先给你用。"陆策说。

沈清洛一间间参观，最后轮到卧室。

陆策的手搭在门把上，神色稍显不自然，沈清洛歪着头看他："怎么了？卧室里有不能让我知道的秘密？"

陆策望了她一眼，竟然没否认。

沈清洛笑不出来了："陆策，你说过这些年没别人的。"

时过境迁，两人重新在一起，陆策其实不舍得让沈清洛知道，过去他有多想她。

陆策轻叹一声，按下门把手。

沈清洛一看到里面的场景，瞬间全身僵住，站在门口一动不动。

这间主卧，比当初满庭芳702的卧室面积大，但软装配色、灯光布局，所有装修几乎一模一样。每一处细节，都是沈清洛的喜好。

"陆策……为什么……"

陆策拇指拭去她不断滚落的泪珠，又吻她的眼睛，低声哄道："我最怕你哭。"

沈清洛扑进他怀里，啜泣抽噎。

"你别把我想得太好，睡在这间房的时候，知道我在想什么吗？"

陆策压低声音，收起温柔，分不清是真心话还是假话。

"我在想，沈清洛不知好歹，竟然离开我。她如果敢出现在北城，我就把她骗到顶楼，关在卧室里绑起来。"

沈清洛从他怀里抬起头。

陆策笑一笑："怕吗？"

沈清洛摇头："不怕，让你绑。"

陆策无语了，深深地看了她一眼："机会先留着，明天要陪你去电视台面试。"

沈清洛直到晚上心情才彻底平复下来，早早地洗漱完，坐在床边复习面试的内容，浴室里的陆策非要喊她帮忙送换洗衣物。

沈清洛放下纸页，进衣帽间找他的睡衣。

白天她还没有好好参观过衣帽间，这会儿才发现，架子上竟挂了整整两排西装。

职业原因，陆策需要出席许多官方场合，晚宴、记者会、高端私人局，必须备齐各种款式的西装，并且不能穿错。

沈清洛拿下一套西服，对着试衣镜贴在身上试了一下。

门口传来一声低笑。

陆策上身没穿衣服，精壮的肌肉线条极具野性，腹肌块垒分明，人鱼线一路向下延伸至围挡的白色浴巾。

他嘴角勾着："宝贝，你在干吗？"

沈清洛被现场抓包，有些尴尬地将西装挂回原处，装作若无其事地道："就随便看看。"

"嗯，"陆策忍笑，"我比衣服好看，阿顺宝贝多看我。"

"……你自己拿衣服吧，我不管你了。"

她离开后，陆策揉了揉鼻子，蓦地又开始笑。

北城电视台离陆策住所十分近，步行只要十分钟，他们赶到的时间不偏不倚。

沈清洛进了会议室面试，陆策坐在等候区。

不一会儿，北城电视台的台长来了，见到陆策，像是有些意外，径直朝他走来。

陆策起身："郑伯伯。"

郑台长原本还在惊讶陆策的出现，忽然想起，前不久陆策亲自给他打过一通电话，说想推荐一个朋友进他们的纪录片某栏目。

"陆策，你这朋友面子够大，还要你亲自陪来面试。"

陆策笑着点头："是我女朋友。"

说着，人事科的周主任从会议室出来，郑台长招手，问："小姑娘表现如何？"

周主任大致满意："各方面都不错，就是刚开始面对镜头有些不自然。"

陆策听到"镜头"，心里一紧，他很怕沈清洛又应激。

"不过后半程，放松很多，她的外在形象也极出色。"

陆策这才放下心来。

周主任不吝啬夸奖，郑台长知道基本稳了。

"小姑娘原来单位是明市的《人文地理月刊》，在张怀霄老师手下工作。说起来，张老昨晚特意给我打电话推荐她呢。"

陆策很意外。

郑台长笑着拍拍陆策的肩膀："你女朋友优秀着呢，不用担心。"

陆策与有荣焉，掩不住骄傲："她确实优秀。"

沈清洛当场被告知录取结果，一离开电视台大楼，兴奋地抱住陆策，说要请他吃大餐。

陆策看她这么高兴，也忍不住一笑，但还是提醒道："宝贝，我们今晚要见赵阿姨和任叔叔。"

陆策从来都低调惯了，但面对赵进菲的时候，他还是一五一十地交代了自己的家世背景。

北城是赵进菲事业的大本营，陆策的来头，她一听就明白。

"你家里见过清洛吗？"

"赵阿姨，我所有家人都知道清洛的存在，只是还未见过她。等清洛同意，我就带她回家见见父母。"

陆策谈吐不俗，又知礼节，哪怕赵进菲用挑剔的眼光看待陆策，得到的结果还是满意。

陆策仿佛早已谋划好了一切，拜访完沈清洛的长辈，立即安排她见自己家人，地点在陆策外公家。

"说起来，好像一直没说过你爷爷奶奶的消息，他们在北城吗？"

"目前不在。"陆策说。

陆策爷爷奶奶是商人，早年定居新加坡，事业重心也在那边，偶尔才回国。听闻孙子带女朋友回家，二老也是激动，已经把回国时间提上日程。

沈清洛一早起来梳妆打扮，连耳环都纠结了二十分钟，用她的话，这是"表达重视"，绝不是磨叽。

等沈清洛打扮完毕，陆策开车，带她到郊外一处古典园林设计的私人住宅。

所有人都在，包括陆知非一家。

沈清洛带了礼物，陆策嫌礼物分量重，帮她拎着。沈清洛看着空空的两手："那我该拿点什么？"

陆策牵住她的手。

"陆策，这样进去是不是不太好？"

"没什么不好，"陆策笃定地说，"就这样进。"

张端仪对儿子的女朋友好奇很久了，能让陆策惦记多年的到底是何方神圣。在场其他人和她一样的想法，同样翘首以盼。

等见到沈清洛真人，所有人第一反应就是漂亮。

在场的各位都见过不少美人，但沈清洛的长相、气质却是独一份的美。

陆知非挽着未婚夫，朝陆策挤眉弄眼："表弟，恭喜你心想事成。"

餐桌底下，陆策始终没松开沈清洛的手。

吃完饭，他怕沈清洛面对他的家人不自在，牵着她到连廊说话。

石山翻新过，罗汉松还是那一棵，陆策拉着她坐下："我在这儿给你打过电话。"

"是吗，哪一次？"

"高三除夕前。"

沈清洛脑海隐隐闪过画面。

"那时我就想，会不会有一天，能和你过除夕。"陆策含笑望她。

沈清洛心蓦地一动，无比郑重地握住他手。

"陆策，今年、明年，往后每一年，不仅是除夕，还有端午、重阳、中秋……我们都会一起过。"

"我，"她说，"再也不想和你分开一秒。"

自从回北城，许怿就没和陆策碰过几回面。

私房菜馆的停车场，许怿锁完车，陆策正好也停进来。

许怿原地等他，插兜调侃道："陆策，你那宝贝第一天参加培训，你不去电视台门口接下班？"

"她说等会儿自己过来。"陆策熄火下车。

许怿摸出一包烟，抽了一支咬住，又把烟盒递给陆策。

陆策习惯性地伸手接，想起什么，顿在半空，指尖发痒似的搓了搓。

这副纠结的模样，许怿不用猜就知道是因为沈清洛。

"行了，你还是别抽了。"许怿忍不住笑，心说智者不入爱河，还好我是单身。

"女朋友让你戒烟？"

陆策摇头："也不算。"

关于陆策抽烟这件事，只要他节制，不抽过量，沈清洛并未对此表现出太大的抗拒。

事情发生在某天晚上。

陆策看一篇《明镜》的社评，看得眉头紧锁，不知不觉多抽了几支。

沈清洛在卧室没等到陆策，去客厅找人，一下就看到茶几烟灰缸里数不清的烟蒂。

然后人就明显不太高兴。

陆策欲盖弥彰，想把烟灰缸里的玩意儿倒入垃圾桶，沈清洛拦住他的动作，找了根咖啡搅拌棒，当着他的面拨弄烟蒂。

"一个，两个，三个……"

陆策夺走搅拌棒，把她抱在腿上，认错道："今天不小心抽多了，以后不会了。"

沈清洛抿了抿唇，抓起陆策的手，掰开五指，让它贴紧自己小腹。

"陆策，你说过，这里迟早有我们的小清洛。一直抽烟，对小清洛不好。"

"小清洛半个影子还没有，就开始要求爸爸做事。"陆策探手进去，捂热她的小腹，"出生后岂不是无法无天？"

周泽杭昨晚回了北城，匆匆赶到私房菜馆，见陆策和许怿坐着聊天，他一愣："仙女还没到啊？"

"刚给我发信息，说快到了。"

话音刚落，沈清洛背着包推门而入："抱歉，我来晚了。"

"不碍事。"许怿把菜单给唯一的女士，"以前在陆策面前提过好多次，要请你吃饭，现在终于有机会了。"

陆策不避讳地吻她一下，笑道："宝贝，许怿请客，点最贵的。"

许怿失笑："点吧点吧，陆策为感谢我的民宿让你们重逢，友情赞助了一大笔钱装修民宿二店，终究还是我赚了。"

周泽杭乐了："许怿你开民宿上瘾啊，还弄二店？"

四人第一次聚餐，吃这顿迟到好几年的饭。

周泽杭津津有味地听他们讲禾木趣闻，忍不住一拍大腿，语气相当懊悔："早知道我也去新疆！"

离开前，许怿忽然喊沈清洛的名字。

沈清洛回头。

"清洛，祝你和陆策幸福，他真的很喜欢你。"许怿挑了挑眉，"跟你报告一声，我刚才给他烟，他没有接。"

沈清洛"扑哧"笑出声。

第二天就是陆知非婚礼,陆策一大清早换西装去帮忙,沈清洛还在睡觉。

陆策俯身,低声说:"今天我会比较忙,可能照顾不到你,有事就找周泽杭和许怿。"

沈清洛"唔"了一声。

陆策疑心她根本没听清,还想再叮嘱,沈清洛拽起被子蒙住头:"你再不走要迟到了。"

陆策隔着被子摸了摸她的头:"睡醒就过来。"

沈清洛再醒来,卧室里空空荡荡,只有她一个人。

婚礼是重要场合,她坐在镜前化妆,嘴唇涂上勃艮第红,搭配裸色收腰连衣裙,比平时多了丝妩媚。

陆策没空接她,沈清洛自己开车过去。

陆知非婚礼包场了市区一家五星级酒店,仪式在酒店草坪举行。她喜欢香槟玫瑰,所有的嘉宾椅上都绑了玫瑰花。

沈清洛在签到台写名字,穿伴郎西服的陆策出来找她。

一见沈清洛明艳的脸,陆策怔愣。

"你怎么过来了?"沈清洛问。

"新郎在补妆。"陆策牵着沈清洛的手进内场,"来了很多亲戚,我带你打个招呼。"

新郎新娘交换誓言戒指环节,草坪场外出现短暂骚动,好几个保安赶过去,很快风平浪静。

沈清洛好奇地看了一眼后收回目光,鼓掌祝福新人。

许怿和周泽杭接到陆策的信息,去外面帮忙处理,沈清洛站起身:"我也去。"

"这……"

"外面是常祺吧,我认识他。"

许怿和周泽杭对视一眼,把她带上。

"放开我!别碰我!"常祺被保安反拧胳膊,押出酒店。常祺力气不小,把保安挣脱摔在地上,很快又被其他保安扑住。

许怿那几年在英国,不认识常祺,倒是周泽杭与常祺有过交集。

周泽杭劝他:"常祺哥,你别闹了,知非姐今天结婚。"

"我知道。"常祺推开保安,拍了拍衣袖,瞥见后排的沈清洛。

"清洛,你也在。"常祺眼睛一亮,"我有话和知非说,能不能帮我……"

"常祺。"沈清洛制止他自欺欺人的行为,"动静这么大,知非姐姐不可能不知道。"

陆知非既然没反应,说明她彻底不打算见常祺。

"连你也这么说,我以为我们是同类。"常祺苦笑。

"她跟你不是同类,"陆策跑出来,他放心不下,怕常祺把事闹难看,"常祺,走吧,事到如今,没可能了。"

内场爆发呼声,宾客有人起哄:"再亲一个!"

老老少少一呼百应,欢声笑语,大喊:"再亲一个!再亲一个!"

常祺愣愣地看着宴会厅大门的方向,身体仿佛突然被抽走了精气神,整个人肉眼可见地变得消沉。

沈清洛有点不忍,撇过头。

"清洛,你在可怜我?"

突然被点名,沈清洛望向常祺。他面如死灰,深深地看了最后一眼花园仪式台:"不必可怜我,你只是比较走运。"

"仙女,别理他,求而不得的男人容易变态。"回到座位,周泽杭安慰沈清洛。

说完,他发现这句话同样适用于陆策,偷偷地觑好友一眼,被陆策抓个正着。

周泽杭:我可没说你!

晚宴在九米挑高的宴会厅举行,伴郎伴娘各四位,新郎没喝酒,反倒是几位伴郎被灌了好几杯。

陆策找来时,沈清洛怀疑他喝醉了。

"没醉。"陆策握住沈清洛的手抬起,温热的嘴唇在她手背亲一口,"你今天好美。"

手臂搭在沈清洛椅背,另一只手的食指卷她头发玩,完全不顾及场合。

......

婚礼结束,同长辈和新人告别,沈清洛当司机载陆策回家。

"陆策,很巧哎,你妈妈和知非姐的妈妈,嫁的人都姓陆。"

"嗯。"

"原来外公酒量很好。"

"他老人家年轻时能和战友喝一夜。"

陆策一路上有问必答,思路清晰,到达地库后,却硬说自己头有点晕,要沈清洛扶着。

沈清洛信以为真,小心搀着他胳膊回顶楼。她在玄关松开陆策:"我先换鞋哦,你搭着柜子不要动。"

赤足踩在玄关地板,下一秒,被陆策从背后压到墙上。

沈清洛没站稳,五指撑住墙面,回头瞪他:"陆策,你做什么?"

"我说过的。"陆策掌心流连在她的腰线处,"沈清洛敢来北城,我就

233

把她骗到顶楼，关在卧室锁起来。"

沈清洛很无奈："陆策，你果真喝醉了吧。"

"没有。"

真正的夜晚开始。

……

陆策喝过酒，又卖了一番力，比平日更早入睡。沈清洛反而翻来覆去睡不着，捧着手机看群里陆知非分享的婚礼照片。

一张张照片划过，照片里每一个人都在笑，她也跟着笑。

有一张陆策的特写，是花园宣誓彩排时偷拍的。

陆策站在仪式台前，帮发言嘉宾对词，抓拍的角度很"唬"人，仿佛他才是新郎。

沈清洛悄悄去了阳台。

她抱膝坐在藤编户外椅子里，手机界面始终停留在陆策这一张照片。

抬头，城市霓虹闪烁，深更半夜，高架路的车流依然长，望不到尽头。

不知看了多久，一条薄毯披在她身上。

陆策睡了一觉，整个人神清气爽，低下头唤她："宝贝。"

沈清洛关掉手机，张开手臂要他抱。

陆策很轻地笑了下，发出愉悦短暂的气音，然后依她要求抱好。贴得近了，他敏锐地察觉到沈清洛心情不对劲。

还没等他问，沈清洛主动开口。

"陆策，如果我们没在新疆偶遇，你是不是也有一天和知非姐姐一样，遇到新的人，开始新的生活？"

沈清洛不想矫情，不愿总假设没发生的事，可后怕的情绪无法控制。

"其实常祺说得对，我比他走运。我记得你在新疆说过，也许会认识别的女生，会和别人结婚生子，"她打开手机，"你当新郎的那天一定很英俊，像这张照片一样。"

陆策冤枉极了："我从没这样的想法，那么说只是为了逼你。"

"嗯，我知道……我知道……"

陆策第一万次后悔曾经使过的激将法。早知道沈清洛如此记挂，他当初就不该那样激她。

"宝贝，我给你看点东西。"

陆策故作神秘地牵她走进书房，打开书桌最底层的抽屉，一只长条铁盒赫然出现在眼前，陆策拿出来打开，里面整齐叠放着一沓北城往返明市的机票和高铁票。

"想你最狠的时候，我去过明市。"

"开车到杂志社门口,停太久,保安还以为我心怀不轨。

"想见你,又怕见你,有回看到个像你的人出来,我一紧张,立马掉头把车开走,还碰擦到路旁一辆四轮电瓶车,保安冲上来不准我离开。

"清明节,知道你会回苏州,我每年都躲在墓园入口外看你。"

陆策心想,自己大抵也没多高尚,看到沈清洛是孤身一人来扫墓的,他便安下心。

最怕哪天看到有人陪在沈清洛旁边。

沈清洛根本说不出话。

"你的身边只要一直没有人,我总有一天会忍不住重新追你,时间早晚而已。

"沈清洛,我在禾木就说过了。

"不是运气,是因为我爱你。"

"啪"的一声,登机牌、车票散落一地,沈清洛再也忍不住,扑进陆策怀里。

陆策接住她:"我也想结婚了,阿顺,宝贝,嫁给我好不好?"

沈清洛哭着说"好"。

陆策拍拍她的背:"定制了戒指,我原本想拿到后再求婚,等不及了。"

沈清洛咬着唇推开他。

她伸出左手,缓缓打开,掌心里躺着两枚素戒。她哭腔很重,但语气颇得意:"陆策,我准备了。"

陆策愣在原地。他的女孩,永远能给他惊喜。

路过的夜风,看了眼书房紧密相拥的男女,会心一笑,轻轻震动窗玻璃以示祝福。

相爱的人,跨越千山万水也会相遇。

从此,他和她。

人间四季,晨昏交替,只余喜乐。

第五章

/ 驻外岁月

工作日清晨,卧室第一个响起的闹铃属于陆策。

房间昏暗,空气中流动着将醒未醒的慵懒气息。陆策和沈清洛最近在忙婚礼的事,场地、礼服、流程,目前为止,一项都没敲定。

沈清洛为婚礼没少操心,睡前翻看策划发来的方案,国内国外、海岛游轮,五花八门的结婚方式,越看越焦虑,凌晨两点才入睡。

此刻被闹铃打扰,她不耐地从被窝里伸出手捂住耳朵,蹙眉往陆策怀里躲,沙哑的嗓音带着不自知的撒娇意味:"唔……好吵,快关掉。"

陆策好笑地望着怀里的人,探身关闭闹铃。

沈清洛安静下来。她侧躺着,轻薄的蚕丝被只盖到锁骨下方,纤细白皙的肩膀裸露在外,陆策低头亲了一下,掀开被子下床。

他的单位比沈清洛远,要早起二十分钟。洗漱完毕,陆策对着全身镜打领带,沈清洛推开卧室门:"早。"

她拖着梦游般的虚浮步伐,站到盥洗台前挤牙膏,被陆策从后搂住,两人在镜中对视。

陆策有些心疼:"你每天才睡六小时不到,身体吃得消吗?"

沈清洛懒得揭穿他:"你少折腾我,我能多睡两小时。"

陆策下巴磕在她肩头,闷闷地笑:"看你最近失眠,我已经很克制了。"

沈清洛无言以对。

陆策心想,他的情感生活空缺好几年,自然是要补回来的。

"对了,周末陪你回一趟苏州,把重要物品都搬过来。"陆策又提醒她一遍。

沈清洛漱完口中泡沫:"好,我记得的。"

陆策摩挲她无名指的素圈,又看了眼自己戴的同款,嘴角勾勾:"我去上班。"

按照正常步骤，应该办完结婚仪式再戴对戒。陆策不知心急什么，某天晚上温存结束，突然从床边抽屉取出珠宝盒，抓起沈清洛的手："阿顺既然主动买戒指，那就是认定了我，我现在就想给你戴上。"

沈清洛愕然，不确定地问："现在？"

"嗯，现在。"陆策语气笃定，"愿意吗？"

沈清洛任由陆策给自己套上戒指，仿佛把某种具象化的契约印在身上。

她张开五指，在灯下端详戒圈。察觉陆策专注看她的目光，沈清洛手指收拢，取出盒中另一枚素圈："我也要给你戴，愿不愿意？"

陆策吻住她："求之不得。"

周五晚上下班，两人在北城机场会合，一起出发去苏州。

沈家小楼存放的大多是沈清洛读书时收集的小物件。她不舍得扔掉承载回忆的物品，将其妥善保管在房间书柜。

陆策靠在桌檐，饶有兴致地查看沈清洛的"珍藏"。

一粒纽扣、干花标本、黏土陶艺夹子、若干年前的绘图册，还有红绿绸缎缝制的布袋子⋯⋯

陆策捏起配色极具冲击性的布袋，忍不住笑："我们阿顺的眼光很特别。"

"这个啊，"沈清洛接过，"是爷爷奶奶给我缝的圣诞袜。"

大约十多年前，古街商家还没流行蹭洋节营销，什么圣诞节、万圣节、复活节，只存在影视作品中。

彼时的沈清洛迷上了一部国外动画片。电视里，红鼻子的驯鹿鲁道夫半夜拉雪橇，带圣诞老人飞上屋顶。圣诞老人单肩扛行囊，敏捷地从烟囱爬进壁炉，给小朋友挂在炉前的圣诞袜里塞礼物。

沈清洛的世界仿佛打开了新的大门。

此时苏州正值十一月末，沈清洛算了下时间，距离圣诞节还有段日子，来得及在家装个烟囱。

沈州和杨珍雅莫名其妙，烟囱已经是淘汰好些年的玩意，谁家还特地装这个。可沈清洛闹着要烟囱，经老夫妻俩细问，才知道真相——

沈清洛坚持认为，圣诞老人从不光顾沈家小楼，是因为小楼没有烟囱，老人找不到送礼物的入口。

杨珍雅听罢，忍俊不禁道："没有烟囱，圣诞老人可以翻窗户、敲门，只要思想不滑坡，办法总比困难多。我看是因为阿顺没挂圣诞袜，他才不送你礼物。"

幼年的沈清洛很好骗，一双水汪汪的大眼睛眨巴眨巴，别人说什么她都信。

"那我也准备圣诞袜吧！"

"古街买不到圣诞袜呀。"杨珍雅哄她，"这样，我给阿顺缝一只圣诞袜。但你要答应我，这周末跟我去明市探望爸爸妈妈，好吗？"

对小清洛而言，明市好遥远，来回一趟，简直是跋山涉水的大征程。

"我不想去嘛。"她抱着奶奶的腿，哼哼唧唧地撒娇。

杨珍雅不希望沈清洛与父母关系疏远，难得不惯着她，语气惋惜："不想去啊？那阿顺没圣诞袜咯。"

沈清洛愁容满面啃手指，两害相权取其轻，最终答应周末去明市。

小孩心思来去快，低落几分钟，又开开心心去看动画片。

一旁的沈州冷哼："柏乌和进菲怎么回事，比国家主席还忙吗？回苏州看女儿的时间也抽不出！"

杨珍雅望了眼小清洛的方向，皱眉竖起食指抵在唇边："你嗓门小点，别被阿顺听到，她敏感得很，容易多想。"

"其实当时我听到了。"沈清洛轻松地告诉陆策，"也没什么，我习惯了见不到父母的生活。"

"有没有别人无所谓，反正以后有我。"陆策无意让沈清洛伤心，随手取了本图片册，圈住她，转移话题，"这本呢，是什么来头？"

沈清洛随手翻了两页，是以前书报亭买的旅游画报，那一期介绍大溪地，法属波利尼西亚最大的一个岛屿。她放学回家，被封面海景照片吸引，便买回期刊珍藏。

陆策指着内页手绘的戴皇冠的 Q 版火柴小人："她叫阿顺吗？"

沈清洛完全不记得她画过，合上图片册，不愿承认。

"宝贝，喜欢大溪地？"

沈清洛抱着图片册点头："有一段时间觉得它很神秘，特别想去。"

陆策抽走本子，放在书桌上，笑着看沈清洛："那要不要去大溪地办婚礼？"

沈清洛一惊："大溪地在南半球，去那儿办婚礼太麻烦了吧。"

"不麻烦，我有朋友在泰拉索洲际办过，流程和宾客包机等事项交给婚庆公司联络，你只负责当好新娘，不用操心别的。"

说实话，沈清洛很心动，但仔细考虑了一下，还是觉得不合适。

除去宾客参加婚礼的时间成本、婚礼耗费的金钱物力，更重要的是，陆策的职业不适合过于铺张。

陆策看她犹豫，牵起她的手："宝贝，关于婚礼的一切，你只需选择最喜欢的地点和方式,其他的我帮你实现。"

沈清洛又陷入纠结。

"婚礼定在北城办吧,这是我们认识的地方。"沈清洛回抱住他,仰头乖巧地问,"办完婚礼,去大溪儿度蜜月,好吗?"

陆策定定看沈清洛半分钟,掌心抚她脸颊,"还没当我老婆,就惦记给我省力省钱?"

"我只是不想兴师动众。"沈清洛头回听到"老婆"二字,脸蓦地一热,撤开他的手,"你外公的部下和老友,出国得报备,电视台里的同事也走不开。别折腾啦,先帮我打包行李。"

总而言之,最后的地点还是北城。

赵进菲物色了一家高端婚纱会馆,会馆每层只接待一位准新娘,环境清幽典雅。她和任成益亲自去电视台接沈清洛下班,陪女儿试礼服。

陆策发来语音消息:"宝贝,会议还没结束,我晚点到。"

"没事,你忙你的,我妈妈和任叔叔都在。"

赵进菲对沈清洛选婚纱的事格外上心,提前与会馆预约好,带着沈清洛来试他们的镇馆之宝。

VIP休息室的沙发上,赵进菲抱着手臂,一旁的任成益给她拎包,神态活像领导莅临门店指导工作。

会馆工作人员推来移动挂架,上面是赵进菲预约的那条婚纱。经典刺绣抹胸款,手工缝制的片状裙摆层层叠叠,庄重轻盈,飘逸婉约,与沈清洛的气质极其相配。

"沈小姐,我们帮您试穿一下。"

帘外,赵进菲随手拿过一本时尚杂志,翻看最新款礼裙婚纱。看来看去,都不如沈清洛在试的这条令她满意。

"抱歉,赵阿姨、任叔叔,我来晚了。"陆策将西装外套搭在臂弯,匆匆赶到会馆,"清洛还在试衣服?"

赵进菲点头:"她应该快好了。"

话音刚落,里头的工作人员分别往两侧拉开幕布。赵进菲和任成益抬头看,陆策也转身望过去。

沈清洛正在低头理裙摆:"妈妈、任叔叔,你们觉得怎么样?"

无人回应。

沈清洛疑惑地抬头,直直撞上陆策幽深的目光。她一喜,双手提起裙摆走下地台:"陆策,你来了。"

还是任成益最先反应过来:"清洛,这条很好看!"

赵进菲唇角勾起:"特别衬你。"

工作人员也热情地赞美不停,沈清洛对着全身镜一歪头,侧身看看后背,问陆策:"你的意见呢?"

陆策微顿片刻:"都好。"

沈清洛眼睛弯弯,她转过身,带动裙摆浮飘,布料轻轻刮过陆策手里垂落的西装外套。

"什么叫都好,你才看见我试一款。"

陆策也跟着笑:"你穿什么都好看。"

沈清洛想说他花言巧语,考虑到赵进菲和任成益在场,就没打趣他。沈清洛本人对这条裙子也相当满意,但只试一条就订下,未免遗憾。

陆陆续续又试了三条,最后一条是修身的鱼尾裙,也好看,但不及第一条惊艳。

最后四人一致表决,敲定第一条婚纱。

沈清洛回试衣间换下礼服。工作人员向亲属介绍,婚纱可租可买,如果全款购买,会馆将根据新娘身材量身定做一条新的,尺寸更契合。

赵进菲当然打算买。

陆策自觉地拿出钱包要刷卡,被赵进菲阻止:"不用,清洛的婚纱我付钱。"

"赵阿姨,礼服应该是由我……"

任成益出现得及时,笑着拍了拍他的肩膀:"小陆啊,就让你赵阿姨买单吧。"

陆策瞬间明白,这是赵进菲对沈清洛表达爱意的方式。他收回钱包,没再继续争。

工作人员笑得很甜:"以后就是一家人啦,谁买都一样。"说完,美滋滋接过赵进菲手里那张私行卡,成功做了一笔六位数的业绩。

婚宴场地最终选在北城超星级的国宾馆,始建于二十世纪六十年代,是一片皇家园林建筑群,接待过千余位外国元首和政府首脑。

国宾馆分布大大小小的接待厅,亭台水榭勾连,泉水潺潺,林木石桥相映成趣。

不同于苏州园林白墙黛瓦的清雅,国宾馆屋顶铺设黄色琉璃瓦,平添几分磅礴气势。

陆策和沈清洛在家最后一遍核对宾客名单,家人、朋友、同学,长长一列单子,两人逐个打电话确认宾客是否到场。

除了同学,沈清洛邀请的朋友大多是电视台和杂志社的熟人。而陆策那边,一众高级别的同事领导都会出席,沈清洛望着这些名字,整个人陷入沉思。

"陆策，婚礼现场是不是该加强安保？"

"加强过了。"

来宾入场，要经过两道确认程序。先在国宾馆大门口递交通行证，车辆驶入后，在接待厅签到处核验纸质婚礼请柬，有专门的安保专家验证身份。

确认宾客身份无误，则放人进会场。

由于北城国宾馆的特殊布局，新娘休息室距离主场接待厅需要穿过一条雕梁画栋的长廊。

新郎化妆步骤少，陆策先弄好，穿一身黑色礼服款西装，等候在新娘休息室门口。

陆策父母张端仪和陆镇在接待宾客的间隙，来到陆策身边。

张端仪望着儿子宽阔挺拔的肩膀，上手帮他抚平西装外套的皱褶。陆策今天英俊得不像话，转过脸，轻笑一下："谢谢妈。"

陆镇拍拍妻子的肩膀安抚，无限柔情尽在不言中。

陆知非夫妇也过来了，后边跟着许怿和周泽杭，远远走来，边鼓掌边对着陆策吹几声俏皮的口哨："恭喜啊，陆策，终于娶到心上人了。"

陆策眉目含笑，看向新娘休息室紧闭的木门。

明明已经确认彼此心意，幸福唾手可得，他却有种不真实感。他想，只有当沈清洛从那扇门走出，他牵到她温热的手，心才能落到实处。

屋内的沈清洛，其实同他一样激动不安。

何颜从中国香港赶回北城，干回了老本行，举着一台照相机，记录她同桌的婚礼。每一处细节她都不放过，比专业摄影团队还忙。

沈清洛坐在超大梳妆镜前，两名化妆师站在两侧，一个盘头发，一个上妆。

赵进菲在旁紧紧盯着，不允许一根发丝有差错。沈清洛裸露的肩颈也打过高光，美得耀眼夺目。

妆造弄完，赵进菲操心接下来的流程时间节点，不知道第多少次提醒沈清洛进场时间和发言内容。

赵进菲讲话从不拖泥带水，她是优秀的领导人，沈清洛却无法当个合格的执行者。

现在她大脑一片空白，根本听不进去。

"妈妈，"沈清洛换好礼服，盘了个大气简约的低髻，还没戴头纱，像小朋友依赖大人那样，握住赵进菲的手，"我好紧张。"

赵进菲一恍惚，眼前闪过许多画面。

刚出生睡保温箱的沈清洛，蹒跚学步的沈清洛，与父母渐行渐远的沈清洛。还有高三前，她去苏州接她，揉着眼睛边下楼边对奶奶撒娇的沈清洛。

那个画面，赵进菲记了好多年，她承认，她很羡慕。

"怎么办，妈妈，我好怕上台忘词。"沈清洛有些焦虑，"完了，好像已经全忘光了。"

赵进菲突然眼眶一热。向来沉静清冷的说话腔调，此刻却染上了一丝宠爱和宽慰："清洛，不用紧张，陆策在你身边。"

沈清洛还抓着她的手不放，力道明显松了些："对，陆策在我旁边。"

化妆师拿来头纱，赵进菲接过，亲自帮沈清洛戴上。头纱很长，她仔细地抖开、扯平，抚过每一处皱褶，最后端端正正地戴在了新娘的头上。

固定好最后一个发夹，赵进菲双手搭在沈清洛瘦削的肩膀上，低头道："很漂亮。"

沈清洛看到赵进菲红了的眼睛，柔声应答："女儿像妈妈呀。"

赵进菲微哑了嗓子："对，像妈妈。"

准备完毕，赵进菲扶沈清洛站起来。休息室的工作人员问："现在可以开门吗？"

赵进菲看着女儿："准备好了吗？"

沈清洛点点头。

休息室门拉开，门外聊天嬉闹的声音戛然而止，赵进菲挽着沈清洛的手，任成益笑着跟在这对母女身后。

陆策迎上前。

赵进菲托起沈清洛的手，她有许许多多的话想嘱咐陆策，却在此情此景下忽然哽住。

幸好陆策都明白，他接过沈清洛的手，转头对赵进菲郑重其事地承诺："我会好好爱清洛，比所有人都爱她。"

陆策有种天生叫人信服的魔力，连赵进菲这样凡事留三分的女强人，也对他的话深信不疑。

司仪和场控跑过来，催其余人赶快去主厅，这边要准备新郎新娘入场环节了。

一群人笑着挥挥手离开，铺满红毯的连廊忽而安静，只剩下盛装打扮的陆策和沈清洛。

司仪走前，回头提醒："沈小姐、陆先生，等下工作人员打手势，你们就进场，注意踩好音乐节拍哦。"说完匆匆回大厅念热场的旁白词。

长廊两侧的树"沙沙"轻响。

"陆策，我们今天结婚了。"沈清洛偏头看陆策，突然开口。

"嗯，我很高兴。"陆策捏了捏她的手。

工作人员打手势，示意两人可以进场，沈清洛就这样挽住他，走进婚宴会场。

舞台很长,只有她和他。

没有安排惯有的交接仪式,因为沈清洛不喜欢。她喜欢陆策,她选择和陆策共度一生,都是个人的决定,不需要别人把她托付给陆策。

她要与他并肩,一步一步、坚定地往前走。

他们所经过的地方,下起花瓣雨,沈清洛不期然地想到那年天文台看过的流星雨。

他们走向主舞台,宾客掌声雷动,她偏过头,就看到许多熟悉的面孔,微笑着用眼神传达祝福。

"陆先生,你愿意娶沈小姐为妻吗?无论贫穷或者富有,疾病或者健康,你都将爱她,忠诚于她,永远和她在一起。"

陆策深深凝视沈清洛好看的眉眼,无端想起那年沈家小楼楼顶,她慌张害羞的表情。

"我愿意。"

同样的问题给到沈清洛。

她其实不必担心忘词,更不会紧张到说不出话。只要陆策牵着她的手,站在她身边,她永远可以凭本能回答下一句——

"我愿意。"

夜幕低垂,晚风拂过堤柳,国宾馆园林的地灯依次亮起。场外安保和服务员静候,场内宾客觥筹交错,推杯换盏,庆祝一对新人正式缔结关于永恒的誓言。

"这样就是结婚吗?"

热闹的仪式结束,沈清洛换上便装,坐在回程的车里,问陆策。

"是,这样就是结婚。"陆策扶着方向盘,转头看她一眼。

沈清洛忙了一天,手肘撑在车窗,看向窗外。路边棕底白字的旅游专属指示牌,提示冈山风景区距此两公里。

沈清洛在新疆听许怿说过,他们北城人,每逢重要人生节点,都要去冈山敬香。

结婚是人生大事,沈清洛突发奇想地提议:"我们要不要上趟冈山?"

陆策笑了:"可以。我在冈山山顶向你表白过,也算来还愿。"

车一路开上山,停车场距离殿宇还有段路,两人下车步行。今天不是法定节假日,夜间上山的游客非常少。

点香,敬香,他们双双跪在蒲团上,从正殿走到偏殿,他和她始终十指紧扣。

"算命摊位也歇业了。今天结婚,本来想求段姻缘判词。"沈清洛没有很信命理和神佛，但大好日子，总想讨彩头。

这句话，被旁边摆摊卖香囊符牌的阿姨听见。

“小姑娘，小姑娘。”阿姨抬手，招财猫似的上下晃动，“你过来看看。”

沈清洛和陆策对视一眼，走上前，接过阿姨热情推销的一款红色长方形平安符。

“喏，这是专门保佑夫妻爱情长久的。”

陆策漫不经意地拿起平安符看：“上面怎么绣了朵桃花？”

阿姨销售经验老到，熟练地回答道：“这就叫——看此日桃花灼灼，宜室宜家，卜他年瓜瓞绵绵，尔昌尔炽。北城九月不开桃花，都在符上啦。”

沈清洛被这句话打动，买下了平安符。

阿姨笑眯眯，收完款，祝他们百年好合，又说：“我们的平安符里加了中药配方，还可以提神醒脑、延年益寿、辟邪除秽。”

陆策和沈清洛听完笑一笑。

回停车场时，沈清洛步伐明显变慢。她蹬了一天高跟鞋，小腿又酸又累，扯了扯旁边人衣袖：“陆策，我走不动了。”

陆策停下，跨一步到她前面半蹲下：“上来，我背你。”

沈清洛毫无心理负担、快快乐乐地勾住陆策的脖子，攀到他背上。

陆策失笑：“以后想要我背就直说。”

“好啊，等下到地下车库，我也不想走了，你背我上楼。”

陆策闻言微微偏头，语气戏谑调侃：“宝贝，你越来越娇气。”

“身份不一样了，”沈清洛放松地趴在他肩头，“老公。”

陆策在原地足足站了一分钟。

沈清洛捏着平安符的红线，在陆策面前钟摆般来回晃悠：“辟邪除秽，回魂回魂。”

陆策清了清嗓，重抬步伐：“傻子。”

回到家，沈清洛卸妆洗澡进卧室。台灯、镜面、抽纸盒，各处角落都贴上“囍”字，床品也换成喜庆的龙凤刺绣四件套。

沈清洛捞起几片玫瑰花瓣，低头闻了闻，又重新洒在被面。

陆策也走进来，温柔小心地把她抱在床中央。床垫微微凹陷起伏，边沿的花瓣飘落到地毯。

陆策低头吻她的嘴唇：“结婚，还有一个步骤没完成。”

沈清洛贴在他耳侧：“我点了香薰，闻得出是什么花香吗？”

陆策望向床头柜，圆柱玻璃瓶中火光摇曳舞动。香薰味道很淡，带点甜。

沈清洛捧着陆策的脸，让他看自己，不再卖关子：“是合欢。”

相思树，合欢枝，紫凤青鸾共羽仪。

陆策解开她的睡衣带子，交叠的两道身影在红床翻滚，烛光熄灭，新婚的夫妻迟迟不入眠。

婚礼结束，沈清洛和陆策休婚假，去大溪地度蜜月。

地点不同的海岛，价格千差万别。

近一点的三亚，不用办签证出国，最为便捷。如果增加预算，可以去东南亚泡酒店，巴厘岛、普吉岛都不错。经济更宽裕的，则选马尔代夫、斐济。

大溪地的度假成本，凌驾于所有海岛之上。国内去的游客相对较少，除开高昂的费用，交通不便也是令人望而却步的重要原因之一。

中国没有直飞大溪地的航班，要先从北城飞到东京成田机场，再转航班至法属波利尼西亚首府帕皮提。

飞行时间加上等候时间，单程超过二十小时。

国际出发的安检后贵宾厅，沈清洛困顿不已，靠在陆策肩膀睡觉。穿制服的日本机场工作人员前来提醒，飞往帕皮提的航班即将登机。

沈清洛迷迷糊糊被喊醒，一路没讲几句话，直到坐进这架飞往大溪地的飞机，神经终于兴奋起来。

这是她和陆策的蜜月之旅。

飞机机龄不算新，商务舱是"2-2-2"布局，私密性欠佳，但能让两人连坐靠窗的位置。

沈清洛腿上盖毛毯，打开阅读灯，开始看一本新上市的悬疑小说，是一起发生在南太平洋空域的机舱绑架案。陆策瞟了一眼，就心情复杂地转了回去。

沈清洛看得入迷，空姐来发放餐食，她随意吃了两口便合上盖子。看小说看得废寝忘食，不知不觉地翻到最后一章。

眼睛酸胀，她将书本倒扣在腿上，揉了揉干涩的眼皮。

陆策递来一次性滴眼液，顺便抽走她手里的小说。

"歇会儿，看看远处。"

过了不知多久，语音播报响起，飞机准备降落，提醒乘客打开遮光板。

沈清洛望向舷窗外，大溪地正处于下午，南太平洋的海面波光粼粼，阳光下呈现一片薄荷绿，沈清洛没见过这般透净的海水，心神瞬间被吸引过去。

飞机落地于简朴的帕皮提法阿机场，设施与现代繁华的北城国际机场无可比性。法阿候机楼的商圈布置，乍一看像火车站。

到了帕皮提，得再换大溪地国内航司飞波拉波拉岛，沈清洛和陆策未来几天都将泡在这个度假岛。

波拉波拉的到达大厅，占地面积更小，远看像栋度假民居。波拉波拉分为主岛和外岛，主岛出行方便，摩托艇、滑翔伞、直升机，都在主岛的码头出发。

而外岛，高端酒店林立，一间间水屋面朝大海，互不干扰，私密性绝佳。

陆策和沈清洛订的是外岛一家顶奢酒店的山景水屋。

出了波拉波拉机场，酒店的私家游艇和礼宾已经在外等候。填完表格，送上欢迎礼，十多分钟就开到酒店所在环礁。

办完入住，沈清洛和陆策参观房间。

所谓山景水屋的"山"，是指不远处的奥特马努山。这是一座火山遗迹，现高不到八百米，周身植被茂密，在蓝色潟湖环绕下，静静矗立于海平面。

酒店房间面积达一百四十平方米以上，客厅茶几下方的地板是块透明玻璃，能围观路过的鱼群。

房间外附一个超大露台。露台放一套白色户外桌椅和沙发后，空间依然宽敞有余，极适合沈清洛和陆策这样追求松弛感的蜜月旅客。

沈清洛换了条吊带裙，和陆策出门吃饭，第一餐选了家十分著名的米其林三星法餐料理。

松露土豆泥、炙烤和牛、香煎鳕鱼、熔岩巧克力蛋糕……菜品卖相精致，不过沈清洛对食物兴趣不大，并没吃出米其林三星与其他法餐有多大差别，环境和服务倒是一绝。

用餐时恰逢落日，海天连成一片橘红，餐桌正下方是玻璃地板，能看到游动的鲨鱼，以及其他种类缤纷的热带鱼。

酒店管家同他们介绍附近的游玩设施，极力推荐两人出海，这儿可是世界知名的潜水胜地。

"想去吗？"陆策问。

沈清洛对深海有点恐惧，但面对无垠瑰丽的风景，她点点头："去吧。"

管家贴心准备了全新的面镜、呼吸管和脚蹼，送他们到乘船码头。陪同游玩的船长和船员已经在甲板等候。

白天风平浪静，是个出海的好时机。船长开到一片清澈海域，让他们佩戴浮潜装备。

沈清洛俯视海底，成片的魔鬼鱼结伴游过，通体黑色、带毛刺的海胆藏在珊瑚底下一动不动，还有几条小丑鱼，在海葵的触角里捉迷藏。

看了一会儿，他们回到甲板。船长说，深潜更有意思，能与礁鲨、泰坦尼克鱼、海鳗、海龟亲密接触，幸运的话，还能看到座头鲸。

沈清洛有点忐忑，光是想到海水没过头顶，就觉得呼吸不畅，水肺潜水对她来说是个很大的挑战。

船长笑着看她："Hey, Madam, just relax and be happy！"

船长戴上墨镜，开到更深的海域，游艇漂浮在一望无际的辽阔海洋。天高地远，让人感觉仿佛身处另一个时空。

到达目的地，船长让水性良好的船员带客人下海。

沈清洛换好潜水服，背上氧气罐，船员帮她调压力阀门。这一刻，她对深海的恐惧陡然升到顶点。

"陆策，我不想下水了。"

船长听懂了这句中文，明白这姑娘想"临阵脱逃"，急得蹦英文，说她应该勇敢一点，因为"海底世界太美妙啦"。

船长是好意，不希望远客错过大溪地的海底风光，转头让陆策劝劝这位美丽的东方女孩。

陆策看了眼沈清洛，她连额头上的发丝都写着"我好害怕"。

陆策一句不劝，转头对船长说："我的妻子不愿意，那就算了。"

船长和船员们满脸惋惜："好吧。"

陆策不愿看到沈清洛恐惧的表情。宇宙间奇绝的景象太多，少了这一幕，还有下一幕，永远有更好的风景。

最后陆策和他们下海。沈清洛趴在游艇甲板栏杆上，思绪发散，突然想到陆策在禾木曾经说过："你以后也不用逼自己勇敢。"

惦记沈清洛一个人在船上，陆策没玩太久便回来，脱下潜水服，就被沈清洛拦腰抱住。

他眉毛上挑，手放在她后脑勺上："这是怎么了？"

沈清洛额头抵在他腰际，很轻地摇了摇头，没说话。

游览海景的另一种方式，是乘直升机，从高空俯瞰星罗棋布的岛礁。直升机停机坪靠近海岸线，圆形水泥地正中央刷了个大大的"H"。

螺旋桨噪音惊人，沈清洛戴上耳麦，听飞行员介绍大溪地的历史。往下看，那些酒店水屋，像是漂浮在水面的二回羽状复叶。

这趟行程最让沈清洛惊喜的，是晚上在沙滩边散步，陆策忽然喊她抬头。

沈清洛沿他指尖望去，看到了南半球独有的两团云雾状天体，大小麦哲伦星云。

第一次约会时的无心之语，在蜜月得以实现。

海岛阳光热烈，沈清洛皮肤晒得微微泛红。晚上，她坐在椅子上涂芦荟胶，全身大面积地涂，同时和陆策商量，明天不出海不玩项目，就在酒店休息。

陆策当然没意见。

芦荟胶很快见底，陆策让管家再拿一瓶，等沈清洛抹匀，抱起她睡在大床上。

陆策睡前不安分，手指拨弄沈清洛的长发打旋儿，他的眉目深沉，不知

247

又在打什么主意。

沈清洛这几天玩累了,枕着白噪音般的海浪声沉沉睡去,不忘握住陆策的手指:"别闹我嘛。"

翌日,没有其他安排,他们睡到自然醒。

沈清洛破天荒地先起床,站在靠大海的露台边沿,看到远处一男一女正划着小舟靠近他们。

这是酒店的一项体验服务,独木舟早餐。

送餐员身着当地传统服饰,为他们端来新鲜的波利尼西亚式餐食,有芋头、水果,为了贴合世界各地游客的口味,也增加了西式的面包。

其中一位送餐员熟练地在露台摆盘,另一位等在小舟上。

他见沈清洛对小舟好奇,便问,想不想上去体验一下。

沈清洛觉得这条小船特别像朴素版的威尼斯贡多拉,她拨动桨板,围绕酒店周围慢腾腾划了一圈。

这片海域归属酒店,不准外来船只靠近,是以非常安全。

沈清洛划回水屋露台时,陆策已经起床,他穿了一件极具大洋洲风情的花衬衫,潇洒地立在露台边缘。

小舟靠岸,陆策弯腰伸手,把沈清洛拉上岸,一同吃早餐。

"清早不见你人,原来跑去划船了。"

沈清洛夹起一瓣菠萝,送到嘴里,含糊不清道:"还挺好玩的。"

陆策帮她倒牛奶,说:"水疗预约好了,你去吧,我到主岛逛逛。"

水疗男女分开,陆策没兴趣做SPA,也无法进去陪同沈清洛。

沈清洛闻言,无辜企盼地朝他眨了眨眼。

陆策最受不了她这个眼神:"乖,去吧,在你结束前我一定回来。"

沈清洛预约了全身项目,包括做脸护肤,一套下来,三四个小时。她在明市和北城都有去美容馆的固定频率,偶尔也在里面做全身按摩。

国内的美容技师按压力气大,过程疼得人嗷嗷叫,按完一身轻松。

波拉波拉的酒店则不然,动作又轻又柔,沈清洛被按得昏昏欲睡。

美容师不会中文,但她又想把赞美传递给客人,用不太熟练的英语朝她比画。

沈清洛起先不明白她讲什么,直到听见两个词,"pearl,珍珠""skin,皮肤",加上美容技师的表情,大概猜到,应该是在夸她。

大溪地官方语言是法语,但美容技师并不讲法语,而是本土的塔希提语,沈清洛用手机翻译器,临时学了句塔希提语的"谢谢"。

技师稍一惊讶,随即开怀地笑了起来。

做完脸,热敷涂精油,沈清洛在精油的芳香中,眼皮合上,睡过去了。

美容技师不吵客人休息,放轻脚步退出房间,调暗灯光,让她安稳入睡。陆策在大厅多等了半个小时,沈清洛才睡醒。

回到水屋,她打了个哈欠,问陆策去逛了哪些地方。

陆策牵她到露台沙发,面对深沉幽寂的海面,抱着她,低声道:"随便走走,顺便给你买了点东西。"

这句话勾起沈清洛的好奇心:"买了什么?"

陆策拿出盒子,打开是一根黑珍珠发簪,和一对同色系的珍珠耳环。

珍珠种类很多,淡水养殖珠大多呈浅色,海水珠则颜色丰富,有南洋金珠、纯野生的糖果色海螺珠、绸缎光泽的澳白。

还有便是产自大溪地,顶稀有的黑珍珠。

陆策选的发簪,尾端镶嵌的那颗正圆黑珍珠,散发孔雀绿的炫彩,直径达到收藏级别的18mm。

沈清洛接过簪子和耳环,心说今天和珍珠好有缘。

陆策摩挲她的手背,"一直看到你用根簪子就能盘头发,怎么做到的,教教我。"

这可是沈清洛的强项。其实原理很简单,类似织针毛衣的原理,先把头发缠绕簪子上,挑开一缕后脑勺的头发穿进去,再从簪身缠绕的发丝间穿出来。

沈清洛慢动作演示三遍,陆策学会了。

"我试试看。"他说。

沈清洛抱膝背对陆策,把长发留给他试验。

陆策各方面都优秀,却在盘发这件事上遭遇滑铁卢。磕磕绊绊,终于把头发穿成一团,可是整体松垮凌乱,看着随时要散架。

沈清洛伸手抚摸脑后的发髻,倒在他怀里没心没肺地笑:"陆策,你的手艺,浪费了这根黑珍珠发簪。"

陆策也跟着笑,低头看了许久。

月光洒在海面,又蔓延到沈清洛的背部。陆策心神皆动,抽走那根黑珍珠发簪,沈清洛的头发如潮水般纷涌而下。

乌发雪肤,比珍珠光泽更莹润。

八到十月份,是座头鲸迁徙来大溪地的时光。一头离群的座头鲸,趁夜晚安宁,透出水面观察人类世界。

远远地,它看到水屋露台上有交叠的人影。

座头鲸号称海底的情歌王子,哼哼两声,仿佛在吟唱优美旋律。哼完,对面两人却毫无反应,它一头扎进海里,朝水屋方向靠近,试图一探究竟。

座头鲸靠近目的地,从海面探出头。

咦，露台没人影了。

它凑近一些，只听到那间落下帘子的卧室，隐约传来暧昧呢喃的声响。

今晚人类观察计划宣告失败，座头鲸悻悻地沉入水底，"扑通"，夜晚的海面荡起一圈波纹，很快又归于平静。

座头鲸在海里调转方向，游入南太平洋神秘辽阔的深处。

婚后生活与先前并无大差异，硬要找出不同的话，那就是陆策出差时长明显增多。

陆策要去瑞士出差，提前一晚在客厅收拾行李，沈清洛帮忙检查护照证件。

红色封皮的外交护照，比暗红金字的因私护照颜色鲜艳，沈清洛随手翻开，里面密密麻麻盖满了许多国家的出入境章。

她的第一反应，不是惊叹陆策去过如此多国家，而是心疼。他每次出差坐那么长时间飞机，又是需要高强度集中精力的工作，必然疲惫。

陆策正俯身往箱子里放衣服，一双纤细柔软的手臂依赖眷恋地从背后抱住他。陆策停下整理动作，低头看腰间缠绕的秀窄白皙的指节。

他了然一笑，转过身，把沈清洛搂入怀里："洛桑的会议日程紧凑，全安排在一天，我这次去瑞士，三天后就回来。"

一星期总共七天，三天几乎占一半，沈清洛语气沉闷："哦。"

陆策安抚她，低头靠近她耳边，嗓音低沉温柔："帮我看看箱子，有没有忘带行李。"

"有，"沈清洛头埋在他肩窝，不肯抬起，"忘带我了。"

"我倒是想。"陆策被逗笑，捧起沈清洛耷拉的脸蛋，"要不跟电视台请假几天，跟我一道去瑞士？"

沈清洛只是说说而已，不可能真放下手头工作，何况陆策也有自己的事要忙。

翌日清晨，陆策一早出发去机场，等沈清洛醒来，卧室里只剩她自己。

沈清洛睁开眼的瞬间，看到台灯上贴着一张黄色便笺。纸上是陆策的笔迹，写着"宝贝，早安"。

她坐在床头，捏着便笺放空一会儿，赤足走进衣帽间换衣服。

北城顶楼公寓的衣帽间比她之前住的地方大一倍，即便如此，近日沈清洛依然觉得岛台空间不够用。

盘点岛台物品，她的东西占了大半壁江山。

沈清洛的发饰首饰虽多，但也没到如此地步，之所以超量，起因还得归到陆策。

陆策去的地方多，每到一处，就给沈清洛买礼物。不挑别的，专购饰品。

陆策下单全凭眼缘，只看款式不管价格，因此饰品价值起伏波动大。有小几百的艺术街区匠人手作耳钉，也有离谱到沈清洛考虑锁进保险柜供起来的钻石项链。

他越买越多，发簪、长夹、耳环耳钉、项链手链，种类之丰富，沈清洛根本用不过来。

有天晚上，沈清洛忍不住问陆策，为什么总给她买饰品。陆策淡淡瞥来一眼，嘴角上翘，接着合起书，翻身覆在她上方，手指轻揉她耳洞玩："想知道？"

"想。"

"嗯，给点好处，我就告诉你。"

沈清洛"哦"一声拉长音，打开微信，给陆策发去一个红包，备注"好处费"。

陆策点开，笑得胸腔震颤："我缺你那两百块吗，这点钱想收买我？"

沈清洛按下他的后脑勺，在他额头亲一下："还有这个。"

陆策不再和她闹，告诉她真实原因，其实是因为一幕画面——

刚从新疆回明市那会儿，他住在沈清洛家，看到沈清洛对着梳妆镜戴雪花耳钉。这个生活化的、只有极亲近的人才能目睹的动作，莫名叫他喜欢。

陆策断定，不会有其他男人见过她梳妆打扮的模样，想到此，他就获得一种莫名的满足感，并希望每天都看到她戴首饰。

当然，后半句话没告诉沈清洛。

陆策出差的三天时间，对沈清洛来说有点难熬，因为她来例假了。

痛经这个老毛病，以前在苏州看了很多医生没效果。高三时赵进菲也带她挂过号，医疗器械查不出毛病，医生也只能提醒沈清洛，平日要注重作息规律以及饮食锻炼。

陆策在的这几个月，在他的精心照顾下，她几乎快忘记例假疼痛的感觉，谁知这回老毛病又重犯。无奈之下，她只好吃止痛药缓解疼痛。

以前只疼第一天，不知怎的，这次熬到第三天才缓解。一个人的日子里，沈清洛格外思念陆策。

到了陆策回来那天，她调休半天假，开车去机场接人回家。

车是沈清洛新买的，还在磨合期。

其实陆策有好多辆车，但他钟爱大尺寸车型，地库里的家伙一辆赛一辆狂野。

沈清洛平日步行上班，偶尔有外出任务，则开车去单位，就在陆策的车钥匙中随便拿把。

她就职的电视台办公大厦,是一栋建于二十多年前的老楼。那个年代,汽车还没有普及,地下停车位规划得潦草狭窄。

沈清洛停车技术一般,前前后后来回好几次,才准确倒入车位。再加之陆策的车太惹眼,权衡之下,沈清洛周末去4S店自己订了一辆新车。

陆策的航班准点落地。

沈清洛这两天虚弱,特地化过淡妆,增加气色。机场到达大厅出口的围栏外,乌泱泱一排接机客,双手高举A4纸,上头写着各种语言的名字。

"仙女!"

人群中冒出一道熟悉声音。

沈清洛望过去,着黑色风衣的高个子男人,鹤立鸡群地在那儿朝她大幅度挥手。

"周泽杭?"

两人对望几秒,同时问:"你怎么在这儿?"

周泽杭问完就笑:"我傻了,你肯定来接陆策。"

沈清洛点头,问:"那你呢?"

"我来接我堂姐,她和陆策是同事,这次一起去出差。"

陆策的同事,沈清洛只在结婚当天见过,那天太忙了,人脸没记清几张。

周泽杭看她使劲回忆的模样,笑道:"哦,对了,你没见过我堂姐。你俩结婚那会儿,堂姐被公派出去学习,没回国。"

正聊着,陆策一行人出来了。

沈清洛接人,是临时起意,来的路上才给陆策发短信,那会儿陆策正在飞机上。她理想中的接机场景,是看到陆策惊喜无比的样子,然后她扑过去抱住他。

现实总是出乎意料。

她没想到这趟出差去了这么多人。

陆策被其他同事围在中间,正在严肃地讨论着什么,沈清洛根本不好意思过去。倒是周泽杭,扬着嗓门喊了句:"姐!陆策!"

一帮人齐刷刷望过来,沈清洛下意识一僵,心说还好化了个淡妆。

陆策一眼就看到沈清洛,与边上同事打了声招呼,径直走到她面前,松开拉杆箱,张开双臂抱住她:"身体好点了吗?怎么不提前告诉我你要来机场?"

"临时决定,"沈清洛回抱陆策,"给你发消息了,两小时前。"

陆策在国外用的另一张手机卡,取完行李还没来得及更换。

他后边走来一个身材高挑的女人,长相利落干练,齐肩短发尾部稍稍内扣,气质极其出挑。

女人笑一笑，朝沈清洛打招呼："嗨，你就是清洛吧？常听陆策提起你。我叫周子帆，泽杭的堂姐，陆策的同事。很遗憾没能参加你们的婚礼，再向你们道一声恭喜！"

周子帆是英语翻译，她的语调不疾不徐，很能镇住场。

沈清洛莫名觉得，也许是职业天性，周子帆说话时的语气和气场，在某些方面与陆策相像，都自带一种压迫感。

陆策揽住沈清洛的肩膀："等我和同事打声招呼，我们回家？"

沈清洛点头，陆策搂着她走到同事面前，颔首："我和清洛先走一步。"

"行。"同事笑眯眯地打趣，"'金童玉女'都有人接，不像我们，要自己打车回家。"

回程陆策开车，沈清洛坐在副驾驶，忍不住回忆刚刚他同事说的话。"金童玉女"，应该指的是陆策和周子帆。

余光瞥见沈清洛一直走神，陆策等红灯时捏了下她的手，问怎么了。

沈清洛眼睫扑闪，犹豫了一下还是问出口："为什么别人喊你和周小姐'金童玉女'？"

"这个啊，"绿灯亮，陆策发动汽车，不以为意道，"刚进单位时候的事了。"

陆策到单位的第一年国庆庆典，正逢几个部门联合举办合唱比赛，曲目是大街小巷循环播放的《我和我的祖国》。

合唱比赛结束，举行颁奖典礼，因有不少"重量级领唱嘉宾"参赛，负责给嘉宾献花的工作人员在部门年轻人中筛选。

而被选中的俊男靓女，就是初出茅庐的陆策和周子帆。

最终获一等奖的某领导，接过奖牌和鲜花，心情大好，打趣道："哟，还有金童玉女给我送花呢！"

于是"金童玉女"的称号沿用下来。

沈清洛问："就这样？"

陆策驶入住所地库，想了想，还是不愿意隐瞒沈清洛，实话实说道："周家和我家是旧识，有段时间，两家长辈提出，我和她是否有进一步发展的可能。"

沈清洛抿了抿唇。

"当然了，我和周子帆都没那想法。我的心里只有你，你知道的。"陆策熄火停车，手肘搭在方向盘上，侧身说，"宝贝，我很诚实交代了吧？"

沈清洛不想说话。她只觉得酸，嘴巴酸，眼睛酸，全身上下都在酸。

回到家中。这次出差，陆策给她带回一条带水滴吊坠的白金手链。

沈清洛试戴手链，却怎么也扣不进搭扣，一使力，手链掉落在地板上。

等陆策放好箱子回客厅,见沈清洛垂着头坐在沙发上,茶几上静静地躺着他带回来的那根白金手链。

沈清洛听到他走近,忽然仰起脸。

陆策一怔,她的眼睛红红的,一副泫然欲泣的模样。谁让她受委屈了?

还没问,就听沈清洛轻声说:"陆策,我戴不上手链。"

陆策定定看她几秒,捏起手链,坐到她身边:"我帮你。"

沈清洛抬起手腕,任由陆策仔细地帮她扣好。链条长度正好契合她的腕径,垂坠的水滴荧光闪耀。

她晃了晃水滴,做了本来应该在机场做的事,扑进陆策怀里。

陆策立刻接住,抱得很紧,下巴在沈清洛的发顶摩挲一下。

"我的阿顺,又在别扭了。"

沈清洛埋在他怀里,闷声道:"陆策,我不喜欢听到别人说,你和其他人是'金童玉女'。"

"好,下次不会再有人说。"

陆策其实情绪有些复杂。一方面,金童玉女是无稽之谈,沈清洛为这事不开心,他有种哭笑不得的无奈。

可另一方面,心肝宝贝为他吃"陈年旧醋",他又觉得挺高兴。

"陆策。"

"在。"

"这几天好想你。"

陆策闭眼吻她的发顶:"我也是。"

沈清洛不再开口,陆策就静静地抱着她。

爱沈清洛的人,有一个共同点,对她的耐心,比冬令时的黑夜还长。

陆策更年轻些时,曾经想过,他这样一个人,面对一个心思敏感的女孩,他的耐心底线在哪里。

后来陆策发现,只要对象是沈清洛,他就没有底线。

他可以一直抱她在怀里,只要她想。

就像现在,沈清洛缓缓抬头,那双叫人沉溺的眼眸,如浩瀚夜空般静谧温柔。

"陆策,你还要倒时差,先去洗澡吧,我陪你一起睡会儿。"

陆策和沈清洛结婚的第三个年头,接到一纸外派任令。

陆策的老领导满脸慈祥,意味深长地拍了拍他的肩膀:"年轻人,好好把握机会。"

外派与出差不一样。出差短则三五天,长的话也就十天半月,而外派到别国,至少三五年起步。

陆策两个月前就被喊去谈话,上头征询他的个人意愿,陆策第一时间与沈清洛商量。

沈清洛纠结许久,最后还是建议他去:"外公说这是很重要的外派经历,那就去呀。"

"驻外人员可以携带配偶子女,电视台也有海外部门,"陆策语气温柔却专断,"宝贝,跟我一起走。"

沈清洛既然说出赞同,那就是已经做好陪他去的打算。

只是,陆策被外派的国家很远很远,位于南美洲西部,靠近赤道线,是大部分国人终其一生也不会涉足的——

秘鲁共和国。

沈清洛第一次听到陆策可能被派去秘鲁,眼睛空洞茫然地眨了两下。

全然陌生的环境国度,说她不害怕那是假的。但想到陆策在,沈清洛的心安定一些。

陆策下班,走出大楼,忽然顿住脚步。

保安室外,赵进菲穿一件暗门襟白衬衫,外搭藏青色戗驳领切角西装套裙,干练优雅地抱臂等在车旁。

陆策叫了声"妈",赵进菲微微点头,拉开副驾驶的门:"聊一聊?"

"好。"陆策望她一眼,坐进车子。

赵进菲带陆策到一家环境清幽的茶室。一前一后,绕过正厅博古架,撩开竹卷帘到包间,赵进菲招呼陆策:"先坐吧。"

包间正中央摆放桃木桌椅,桌面托盘是一套两人份的骨瓷茶具。墙角方形高脚花架的裂纹青釉花瓶里,插了一枝翠绿的吊钟木。

赵进菲喊来服务员,点了壶产自苏州洞庭山的碧螺春。

陆策直接问:"妈,找我是想聊关于清洛的事?"

赵进菲不跟他弯弯绕绕:"清洛跟我说,她打算和你一起去秘鲁,我的意见是反对。"

陆策稍扬下巴,神色未变:"抱歉,妈。这件事上,就算您反对,我还是要带她走。"

赵进菲眯眼审视对面这位女婿。

她看人很准,陆策确实爱沈清洛,但只对沈清洛本人有求必应,妥协求全。其余各位的意见,不在他的考量范围。

面对陆策这样的人,硬碰硬行不通,赵进菲拿出谈判桌上的气势:"不妨先听听我的理由?"

陆策为赵进菲斟茶,语气尽量缓和:"妈,结婚时您放心把她交给了我,如今也不需要有顾虑。"

"放心的前提是你们生活在北城,清洛在我眼皮子底下,想见就能见。"

陆策思索片刻:"我们之后生活在秘鲁首都利马,航线充足,您要想见她,我随时安排。"

赵进菲有时挺讨厌陆策油盐不进。她对秘鲁的印象,还停留在二十世纪八九十年代,那会儿秘鲁内乱外患,国内治安差,加之秘鲁处于环太平洋地震带,还有遇到自然灾害的风险。

在赵进菲眼里,女儿和那片土地格格不入。

"陆策,你知道小时候的清洛,到了陌生环境是什么样吗?"

陆策沉默,沈清洛的童年,是他缺失的部分,不管用何手段,都无法补救。

赵进菲抿一口茶,娓娓道来。

童年沈清洛,是个不爱出远门的小朋友,在她的标准定义中,但凡需要过夜,统统属于"出远门"。

刚上幼儿园的沈清洛,对与父母相处这件事,尚且怀抱期待。

周五下课,她背上小书包,随难得回趟家的赵进菲和沈柏乌,一家三口一起去隔壁无锡鼋头渚看樱花。

过夜酒店定在无锡市区,当晚,沈清洛怎么也不睡着,一会儿指挥沈柏乌换移家具位置,一会儿问赵进菲,有没有带她习惯用的那套床品和陪睡娃娃。

最后沈柏乌实在被她烦得不行:"清洛,你再不睡,明天爬不起来看樱花。"

沈清洛大眼睛扑闪扑闪,没听出沈柏乌在酝酿火气,磨磨蹭蹭地抱住他的手臂:"爸爸,可是我睡不着,能不能把床移到左边,跟我小房间里一样。"

沈柏乌一口拒绝:"不能,这里是酒店。"

赵进菲困得连连打哈欠:"清洛,你到底想干吗?"

沈清洛松开爸爸,爬到另一侧抱妈妈的手臂:"这间屋子,和我的小房间差太多啦,妈妈,你让爸爸帮我挪一下床。"

沈柏乌开了几小时车,困顿不已,语气也变得不耐烦:"进菲,小孩想一出是一出,你别理她。"

沈清洛生气地在沈柏乌的手臂上打一下。力气很小,挠痒痒似的,沈柏乌懒得和她计较,侧身朝另一边睡去。

赵进菲其实也很想睡过去,但沈清洛气鼓鼓地坐在他们中间,模样有点好笑。

"清洛,就睡一晚,忍忍过去了。"赵进菲劝她,"为什么非得和你小房间一样呢?"

沈清洛纠结地绞动手指："就是要一样呀。"

这回答，跟没回答一样，赵进菲也失去问话欲望，闭上了眼睛。

沈清洛茫然无措，她勉强自己入睡，可一闭眼，总觉得周边有不知名的隐身物种在瞪她。

沈清洛越想越害怕，小手一边推一个，摇醒爸爸妈妈。

沈柏乌快被她搞得神经衰弱，半梦半醒间朝赵进菲抱怨："你非要带她去看樱花，小孩子能看懂什么，吵得我头疼，下回不带了。"

赵进菲翻了个身，也不知听没听到。

沈清洛不敢再打扰他们，可也睡不着，翻来覆去辗转难眠，硬撑到黎明时分，精力耗空，终于昏睡过去。

第二天，一家三口，齐齐睡过头。

沈清洛是最后被喊醒的。

赵进菲整理箱子，沈柏乌把沈清洛的小裙子放到床上，催促她："清洛，快快快，换衣服，要出发了。"

沈清洛看着忙忙碌碌的父母，想到昨晚的对话，情绪说上头就上头，眼眶一热，把自己闷在被窝里哭。

赵进菲和沈柏乌停下动作，围着床上鼓包的一团，面面相觑，实在弄不明白女儿一大早哭什么。

快到退房时间，赵进菲和沈柏乌好话说尽，才哄得沈清洛掀开被子。

漂亮的小脸蛋此刻正梨花带雨，任谁也不舍得说重话。那一刻，在工作上游刃有余的赵进菲，忽然忐忑不安，眼前的小姑娘这样脆弱细腻，要如何照顾她长大？

说来奇怪，她和沈柏乌性格爽利，沈清洛却截然不同，难道这就是物极必反？

"高三那年，我接清洛回北城，怕她不习惯，光是房间布置就让设计师改过三版，尽量与苏州卧室的陈设保持一致。"赵进菲回忆道。

茶室包间，空气仿佛凝结。半响，陆策拿起茶壶，又给赵进菲续了一杯。

他瞬间明白，赵进菲不是真的要阻止沈清洛跟他走，而是放心不下女儿远走异国，担心沈清洛身边没有家人没有朋友，语言也不通，只能依靠陆策。

如果可以，赵进菲想在陆策口中得到一句承诺。

陆策突然笑了笑："妈，其实我一直想谢谢您。"

赵进菲一愣。

陆策说："谢谢您，高三那年带她到北城，让我很早遇见她，才能喜欢上她，并且追求她。"

陆策敛起笑意，身体放松，表情却很郑重："所以我已经照顾了她很多

257

年，到了秘鲁，也依旧如此。她永远是我考虑的第一位。"

赵进菲没表达相信或怀疑，只道："记住你今天说的话，否则我会亲自去带她回国。"

陆策眉头蹙起，他不喜欢任何人在他面前声称要带走沈清洛，亲生母亲也不可。

"时间差不多了，今天的见面不要告诉清洛，回家吧，别让她等太久。"赵进菲低头看表，起身告辞，临走前又交代，"对了，我查过秘鲁那边的饮食气候，如果清洛生活不惯，我还是要带她回北城，希望你别阻止。这句不是试探，是真心话。"

陆策坐在茶室，给自己斟了一杯。

其实赵进菲的话不无道理。秘鲁首都利马靠近太平洋沿岸，终年少雨，被誉为"世界无雨城"，而沈清洛长于降雨量充沛的江南水乡苏州。

饮食上，利马这些沿海地区以辣为主，江浙菜偏甜，沈清洛适应不了怎么办呢？

万一如赵进菲所言，沈清洛中途生活不惯，想回国怎么办？要让她回去吗？

陆策灌下整杯茶，眼底情绪深涌。

回到公寓，陆策玄关换好鞋，发现客厅没人，便推开阳台玻璃门，沈清洛果然在那儿。

她穿着绵柔质地的无袖白色长裙，正给一盆无尽夏浇水。

听到声音，沈清洛转头，嘴角扬起笑："今天回来得好晚。"

陆策也笑了下："有点事耽搁了。"

沈清洛放下古铜色长柄浇花瓶，跑向陆策："告诉你一个好消息，《秦岭四宝》纪录片今天播出，有我解说的镜头。"

"还好去秘鲁前把项目做完了。"沈清洛手臂松松垮垮地搂住陆策的腰，还同他开玩笑，"想要家属福利吗？我可以给你签名。"

陆策今天很奇怪，话格外少，眼睫垂下，扫过沈清洛开开合合的红唇。

这种状态持续到睡觉前。

沈清洛直起上半身坐在床头，饶有兴致地念《秦岭四宝》的观众评论，发现陆策始终反应平淡，她话音渐止："陆策？"

陆策扯起嘴角："纪录片做得很好，离开现在的团队，跟我去秘鲁，会不会有遗憾？"

遗憾谈不上，舍不得倒是真的。不过，听说电视台的海外部门做纪录片采集渠道更广，沈清洛还挺期待。

"期待就好。"陆策探身吻她。

出发去秘鲁的那天,陆策和沈清洛拒绝了长辈们的送机服务。浩浩荡荡一行人挤在出发大厅,送行两个成年人,场面过于引人注目。

北城机场值机柜台,托运完行李,陆策接过工作人员递来的护照和登机牌,牵沈清洛走向安检口。

"宝贝,我们要离开中国了。"陆策侧目,专注地望着沈清洛,"下次假期,要等到我回国述职。"

通常驻外任期为四年,陆策这回情况特殊,可能要再延长两年,合计总共在秘鲁待六年。根据规定,每年有四十五天回国假期。

沈清洛流转的眼波温柔而坚定:"知道了。"

她实在太美好,陆策心想,自己到底走了多大运,才能完完全全占据眼前女孩的身心。情之所动,陆策俯身,不顾周遭人来人往,轻轻碰了碰她的嘴唇。

"喂喂喂,公共场合,您二位注意影响。"不远处,许怿笑着提醒,他旁边跟着情绪颇激动的周泽杭。

周泽杭上前一步,张臂抱住陆策,语气哽咽:"兄弟,到了那边好好照顾仙女和你自己。我会想你们的,这一别不知何时再见,你们也要想我。"

陆策礼貌而不失微笑地回拍他肩膀:"我外派到秘鲁,不是外派到月球,要是想见面,买张机票的事。"

周泽杭悻悻地松开他:"行,那说好了,等你和仙女在利马安定下来,我和许怿飞去看你们。"

陆策嘴角上扬,面容比平日柔和:"我和阿顺等着。"

许怿比周泽杭沉稳些,千言万语,一个眼神便表达所有。他也上前和陆策拥抱:"如果需要帮忙,随时打我电话。"

没聊几句,时间将近,陆策扣着沈清洛的手进安检。走到拐角,回头望眼伫立原地的两位朋友,陆策笑了笑,潇洒轻松地一挥手。交通这样发达的年代,离别至少不必过于沉重。

飞机划破长空,钻入云层,沈清洛切实生出离开故土的丝丝惆怅。

离开北城时,正是初冬,沈清洛怕冷,套了一件中厚款羽绒服。

落地利马,飞机尚在滑行阶段,沈清洛望向窗外,黄皮肤的地勤人员只穿单件棉麻衬衫。她低头看到自己不合时宜的薄羊绒裙,笑了一下。

利马的冬天平均气温十八摄氏度左右,冬季潮湿多雾,终年不见雨。

对此,沈清洛倒无所谓,她是苏州人,已经见过无数场江南的雨,很难有比它更好的存在。

会讲中文的本地司机等在出口,核对陆先生和沈小姐的身份信息,确认完,咧嘴露出白牙:"欢迎来到利马。"

宽敞崭新的埃尔法保姆车,穿过拥挤有历史感的老城区,司机连按好几下喇叭。过了这片区域,拥堵缓解,沿海岸线行驶,停在一栋白色花墙围合的别墅前。

从1533年开始,秘鲁被西班牙统治将近三百年,市里许多建筑物仍保留着鲜明的西班牙风格。这栋海滨别墅的设计也是如此。

乳白色手工抹灰外墙,斜坡铺红陶筒瓦片,二楼阳台做拱门装饰,搭配黑色铁艺弧形围栏,充满海滨区域的阳光活力。

沈清洛在北城提前看过别墅照片,如今亲眼见到实物,比二维画面更为惊艳。

别墅有两处庭院,一个是围栏铁门进去的入户庭院,平日接待客人。还有个私密性更好的家庭庭院,供住在这栋别墅的主人独享。

"屋里家具不齐全,太赶了来不及弄,想要什么随时添。"挑高的底楼客厅,陆策环视一圈,抱住沈清洛,"宝贝,我们要开始新生活了。"

沈清洛回拥住他:"好。"

饶是陆策做好充分准备,当天夜里,沈清洛还是出现了严重的水土不服症状。她头晕犯恶心,任陆策抱着哄着大半宿,还是睡不着。也去看过医生,没查出身体问题,最大可能是沈清洛的心理在抗拒陌生环境。

沈清洛尽力说服自己,和陆策在一起,什么也别担心,可她无法控制潜意识中的害怕和焦躁。

陆策看她拧眉强迫自己入眠的模样,心疼得要命:"实在睡不着的话,我带你去顶楼露台,要不要?"

沈清洛不想走路,双臂圈住陆策脖子,声音听起来虚弱无力:"那你抱我去。"

露台面积很大,一半遮顶,一半全敞。陆策提前叫人送来一架家用望远镜,此时正好派上用场,他调好角度,问沈清洛:"想看星星吗?"

"看星星"引起了沈清洛的兴趣,她靠在陆策的怀里,慢慢地抬起望远镜。

以前觉得南十字星遥远不可及,现在却近在眼前。

夜间观星,比强迫自己入眠舒服很多。沈清洛看得不知不觉忘记时间,想转头与陆策说话时,注意到他眼底的疲色,突然意识到,陆策也累了一整天。

她熬到深更半夜入睡,陆策就陪她到深更半夜。

沈清洛主动与陆策十指交扣:"不看了,我要回卧室休息。"

陆策只当她真的困了，神情放松地笑笑："好。"

说着他伸手抄过她的腿弯，想把人打横抱起来。沈清洛轻轻地推开他："我自己走。"

水土不服不是大病，隔几天自然转好。但沈清洛不知怎么回事，隔了两周都没好转迹象，反而失眠症状加重，就连食欲也全无，整个人迅速消瘦一圈。

秘鲁菜闻名全球，利马更是有名的美食之都，然而富有创新精神的融合菜并不能吊起沈清洛的胃口，餐桌上，她只吃了几口便放下了刀叉。

陆策看在眼里，急在心里。

远在北城的赵进菲不放心，每天与沈清洛保持一通电话，听女儿语气恹恹，便提出视频。

镜头里，沈清洛的消瘦肉眼可见，赵进菲有些担忧："在那儿生活，是不是不适应？"

沈清洛摇头："挺适应的。"

公司上午早会结束，赵进菲捏着手机立在落地窗前，沉思片刻，拨打陆策的电话。

利马位于西五区，比北京时间晚十三个小时，此时才晚上九点多。沈清洛在洗澡，陆策看到来电显示，合上房门去客厅接听。

赵进菲单刀直入："清洛不习惯秘鲁的环境。"

"刚到不久，水土不服。"

"都到好几天了吧。"赵进菲说。

陆策这回沉默。

"要是清洛一直这副状态，她……"

"妈，"陆策突然打断她，"我请了两个华人厨师上门做饭，下周一就到岗。"

其中一位，是早年随家人移民过来的温州人，会做地道的江浙菜。面试当天，厨师给沈清洛做了道酸甜口的松鼠鳜鱼。

沈清洛被勾起食欲，稍微多吃两口。

也就很少的两口。

陆策无声叹气。

沈清洛不喜欢家里长住外人，保洁打扫完就离开，同样的，厨师也仅在备餐时间出现。别墅里，大多时间只有她和陆策。

赵进菲在北城中医院配了药方，专治失眠的安神固体膏，加急寄到利马。固体膏对沈清洛还算有效，吃了几天，勉强能凌晨一点前入睡。

今夜仍旧如此，她睡着的呼吸很浅，仿佛随时会醒来。

陆策悄悄起身，走到阳台外面。

利马这座首都很神奇,你可以把它形容为"建在悬崖边上的城市",别墅阳台正对太平洋,一望无垠的海面沉静幽深,偶尔传来海浪拍击崖底岩石的水声。

陆策很久没抽烟,今天破了戒,掏出烟盒与打火机。

袅袅白雾散在黑夜,猩红光点烧到尾端,陆策深吸一口,磕灭烟头。不能让他的宝贝闻见味道,得去漱口换衣服,陆策这样想着。

"哗啦"一声,阳台门忽然被拉开。

沈清洛睡裙外披了件陆策的薄外套,宽大有余,遮到腿根处。她先看了眼桌面,临时用于当烟灰缸的纸杯底部,散落稀疏的灰烬,和一个咬过的烟蒂。

嗯,只抽了一支。

冬季低纬度地区干燥的东南信风,携卷海洋的咸味,吹在皮肤上不觉刺骨,只有微薄凉意,恍如北城的初秋光景。

沈清洛的裙摆在风中微微鼓动,她垂下眼睫,语气很轻:"是我的事,让你烦恼了吗?"

"不是。"陆策笑笑,扣住沈清洛的手腕,另一只手揽过她的腰际,稍一使力,把人抱在腿上。

他嘴唇在沈清洛锁骨上亲吻,察觉她皮肤温度低,便抬起头,维持环抱的姿势,裹紧沈清洛敞开的外套:"我就是瘾上来了,想抽一支。"

沈清洛面无表情:"你说实话。"

熟悉沈清洛的人都知道,她就算生气发火,也讲不出重话狠话,只稍稍提高音量,用一双湿润的大眼睛责备地望着你。

现在,她的语气明明毫无威胁力道,陆策却哑然,说不出骗她的话。

"好啦,确实是担心你,"陆策的手掌不安分,隔着外套丈量她纤瘦的腰线,"吃不下饭,睡不着觉,我能不焦虑吗?"

"我吃得比前两天多。"

陆策不置可否,片刻,状似随意地问:"在秘鲁……能适应吗?会不会觉得回国更好?"

沈清洛淡淡瞥他一眼:"要说好,当然是中国好。"

陆策漆黑的眼眸凝视她,只字不发,仿佛在等下文。

沈清洛忽略腰间受到的那股掐力,故意道:"陆策,你这么问的意思,是告诉我,如果不适应秘鲁,可以打道回国吗?"

见陆策沉默,沈清洛自顾自继续:"说起来,妈妈也给我打电话了。她说,如果实在不习惯,要不要回北城一段时间……"

"水土不服是寻常病症,过段时间就好。"陆策打断。

"万一我一直无法适应怎么办?那还是回北城好。毕竟能吃能睡,还有

262

亲人朋友在身边。陆策，你说呢？"

陆策想到两人会分开好几年的可能性，一口气哽在喉咙。

他扯了扯嘴角："再说吧。如果过段时间……你还是无法适应，那就……"

"就怎样，送我回国？"

陆策说不出"是"字，他一点都不愿意沈清洛离开。偏偏怀里的缺心眼玩意儿，还不自知地继续拱火："陆策，就怎样，你倒是说呀。"

"就送你回国。"

沈清洛仿佛八音盒上猝然卡住发条的芭蕾女孩，暂停好几秒，然后齿轮重新转动。

她伏在陆策肩头，嗓音轻缓雀跃："真的啊？"

听上去似乎很想回国。

陆策只觉混沌浊气溢满胸腔，想狠狠发泄。

沈清洛不知死活地继续说："那我回北城后，就在家等你。一年，区区三百六十五天，我们有一个月可以见面，其余时间呢，各自忙各自的事情。"

陆策内在情绪激烈，喉结上下咽动。

沈清洛视而不见，学陆策先前的模样，低头吻他锁骨："老公，所以我能回国吗？"

还敢叫老公。

"我不想你走。"陆策垂眸，完全没有出尔反尔的尴尬，"吃不下东西，我每天帮你换华人厨师上门做饭。睡不着觉，我陪你一起熬夜，等你撑不住睡过去为止。"

沈清洛眨了眨眼睛。

陆策眼睛里，又冒出那股似曾相识的野性和霸道："总之，你只能在我身边。"

"那你刚才装大度。"沈清洛嘴角勾勾，食指点在陆策肃杀的眉心，"陆策，以后有心事跟我说好吗？我们是伴侣，我不希望你一个人承担两份情绪。"

陆策中了沈清洛不高明的激将法，不由得失笑。

他不擅长示弱，但心爱的女孩也在心疼他，令他感到宽慰安心。

"宝贝，我唯一的心事，就是怕你不适应想离开。"

很怕，非常怕，看沈清洛水土不服，更是怕到夜不能寐。

"看来我必须再说明确一点。"沈清洛双手抵着他的胸膛，撑开一些距离，"错过的那五年，是我人生最大遗憾。往后，沈清洛会永远陪着陆策。"

陆策不再试图装大度，他得寸进尺："再说一遍。"

沈清洛在他耳边轻声呢喃："我会永远陪着你，我爱你，很爱。"

她裹在他的外套里，心甘情愿戴上镣铐，让自己落定在名为"陆策"的世界。

说来奇怪，第二天起，沈清洛的症状明显改善。逐渐地，不需要华人厨师做中国菜，她午间拽着陆策出门，说要尝秘鲁菜。

晚上也终于有了困意，才十一点，喊陆策熄灯睡觉。

"宝贝，稍等十分钟，我还有半页没看完。"

沈清洛躺着，百无聊赖地勾他的衣角。陆策看完文件，放到床头柜，也躺回床上，手臂垫在沈清洛后脑勺上："我还有一周就要上岗报到，趁有空，带你去玩玩？"

沈清洛眼睛倏地一亮："好啊，想去亚马孙雨林。"

"行。"

去亚马孙雨林前，先去了趟秘鲁的马丘比丘遗址，一处建在安第斯山间的印加城堡。

陆策和沈清洛在 Peru Rail 官网订好票，排队进火车站。站台的墙壁和屋瓦陈旧，犹如蒙上一层历史面纱。

铁轨上，小火车披着宝蓝色的车衣静静等候，车身喷有明黄色字体的"Peru Rail"和装饰线条。

单论外表，有点像国内的绿皮火车，内部环境却和绿皮车天差地别。宽敞的走道铺着原木色地板，双人皮座椅前配有一张小方桌，顶部装有透明玻璃车窗，方便游客沉浸式游览自然风光。

沈清洛靠窗坐，看着小火车在高耸的山峰间穿行。一路"哐当哐当"，途经翠绿的河流、大片裸砖色搭建的民居、低洼的农田望不到边际。

一只手抚上她的后颈。

陆策帮她捏了两下："一直看，脖子不酸吗？"

沈清洛摇头，继续看风景。

大约四五个小时后，到达马丘比丘。天气晴好，沈清洛摘下沿途买的秘鲁传统花呢帽，递给陆策拿着，自己则掏出相机，四处走走拍照。

先拍张马丘比丘标准的全景照。

找好角度，按快门的瞬间，一只白色羊驼若无其事地走入取景框。

沈清洛有些好笑，回看照片，白色羊驼还是对准镜头摆姿势的，显然是只常被游客宠幸的羊驼，于是她又给它拍了几张特写。

羊驼看镜头看腻了，开始不配合，沈清洛便收起相机。

此时一个亚洲模样的中年人走来，一开口，就是自带地域特征的东北口音，掏出手机，对着羊驼说："嘿，哥们儿，看下镜头，给你录个视频。"

羊驼掉头要走，东北大哥立刻绕前跟上："别啊，我大老远从哈尔滨来的，给个面子，就录十几秒。"

沈清洛没忍住笑出声。

大哥注意到声响，看向沈清洛："哟，你听得懂中文，也是中国人啊？"

"是啊。"

在国外遇见同胞，总叫人心情好。

交谈两句，得知东北大哥录视频是要给上小学的儿子看，小朋友对其他动物不感兴趣，唯独喜欢傻傻愣愣的羊驼。

东北大哥明显平日不太拍照，手机斜着，画面歪七扭八，对焦也不准。他看到沈清洛带的摄影装备很专业，便请她帮忙录一段。

沈清洛接过手机，调整参数，用简单的运镜给羊驼录了段特写。

东北大哥凑头一瞧，直呼专业。

他夸完，打开随身背包，拿出一款保温杯喝水。杯身印着某大学校徽，以及一行某某届毕业生留念的小字。

沈清洛瞥见校徽，稍一怔。询问之下，东北大哥果然是比她早几届的校友。大哥也乐了，两人关系拉近，话匣子瞬间打开。

东北人惯会聊天，话题一个接一个不带停歇。他问："和朋友来的，还是一个人来的？"

沈清洛指了指不远处的陆策，东北大哥笑着点点头："小情侣出游啊？挺好挺好，年轻就该多走动。"

沈清洛也笑："我们结婚了。"

"结婚好，结婚好啊。"东北大哥唠家常，"你俩有孩子了吗？"

"还没有。"

大哥一拍大腿："没孩子自由啊！不像我，来一趟秘鲁，还得给我儿子录羊驼，怪闹心的。"

戴鸭舌帽的导游挥动小旗杆，用英语喊她团内游客集合上车。

这位健谈的大哥潇洒一挥手："哎哟，导游在喊人，我要走了。再见了啊，祝你们玩得愉快。"

陆策走到沈清洛身边，搂住她的肩膀："和他聊了什么，笑得这么开心？"

沈清洛若有所思："聊孩子。"

沈清洛和陆策结婚近三年，其实两人有讨论过关于孩子的话题。陆策无所谓，他全看沈清洛意愿，而沈清洛就比较纠结了。

她喜欢动物，但从没养过宠物，小猫、小狗、小金鱼，都没有。因为她

265

始终没做好准备,也觉得自己没能力对另一条生命负责。

养小孩更是如此。

两人牵手继续游览观光,不远处的马丘比丘城堡本尊,独占一片夷平的山头。

暗淡的黄色岩石修建的土墙,围成农耕梯田,里面以前种植玉米、土豆。

沈清洛把小孩的事抛到一边,专心于眼前的风景,她变换角度拍了几张城堡特写,忽然盯着显示屏笑。

她今天好像特别爱笑。

陆策仰头灌一口水:"笑什么?"

沈清洛献宝似的把相机屏幕放到陆策面前:"之前在书上看到,印加城墙以打磨过的石头衔接垒砌,没使用灰泥黏合。城堡板板正正的造型,像不像小时候玩过的那款像素沙盒游戏,叫《我的世界》。"

也不是陆策以貌取人,他总觉得沈清洛不像玩电子游戏的人,从高三起认识她起,几乎没见过她玩任何游戏。

"《我的世界》很久以前玩过,大约在五年级的时候,那会儿电脑还是新鲜事物,我同学用 U 盘拷给我安装的软件。"沈清洛回忆道,"我玩了一整个暑假。"

陆策想象了一下,只觉得小小的、在电脑前玩游戏的沈清洛好可爱。

马丘比丘是临时决定的行程,观光完后,直奔亚马孙雨林,那才是沈清洛最向往的地方。

沈清洛格外偏好有动物的旅游目的地,比如大溪地的鱼类,又比如亚马孙的昆虫。

陆策停下脚步,打破沈清洛的幻想:"亚马孙里的生物,不是课本上的昆虫标本,而是活的、爬来爬去的蛇虫鼠蚁。"

沈清洛呆住。

中国人对词汇有特殊的联想能力,譬如说到"昆虫",便觉得亚马孙雨林是本行走的大百科,充满叫人探索的魅力。说到"蛇虫鼠蚁",那只能联想到阴冷潮湿、长满青苔的岩石和树干。

沈清洛的联想力更丰富,觉得那种潮湿环境适合练蛊。

亚马孙雨林位于秘鲁、哥伦比亚和巴西的交界处,其中,秘鲁拥有的亚马孙雨林面积排第二,也是亚马孙河的源头段。

进入亚马孙雨林,有两大枢纽,喜欢深度游、玩刺激的,走南部马尔多纳多港。如果偏轻松点、离首都利马近一些的,则走北部的伊基托斯。

沈清洛和陆策选择了坐内河游轮去北部的伊基托斯。

亚马孙丛林有许多度假酒店,环境依托,高端酒店主打野奢的概念,一种"精致的原始"。

"野"是指外观，与环境融为一片的木头墙壁和围栏，茅草屋顶，颇有林野闲趣的风范。

"奢"是内部装饰以及服务，匹敌甚至超越城市的国际五星酒店。

房间是陆策订的，选了酒店最好的套房，一百多平方米，包含私人泳池。

酒店大堂，门童帮忙搬箱子到金色铺红毯的行李推车上，在柜台办入住，礼宾小姐递来杯身凝着水珠的冰镇欢迎饮料。

沈清洛刚喝一口，客房电梯门打开，一个戴口罩的小姑娘气冲冲地走到前台。

女孩个子不高，六七岁，混血长相，看得出是娇生惯养的脾气，朝大堂经理"噼里啪啦"地输出一顿西语。

沈清洛听不懂，问陆策："她在讲什么？"

陆策只淡淡扫一眼嚣张跋扈的女孩，翻译给沈清洛听："那个小朋友质问经理，已经说过三次，为什么还是没处理掉房间里让她身体不适的兰花。她很生气，要把花瓶砸了。"

随后一个头发半白精神矍铄的老人从电梯追出来，嘴里讲着中文："姗姗，姗姗，跑慢点，你等等我！"

叫姗姗的小姑娘闻言回头，自动切换语言系统，开始流利地讲中文："郑伯，我要投诉这家店。"

"行，投诉。"

姗姗指着办理柜台上的花瓶，跋扈道："郑伯，让他们把这些也都扔掉。"

郑伯表情为难，眼看姗姗嘴噘得老高，无奈之下，只好上前与大堂经理交涉。

陆策接着给沈清洛翻译："那人问酒店经理，能否把花瓶撤走，他愿意付双倍钱买下。"

经理听罢，抱歉地摇摇头。

"酒店经理拒绝了，说，我们必须给其他客人一个良好的视觉环境。"

沈清洛和陆策入住办到一半，被强行打断。

郑伯向陆策沈清洛赔礼道歉："不好意思两位，稍等片刻。"

他蹲下来，低声劝说着什么。全名叫叶子姗的大小姐双手抱胸，气鼓鼓的，说什么也不挪位，除非酒店把花瓶全撤走。

陆策耐心耗尽："让开。"

叶子姗眼睛瞪大要还嘴，一错眼，看到陆策身边的沈清洛。

小姑娘的表情像七八月的天，迅速从乌云密布转至晴空万里，满脸盛着惊诧和惊喜。

陆策问沈清洛:"你认识?"

沈清洛仔细回忆了下:"不认识。"

叶子姗精致的下巴一扬:"你当然不认识我,可我认识你!你是《秦岭四宝》里的解说沈姐姐。是不是,我没认错吧?"

异国他乡,竟然有人看过沈清洛的节目,她惊喜不已:"是我。"

叶子姗往边上挪了挪,让出了位置。

等到沈清洛与陆策拿到房卡,叶子姗还在旁边没走。小孩子心思藏不住,明显想与沈姐姐讲话。

沈清洛走到叶子姗面前。小姑娘欲盖弥彰地左右看来看去,语气有些别扭地说:"唔,沈姐姐,我还挺喜欢你的。"

沈清洛微弯膝盖,与叶子姗对视。她眼眸又亮又温柔,对待小朋友的喜欢毫不敷衍:"谢谢你的喜欢。"

叶子姗盯着沈清洛的脸蛋,看呆了一会儿,沈姐姐真人比电视上好看。

"还记得秦岭四宝是哪几个动物吗?"

"当然记得!"叶子姗摘下口罩,"朱鹮、大熊猫、金丝猴和羚牛。"

"'鹮'字会不会写?"

叶子姗从小学习中文、英文、西语三门语言,其中中文学得最好,她伸出食指在空气中写写画画,嘴里念叨:"竖、横折、竖、竖……"

一划不差,写出了"鹮"。

"你很聪明。"

叶子姗得到沈姐姐的夸奖,有点高兴:"我学校科目全Ａ。"

旁边的陆策一直盯着沈清洛,从侧颜线条,流连到平坦的小腹。

套房正中央是一张大床,四边床柱系着白色轻纱帷幔。

房间自带的泳池底部布置着射灯,夜晚看上去,水面呈现清透纯净的天空蓝。泳池从阳台往外伸展,周边围绕着茂密的粗壮枝干。

明亮的白色月光顺着雨林高大湿润的乔木枝叶流淌,滴在泳池表面。

沈清洛进房间第一件事是换上自带的四件套。雨林里的床品,摸上去潮潮的,像苏州的梅雨季。

陆策从进屋开始便不怎么说话,沈清洛换好床单,从后抱住陆策的腰撒娇:"我先去洗澡。"

陆策转头瞥她一眼,帮她从箱子里拿换洗衣物。

沈清洛护发护肤步骤多,一件件事办好,走出浴室,在客厅兜了圈,却不见陆策人影。

露台泳池传来规律的、拨动水面的清脆响声。

他在游泳？

私人泳池泳道短，陆策来回游了好几圈。他穿一条黑色泳裤，游动时，手臂肌肉和腹部线条绷紧。

沈清洛换上泳衣，坐在岸边，双脚浸在泳池中轻轻荡漾。

陆策游到她并拢交叠的双腿前："一起游吗？"

"水有点凉……"

其实不凉，沈清洛单纯觉得陆策表情危险。明天去雨林徒步，要保存体力。

"我还是不游了，陆策，你也早点上来。"

说着，沈清洛手臂撑在身体两侧，打算收起腿走人。

陆策发丝眉眼浸透水渍，比平时更鲜明深邃，水珠从额间滚落到睫毛，他忽然笑一笑，手臂绕过沈清洛的腿弯。

"扑通"！沈清洛落入水中，水面泛起卷涌的波浪，她被陆策稳稳当当地抱住。

"陆策！"

"别走，陪我游会儿。"

无人知晓的深夜，亚马孙雨林深处，两道贴合的身体，搅碎了一池月光。

翌日，沈清洛定的第三个闹钟准时响起。

陆策坐在床边，看沈清洛显然没睡醒的模样，按掉闹钟："继续睡，我去和向导说一声。"

"不要……"沈清洛眼睛未睁，扯住陆策的袖子，"我再眯五分钟就起床……五分钟……最后五分钟。"

沈清洛是个言而有信的人，说五分钟，真就在第五分钟的时候坐起身。顶着陆策好笑的目光，她皱皱眉头，又躺下去。

反复三次，她抓了把头发："算了，我还是起来吧。"

在亚马孙雨林，主要是看种类丰富的动植物。这里是天然的雨林，与城市中修建的野生动物园不同，充满许多未知的危险，因此装备必须齐全。

沈清洛穿了浅色的户外装，利索地扎起头发。她很少穿这样的衣物，风格与平日大相径庭，但她盘靓条顺，穿无线条可言的户外装备，仍然是人群中最惹眼的存在。

酒店帮忙准备了胶鞋、雨披，陆策给沈清洛和自己喷上防虫驱蚊的药物，去酒店大厅，同雨林向导集合。

"好嘞！最后两位年轻人到了。"

向导是个年轻男人,虽然是秘鲁人,但中文说得很好,接近母语发音:"两位好,我叫卢西奥,是大家今天的雨林向导。我的名字在中国,应该算姓卢,你们可以叫我小卢。"

这是酒店组织的徒步中文小团,算上沈清洛与陆策,一共七位客人。

有一对来度假的老人和小孩,一对庆祝金婚的华裔夫妻,还有个植物学专业的大学生。

卢西奥看向沈清洛,热情洋溢地打了个响指:"哇哦,你是我接待过的最美的客人。"

陆策笑笑,与沈清洛牵着手,忽然背脊一麻,感觉有人在看他。

等等,刚才向导说,一老一小,不会是……

他转过头,叶子姗抱臂酷酷地站着,眼神从沈清洛后脑勺挪向他。目光对视,叶子姗的表情顿时跟吃了隔夜饭一样。

陆策失笑,小孩真记仇。

郑伯也注意到陆策,微微颔首致意。

叶子姗戴了一顶带网纱的帽子防蚊虫,像古装剧里的蒙面女侠。

沈清洛随陆策目光望过去,惊讶地道:"你们也在啊。"

叶子姗乖巧地上下点头应和,余光瞥见沈清洛和陆策紧牵在一起的手,瞬间停止点头动作。表情一转,高冷地朝沈清洛回复:"是的,沈姐姐,我们也在。"

陆策几不可见地眉毛一扬。

小朋友对表情变化感知最敏锐,叶子姗没看错,陆策的表情,绝对是不屑和嘲讽。

这位哥哥真的很讨厌。沈姐姐如此漂亮温柔的人,为什么要和他十指紧扣?

"来,各位,我再说一遍注意事项,最重要的事情,"卢西奥食指朝天,跟乐团指挥似的,"不能和我走散!雨林十分危险,请大家跟紧我。"

叶子姗没听,拷着小脸还在思索,她喜欢沈姐姐,但不喜欢旁边的哥哥。该怎么和沈姐姐单独聊天呢?一直到进入徒步线了她还在烦恼这个问题。

亚马孙的树木枝干粗壮,高耸入天,树木的根茎常年给人一种潮湿感。枝叶间,时不时飞出花纹斑斓的昆虫,卢西奥眼尖,赶忙提醒:"别碰,那个有毒。"

卢西奥从小生活在亚马孙雨林,能辨认几乎所有鸟类、昆虫和植物,他的专业储备不输植物学的大学生,如同一部行走的动植物百科。

"这种猴子,叫皇绢毛猴,看到了吗?"卢西奥指着枝干趴着的白胡子猴,"皇绢猴子的寿命一般有十多年,主要吃水果。"

沈清洛举起相机,拍了一张。

卢西奥给她建议:"美女,等下一定要拍巨嘴鸟,那个鸟最有趣。"

说罢,卢西奥左右搜寻,还真被他眼利地发现远处枝干停留着一只巨嘴鸟。沈清洛带了长焦镜头,她拍了张巨嘴鸟的特写,觉得它长得特别喜感,胳膊肘轻推陆策:"你来看。"

鸟如其名,嘴巨大,比整只头还大。

巨嘴鸟脊背漆黑,胸前一块白,似衬了块口水巾。眼睛滴溜滴溜圆,配上那张大嘴,可爱有余,智商不足,看起来不太聪明。

沈清洛越看越觉有趣,笑个不停,叶子姗忽然出现,扯扯她的衣角。

沈清洛蹲下:"你也想看?"

叶子姗不知何时重新戴上口罩,飞快地与她对视一眼,然后移开,小声说:"想的。"

沈清洛把相册照片滑到第一张:"那我们从这里看。"

郑伯注视前方一大一小,侧目微笑着朝陆策说:"姗姗很喜欢沈小姐。她在家里看过好多遍《秦岭四宝》,我看啊,八成冲着沈小姐去看的。"

陆策不置可否,忽然问郑伯:"她一直戴口罩吗?"

"这……"郑伯面露些难色。

陆策注意到叶子姗的背影动了动:"我随便问的,不方便不必说。"

叶子姗急得跳起来:"别说别说,郑伯你别说!"

"哎哟,我的祖宗,"郑伯立刻拍拍她的背顺气,"你慢点,别激动,别激动,我什么都不说。"

捧着相机,完全不知情的沈清洛一脸茫然。

陆策上前一步,手轻轻搭在她的发顶上:"腿蹲着不麻?"

"麻,"沈清洛朝他伸出一条手臂,"你拉我一把。"

陆策俯身,托着她的腰扶她站起来。

叶子姗没了先前的活泛,戴着口罩,闷闷不乐地踢地面的石块。

"来,走了很久,大家原地休息会儿。"一片花草茂密的空地,卢西奥走在最前,回身叮嘱道,"休息二十分钟继续赶路,注意,千万不要走远,你们会迷路的。"

"小姑娘,离花花草草远一些哦。"卢西奥露出一口白牙,关照叶子姗。

叶子姗警惕地看他一眼:"为什么特意和我说?"

卢西奥略感疑惑地望向郑伯,后者轻轻摇头,做了个"嘘"的手势。聪明的卢西奥立刻会意,向叶子姗解释:"因为亚马孙雨林的花草,有很多珍稀品种,折了坏了,我们要挨骂的。"

叶子姗不好糊弄,指着陆策:"其他人你为什么不提醒?"

度金婚的老夫妻,没得到郑伯叮嘱,随口道:"小妹妹,有哮喘还是不要接近花草,呼吸道吸入花粉,容易引发病情。"

叶子姗猛地看向他们:"爷爷奶奶,你们……怎么知道我有哮喘病?"

二老活了大半辈子,什么人没见过,小姑娘戴口罩,郑伯一副随时掏药的动作,很容易就发现了。

叶子姗转头看陆策:"哥哥,你也知道的吗?"

陆策从不哄小孩,但也没必要在小朋友心上扎刀,她似乎很在意这件事。陆策保持沉默,没回话。

只有光顾着拍照片的沈清洛没发现。

在大人心中,哮喘不算大病,更不会对哮喘病人歧视。但是对于叶子姗这样的小朋友,并不如此。

叶子姗的病,是从娘胎里带出来的。发作的时候,拼命流鼻涕掉眼泪,她认为这是一种丑态。

上学后的叶子姗,更是认识到自己同其他小朋友不一样。别人口袋里放糖果玩具,她口袋里必带雾化剂。

"哮喘不是大事。"植物学的大学生安慰她。

叶子姗瞬间消沉,似乎想看沈清洛一眼,刚偏过去些,立刻又转回来。

"我没病!"她丢下这句,自顾自撒腿跑开。

卢西奥来不及拦她:"小朋友,别跑!你停下来!"

叶子姗没听进去,娇小的个子,一下窜入丛林。

"糟糕!"卢西奥手心重重一拍,"小朋友乱跑太危险了,得快把她找回来。"

亚马孙雨林中的探险徒步道,是经过开发者实地考察、研究,确保完整的安全性后,才对外商业运作。如果乱跑迷路,很容易找不到方向,或遇到丛林中有攻击性的生物。

其余六人,加上卢西奥,朝叶子姗刚才拐入的丛林喊名字,无人回应。

卢西奥收起阳光开朗的面容,眉头紧蹙,亚马孙不是过家家,有致命的巴西流浪蜘蛛、巨蜈蚣、蟒蛇、美洲豹,稍有不慎就会丢掉小命。

"姗姗的手机在我包里,她迷路联系不到我们啊!"郑伯的心吊了起来,"出事了可怎么办,要打救援电话吗?"

雨林范围太大,搜救队一时也来不了。

小孩比大人更容易陷入危险,事不宜迟,卢西奥建议大家分头找。叶子姗应该没走远,就算迷路,这个年纪的小孩也知道等在原地。

陆策一直与沈清洛在一起,走到一处小岔路口,沈清洛说:"我们分开找吧。"

"不行。"

"这样效率高。"沈清洛心里着急，指着前面，"这儿一眼望到头，有事我打你电话。"

陆策拧着眉头，看了眼，确实没什么危险性："最多进五十米。"

"好，我知道。"

沈清洛与陆策兵分两路。

沈清洛童年时也是个敏感细腻的小孩，别人眼里不足为道的小事，放到她身边，就成了天塌下来的要紧事。因此，沈清洛不赞同叶子姗的行为，但能理解她的情绪。

她边走，边搜寻叶子姗的身影。

胶靴压在泥土路的落枝上，"咔嚓咔嚓"，沈清洛听到声响，突然想到一件往事。

刚上小学的那年暑假，爷爷奶奶带她去网师园参观。苏州园林多不胜数，网师园的规模最小，亭台楼阁，处处依水，倒也精致。

对于有足够鉴赏力的成年人，网师园很有意思。能品读墙柱楹联、碑文牌匾，从一栋袖珍山水宅院，得到无限雅致意趣。

而幼年沈清洛，只觉无聊，小小一块地，和狮子林、拙政园完全无法比。她宁愿回家，在家里吹空调、吃西瓜、看动画片。

爷爷努力给沈清洛灌输博大精深的中华文化，赞叹中文之美："阿顺，看那副楹联。"

沈清洛不吱声，兴致缺缺转过头，看来看去，心里只有一个想法，楹联字真多。

其实那副著名联子，沈清洛几年后才学会欣赏——

风风雨雨暖暖寒寒处处寻寻觅觅

莺莺燕燕花花叶叶卿卿暮暮朝朝

沈州一副一副楹联读过去，遇到喜欢的，还要与杨珍雅探讨一番。沈清洛走厌了，嘴里吧唧吧唧抱怨，手扇扇风喊天热，敲敲细白的腿喊脚酸。

"阿顺，给你买酸梅汤，要喝吗？"

"我不要。"

"柠檬茶、绿豆汤、菊花茶……"杨珍雅灵光一闪，"冰激凌要吗？"

沈清洛明显犹豫一瞬。

"不要，都不要。"

杨珍雅捏捏她的小脸蛋："阿顺闹脾气了。"

沈州在纪念品店买了个苏州特产，缎面折扇，递给沈清洛："来，坚持一下，很快逛完了。走不动的话，爷爷背你一段。"

沈清洛双手放在背后，踢路边石子："也不要。"

左一个不要，右一个不要，把沈州弄火了："阿顺，你净闹腾，别的小孩都很少抱怨，就你不安生。"

沈州没控制好音量，声音大了些，周围带小孩的家长都看过来。

其中一个不太上道的，摸摸自家儿子的头："看到了吗？不听话的孩子要被教训，我们家宝贝最乖了。"

沈清洛鼻子一酸。

沈州和杨珍雅，彼时尚未意识到，他们的孙女沈清洛，是位心思多么细腻的小朋友，以为批评完她，一会儿就忘了。

结果沈清洛不仅没好，还越想越难过。

离开网师园，回沈家小楼的路上，无论爷爷奶奶如何与她对话，她都不愿意回复。

"不说话的小朋友，没人会喜欢的哦。"沈州如是说。

沈清洛想到网师园的男孩和他母亲，又想到她的父母从不在身边，眼眶有了热意："不喜欢就不喜欢。"

说完，她委屈地跑了。

沈州和杨珍雅愣在原地几秒，才想到追过去。

那年，古街还是传统的古街，未经政府旧改翻新，商业店铺多是本地人光顾。古街隔壁是野蛮生长的天然园景，沈清洛一拐弯，人就没影了。

沈杨二老急得要死，到处跑，到处喊"阿顺"。

其实沈清洛没走远，就在原地，躲在一棵高大的金叶女贞背后。她听见爷爷奶奶的呼喊，但不想回应，抱着膝盖偷偷抹眼泪。

寻了一圈，去而复返的爷爷奶奶回到原处。

亏得杨珍雅戴了老花镜，她微颔首，眼睛一挑，注意到灌木丛背后露出一角碎花裙摆。

阿顺哭得眼尾泛红，令沈州和杨珍雅不忍心苛责。

至此，结合以往种种，二老发现，照顾这个孙女，要比想象中花费更多精力。她的性格，好像天生需要人爱护。

忆及旧事，沈清洛不由失笑，小时候太不懂事，不知耗费了爷爷奶奶多少精力。

虽然时隔多年，她清楚记得，躲在灌木丛后，她生气地折断枯树枝，以及小腿被咬了好多蚊子包。

等等！

沈清洛心底冒出一个想法,叶子姗会不会——

她原路折返,跑向刚才的出发点。经过分岔口,想喊陆策一起,但她不保证自己的猜测准确,怕错失陆策那边的线索。

沈清洛给陆策打电话,想告知他,她先回去看看。

雨林信号时好时差,电话呼叫失败。

沈清洛等了几分钟,给陆策留了条短信,自己往回走。

秘鲁段的亚马孙雨林,有亚马孙河源头,沈清洛回到出发点,扫了眼周遭,发现一处能藏人的花丛。

花丛背后的不远处,便是亚马孙河,众所周知,危险的亚马孙河里有食人鱼、电鳗、蟒蛇,普通人不敢涉足。

沈清洛小心翼翼地喊叶子姗的名字:"你在这里吗?"

"窸窸窣窣",似有不知名的蛇虫在头顶树冠攀爬。沈清洛背脊起鸡皮疙瘩,转身要去找陆策,就听到一句很幽很轻的哭腔。

"沈姐姐,救救我,我好害怕。"

"姗姗?"

"姐姐,沈姐姐,我在这里……呜呜……我动不了……我怕它咬我……"

"什么?"沈清洛没听清,躲开比她人还高的杂草堆,绕到后方,"姗姗,受伤了吗?你……"

沈清洛忽然愣住。

叶子姗呆呆地站在堆叠的枯树叶上,一动不动,她面前有条正在吐信的花斑蛇,离胶靴不过十几厘米。

沈清洛周身发凉:"你别害怕,我找人来。"刚想掏出手机,就意识到雨林里信号全无。

那条花斑蛇,离叶子姗的胶靴越来越近,亚马孙是它的地盘,丝毫不惧怕人类的蛇,缠在了叶子姗脚上。

"我……我是不是要死了……"

叶子姗声音哑得厉害,她哭着看向沈清洛:"你……你快离开吧,它咬了我,一定会去咬你的……你快走……沈姐姐……"

嘶嘶……嘶嘶……

通体遍布黄绿色菱纹格的花斑蛇张开嘴,一根顶端分叉的黑色细长舌头,在空中快速抽缩。

沈清洛又看一眼手机,还是没信号。

蛇把叶子姗当成树桩,缠在她的腿上,边向上游走,边频繁吐信。

叶子姗吓傻了,四肢僵硬无法动弹,肺腑如灌入压抑厚重的海水,挤得她无法呼吸。

胸膛起伏愈加激烈,叶子姗大口大口地急喘,面色潮红,向沈清洛求救:"药,我的药……"

响尾蛇被叶子姗惊动,竖悬空中的头前后游移,接着,它加快速度攀卷她的身体。

沈清洛也急了,眼看叶子姗的哮喘病症来势急猛,她没时间思考,也没时间搬救兵,左右搜寻,找到一根长木棍。

沈清洛握住木棍一端,抬起来,却怎么也拿不牢,最后两只手一起握住,颤抖着用木棍轻轻推动蛇的身体,让蛇自行滑落。

叶子姗耳朵嗡嗡响,口鼻并用大口呼吸,肺里才能勉强进点稀薄氧气。

沈清洛刚松下口气,那条花斑蛇忽然掉转头,以极快的速度向握着棍子的她游来,蛇肚皮与枯枝叶摩挲窸窣,仿佛灾难片的开场音效。

突如其来的变故,让沈清洛一惊,没握牢木棍,"啪"地掉落地上。

花斑蛇充满报复意味地朝她张开血盆大口,然后摆出攻击姿势,直直朝她袭去——

"沈清洛!"有人喊她名字。

蛇冲过来,沈清洛倏地闭眼。忽然背部受力,她被裹入一个温暖熟悉的怀抱。

怦怦怦!此起彼伏的急促心跳声,分不清属于谁。

另一边,卢西奥抄起肩包里的匕首,在蛇窜起攻击沈清洛的瞬间,挥动匕首,将刀刃精准地插入蛇腹。

沈清洛惊魂未定,见到来人,嗓音霎时染上哭腔:"陆策。"

"路口说的话,你一句没听进去是吗?"陆策用力抱紧她,语气夹杂怒意,又带着不易察觉的颤抖,"要是我们晚来一步……"

卢西奥拔出刀柄,侧头望向陆策:"陆先生,冷静,要冷静。"

蛇和其他动物不一样,大脑布满神经,即使身体死亡,脑神经还会对外界维持一段时间的反应。这期间,如果察觉有人接近,死蛇也会跳起来攻击人。

卢西奥怕死蛇尚有余威,重新挥起沾血的匕首,对准蛇的七寸,猛力下扎,将它身体钉在泥土里。

卢西奥扎刀的瞬间,周身萦绕沉郁暴躁气息的陆策,还是抬起手,遮住怀中沈清洛的眼睛。

郑伯落后一步,匆匆忙忙赶来,接住即将晕厥的叶子姗,从袋里掏出哮喘药。

亚马孙雨林徒步本来还有半程,发生这样的事故,谁也没心情继续观光,掉头打道回府。

叶子姗在郑伯怀里大哭了一场,鼻涕眼泪到处流,一边哭一边说对不起大家。

她最最对不起的,是差点被咬的沈姐姐。

回程,叶子姗讷讷地想去牵沈清洛的手,始终没找到机会。一路上,受到惊吓的沈姐姐,大半身体被陆策搂得严严实实。

每当叶子姗有悄悄接近的试探动作,陆策便淡淡地、警告性地瞥她一眼。

回到酒店,换下沾满泥尘的胶靴和冲锋衣,洗干净身体,沈清洛坐在床上,揉了揉太阳穴。

陆策坐到床边,递给她一杯温水。

沈清洛捧着透明玻璃杯:"你喝了吗?"

陆策依旧不太高兴:"没有。"

小口咕咚咕咚地喝着,沈清洛的唇瓣也沾足水分,湿润绯红。她把水杯放在床头柜,一偏头,想去吻陆策。

换作往常,沈清洛愿意主动献吻,陆策高兴还来不及。今天他却反常地,在她即将凑上来时,用手掌抚住她的脸颊,大拇指指腹不客气地抵在她嘴唇上,摩挲着。

沈清洛不自觉地微微分开唇。

陆策拿起沈清洛喝过的杯子,把剩余半杯水灌入口中。

沈清洛手臂缠住他脖子:"陆策,你不要生气,是我错了。"

她试图为自己辩解:"我当时发过信息,只是信号不好,没发成功。而且现在也没什么事,你别……"

"哐当"!玻璃杯重重地磕在桌面。

"沈清洛,你一句轻飘飘的'没什么事',知不知道我有多后怕?"

沈清洛自知理亏:"对不起,真的对不起,以后不会发生这样的事。"

陆策当下理智回笼,自然不舍得再对她说重话:"你休息,我出去会儿。"

沈清洛直起身,抱住他的胳膊:"不行,你不能走,陪我一起睡。"

沈清洛统共没睡几个小时,确实也想休息了。

陆策帮她掖好被子,她千斤重的困意瞬时涌上眼皮,嘴里不忘嘀嘀咕咕:"陆策,你别凶我,再凶我要生气了……"

陆策听到这句,差点气笑。

"我也很生气。"见沈清洛迷迷糊糊,陆策嗓音放轻,额头抵着她的,"睡吧,以后跟你算账。"

北城那边,要与他打一通视频电话,关于过几天在利马的一场晚宴。

陆策小臂托着笔记本电脑,轻声打开房间门。他刚一走出来,就看到鬼鬼祟祟、探头探脑的叶子姗。

"陆策哥哥。"叶子姗礼貌地同他点头鞠躬。

"有事？"

叶子姗踮脚朝房间望去："沈姐姐在吗？"

陆策反手握住门把，将房间门严严实实地闭合，不留一丝缝隙："睡着了。"

"哦。"叶子姗眉毛耷拉，"我想和沈姐姐道个歉，因为我故意躲在草丛，装作听不见你们喊我，害得她差点被蛇咬。"

哪壶不开提哪壶，陆策皱起眉看着她。

叶子姗察觉气氛不对，警惕地仰头打量陆策："你这个表情，是想揍我吗？"

"确实很想。"陆策实话实说。

叶子姗咋舌，她见过的大人都会自觉地让着她，只有陆策这么不给她留情面。

"陆策哥哥，你也这么欺负沈姐姐的吗？你不可以这样。"

"那你误会了，对沈姐姐我宝贝着呢。"陆策"噼里啪啦"在键盘上敲了几个字，看向叶子姗，"让一让，我有事忙。"

叶子姗挠挠后脑勺，有些忧郁似的说："我爸爸派人接我回利马，车已经到了，我马上就要离开，能见沈姐姐一面吗？"

"不能，不许吵她睡觉。"

"好吧……"叶子姗有点失落。经过亚马孙雨林的意外，她仿佛变了个人，收起了骄纵任性的性格。

陆策临走前，看了她一眼："虽然你无法听到沈姐姐亲口回答，但据我对她的了解，她并没有怪你。"

叶子姗眼睛一亮："真的吗？"

陆策"嗯"了声，捧着电脑离开。

翌日，沈清洛和陆策也离开了亚马孙，短期内，沈清洛不想再踏足这片雨林。

飞回利马，重回都市生活，陆策开车带沈清洛出去吃饭，结束后没回家，而是开去一家当地的高级成衣店。

沈清洛看了眼橱窗展示："都是礼服，有什么重要场合出席吗？"

陆策按下安全带开关，又倾身帮沈清洛解开："嗯，过两天陪我参加一场晚宴，名义是私人宴请，来的都是秘鲁官方的人，还有几家民间商会会长。"

素有"世界无雨城"之称的利马，傍晚晴转阴，海面大片浓云聚集，似要下一场雨。

别墅前,戴草帽的本地园丁阿姨放下肥料桶,稀奇地叉腰望天。

听到身后传来楼梯响动,园丁阿姨回过头,看见下楼的陆策。这位年轻的亚洲雇主,今天着装正式,白衬衫外套黑色西装马甲,剪裁精良的西裤包裹一双笔直长腿,非常英俊。

陆策唇角平直,眉眼微敛,低头系一对宝石袖扣。动作随意自然,不经意流露出与生俱来的贵气。

园丁阿姨知道他会西语,便不再讲英语:"陆先生,我已经在花园移植好两棵金鸡纳树,您还有其他要求吗?"

陆策走下最后一阶,闻言抬眸,瞥了眼庭院:"没有,谢谢。"

说起来,种金鸡纳树是沈清洛的主意。

沈清洛昨天去纪录片频道的海外部门报到,结识了一位野外摄影师,那人曾为《国家地理》工作。摄影师先前去非洲拍动物大迁徙,一待就是两年,大约几个月前,他在坦桑尼亚的草丛蹲点角马和瞪羚,不幸被蚊虫叮咬染上疟疾,九死一生被救回阳间。

"还得感谢它。"摄影师玩笑般指了指秘鲁国徽。

秘鲁的盾牌国徽,有三个图案,美洲无峰驼马、金黄色羊角,最后一个,便是摄影师手指的金鸡纳树。

金鸡纳树的树皮可以提炼奎宁,一种对抗疟疾的特效药。因此金鸡纳树还有个外号,叫"生命之树"。

沈清洛晚餐时间与陆策聊起这事,突发奇想:"我们也在庭院里种两棵吧!"

真是想一出是一出。

陆策站在别墅客厅,不自觉地勾起嘴角。

园丁阿姨双手交叠身前,看着莫名走神的年轻雇主:"陆先生,还有其他事吗?"

话音刚落,二楼传来急切的脚步声,园丁阿姨与陆策一同望过去。

那个扶着栏杆,手提裙摆,匆匆下台阶的漂亮女人,是年轻雇主的妻子,园丁阿姨记得她姓沈。

沈小姐穿一条香槟金挂脖晚礼服,膝盖以下鱼尾裙摆撑开。她化了全妆,头发还没盘,乌黑顺滑地散在肩背处。

园丁阿姨一直记不住沈小姐的家乡名字,只知道是位于中国的东南沿海地区。沈小姐曾说过,那座城市以叠山理水的古典私家园林出名。

"您如果去中国,一定不要错过我的家乡。"沈小姐笑着建议。

"怎么办怎么办,我耳环找不到了。"

沈清洛没注意到门厅的两人,她拉开五斗柜抽屉,一边翻找一边懊恼地自言自语。

陆策上前,拦住沈清洛:"昨晚你试戴完就忘在茶几上,我已经帮你收进首饰盒。"

"啊,那我再去找找。"沈清洛松了口气,转身上楼。一错眼,看到门口的园丁阿姨,她停下脚步,用新学会的西语和阿姨打招呼。

阿姨愣了一下,"扑哧"笑出声。

沈清洛疑惑地望向陆策:"我说得不对吗?"

陆策欲盖弥彰地揉了揉鼻子:"单词语法没问题,就是发音不太准。学的是普通话,讲出来是苏州话。"

沈清洛故意说:"陆策,我的西语是你教的。"

陆策逗她:"宝贝,我可没教你这样发音,出门不准说是我学生。"

关于学西语这件事,沈清洛早在来秘鲁前就有打算。想快速融入新环境,最好的办法,就是学习当地语言。

沈清洛在网上搜索到利马一家评分很高的西语培训班,兴冲冲地喊上陆策,让他陪她一起去报名。

培训班位于一栋稍有年代感的商务楼,规模颇大,占了一整层。会中文的顾问前来接待,按照惯例,先带客人参观教学环境。

上课模式分为几十人的大班教学和十人以下的精品小班教学。

沈清洛在教学区域逛一圈后完全傻眼。这家机构的学生来世界各地,大多是随父母工作常居利马的青少年,沈清洛和他们光是年龄就隔了好几个代沟。

青少年上课不安分,看到沈清洛参观,有同学指着她,用英语问台上老师:"布朗小姐,请问这位漂亮女士是新同学吗?"

陆策笑了:"宝宝,你是他们的新同学吗?"

他没照往常那般喊"宝贝",而是故意调侃她,喊"宝宝"。

沈清洛说什么都不愿意报培训机构,缠着陆策一对一教她。于是,二人晚间睡前活动又多一项,学习西语。

客厅里,陆策一个词一个词地纠正刚才那句话的发音,不知说了什么,沈清洛扑上去要闹他。

园丁阿姨虽听不懂两人中文对话,但莫名被气氛感染,也弯起嘴角。她活了大半辈子，在秘鲁见过各式各样的亚裔面孔，其中不乏绝顶美人。沈小姐是美人之中，最令她惊艳的。

那种骨子里流淌出的温柔，以及见之难忘的五官相貌，满足了她对神秘的东方美的全部想象。

"陆先生，沈小姐，如果没有其他事，我先回家了。"

"抱歉，耽搁了您时间。"陆策牵着沈清洛，走到门厅口送她。

沈清洛挥挥手，用西语讲了声"再见"，一个很简单的词。

阿姨走后，沈清洛会说话的灵动双眸看向陆策，似乎在问——我刚才说对了吧？

"嗯，说对了。"陆策笑笑，偏头吻她一下，戏谑道，"这是给宝宝的奖励。"

沈清洛绕开眼前不正经的男人，折回二楼。

二人出发去私宴会场时，利马果真下起雨。

经过老城区，车载收音机的音乐调频，男女主持插播这条新闻，沈清洛隐隐约约听懂几个关于气象的单词。

"陆策，早知道你要被外派，我大学就该选修西班牙语。"

"现在学也不晚。"

红灯，陆策踩刹车，给她翻译："气象员说，因厄尔尼诺现象出现，削弱了秘鲁寒流的影响，太平洋东岸海水温度升高，蒸发的水汽形成降雨。"

"你好像我以前的地理老师。"

陆策无声地笑着摇了摇头，启动车子。

雨天的汽车车厢，四面窗玻璃水雾模糊，比往常更有私密感。淅淅沥沥的水珠，前赴后继落在车身，"啪嗒啪嗒"的白噪音煞是好听。

雨刮器打摆，挡风玻璃刮出一片视线清晰的扇形。

望出去，不远处的武器广场，殖民风格外表的利马大教堂，在迷蒙水汽中沉默厚重地伫立。

"陆策，你说，这在利马算不算暴雨？"

"算。"陆策毫不犹豫。

大约一小时后，车辆到达一栋不知名的豪华私家庄园。黑色镂花铁艺大门紧闭，保安核验证件后，按了开关放行。

进了庄园，还要开一段，车辆绕过刻着浮雕的圆形喷泉，泊车礼宾迎上前。陆策胳膊肘弯曲，沈清洛挽住他，抬步入宴会厅。

陆策刚进去，就有许多人过来和他打招呼，有些讲英语，大多数讲西语。沈清洛陪在一旁不停致以礼貌的微笑，嘴角都快要僵了。

"除了商会的人,还有谁来参加宴会?"沈清洛小声问。

陆策递给她一碟小蛋糕,慢慢介绍起来宾的身份背景。

沈清洛默默有了数。今天的晚宴,名义是私人宴请,其实是在为以后的国际经贸往来搭线结交人脉。陆策这样的,就成了中间桥梁。

"陆先生,你好。"咿咿呀呀的外国话中,陡然冒出一句中文,沈清洛倍感亲切。

"叶会长。"陆策与那人握手。

叶会长的父辈祖籍福建,早年来秘鲁,起先在中餐馆当帮工切菜,脑子灵活、手脚麻利,受老板器重,升格去当了采购助理。后来叶父看到秘鲁渔业资源丰富,人工又便宜,便起了转行单干的心思。

有能力的人到哪儿都会大放异彩,叶父起初的小作坊,现在已经成为秘鲁生产鱼粉鱼油的主要龙头之一。老人年迈,把家业传给唯一的儿子,也就是现在的叶会长。

叶会长四十出头,眼睛炯而利。与陆策打完招呼,看向边上的沈清洛,忽然一愣,很快恢复镇定:"这位是陆先生的夫人吧,请问如何称呼?"

陆策:"她姓沈,名清洛。"

被介绍的沈清洛朝他点一下头:"你好。"

叶会长话没聊两句,戴蓝牙耳机的安保走来,手挡住嘴,在他耳边说了些什么。叶会长眼睛一瞪:"让你们看好的,怎么又不见了?算了,我去问老郑。"

"陆先生,沈小姐,失陪。"

这边叶会长刚走,另边矿业开发的商会负责人也来了。

陆策与人交谈间隙,捏捏沈清洛的手心:"觉得无聊吗?"

"嗯,听得有点困。"沈清洛回捏他,"外边雨停了,你们继续聊,我去逛一逛。"

陆策犹豫了一下,叫服务生拿来沈清洛的披肩,帮她披在礼服外:"别走远,就在中心花园逛逛,我等会儿来找你。"

"好。"

沈清洛走出觥筹交错的宴会大厅,隔绝了喧嚣热闹,世界瞬间安静。

中心花园有一条石板小径入口,站在入口处,刚好能看到后边的宴会大厅落地窗。

沈清洛回头看了眼,宴会厅明澄的水晶吊灯熠熠生辉,那些人和物,仿佛是发光的水晶玻璃罩里的精美微缩摆件。

她的陆策,工作应酬时原来是这副模样,身姿矜贵挺拔,眉宇间遮挡不住的凌厉威仪。

陆策在屋内举香槟杯与人轻碰，不知怎的，蓦地望向窗外，与沈清洛目光撞个正着。他的眉眼瞬间软和，口型叫了声"宝贝"。

沈清洛笑了下，朝他挥手，走入花园。

"汪汪，汪汪，你没事吧，"一道稚嫩熟悉的嗓音从低矮的灌木丛传来，"求求你千万别生病，我爸不知道你的存在，不然我俩都得玩完。"

沈清洛走近两步。

一阵"窸窸窣窣"的声音传来，小小的人影忽然从灌木丛里钻出来，跑太快，差点撞到沈清洛。

两人同时"啊"了一声，都吓了一跳。

戴口罩的叶子姗，怀里抱一条全身湿透的落水狗，用西语一顿抱怨道："你怎么走路没声音啊！吓死我了，你⋯⋯"

等到看清来人，叶子姗愣住，切回中文："沈姐姐？！"

沈清洛惊魂未定："姗姗，你怎么在这儿？"

"这是我家呀。"叶子姗灵光一闪，"哦，我知道了，你们是被邀请参加宴会的吧！"

沈清洛点头，又问她，怀里的狗怎么了。

叶子姗警惕地看了圈周围："嘘——沈姐姐，小狗是我在唐人街捡到的，做过体检打过疫苗。但爸爸禁止我养猫狗，准确来说，禁止我养所有掉毛动物，所以——"叶子姗又心虚地看了眼路口，"你千万别告诉别人！"

叶子姗养小狗有段时间了，庄园那么大，把小狗偷偷安置在花园深处，她爸根本没发现。

坏就坏在傍晚利马的那场雨。

小狗的窝漏雨，它被雨水浇了两个小时，松软的狗毛全都湿答答地贴着皮肤。

偏偏叶子姗今天去上绘画课，来不及解救它。

"沈姐姐，我先回趟主楼拿毛巾，"叶子姗郁结愁眉，"可是，我现在出去肯定要被抓去宴会厅，要是我爸发现我养狗，肯定立刻把汪汪送走。"

小狗极聪明，大概知道自己是在"苟且偷生"，冷得瑟瑟发抖也不敢吱声。

沈清洛解下薄绒披肩，先帮小狗包起来，免得它生病。叶子姗诧异地望着她："沈姐姐，你真好啊。"

"你有哮喘，确实要注意动物毛发，而且依照我看，养狗的事情迟早被发现。"

"我正发愁呢，唉。"

叶子姗隔着毛毯抱小狗，同沈清洛一人一边，坐在花园石凳。小朋友支

283

支吾吾："沈姐姐，上次、上次在亚马孙雨林的事……"

沈清洛会错意，以为是和养狗的事一样："要保密是吗？没问题，我不会说的。"

"不是不是，我爸已经知道了，本来还想谢谢你们，可惜没有联系方式。"叶子姗忽然别扭起来，"就是，我想说……我挺喜欢你的。"

沈清洛笑了："嗯，我知道。"

叶子姗："你不问为什么吗？"

沈清洛相当笃定："因为你喜欢看《秦岭四宝》。"

叶子姗摇了摇头，不让她继续猜，抬起手腕，按下手表的边侧按钮，盖子弹开，里头是一张半身照。

"她是我妈妈。"

沈清洛凑近瞧了眼，照片里的女人约莫二十岁，穿一袭长袖白衬裙，笑得很温柔。

"这张照片是我妈妈在圣马科斯大学读书时拍的，漂亮吧？"

"很漂亮。"

叶子姗得意完，语气忽然变得低沉："她不在了。"

沈清洛怔愣，一时间说不出安慰的话。"节哀顺变"太过官方，对一个小朋友说"节哀顺变"，还很残忍。

她只是温柔地摸摸叶子姗的头。

"沈姐姐，其实我觉得你很像我妈妈，"叶子姗觑沈清洛一眼，"不是长相，你们五官一点也不像，但你和她一样温柔。"

沈清洛听过无数人说她温柔，她本人却从来不觉得，倒是认为自己很别扭。

"很难形容具体的感觉，就是……"叶子姗一脸天真地描述，"就是觉得，你们很会爱人。如果被你们爱着，是全宇宙最开心的事，我感受过！"

成年人发誓时爱说"全世界我最爱你"，小朋友更夸张，她说"全宇宙"。

表白完爱意，叶子姗有些迟来的害羞："沈姐姐，《秦岭四宝》纪录片我看过好多遍，看得出你也喜欢动物，你有养过猫猫狗狗吗？"

"没有，都没养过。"

叶子姗由己推人："你爸妈也不让啊？"

沈清洛笑笑摇头，给她怀里的小狗把披肩披好："不是。"

叶子姗望着她的动作，试探性地问："沈姐姐，你要不要……养这只小狗啊？"

陆策出来找沈清洛，刚好碰上叶会长一行人。大家走入花园，就看到沈清洛和叶子姗坐在石凳上。

她们面前的石桌上,一只狼狈又活泼的小狗,伸着脖子,挥动后腿抓痒。

叶会长明显不高兴,碍于外人在场,不教训女儿,警告性地喊了声:"叶子姗。"

"爸,小狗是我送给沈姐姐带回家养的。"

叶会长只好忍住不发作。

沈清洛摸了摸小狗的头,回头见到丈夫:"陆策,你来了。"

雨后夜风微凉,空气中阵阵自然的草腥味,陆策脱下西装外套,上前包住沈清洛:"抬手。"

沈清洛手臂伸进袖管,仰面问:"陆策,我们家来一位新成员,行吗?"桌面的新成员同时歪头看陆策。

"随你,都可以。"

"沈姐姐,我和它待最后一晚,明天送去你家。"叶子姗无来由地有些怕陆策,"陆策哥哥,我能去你家吗?沈姐姐刚才允许了。"

陆策"嗯"了声,说"可以",低头抚平沈清洛肩颈处的西装褶皱。

晚宴结束,叶会长得知他俩就是雨林中与叶子姗一个团的人,再三感谢。

叶会长安排了司机送他们回来,陆策喝了点酒,在后排闭目养神。沈清洛的心情似乎很不错,脑袋靠在陆策胸前,缠着他聊天。

陆策喜欢沈清洛依赖亲昵的模样,禁不住低头吻了她。

司机将车停在住处前,陆策摘掉领带,解开衬衫扣,牵沈清洛的手回家。长长的石板路从庭院大门通向门厅入口,走两步,身后的铁艺大门自动闭合。

道路两侧开了暖黄色的地灯,沈清洛指着楼前一处空地:"陆策,小狗室外的窝安在那儿吧。"

"嗯。"

"买现成的吗?还是我们给它建一个?"

陆策勾了勾唇,按指纹开大门,同时意味不明地看她:"沈清洛,你确定要一直跟我讲狗的事情?"

沈清洛也望过去,触及他晦暗深沉的眼眸,心脏慌张地漏跳一拍。

……

西语有个词叫作"garúa",剑桥词典给出的解释是"A cold drizzle fell",翻译成中文——下了一场蒙蒙细雨。

"garúa"形容利马的冬天再合适不过。

它到底是一场怎样的细雨?也许比中国人沾衣欲湿的杏花雨还要小些,只能让空气泛潮,更像是一场浓湿雾。

此刻，利马海岸沿线的天气就是garúa。

白色别墅二楼主卧，燃了助眠的沉香，沈清洛已经睡着，小半张脸陷在枕头，眉宇疲惫难挡。

陆策盯着她的睡颜好一会儿，指腹沿着精致的鼻梁、人中、唇角描摹，沈清洛毫无知觉。陆策笑了下，小心翼翼地抽回手，撩开被子下床。

客厅里，壶中的热水咕咚咕咚冒泡，陆策握着盛了凉水的保温杯，兑了适宜润嗓的温开水。

关灯上楼，陆策轻轻把保温杯放在沈清洛边上的床头柜，想着她也许中途醒来会想喝水。

陆策的神经尚沉浸在亢奋的余韵中，不觉困，隐约听到外边花园鸟鸣啁啾。

他撩开通往阳台落地门的窗帘一角，淡淡天光漏进卧室。望出去，庭院翠绿欲滴的乔木笼罩缥缈的白色雾气，远处海平面与天际线的交界处，时隐时现一抹深邃的蓝，陆策忽然想到当初禾木雪山顶的蓝。

床上的沈清洛从被窝伸手，身边却摸了个空，她不满地"唔"了一声。

陆策放下窗帘，折回她身边。

睡梦中的沈清洛终于满意了，循着热源，安顺地钻入陆策怀里。

陆策吻了吻她的嘴唇，然后关掉壁灯。

"宝贝，晚安。"

其实利马已经是清晨。

晚宴后的第三个月，台里要做一档保护野生动物的纪录片，沈清洛周末跟组去塞丘拉沙漠拍灰色秘鲁狐。

陆策周末休息，陪她一起去，充当电视台免费劳动力。

"清洛，我月底去亚马孙雨林。"芬兰摄影小哥非常兴奋，碧蓝的眼睛里充满着对野外的跃跃欲试，"如果遇到粉色河豚，我会给你们传视频的！"

沈清洛听到亚马孙雨林，被蛇支配的恐惧涌上心头，千言万语，让他注意安全。

"Easy！Easy！"摄影小哥看沈清洛如临大敌的模样，说自己有充足的荒野求生经验，以前还染过疟疾呢。

沈清洛无言以对："月底什么时候？"她看了眼手机日期，"原来下周就是月底啊！"

"对呀。"

沈清洛心道，时间过得真快。她关上手机，去沙漠驿站的休息处找买东西的陆策。

刚走两步,她忽然顿住,这个月的例假……好像没来,已经推迟两周了。

陆策买了水、果切、能量棒,招呼沈清洛和摄影师坐过来。沈清洛默默抽了一瓶常温纯净水。摄影小哥则低头翻看照片视频,打了个响指,夸自己工作完美。

沈清洛没忍住笑出声。

驿站老板拿来一张游玩项目的价格表,问他们有没有感兴趣的活动。

都是些常规沙漠项目,比如滑沙、摩托、骑骆驼、直升机观光……

摄影小哥指着开越野 UTV 试驾:"这个好!"

陆策也对沙漠开车感兴趣,他望向沈清洛征询意见,意外地遭到拒绝。

沈清洛摇头说:"陆策,你们去吧,一颠一颠的,我怕头晕。"

"我在这儿陪你。"陆策说。

"不用陪我,你去开吧,来都来了。"沈清洛看了眼驿站边上的 UTV 车,四轮花纹极深,抓地力应该不错。据说 UTV 能在沙漠、草地、雪地、河流等复杂路况中自由畅行,颇有驾驶乐趣,陆策肯定喜欢。

陆策还在考虑,沈清洛已经叫来老板,帮他和摄影师各租一辆。陆策没多想,起身探过桌面吻她一下:"那你待在这里,我很快回来。"

摄影小哥兴冲冲地戴着头盔冲出去了,陆策走到车边,又回头看沈清洛,沈清洛朝他挥手。

陆策开走后,沈清洛放下手臂,掌心落在小腹上。

难道是有了?

沈清洛已经忐忑起来,她不知该如何呵护好这条新生命,只能按照常识,不跑不跳不乱吃东西。

回到利马家中,庭院中的小狗闷坏了,绕着他们的腿撒欢。小狗有了新名字,叫花斑。沈清洛蹲下摸花斑的头,望着眼前陆策开门的背影,与花斑讲悄悄话:"要告诉他吗?算了,等我确定了再说。"

晚上,趁陆策洗澡的空当,沈清洛拎着小药箱离开房间。

陆策洗完澡出来,不见沈清洛人,在卧室、书房、客厅绕一圈,最后在客卧浴室找到她。

"宝贝?"

"陆策……"沈清洛背靠盥洗台,茫然地递给他看手里的东西——验孕棒,两条杠。

陆策再沉稳,也是第一回当父亲,看到验孕棒时,像个傻瓜怔愣好几秒。不过他很快恢复镇定,知道沈清洛容易紧张纠结,把人拉到怀里抱着:"我说你今天怎么好奇怪,原来我的清洛——"

他突然笑一下,似乎觉得很有趣:"——怀小清洛了。"

287

沈清洛当晚睡觉前，彻彻底底地接受了这件事。她的反应周期太长，这期间陆策已经联系了医院、预约检查时间，并向单位请好假。

沈清洛很难向别人描述身体里有一条生命是什么体验，唯一与她感同身受的，就是赵进菲。

她顾不上时差，直接一个电话打给赵进菲。

赵进菲正在开会。桌面手机响动，看到来电人，朝底下听会的人做了个暂停的手势，走到室外接通电话。

"清洛，你那边很晚了吧，出什么事了？"

"妈妈……"沈清洛说话慢吞吞。

赵进菲眉头一皱："陆策呢？陆策和你不在一起？"

"在的，在一起。"沈清洛换一边耳朵讲电话，"我怀孕了。"

赵进菲同陆策一样，也愣在电话那头。

"确定了吗？要先去医院做检查。"

"约了明天去医院，陆策和我一起。"

赵进菲怀孕时才二十二岁，大学刚毕业的时候，她和沈柏乌的恋爱轰轰烈烈，不顾家人反对，早早生下沈清洛。

那会儿，赵进菲与沈柏乌刚步入工作，身边没有其他亲人朋友，沈柏乌工作忙时，赵进菲就一个人去妇幼保健院产检。

谁年轻时没昏过头，二十出头的赵进菲，觉得爱可以消弭一切恐惧。她自始至终没告诉过沈柏乌，每次拿挂号单，独自面对医院冰冷的检查仪器时，她有多么紧张。

絮絮叨叨聊了几句，沈清洛要挂电话，那端的赵进菲忽然提高声音："清洛！"

"妈，怎么啦？"

耽搁很久，满屋员工好奇地透过玻璃墙围观赵总，赵总的表情……比工作时柔和好多。

"照顾好自己，我尽快来一趟秘鲁。"

"好，你不用急，反正有陆策在。"

说着，她的手机被陆策拿过去，陆策看着沈清洛："妈，您放心，我会安排好。"

事实证明，赵进菲无法放心。挂电话后，两人邮箱分别收到发送自赵进菲的一长串孕期须知。赵进菲发得急，用了工作邮箱，尾部签名还有她本人的公司名字、职位和联系电话。

"我妈像在布置工作。"沈清洛看笑了。

陆策也勾起嘴角："她既然下了命令，我一定好好遵守。"

陆策和沈清洛在秘鲁是外国人，陆策找了一家国际医院，产检医生是华裔，中文交流无障碍。

他在走道等候，手里举着电话："嗯，清洛还在 B 超室，营养师我托人联系了，晚点再确认一遍。"

大洋彼岸的陆家父母同样高兴不已，喋喋不休地补充了许多新手父母易忽略的注意事项，恨不得立即飞过来看望儿媳。

B 超诊室的门被拉开，沈清洛手里捏着一张单子。

"不说了，清洛出来了。"陆策挂掉电话，上前搂住沈清洛。他没去看 B 超影像上的小小孕囊，而是先低头仔仔细细地观察沈清洛的表情。

沈清洛此刻脑袋里一片空白。从医生说她怀孕五周开始，她就无法正常思考。

"宝贝，有我在。"陆策啄吻她的眼角，"我能照顾好你们两个。"

这句话，陆策在禾木也说过。

沈清洛深信不疑。

陆策请的营养师第二天就位，依照沈清洛的喜好、过敏原、身体状态，搭配出一套膳食方案。

电视台最近的纪录片项目需要去到荒郊野岭，生活条件极具挑战性。经过商议，沈清洛留在家里工作，不随大部队外出。

沈清洛整天安逸地待在别墅里，不知怎的，怀孕后的她出现两项重大变化。

第一个变化，变得很爱吃菠萝。对于菠萝酸酸甜甜的口感，她光想象就要吞咽流口水。早晨陆策去上班，沈清洛亲了亲他的下巴："陆策，回家带个菠萝。"

吃完晚饭散步，她牵着他走到隔两条街的水果店："陆策，我们买个菠萝。"

营养师定期调整食谱，问她想吃什么，沈清洛说："菠萝。"

但孕妇不适合多吃菠萝，陆策又拿她没办法，每次盯着她的量，只准她吃两片解解瘾。

第二个变化，开始变得嗜睡。晚上一到点她就犯困，次日八点准时醒。就连吃完午饭一小时后，她也要回楼上浅睡两小时。

长辈还在准备签证、调配工作时间，周泽杭和许怿这两人早就计划来利马的家伙，说飞就飞，率先抵达秘鲁。

远道而来的两人，大中午拖着行李箱到达别墅时，沈清洛还没醒来。

他们怕吵着沈清洛，便坐在室外花园的白色藤桌前聊天。周泽杭憋一路了，从得知沈清洛怀孕起就想说："陆策，你们才来利马多久，太快了吧。"

289

陆策慢条斯理地给他们倒茶:"快吗?结婚三年多了,也还好吧。"
周泽杭啧啧摇头:"我要升级当叔叔了,好奇怪的感觉。"
许怿道:"你当叔叔,那我当干爹。"
周泽杭不乐意:"凭什么你比我亲?那我也要当干爹!"
卧室的沈清洛,生物钟堪比闹铃。她醒后,起身推开卧室的落地窗,走到阳台,就听到花园里飘来阵阵熟悉的清朗笑声。

陆策回眸,便看到站在阳台默默神的沈清洛。

"你们坐一会儿。"陆策立即起身。

陆策的身影很快也出现在阳台,习惯性地圈住沈清洛的腰,不知讲了什么,她突然笑起来。

周泽杭和许怿静静地看着这一幕,对视一眼,彼此了然地笑了。陆策有多宝贝沈清洛,他们已经不意外。

陆策与沈清洛一起下楼,十指交扣着走向他们,周泽杭和许怿也都站了起来。

作为见证过陆策和沈清洛从在一起到分开,又重新奔赴彼此的人,周泽杭忽然眼眶一热。他抬头看看天空,心想,一定是因为利马今天阳光灿烂,耀得人睁不开眼。

大家都在笑,他不可以哭。

所以——

"嗨,仙女,好久不见啊!"

沈清洛的孕期很顺利,除了后面肚子大了行动不便,其余并无不适。

医生给沈清洛做孕检,说肚子里的女宝宝很健康,正按部就班地长大着。

别墅里,临预产期两周的沈清洛端着瓷碟,戳了一块切好的猕猴桃送到嘴里。

听到沙发对面的赵进菲说"我这次在秘鲁待两个月"时,沈清洛睁大眼,一口咬住不锈钢叉子。

"这么久?"

说完,觉得不对劲,沈清洛放下叉子改口:"我的意思是,不会耽误你工作吗?你从没休过这么长的假期。"

赵进菲淡然觑她一眼:"我都安排好了,不误事。"

其他长辈打算在沈清洛预产期前一周来利马,只有赵进菲出人意料地提前两周过来了。

就在赵进菲到来的当天夜里,沈清洛没有任何征兆地腹痛,她瞬间醒来,蒙了一下后赶紧把身边的陆策摇醒。

陆策几乎瞬间睁眼,看到沈清洛已经疼得五官皱成一团,心脏蓦地重重一跳,赶紧摸出手机打医院电话。

赵进菲倒时差,晚上翻来覆去睡不着,陆策抱沈清洛开卧室门,她立马就听到了动静。

产房外,医生让家属签知情同意书。陆策望着紧闭的手术室门,魂不守舍。赵进菲拍了拍他,他才回过神来,接过笔,仔仔细细地看手术风险事项的每个字,攥紧签字笔的指关节发白。

多年后,陆策再也想不起清洛生女儿当晚的细节。他的躯壳和灵魂仿佛被拆开存放,身体有条不紊地安排一切,灵魂则慌得不知飘到哪儿去了。

陆策唯一记得,他在空落寂静的产房门外站了好久好久,忘记时间、忘记身处何方,直到医护抱着孩子出来,说孕妇现在失去了意识。

失去意识?什么叫失去意识?!

陆策大脑一片空白,不管不顾地冲进产房内。医生刚给沈清洛插好输液针,皱眉看着两位冒冒失失冲进来的家属:"保持安静,她睡着了。"

赵进菲松了口气,心说她怎么也跟着陆策昏头,她又不是没生过孩子。

护士一脸蒙地抱孩子重新进来,心想没人在乎她怀中的宝宝吗?

赵进菲定下心神,从护士手里接过孩子,怀中皱巴巴的一团,眼睛眯成一条缝。刚出生的婴儿根本看不出相貌如何,但她莫名地觉得,这小姑娘长得像清洛。

陆策坐到病床边,伸出手,自然微屈的掌心,离沈清洛脸颊不过两厘米,却不敢碰触。

下一秒,沈清洛似有所察觉一般缓缓睁开眼,轻轻地将脸贴住陆策的掌心,累极,眼睛又闭起,嘴呓语:"宝宝呢……"

陆策不敢动弹,温柔地回答:"妈和护士带宝宝去清理干净身体。"

"陆策,"麻药药效减退,沈清洛眉心不自觉地拧起,"我好疼啊,生孩子竟然这么疼。"

说完这句,沈清洛体力不支又睡过去,陆策依旧维持着抚她脸的动作。

那位从头到尾负责沈清洛产检的华裔医生,进来时,就看到陆策高大身影罩在沈清洛上方,深情又愧疚地说:"对不起,让你疼了。"

医生莞尔,干这行大半辈子,听过产房里各种各样的话。最常见的,是"老婆辛苦了",也有些人说"谢谢老婆"。

说"对不起"是头一回见。

宝宝的名字,在孕初期就商定,无论是男是女,都叫陆与清。

陆与清小朋友两岁时,脸蛋已经长开,和沈清洛几乎是同一个模子刻出来的。然而性格方面,与细腻敏感的母亲天差地别。

陆与清是当地托班的社交狂魔,咿咿呀呀学话阶段,每天都会在餐桌上蹦出一句新外语。这天晚上,陆与清握着叉子,朝爸爸妈妈边挥手,边说"空帮瓦""空帮瓦"。

陆策和沈清洛交换眼神,心下了然,女儿这回结交的是一位日本籍朋友。

直到被哄睡着,陆与清还在嘀嘀咕咕讲她的塑料日语,沈清洛帮她盖好被子,关灯。刚退出房间,她就被陆策圈住腰。

"宝贝,我这次要去欧洲出差一个月。"

沈清洛回抱他:"我和女儿在家等你。"

陆策不太满意地说:"真不能陪我去?"

沈清洛没办法:"与清在感冒,坐不了飞机。"哄完女儿哄老公,沈清洛在他耳边悄悄说了两句话。

陆策的眼神幽深暧昧,掌心颇有暗示意味地揉她的腰:"说话算话,不准耍赖。"

陆策不在家,晚餐后,沈清洛在庭院的躺椅上休息。

陆与清学动画片里的镜头,训练花斑捡树枝。花斑敷衍地捡了两回,不肯再动,趴在地上假装听不懂陆与清的指令。

陆与清摸不着头脑,问花斑:"你怎么啦,不愿意和我玩?"

花斑头一撇,战略性挠痒痒。陆与清不强狗所难,"噔噔噔"地跑到妈妈身边,她个子小,爬上躺椅和沈清洛挤在一起。

"妈妈,你在看什么?"

"在看月亮。"

陆与清闻到沈清洛身上的香味,好闻极了,又使劲往她怀里凑,沈清洛索性把人抱到身上。

"妈妈,天上的月亮像只钩子。"

陆与清记得妈妈说过,她的家乡苏州,在大洋彼岸很远很远的地方。

陆与清泛起好奇心:"妈妈,苏州有月亮吗?"

"有啊,"沈清洛指指夜空,"和利马看到的是同一轮月亮。"

陆与清抱住沈清洛一条胳膊,若有所思:"那妈妈在苏州的房子,也和现在家里一样吗?有种花的庭院,二楼能看到大海。"

"那不一样,"沈清洛想到古街的沈家小楼,"宝宝,妈妈教你背中文诗好不好?"

陆与清对语言学习很有兴趣:"好哇!"

"君到姑苏见,人家尽枕河。"沈清洛念完一句,解释道,"这句是说,如果你到了苏州,就会看到那儿的房屋都临河而建。"

陆与清艰难复述:"君到姑苏……姑苏……然后什么河……妈妈你再念一遍。"

对小孩来说,古文挺难的。

沈清洛笑一笑,抬头望夜空,重新念完整这首杜荀鹤的《送人游吴》,也不知是在教女儿,还是送自己——

君到姑苏见,人家尽枕河。

古宫闲地少,水港小桥多。

夜市卖菱藕,春船载绮罗。

遥知未眠月,乡思在渔歌。

陆与清揉了揉眼睛:"妈妈,字好多,太难啦,我听不懂……唔……想睡觉……"

沈清洛抱着她回卧室:"不等爸爸了?"

今天是陆策出差回来的日子,陆与清从起床就嚷嚷要迎接爸爸回家,结果这会儿犯困,食言了。

沈清洛轻轻地把女儿放回小床,陆与清拽着她一根手指:"妈妈,别走,给我讲故事……"

"好。"沈清洛随手从柜子抽出一册绘本,侧躺在陆与清身边,"我开始讲咯。"

适合三岁以下儿童阅读的绘本,字句简单,且有大量重复信息。沈清洛念着念着,把自己念困了,声音越来越轻,渐渐地,捧着绘本的手臂不断下垂,最后落搭在陆与清腰际。

陆与清瞬间清醒,小小声地喊:"妈妈?"

没回应。妈妈睡着了。

陆与清侧头,近距离观察沈清洛的脸。妈妈真漂亮,比动画片里的公主还漂亮,虽然妈妈的手搭在她肚子上,让她有些不舒服,但陆与清实在太喜欢妈妈了,不舍得吵醒妈妈。

陆策回家,推开儿童房的门,就看到这幅奇异景观——

沈清洛侧躺睡着,被她手臂压着的陆与清,在床上跷着二郎腿,百无聊赖地用脚丫在空中画圈圈。

陆与清看到爸爸,立刻手指竖着贴唇,然后指了指妈妈。

陆策上前,抬起沈清洛的手臂,解救了小与清。

"爸爸,你回来啦!"陆与清捂着嘴说话。

"宝宝早点休息,我带妈妈回房间。"

陆与清使劲点头。

结婚后，沈清洛很少和陆策分别这么长时间，第二天睡到中午，刷牙时琢磨，难道这就是小别胜新婚？

手上的动作越来越慢。

沈清洛回想起昨晚，暗淡的室灯下，陆策微潮的浓密短睫，漆黑幽沉的眼神，以及最后关头哑着嗓子说："好想你。"

漱完口，沈清洛掬一捧冷水洗脸，给薄红的皮肤降温。

回头转身，陆策双手抱胸倚在门侧，似笑非笑地看着她。

"……昨晚睡得热，所以脸有点红。"

"宝贝，"陆策挑了挑眉，"我没问你为什么脸红。"

沈清洛不理他，从他身边绕走。陆策拦着不让，把她压在墙壁上："你还没有说呢。"

楼下，陆与清大声喊妈妈，沈清洛答应过女儿，周末陪她种向日葵。

怕女儿找上楼，沈清洛飞快地在陆策唇上贴一下："我也很想你。"

陆策控着沈清洛后颈与她深吻，短暂满足后松开她："下楼吧，一起陪女儿种向日葵。"

陆与清五岁那年，她爸爸陆策结束了驻外任期。故土千里，一家人即将回中国。

陆与清在幼儿园上课的最后一天，陆策接她放学。

国际幼儿园的校服，统一蓝白色Polo领上衣，搭藏蓝背带裙裤。精良剪裁，衬得女儿的小脸蛋白嫩可爱，人群中一眼望见她。

"爸爸，"陆与清一手牵陆策，一只手拎着纸袋，小脑袋左摇右晃，"妈妈呢？"

"妈妈和同事聚会，晚餐不回家。"陆策瞥了眼，"袋子里是什么？"

陆与清神神秘秘道："是同学给我的祝福贺卡，让我回家再打开。"

校门口到停车场二三十米路，陆策讶异地发现，自己的女儿认识沿途偶遇的所有人。

沈清洛的性格温柔安静，不知怎的，生出了陆与清这位社交达人。她边走边和利马的同学及家长进行道别，光"再见"一词，就用了五六种语言。

吃过晚饭，陆与清坐在沙发上，翻看同学以画代字送给她的留言。

陆策扫了眼，愣住，这都什么鬼画符。

陆与清却看懂了，鼻子抽噎一下，感动得眼眶水汪汪。

陆策换了身休闲居家服，看起来没有白天那么凌厉，他看着陆与清，小脸蛋拧起时多愁善感的表情，倒是和沈清洛一模一样。

陆与清读完最后一张祝福贺卡，眼看要大哭一场，忽然大门开了。

沈清洛聚餐结束，挎着单肩包进屋。她化了妆，五官成熟明艳，镶了钻的耳坠随弯腰脱高跟鞋的动作晃晃悠悠。

"妈妈！"

陆与清冲去玄关，踮脚扑进沈清洛怀里。

沈清洛略微后退半步，稳住身形，摸了摸女儿的头发："宝宝，怎么了？"

陆与清仰起头，眼圈泛红："回北城后，我还有学上吗？"

陆策从后走来，单臂抱起陆与清："当然有，而且比现在的幼儿园更大更漂亮。"

陆与清其实更想和沈清洛撒娇。她不安分地扭转身体，向沈清洛张开手臂，结果被陆策转个方向抱回客厅："妈妈穿了一天高跟鞋，很累。"

沈清洛放下包，跟上他们："还好，我来抱她一会儿吧。"

陆与清头摇得似拨浪鼓："不要了不要了，妈妈休息。"

回国前一晚，沈清洛在衣帽间待了很久，仔细检查抽屉柜里是否遗漏了贵重的首饰珠宝。

她手机没静音，搁在卧室床头柜，大晚上的消息提示音接连不断。

陆策拿起手机走进衣帽间："宝贝，有信息。"

沈清洛头也没抬，清点收纳箱里陆策从各地搜罗的耳饰发簪，说："我腾不开手，你帮我看下吧。"

陆策滑开锁屏。

那么多条信息，都来自工作群，大家正分享上次的聚餐合照。

陆策本想关掉屏幕，退出时不小心手滑，调到另一个聊天界面。

对方性别男，头像照片是张立在山顶、凝视万家灯火的上半身氛围感背影。头上戴着毛线帽，穿着大 Logo 潮牌外套，看样子是个年轻男人。

陆策垂眸，划拉屏幕，看男生发的消息，满脸风雨欲来。

△清洛前辈，你好，我是编导中心新来的 Eric Chen。

△看了你的履历，我本科和你同所大学哦，以后该叫学姐，好像更亲一点，哈哈。

△我刚到利马，很多地方不熟悉，以后可要多多麻烦你啦！

△清洛前辈，可以吗？

大概等了很久没得到回复，男生试探性地问：清洛前辈，你睡了？

陆策嗤之以鼻，什么玩意儿。

他继续往下翻，就看到沈清洛隔一刻钟回：有问题可以问我，没事。另外不好意思，刚才在陪女儿睡觉，没看手机。

对方发来一排震惊的表情：你有孩子了？

沈清洛：是啊，孩子已经上幼儿园了。

男生恭恭敬敬地发了个表情包：打扰了打扰了，清洛姐你继续忙，我下个谷歌地图，就不麻烦你了。

陆策从背后环住沈清洛，将手机屏幕竖在她眼前："竟然有同事以为你单身，是我的存在感还不够高吗？"

"Eric刚刚大学毕业，新来的，不知道。"沈清洛失笑，张开五指，晃了晃无名指根的素圈，"婚戒我一直戴着，不许借题发挥。"

陆策没松开她，反而越箍越紧，下巴抵着她肩颈处笑，开始讲正事："我找了专业的宠物托运公司，大概五天能把花斑运到北城。飞机落地明市，到时带女儿回趟苏州，见一下爷爷奶奶。"

说起来，陆与清从出生到现在，因为各种碰巧的原因，一次也没回过中国。

行程即将结束，沈清洛有种经年已逝的恍惚感。直到飞机划过明市上空，看到临江的地标建筑，那种熟悉的感觉才终于回来。

明市的设施建筑比利马更为现代繁华，包括机场。作为年吞吐量居世界前列的热门机场，外观自然也下了功夫。

陆与清被抱在爸爸臂弯中，连连惊呼："机场好大呀，航站楼间还有地铁，爸爸你快看。"

她的声音大了些，旁人纷纷投来善意的眼神，小朋友惊诧的表情是如此可爱。

到达停车场会合点，陆策放下了咋呼一路的女儿，朝沈清洛道："我去拿车钥匙，你们在这儿等我，我们直接去苏州。"

项宜轩没想到，还能再见到沈清洛。

他去外地办事，座驾放在机场停车场。之前储运影视罚了好大一笔钱，元气大伤后，公司的商业气运仿佛也自此一并消失。

影视行业蒸蒸日上，储运影视却像被抽走一根肋骨，万事不顺。

曾经的长辈，半开玩笑半认真地对他道："宜轩，公司是不是得罪什么人了？"

项宜轩沉默。

偶尔，他也会想起沈清洛。从初见时的惊艳与好感，到猝然得知她是沈柏乌女儿的滔天恨意，还有，那晚她的脆弱无助。

项宜轩想，沈清洛这般柔软敏感的女孩，一旦遭过创伤，便会受影响一辈子。陆策那样的大少爷性格，过了新鲜期，还有耐心一直爱护她吗？

296

这个问题，项宜轩本以为这辈子都无法得知答案，直到亲眼看见眼前这幕。

小女孩——应该是沈清洛的女儿——从袋里掏出好几根棒棒糖，献宝似的递给妈妈，让妈妈先挑口味。沈清洛俯下身，仔细挑选后选了一根西瓜味的。

"妈妈，你选了我最想吃的。"

"要我还给你吗？"沈清洛宠溺地摸了摸她的头。

"不，妈妈和我想选的一样，我好开心！"陆与清张臂圈住沈清洛的脖子，"与清最喜欢妈妈。"

沈清洛被女儿的可爱逗笑。

岁月仿佛给予沈清洛格外优待，这么多年她一点变化也没有，笑起来无忧无虑，仿佛未曾受过任何伤害。

项宜轩远远地看了好久，对于这个结果，他其实没有很意外。

陆策拿好钥匙，朝妻子、女儿走来："说什么呢，笑这么开心？"

沈清洛听到女儿表白，唇角高高扬着下不去。

陆策盯了会儿她的笑颜，也跟着弯起眼眸，忍不住地扶住她的后脑勺，探身在她嘴角上落了一吻。

"走吧，回苏州。"

陆策和沈清洛，一人牵着女儿一边。陆与清好动，走向车位的路上，牵着爸爸妈妈的手蹦蹦跳跳。

到了车旁，陆策头微微偏过，看了眼后方。

"陆策，怎么啦？"沈清洛也转过头看。

停车场石灰色哑光地面，反射森冷模糊的白炽灯影，除此以外，空空荡荡。

陆策解锁车门："没什么，不重要的事。"

探望过爷爷奶奶的墓，一家三口在沈家小楼住一晚，第二天动身回北城。

陆与清从小住惯海边别墅，陆策怕女儿觉得束缚，待不惯顶层公寓，甚至已经在对比几套独栋住宅。

结果发现自己的担心很多余。

陆与清跟脱缰的野马似的，不知疲倦地上上下下跑跳："阳台能看到好多高楼，白云也离我好近，爸爸妈妈，我喜欢这房子！"

沈清洛叹服女儿旺盛的精力，催她洗澡睡觉，已经整整两天没好好休息过。

陆与清泡了个热水澡，参观完自己的儿童房后，心满意足地钻入被窝，眼睛眨巴眨巴："爸爸妈妈，晚安。"

陆策和沈清洛关灯离开。

十一月份，旱季的北城降水少，沈清洛嗓子有点干，到一楼厨房的岛台倒水。

身后大片落地玻璃窗，她捧杯子靠近窗边，仰起头，温热的水灌入口中，心肝脾肺从内到外都变得熨帖。

窗外，夜色四合，华灯璀璨，天空毫无预兆地飘起细雪。

南方人对雪的执念刻在骨子里了，但凡见到降雪，就想与人分享。

沈清洛刚打算上楼喊陆策，就被一双强健有力的手臂抱住。她在陆策怀里转身："老公，北城下雪了，这场初雪，是在欢迎我们回家吗？"

陆策目光温柔："是。"

窗外一粒途经的雪花，任性不愿落地，它飘啊飘，飘向远处灯火通明的写字楼。

加班赶项目的员工，从工位起身，活动四肢，伸个懒腰。一错眼，看到外头白茫茫，他拍醒打瞌睡的同事，两人端咖啡杯到露台赏雪醒神。

小雪花凌空打了个旋，徐徐下落。

楼下是二十四小时便利店。

兼职的年轻女生完成晚班交接，换好便装，背着白色帆布包，与同事挥手道别后急匆匆地跑出便利店，唯恐赶不上回大学城的末班车。刚跑下台阶，她忽然停下脚步。

小雪花落在女生额前发丝上，融为一颗水露。女生仰望天空，心想，偶尔错过一次末班车，也没什么大不了。

陆与清也没睡，偷偷睁眼，赤脚踩在地毯上，悄悄撩起天鹅绒窗帘一角。

这是利马见不到的风景。小与清嘴巴张成一个圆，无声地"哇哦"。怕爸爸妈妈发现，不敢看太久，自觉地回小床盖好被子睡觉。

时间呀，静静流淌。

这样一个夜里，陆策与沈清洛在落地窗边长久拥吻。

以漫天飞雪作景。

- 正文完 -

番外一
/ 中秋灯会

沈清洛十岁那年的中秋节,苏州举办了一场主题为"广寒"的游园灯会。

爷爷奶奶特地乘车到纺织市场,给早早就嚷着要参加灯会的孙女买了一套改良版唐风齐胸襦裙。

广寒灯会当天,沈清洛早起换裙装。苏州夜间气温低,她在襦裙外面搭一件立领小披肩。

中午,杨珍雅接到电话,有事要去趟明市,只能拜托隔壁孙姨带沈清洛参加灯会。

沈清洛临时被爽约,筷子在饭碗里戳啊戳,只咽白米饭,不吃配菜,耍小脾气表达不满。

奶奶叹了口气。

沈清洛抬头,看到爷爷奶奶面露无奈、眉头紧锁,她耷拉着眉眼妥协:"好啦好啦,我和孙姨去,你们答应我,要早点回来。"

彼时沈清洛尚不知父母已经离婚,兴冲冲地乘车到灯会现场,在流动摊位编了个灵动的双螺髻。

臭美地左右照镜子,猝然想起沈柏乌的叮嘱,沈清洛走到人群边缘掏出手机。

"嘟——嘟——"

长音响了好几声,无人接听。

沈清洛疑惑地自言自语:"奇怪,爸爸让我晚上给他打电话的。"

苏姨随口道:"他可能在忙,忘记这件事了。"

沈清洛便没放心上,将手机揣回兜里。

雕梁画栋的沿河长廊挂满彩色花灯,仿佛天上的宫殿,沈清洛边走边仰头,漂亮的眼睛瞪得又大又圆。

长廊尽头,临河草地,商贩摆出好几款样式的兔子灯。沈清洛千挑万选,买下一盏花卉造型的手提灯笼。

孙姨陪着逛了好半天,体力不支:"阿顺,来休息会儿。"

沈清洛逛到兴头上,跃跃欲试地说:"孙姨,我想去趟河对面的集市,你就坐这儿等我。"

孙姨不大放心:"那边人太多,不安全。"

"没事的,这一带我很熟。"沈清洛满不在乎,"而且到处是巡逻的警察叔叔。"

孙姨想了下,叮嘱她别走远。

年纪尚幼的沈清洛,已经出落成惹眼的小美人,她混迹熙攘的游客群后头,一起猜灯谜,肩膀猝不及防地被拍了一下。

是个笑得很慈祥的老妇人。

"小姑娘,你的衣服真漂亮,我也想给我孙女买一套。"

沈清洛拎起裙摆,得意地介绍:"奶奶,这是纺织市场买的。"

老妇人指尖捏摩裙摆面料,俯身仔细端详衣襟绣花:"真不错,我孙女一定也很喜欢。"

沈清洛歪了歪头:"您的孙女呢?"

"哦,她去放水灯啦。"

老妇人眼型狭长,扫过沈清洛腰间放零钱的蝶恋花纹荷包:"小姑娘,能让我拍张衣服照片吗?我想给孙女看。"

沈清洛欣然同意,立在原地给她拍。

老妇人"哎哟"笑了一声:"这里人太多啦,画面乱糟糟,我们去边上拍一张吧。"

沈清洛顺着看过去,是一处人烟稀少的弄堂,她态度犹豫:"我不能跟你去那里,就在这里拍,或者等我阿姨过来。"

"瞧你这小孩,把奶奶当坏人啊?"老妇人佯装生气,"行行行,不拍了。"

沈清洛有点尴尬,但心里仍记得孙姨的叮嘱,转身想走时被老妇人抓住胳膊。

这下沈清洛生气了,她刚要发作,一个身高和她差不多的女孩蹦蹦跳跳扑进老人怀里。

"奶奶!"

沈清洛一惊,心说老奶奶原来真的有孙女。

那个女孩见到沈清洛,目光从上到下打量她几遭,忽然嘴一瘪:"我也要穿她那样的衣服。"

"这里没得卖呀,刚刚想拍一张照片她都不让。"

女孩责备地看着沈清洛:"你好小气呀。"

沈清洛本就在动摇,被说小气,那是万万不能忍的。

"小姑娘,这样吧,你去弄堂,把披肩换给我孙女穿一穿,让她拍两张照片过过瘾,行吗?"

沈清洛一时冲动:"那好吧。"

明市通往苏州的高速公路上,黑色保姆车飞驰。

小陆策摆起那张酷脸,问:"妈,我们不是来明市探望爸爸吗?现在又是去哪里?"

张端仪给丈夫回了一条信息,转头看着不太耐烦的陆策,想笑。

"爸爸工作忙,我们去隔壁市逛逛,报纸上说苏州今晚举行中秋灯会。"

琳琅满目的灯会现场,张端仪买了不少手工小玩意儿。陆策陪逛片刻,一下子失去了兴致。

"妈妈,我坐在休息区等你。"

张端仪指尖挂着一枚刺绣平安符,闻言回头,嘱咐司机陪着陆策。

然而入座休息区不消十分钟,陆策就撞见一个漂亮女孩被骗进弄堂。司机去上厕所没回来,陆策左右张望了一下,犹豫过后径直起身。

沈清洛一脚踏入弄堂,顿生后悔:"奶奶,我不进去了。"

老妇人脸色瞬间一变,眉毛一竖,语气陡然严厉:"你说你这小姑娘,怎么能出尔反尔呢!"

沈清洛被凶得有些害怕,求助的目光投向老妇人身边的同龄女孩,此刻她却满脸冷漠,事不关己。沈清洛慌了,转身就跑。

刚走出两步,一道高大强健的身影从黑暗里闪身,拦住沈清洛的去路。

是个中年男人。

他朝老妇人使眼色,目标直指沈清洛佩戴的荷包,老妇人点头会意。

沈清洛心跳到嗓子眼,差点尖叫出声,忽然不知哪儿冒出来一个小男孩,伸出双臂,毅然决然地以保护的姿态挡在前边,只给沈清洛留一个后脑勺。

男孩年纪不大,气势却丝毫不怯。他望着中年男人,冷静淡定地道:"我已经报过警了。"

边上的老妇人脸色先一变:"报警?"

陆策还是那张小小的俊脸,酷表情,一本正经地说话时嘲讽拉满:"我告诉警察,在烟雨长廊凉亭边的弄堂,目睹可疑人员诱骗小孩。"

老妇人嘴角僵硬地扯了扯:"你这小子胡说什么……"

"是不是胡说,等警察来了就知道。"

老妇人斟酌片刻,朝中年男子下巴一撇,白了陆策两眼后离开了。

沈清洛松口气,手指点一下陆策肩膀,很快缩回手:"谢谢哦,你真的找警察啦?"

"当然是假的。"陆策回眸,看着如玉般的女孩,"你是苏州人?"

沈清洛不明所以:"是啊。"

"别人说两句你就信,你是笨蛋吗?苏州的学校没有安全教育课?"

沈清洛从来没被叫过笨蛋,对他的感激之情荡然无存,鼓起脸绕过他打算离开弄堂。

陆策后知后觉说错话,鬼使神差地跟在她后头往前走。

沈清洛走出几米,停下来:"你干吗跟着笨蛋走?"

陆策双手插兜,耍酷道:"你这人真记仇。"

沈清洛下巴一扬:"笨蛋不会别的,就会记仇。"

按照陆策平时在学校的性格,遇见这种爱耍小脾气的,早就扭头走人。但今天跟中了邪似的,耐心呈指数级增长。

"行,我把骂你笨蛋那句话收回去,可以吗?"

沈清洛不依不饶:"你心里就是那么想我的,说出的话收回去也没用。"

陆策心说这小姑娘真难哄,一方水土养一方人,难道苏州养出的小姑娘性格都这么娇气?

胡思乱想之际,沈清洛已经沿长廊离开,手里不忘提着她的灯笼。

陆策没多想,追了上去:"喂,刚刚的话,是我说得不对,我跟你道歉行吗?"

沈清洛停下脚步。

"你是真心实意的吗?"她多少有点委屈,"我也意识到不对劲了,就算你不来,我也要大喊呼救的,干吗说我笨。"

陆策少见地服软,磕磕绊绊道:"我给你买糖果,当作道歉。"

沈清洛不吃陌生人递来的食物,更何况对方是与她年龄相仿的同龄人。

"不要。"

陆策环视一圈:"有其他想要的东西吗?我都可以给你买。"

小孩忘性大,刚才被骂"笨蛋"的不快被压下去,毕竟眼前的人还是自己的恩人。沈清洛说:"算了,不用买,我们就当扯平吧。"

陆策没明白扯平是什么意思,但也没敢继续问,生怕自己又说错话惹人不高兴。

两个小朋友站在河岸边傻乎乎地对视,被工作人员注意到:"你们想放水灯吗?"

陆策见沈清洛眼睛亮了起来,对工作人员道:"放的,我买两个。"

工作人员"扑哧"一笑:"小朋友,放水灯不收钱。"

陆策和沈清洛高高兴兴地领了自己的水灯，在方正的灯身上认真地写下祈福语。

陆策发誓他不是故意的，只是不小心眼神掠过，就看到沈清洛写的"希望爸爸妈妈都能幸福"。

"这算什么愿望？"

沈清洛瞪他一眼："你偷看。"

陆策坦荡承认："字写得瓶盖大，想看不见都难。"

沈清洛不理，埋头继续写愿望。她一点也不傻，前几天去明市海底餐厅用餐，就明显感觉到赵进菲和沈柏乌之间气氛不对。

只是大人们都选择瞒着她，在她面前装若无其事，她也只好继续装下去。

沈清洛不想失去爸爸，也不想失去妈妈，但如果两人在一起是种煎熬，那她希望自己的父母能各自快乐。

水灯漂浮河面，她看了眼陆策的，只写了非常敷衍的四个字"心想事成"。

水灯随波纹静静摇荡，孙姨突然气喘吁吁地跑来，见到沈清洛后明显松了一口气，慌张地道："阿顺，阿顺，我……我接到你爷爷奶奶的电话，我们快回家吧。"

沈清洛心一紧："孙姨，是出什么事了吗？"

孙姨声音颤抖："我到家跟你说。"

被她语气中的凝重感染，沈清洛的心情也一下跌落谷底，回头与陆策道别："我要回家啦，再见，祝你真的能心想事成。"

陆策很高冷地"嗯"了一声。

孙姨陪沈清洛回到小楼，爷爷奶奶还没回来。沈清洛缠着孙姨问怎么了，孙姨话没说出口，眼泪先流下来。她要如何告诉一个十岁小女孩，她的爸爸就在她看灯会时出车祸去世了。

"阿顺，"孙姨蹲在沈清洛面前，忽然抱住她，"无论发生什么，你要记住，我们……有很多人爱你。"

沈清洛笑："孙姨，干吗突然说这些，好多人爱阿顺，阿顺知道。"

孙姨吸了吸鼻子："知道就好，我们阿顺……"

"陆策，刚才去哪里了？司机回来没找到你人。"保姆车内，张端仪看着儿子。

"随便逛逛。"陆策说，"怎么突然回明市？"

"还没逛够啊？"张端仪眉毛一挑，"以为你不喜欢灯会呢。"

陆策不置可否："感觉还可以。"

张端仪笑着摇摇头："你态度变化真大，遇见什么开心事了？"

陆策想说遇见个小女孩,可他连人家叫什么都不知道,就听到大人喊她小名。

叫什么来着,阿生?阿盛?阿顺?

不知道是哪个。

也罢,萍水相逢,以后不会有机会见面。

他转头看向车窗外,中秋的月亮如玉盘一般悬挂夜幕,比平日的清夜多几分光亮。

此刻的沈清洛在等爷爷奶奶回家,她坐在沈家小楼二层中庭,推开窗户,抬头看了同一轮明月。

后来,沈清洛和陆策都忘记了那天的际遇。

偶尔想起那场灯会,只记得玉露泠泠的苏州秋夜,水灯沿两岸蜿蜒漂走,工作人员撑着推水灯专用的竹竿,忽然念了句诗:

"好时节,得愿年年,常见中秋月。"

番外二
/ 陆策的那些年

陆策上大学第一年,周末频繁往来明市,父母去他房子找人,经常落空,只有工作日才能与儿子碰面。

陆策不避讳交女友的事,在家人朋友面前,毫不掩饰对那个女孩的喜欢。陆镇和张端仪听过且过,没放心上,毕竟年轻人轰轰烈烈的恋爱大多无疾而终。

转眼大一寒假来临,陆镇为了一宗海运案,连续两周待在大连。临近年关,张端仪的公司清闲,她便去探望独居的儿子陆策。

张端仪敲门进屋,陆策正在客厅收拾行李,她扫了眼全新的雪板、雪鞋、头盔,花纹图案明显更适合女生。

"今年准备去哪里滑雪?"

"长白山。"

"怎么跑去长白山了,不出国吗?"

陆策打包雪具,手机上给快递公司下单,先把为沈清洛搭配的装备运到度假酒店。

"她还得办签证,太浪费时间了,在国内滑就好。"

张端仪明白陆策说的"她",指的是那位在明市读书的女朋友。听陆知非说过,那个女孩特别漂亮,陆策的同学好友打趣喊她"仙女"。

张端仪突发奇想:"有仙女的照片吗?我也想看。"

陆策正核对用品清单,闻言抬头笑了笑:"妈,你怎么也跟着乱喊。"

手机里存了许多沈清洛的照片,陆策拿给张端仪看,果不其然地听到母亲微微惊呼。

张端仪翻了几张,心说这相貌气质,怪不得让陆策如此着迷。她把手机递还陆策,犹豫片刻,提醒他:"你们虽然在交往,一起出去滑雪,也要注意相处的分寸,别欺负人家。"

张端仪唯恐太委婉,陆策没领悟,又追问一句:"你懂我的意思吧?"

陆策懂,但没打算照办。

到了长白山的度假酒店,睡同一张床上,陆策简直是在受刑。

按理说,沈清洛这样的大美人,从小不缺追求者,对男女感情之事必然比一般人敏锐,可她偏偏钝得要命,对陆策毫无防备心。

为了转移满脑子乱七八糟的念头,陆策睡前坐在床上看西语书,却因一点意外,两人关系更进一步。

陆策极度喜欢看沈清洛沉溺的模样。

假期结束,两人一南一北,各自分开。

陆策的专业方向和职业道路是早就规划好的,大三去交流也在计划中。他在办公室,和老教授聊起申请时竟然不知不觉走神。

教授突然说:"陆策,你在想什么?"

陆策愣了一下:"老师,没什么,我就是在想,一年太久了。"

"区区一年而已,"教授笑了笑,"怎么,有舍不得的人啊,你交女朋友了?"

"女朋友在明市。"

教授同他开玩笑:"那没办法了,以后当了外交官,倒可以带家属随行。"

陆策很清楚,他的人生必须优秀,刚才的犹豫只是一闪而过,那个交换项目,终归要去的。

他更频繁地往明市跑。沈清洛怕他累,头枕在他怀里商量:"陆策,以后我们轮着来,下周我去北城吧。"

陆策想也不想便拒绝。在万米高空来回五个小时,加之候机、取行李的时间耽搁,饶是他也觉得疲惫,他不愿让沈清洛亲身感受这种疲惫。

陆策最害怕的是,沈清洛有天突然察觉,原来异地恋那么辛苦啊。依照沈清洛的性格,她一定会想方设法让陆策减少来的次数。

所以,陆策每次出现在沈清洛面前,都保持轻松愉快的最佳状态,他希望沈清洛毫无负担地接受所有爱意。

可任由他如何小心维护,那一天还是到来了。

他从英国回来,沈清洛好像变了个人,后来才知道,她打算留在明市读研,无法遵照以前的约定去北城。

研究生又是三年,毕业以后呢,她会不会又想留在明市工作?

陆策承认,那一刻他很生气,比生气更多的是害怕。沈清洛低着头,果然说出了他最不想听见的话,提出了分手。

无力感铺天盖地袭来，陆策也有脾气和骄傲，这一次，他不惯着她，既然她想分手，那就分手。

回到北城，不到二十四小时，陆策就后悔了。

他在床上辗转反侧，想到沈清洛眼神闪烁的模样，企图说服自己，她有苦衷，她也舍不得。

先爱上的人，注定在感情中妥协，陆策气恼地坐起来，订飞明市的机票。

满庭芳房东阿姨的电话忽然打进来。

"小陆啊，哎哟，不好意思，这么晚打扰你。"房东阿姨疑惑地问，"你女朋友把房间备用钥匙同城快递给我了，我晚上抽空去看了眼，她在打包行李，你们不打算租了啊？"

陆策僵住，喉结苦涩地滚动一下："她在打包行李？"

"啊，你不知道啊？"房东阿姨一听，就知道两人掰了，"这……小情侣分分合合难免的，不过我们签过合同，押金退不了的呀。"

"没事，不用退。"

陆策挂掉电话，打开沈清洛的聊天框，却无法组织完整的句子。

她真狠心，陆策自嘲地想。

很多年后，陆策才知道发生了什么，可彼时的他并不知情，只体会到沈清洛想分手的决绝。

陆策不再飞明市，陆镇和张端仪注意到儿子的变化，陆策实话告知："已经分手了。"

陆镇不意外，张端仪看着陆策平静无澜的面孔，问："怎么回事？那会儿你还说要带她见我们。"

陆策微微垂下眼睫："原本是这样打算，只是……"

他看向母亲，笑一笑："只是人家不愿意，那就算了。"

"沈清洛"三个字，从此在陆策生活中成了禁忌，不准提，不准问。

围观全程的周泽杭，有一回和陆策去喝酒，借酒壮胆，向陆策打探："你真打算放弃仙女啦？"

陆策喝得有点多，脑子迟钝转不动，熟练地抽出一支烟咬在嘴里。

周泽杭诧异地看着好友："陆策，你什么时候开始抽烟了？"

陆策眯眼，没有回答这个问题。

"不是我放弃她，是她不要我。"

周泽杭听出好友的落寞，不再提清洛这个人。他还特地嘱咐远在伦敦的许怿，让他也注意不要提到陆策前女友。

许怿错愕："我和她还没见过面呢。"

周泽杭叹气："所以说啊，陆策和那仙女真没缘分。"

307

陆策的生活并无多大变化，他还是那个前途无量的天之骄子，除了不再惦记周末去明市。

大四下学期，临近清明节，北城天气预报，未来一周都是晴天。陆策手机里还保留明市和苏州两地的天气订阅。

他扫一眼，苏州是阴雨天。

陆策的亲人健在，没有需要特别怀念谁，但沈清洛有。他给自己寻了个理由，就当是去看看杨珍雅，毕竟老人曾收留他在沈家小楼过夜。

苏州古街后山的墓园，陆策看到沈清洛形单影只，抱着两束雏菊上阶梯探望爷爷奶奶，他脚尖不受控制地向前迈出一步。

陆策始终觉得，他该陪在沈清洛身边，而不是默默站在角落看两眼。

沈清洛好像遇到熟人，站在原地，和对方聊了几句。

陆策收回脚，退到树后方，远远看着沈清洛撑伞在墓碑前驻足。她的背影好悲伤，不知道有没有掉眼泪。

沈清洛站了不多时，起身离开。她抬高伞檐，摊开手掌心，伸到伞外接淅淅沥沥的雨水。

陆策就在雨幕中，看她下山，看她离开，看她一步步走出他的生命。

沈清洛毕业后，去了杂志社工作，陆策有些意外，她明明想去电视台的。出差经过明市，他在密密匝匝的立交桥上开车，不知怎的，车开到杂志社门口。

明市人口两千多万，就算锚定地点，也不一定能见到人。陆策本也不是打算偶遇，只是想看看她工作生活的地方。

保证只看一眼，不多打扰。

陆策的工作单位，不少长辈得知他单身，想给他介绍门当户对的对象。陆策已经把最热烈的一份爱给到沈清洛，对谈恋爱这件事提不起兴趣。

这回连陆镇都察觉异常。等陆策周末回家吃饭，他打趣儿子："恋爱失败一次而已，你受打击啦？"

陆策无所谓地勾起嘴角："怎么会。"

陆镇打开汤盅盖子："那怎么不见你谈恋爱？"

陆策讲事实："没遇到喜欢的。"

陆镇和张端仪对视一眼，不好再劝。对于陆策，他们二十多年来都奉行放养政策，只要不出格，绝对给儿子最大的自由度。

日子一天天地过，转眼暮春三月。

陆策打开手机软件，订清明节去苏州的机票。

许怿找上门，大剌剌地往他家客厅沙发一坐："陆策，去不去新疆滑雪？我投资的那家民宿，新修了大厅酒吧。"

陆策正翻看机票时间，"嗯"了一声。

许怿夸禾木村吉克普林雪场的雪质好,陆策指尖定在屏幕上方,心神一阵恍惚,他以前和沈清洛约定过,等吉克普林开业后一起去滑雪。

而今雪场正常营业,他和她已经离散于人海。

禾木很美,陆策从云霄峰峰顶滑下来,接到许怿电话:"陆策,有个民宿客人,在进禾木的山路上出了车祸……"

彼时,陆策还没意识到,命运的齿轮悄然转动。

直到纷纷扬扬的大雪中,沈清洛站在事故车旁,包着围巾转过脸,见到他诧异一瞬,用那个熟悉至极的温软嗓音,喊他的名字。

"陆策。"

陆策多年隐而不发的痛苦,在禾木遇见她的那刻,奇迹般释然。

既然忘不掉,既然还是想要,那就再去争取一次。

沈清洛是陆策最长情的坚持,往后漫长人生,他始终庆幸有这份坚持,才给他心爱的女孩足够的勇气和安全感,说出当年的真相。

北城顶楼公寓,他望着沈清洛的睡颜,不自觉地弯起唇角,周身充盈溢于言表的满足和幸福,一如曾经度过的好多个夜晚。

陆策虔诚地吻她的额头。

我爱你。

这么多年,原来我始终停在时间里爱你。

新增番外
/ 婚后一天

结婚前,陆策在北城公寓顶楼,给沈清洛装修过一间单独的书房。然而沈清洛似乎不喜欢,总是搬电脑挤到陆策那间。

她拒绝陆策交换书房的提议,还振振有词,声称共同办公能产生正向的结伴效应。

陆策表面调笑阿顺黏人,行动上却极其纵容,任由她在他的私人空间随意进出。

夜深,顶楼公寓书房灯火通明,沈清洛裹着薄绒毯,陷在陆策怀里,研读物理学家林平的个人履历。

北城电视台计划为林平做一档人物纪录片,由沈清洛负责。她首次独立接项目,积极性空前高涨,已经连续半个月主动在家加班。

"原来林教授也毕业于北城二中。"沈清洛与有荣焉,"我和他竟然是校友。"

陆策嗓间溢出意味不明的轻笑。

"你是不是在笑我?"

"是。"陆策搂着她的腰,"就在二中上过一年学,认校友倒挺快。"

沈清洛把文件放一边,扑到陆策身上作乱,她近日全副心思扑在纪录片筹备工作里,鲜有如此活泼的时刻。

陆策陪着闹腾片刻,横抱起沈清洛,大步迈入卧室。

卧室灯光暧昧昏暗,沈清洛仰躺在宽大柔软的床中央,陆策覆上去,将她微微凌乱的刘海拨到一侧:"项目下季度才启动,别逼自己太紧。"

沈清洛乖巧地"唔"一声。

陆策了解她,回答那么迅速,显然没听进去。他还想说点什么,沈清洛先一步，双臂勾住陆策的脖子，信誓旦旦："知道啦，我不会让自己太累。"

陆策有些无奈，但也没再劝。

事实证明，沈清洛确实没听进去。项目组定好纪录片大致内容方向，她睡前在书房加班的时间一天比一天长。

陆策三邀四催，她才磨磨蹭蹭、依依不舍地回卧室。只亲热了一回，她眼神流露疲倦，枕在陆策胳膊上犯懒撒娇："我想泡澡。"

沈清洛泡澡向来细致，时间也长，陆策已经习惯。但今天久得不寻常，陆策喊一声，没得到回应，便推开浴室门。

蒸腾弥漫的水汽扑面而来，他仔细一看，沈清洛竟然在浴缸睡着了。

简直胡闹。

陆策深吸一口气。

浴巾绵柔的布料触及沈清洛皮肤的瞬间，她忽地睁开眼睛，神态茫然，目光却精准落在陆策微拧的眉心。

陆策明明在生气，动作依然温柔，把沈清洛包得严严实实，抱出浴缸。

不知是年岁增长，抑或职业性质使然，陆策桀骜冷峻的外表，已经隐隐显露出威严不可冒犯的气势。

可沈清洛一点也不害怕，顺势依赖地环住陆策，先发制人："太累了，不小心睡过去，不准批评我。"

陆策掀起眼皮："我敢批评你吗？"

沈清洛眨了眨眼："老公。"

她哄陆策的手段方式，单一却奏效。

"你还真是一招鲜吃遍天。"陆策似笑非笑，"卖乖也没用，这周末不准工作，许怿和周泽杭约吃饭，如果不想去，我们找个近郊酒店住两天。"

"去呀，大半个月没见他们了。"

隔天周六，天气略微阴沉，陆策和沈清洛抵达许怿家的地下停车库，就接到许怿本人电话，让他们帮忙带火锅蘸料。

"你先上楼，"陆策扫了眼购物清单，"我去趟超市。"

副驾的沈清洛，甜言蜜语张口就来："我陪老公一起去。"

结婚后，应沈清洛要求，下班后尽可能在家开火做饭。比起结果，沈清洛更享受前期准备的过程，尤其是一周一次的超市大采购。穿梭在超市货架中挑选商品，是一种极好的解压方式。

陆策推着购物车，跟在沈清洛身后，耐心等她选择零食口味。

沈清洛拿着两包不同品牌的薯片，仔细观察着包装袋。不知道的还以为她在做成分对比，其实她只是在比较哪种配色好看。

陆策对五花八门的零食不感兴趣，只跟在后面饶有兴致地看沈清洛忙前

311

忙后。

最终拎回两大袋战利品。

许怿的厨房餐厅比寻常人家大一倍，锅碗瓢盆锃亮崭新，看得出平日里基本只当摆设。酒柜倒是塞得满满当当，与当初禾木民宿大厅如出一辙。

陆策帮忙切菜，他的刀工进步飞速，周泽杭看得一愣一愣，就连许怿也忍不住惊叹："已婚男人果然不一样。"

夜幕降临，火锅咕噜咕噜地冒泡沸腾。

沈清洛偏爱甜味酒香，从桌面花花绿绿的酒水饮料中，挑一瓶菠萝味果酒。

陆策瞥向悠闲品酒的沈清洛，提醒："你下的笋尖应该好了。"

"清洛，听说电视台下半年要做林平的纪录片？"许怿很热心，"我有不少素材提供，感兴趣吗？"

许怿祖父母是北城知名高校的教授，退休返聘，至今还在带研究生，曾和林平共事过。

咦，说好周末不聊工作的。

沈清洛夹一筷笋尖，偷偷看了眼陆策。

周泽杭眼尖，打趣道："哟，仙女，太阳打西边出来，你竟然还要看陆策眼色行事。"

陆策冤得很，沈清洛如果真想做什么事，最终妥协的一定是他，毋庸置疑。

沈清洛没考虑几秒，断然拒绝："今天休息，不聊林教授。"

陆策在桌子底下轻捏她的手，"没关系，想聊就聊。"

沈清洛很小声地凑在陆策耳边："我说话算话的，周末都陪你。"

她眉眼弯弯，声调灵动而柔婉，仿佛在等表扬。

一顿火锅结束，四人玩了会儿桥牌消食，许怿接着提议去楼上活动室打台球。陆策如从前一样，习惯性先帮沈清洛选球杆。

许怿看在眼里，啧啧赞叹："真体贴。"

周泽杭见怪不怪，陆策这家伙，高中时期就对沈清洛特殊照顾。

聚会到近十点，散场各自回家。

沈清洛窝在副驾驶，一件男式外套披盖在她胸前，陆策低声哄着："睡会儿吧，到了我叫你。"

天空落起雨，雨点打在车窗玻璃，响声清脆，沈清洛睡不着。

"陆策，"她望着倒计时的红灯，"我们还有多久到家？"

"一刻钟。"

如果在苏州或明市，往年这个时间段，大街小巷的空气已经溢满无处不在的桂花香。北城则不然,桂花都在盆栽里,得去专门的公园欣赏。

沈清洛降下车窗,鼻尖轻嗅,只有潮湿的泥土气。

陆策转头看一眼:"怎么了?"

沈清洛:"想吃东西。"

"嗯?晚上没吃饱?"陆策失笑,缩小导航地图,查看周边餐厅,"要不吃顿夜宵再回家。"

沈清洛报菜名:"我想吃桂花糖芋头。"

光听名字就清甜软糯。

这道菜品,还真是为难陆策,他可以在北城任意时间买来山珍海味,却不知去哪儿给她弄一道苏州小吃。

陆策趁着红灯时间,搜了家公寓附近的江浙私房菜馆碰碰运气。

一栋单独营业的小楼,门口左右各三个停车位。陆策先下车撑伞,雨珠在伞面翻滚飞溅,他绕到副驾驶位置开门。

沈清洛钻入伞下,耳际雨声清晰,她手臂环抱住陆策,仰面问:"我是不是太心血来潮了?"

陆策挑了挑眉:"你知道就好。"

餐厅就餐区域的照明灯已经熄灭,老板夫妻在收银台做盘点,抬头就看到杵在门口收雨伞的两位客人:"不好意思,我们已经打烊了,明天十点半开始营业。"

沈清洛扯了扯陆策的衣袖:"运气不太好,算啦。"

"你等我一下。"

陆策去柜台,与老板夫妇交涉,不知说了什么,几句话的工夫,老板重新进了后厨。

芋头去皮,加碱水煮沸至软,冲洗沥干,加清水和糖炖煮半小时,最后撒上桂花。等甜品冷却些,老板打包装入保温袋,递给陆策。

店家的手艺很正宗,糖芋头甜而不腻,沈清洛一路都在问陆策,刚才是怎么说动老板夫妇的。

陆策故作高深,让她自己猜。

沈清洛暗自琢磨,难道陆策把工作上的说话本事,用在了买桂花糖芋头这件事上?

"其实,"陆策看她纠结的模样,甚觉有趣,"我加钱了。"

好简单粗暴的解决方式。

"我还以为你现场编段故事,感动老板和老板娘了呢。"沈清洛舀了口芋头,"就像电影演的那样。"

陆策笑着摇了摇头:"付他们加班费才是正经事。"

沈清洛话说一半，忽然转移话题："我好像芋头吃多了，有点噎到。"

陆策闻言，立即瞥了眼街道两侧，打转方向盘停靠路边，丢下一句"等我"，冒雨跑进全天开放的便利店——动作快得沈清洛根本来不及阻止。

只有几步距离，陆策外套肩膀处落到雨的地方变成深色。

买完矿泉水，走出店门，却见沈清洛握着伞柄，站在雨幕中。

沈清洛向前一步，将他纳入伞下，轻轻道："陆策，要记得打伞，淋雨会着凉的。"

说完，她微踮起脚尖，在他唇角亲一下。

陆策目光灼灼，接过伞，毫无迟疑地深深回吻。

人生如此漫长，是要有多幸运，才能在年少时期就遇见心爱的人，并且多年以后，共撑一把伞，在泛冷意的潺潺秋雨夜里相拥。

全文完